나는 오늘도 책을 읽었다

생태주의 작가 최성각의 독서잡설 ◢ 최성각 지음

나는 오늘도 책을 읽었다

생태주의 작가 최성각의 독서잡설

ⓒ 최성각

초판 1쇄 펴낸날 | 2010년 8월 18일
초판 3쇄 펴낸날 | 2011년 5월 20일

지은이 | 최성각
펴낸이 | 이건복
펴낸곳 | 도서출판동녘

전무 | 정락윤
편집 | 이상희 김옥현 박상준 구형민 이미종 이정미
책임편집 | 윤현아 박재영
미술 | 김은영
영업 | 이상현
관리 | 서숙희 장하나

아트디렉터 | 홍동원
디자인 | 글씨미디어 조하늘
사진 | 정상명

인쇄·제본 | 영신사
종이 | 한서지업사

등록 | 제311-1980-01호 1980년 3월 25일
주소 | (413-756) 경기도 파주시 교하읍 문발리 파주출판도시 532—5
전화 | 영업 031-955-3000 편집 031-955-3005 **전송** | 031-955-3009
블로그 | www.dongnyok.com **전자우편** | editor@dongnyok.com

ISBN 978-89-7297-631-8 03810

나는 오늘도 책을 읽었다

생태주의 작가 최성각의 독서잡설 ✦ 최성각 지음

동녘

책은 나의 담요이고,

모닥불이고,

때로는 몽둥이였다

금언(金言)이 아무리 '책 속에 길이 있다'고 권해도 책읽기를 싫어하는 사람은 본성에 따라 제멋대로의 길을 걸어갈 것이다. 옛날에야 책을 읽는 것이 곧 벼슬로 이어지거나 교양인의 세계로 들어가는 첩경이었지만, 책을 정말 좋아하는 사람은 책으로 꼭 무엇인가를 얻고 취할 목적으로 책을 대하는 것 같지는 않다. 나는 비록 특별한 재주 없이 태어났지만 일찍부터 책을 좋아했다. 마치 책을 탐하는 게 나의 본성인양 착각할 지경이었다. 새 책의 잉크 냄새가 좋았고, 낡은 책이라도 그 속의 그림들이 좋았다. 나중에는 잉크 냄새나 책속의 그림보다 더 중요한 것들이 책 속에 있다는 것을 알게 되었다. 나는 단지 글자를 읽었을 뿐인데, 글자는 늘 내 마음과 머릿속을 세차게 휘젓곤 했다. 때론 놀라움으로, 때론 숙연한 감동으로 책은 나를 뒤흔들었다. 책은 피로에 지친 나를 덮어주는 따뜻한 담요였고, 세찬 바람을 막아주는 천막이었고, 아주 가끔은 모닥불이었고, 때로는 등불이기도 했으며, 언제나 의지할 기둥이었으며, 책 속에 빠져 있던 시간은 혼자만의 잔치판이기도 했다.

　책이 나의 운명이 된 것은 아무래도 고교 시절 때부터가 아닌가 싶다. 실업계 고등학생이었던 10대 후반에 나는 아무것도 되고 싶은 것이 없었고, 나를 둘러싼 당시의 주변 역시 내게 철저하게 무심했다. 그때 내가 너무나 쓸쓸해서 도망친 세계가 바로 책의 세계였다. 책의 세계에 입문하기 위해서는 다행히 자격증도, 아무런 지침도 필요 없었다. 책이 채찍 같고, 송곳 같았던 적도 물론 있었지만, 책의 세계는 따뜻하면서도 푸짐했고, 언제나 과묵했으며 경이로웠다.

지금도 나는 세상을 바로 보지 못하는 아둔함과 되풀이되는 실수와 극복하지 못한 어리석은 짓을 되풀이하고 있지만, 책이 없었더라면 그 정도가 아마 더 심했을 것이다. 그 점에서 책을 좋아했고, 지금도 책을 좋아하는 사람으로 살고 있다는 것을 나는 큰 복으로 생각하고 있다.

후일 어쩌다 글쟁이가 되었지만, 그럼에도 여전히 나는 한 사람의 '외로운 잡독가'라는 것을 나의 정체성으로 간주하고 있다. 나는 늘 책에서 배우고, 위로를 받고, 가장 큰 즐거움을 느끼곤 했다. 그러나 책이 내게 즐거움만 준 것은 아니었다. 책으로 인해 진 빚도 있었다. 책을 읽었기 때문에 외면할 수 없는 현실이 있었다. 책은 책보다 더 놀랍고 대단한 것이 바로 이 세상이라는 것을 알려주었다. 책은 책에만 빠져 있는 삶이 매우 한심하고 불쌍하다는 것도 알려주었다. 책은 또한 이 세상이 한번 살아볼 만한 곳이 되도록 서 있는 곳에서 할 수 있는 한 지극한 마음으로 노력하는 것이 사람의 도리라는 것을 가르쳐주기도 했다.

능지처참으로 세상을 떠나기 전까지 평생 수많은 책을 사 모았던 허균은 "만 권 서책 중의 좀벌레가 되고 싶다"고 말한 적이 있다고 한다. 나이 들어 마침내 시골에 허락된 작은 서가에 파묻히면 허균의 말이 문득 떠오른다. 허균은 죽어 소원대로 좀벌레가 되었는지 알 수 없는 일이다. 하지만 살아 있는 책벌레로서 나는 오늘도 시골의 여러 표 안 나는 일들을 마치고 나면 오랜 시간 동안 천천히 채워진 내 대단찮은 서가에 파묻혀 이 공간을 충분히 누리고 즐길 시간이 그리 많지 않다는 생각과 함께 이 세상 모든 '서가의 짧은 수명'에 대해 생각하게 된다. 그럴 때 나는 어쩌면 책을 사랑하고 있다기보다 삶을 사랑하고 있다는 것을 알게 된다. 책이 가르쳐준, 책보다 중요한 것은 언제나 삶이었다.

이 책은 난독(亂讀)과 잡독(雜讀)의 방식으로 책에 취해 살아온 나도 어쩌다 이 세상에 한 권쯤 펴내게 된 '책에 대한 책'이다. 여러 이유들로 최근에 '책에 대한 책들'이 적잖이 발간되고 있는데, 나마저 이런 종류의 책을 한 권 보태게 된 쑥스러움이 있다. 이 책에 담은 글들은 여러 매체에 '서평'이라는 이름으로 청탁을 받고 쓴 글들이다. 비록 청탁에 응했지만, 책의 선별에 내가 깊이 개입한 게 아니므로 이 책이 다루고 있는 책들 사이의 연관성은 찾기 힘들 것이다. 그러나 청탁과 관계없이 책에 얽혀 있는 추억이나 책이 어떻게 나를 흔들었는가에 관한 매우 개인적인 이야기들도 담겨 있다. 월간《참여사회》에 2년여 기간 동안 연재했던 '최성각의 독서잡설'이 특히 그런 글들이다. 그래서 이 책은 '책에 대한 책'이지만, 읽는 이에 따라 한 얼치기 생태주의자의 에세이집으로 읽힐 수도 있을 것이다. 단순한 책 이야기라기보다 책과 함께 살아온 나의 삶이 어떤 형태로든 구석구석 담겨 있다는 면에서 그렇다. 오래전에 쓴 글도 있고 최근에 쓴 글도 있다. 오래전에 읽었던 책이라도 다시 읽는다면 필경 다른 책 이야기를 쓰게 될 것이다. 그것은 책은 한 번 책이 된 뒤에는 천둥 번개가 쳐도 끄떡 않지만, 그것을 보는 사람은 시시때때로 변하기 때문일 것이다. 언젠가 기회가 온다면, 청탁과 관계없이 나를 만들고 흔들어대고 지켜준 책들에 대해서도 이야기하고 싶다. 그런 기회가 허락된다면, 이 책에서 미처 다루지 못한 위대한 책들에 대한 아쉬움을 벌충할 수 있을지도 모르겠다.

문학이 더 이상 시대를 아파하지 않아서일까. 명색이 작가인데도, 내가 다룬 책은 '문학'으로 간주되는 책들이 그리 많지 않다는 것을 원고를 묶는 과정에서 새삼 알 수 있었다. 그것은 나이 들면서 내가 쏟은 가장 큰 관심이 아무래도 생명의 문제, 혹은 우리가 주인이 아니라 이 신비로운 생태계의 한 일원일 뿐이라는 겸손을 회복하는 일이었기 때문일 것이다. 그래서 책의 후반부에는 이른바 '환경책'이라 통칭할 수 있는 책들에 대한 이야기들이 많을 수밖에 없었다. 책에 진 빚을 갚는 일을 나는 작금의 생태계 위기를 직시하고, 내가 서 있는 곳에서 할 수 있는 한 작은 노력이라도 하지 않으면 안 되는 일이라고 생각하고 있다. 권말에 '환경책큰잔치위원회'의 이름으로 여러 동료들과 오랜 시간 동안 모은 '환경책 목록'을 부록으로 첨가한 것도 그런 까닭에서였다. 필경 그 목록에서 누락된 귀한 책들도 있겠지만, 환경책큰잔치 행사를 펼치면서 우리는 우리나라에서 발간된 모든 환경책을 망라하기 위해 애썼다. '환경책 읽기'라는 시민운동 하는 마음으로 천천히 모은 부록의 자료집이 앞으로 이와 같은 비상업적인 책을 펴낼 출판사와 우리나라에 어떤 환경책들이 출간되어 있는지 궁금해하는 독자들에게 조금이라도 참고가 되었으면 좋겠다.

이 기회를 빌려 환경책 목록을 권말에 수록할 수 있도록 흔쾌히 허락해준 환경정의와 환경책큰잔치실행위원회 동료들에게 감사를 드린다.

통째로 넘긴 거친 원고를 내용에 따라 이렇듯 보기 좋게 잘 편집해준 동녘출판사의 박재영 씨에게 감사를 드린다. 그는 10년쯤 전부터 내 책을 한번은 꼭 자신의 손으로 만들고 싶어하던 젊은이였다. 책을 좋아하긴 했지만 책으로 얻은 게 변변찮은 사람에게 이런 진행형의 과분한 제목을 달아준 것도 바로 그였다. 이 책은 순전히 그와 내가 가꾼 우정의 산물이다. 좋은 사진으로 이번 책도 빛내주신 연구소의 정상명 선생님에게도 감사를 드린다. 이 기회가 아니면 못 밝힐 일이기에 하는 말이지만, 책이 인쇄되기 직전에 김성동 선배님이 쓴 뒤 표지에 담긴 추천사를 보고, 거기 '택도 없는' 지나친 표현이 담겨 있기에 고쳐달라고 간절한 마음으로 애걸했건만, 단숨에 거절당했다. 그 글은 명명백백한 '자신의 글'이므로 건들지 말라는 게 거절의 이유였다. 그로 인해 적잖은 부담을 안고 살아가게 되었다.

2010년 여름
퇴골에서 최성각

9

차 례

3 부

우리에겐 바로잡을 시간밖에 없다

부록
우리 시대 환경책 목록

1부

쓸쓸한 젊은 날, 책으로 겨우 버텼다

땅을 갖고 장난치면 안 된다

헨리 조지, 《빈곤에서 벗어나는 길》,
김반열 옮김, 창원사,
1964년

나는 아직 종교가 없다. 그렇지만 태어나 오십 중반이 넘도록 살면서 만난, 많지는 않지만 몇 성직자들에 대한 깊은 존경심은 감추고 싶지 않다. 대천덕(戴天德) 신부님도 그분들 중의 한 분이시다. 신부님을 처음 만난 때는 1980년 여름이었다. 멀리 남녘에서 대학살이 일어났다는 풍문을 나는 광산촌에서 들었다. 20대 중반, 나는 광산촌의 교사였다. 학살을 알게 된 이후, 무슨 일을 해도 마음이 편치 않았다. 남쪽은 너무 멀리 떨어져 있었고, 그 학살극에서 내 역할은 다만 '살아남은 자의 슬픔'을 간직하는 것밖에 없었다. 그 슬픔은 나를 자주 무기력하게 만들었고, 그래서 '비참한 슬픔'이었다고 말할 수 있다.

그때 한 친구가 나를 찾아왔다. 대학을 아주 잠깐, 같이 다녔던 친구였다. 그 역시 앓고 있었다. 앓다가 문득 내 생각이 나서 찾아왔다고 했다. 검은 물이 흐르던 광산촌에서 나는 친구와 갈 곳이 없었다. 문득 하사미 예수원에 대천덕 신부님이 계신다는 것을 떠올렸다. 어쩌면 친구와 그곳에 가면 늘 체한 듯한 답답한 가슴과 만성 우울증에서 잠시라도 벗어날지 모른다는 생각이 들었다. 황지에서 하장면 하사미로 가는 버스를 탔다. 1980년 황지는 전성기는 비록 지났지만, 아직 땅속의 석탄을 활발하게 지상으로 퍼 올리던 시절이었다. 황지연못 옆 버스 정류장의 도로에서는 검은 먼지가 진종일 피어올랐고, 비라도 내릴라치면 장화 없이는 다닐 수 없는 형편이었다. 버스 정류장 언저리에는 전국 팔도에서 탄 때문에 모여든 사람들이 광대뼈 튀어나온 거무튀튀한 얼굴로 늘 잡답을 이루고 있었다. 스피커에서는 유행가가 뿜어져 나왔고, 읍내 어디를 가나 섬뜩할 정도의 활기를 뿜어내곤 했다. '빨간마후라'는 동대문 너머 동켠에서 가장 큰 조직폭력배를 지칭했는데, 돈이 많이 도는 황지가 그들의 베이스캠프였다. 어느 해 겨울, 정류장에서 석탄공사 쪽으로 가는 버스를 기다리다가 나는 조폭들이 손도끼를 들고 싸우는 것을 본 적도 있었다.

일하지 않는 자는 먹지도 말라

하사미 예수원까지는 당시의 도로 사정과 버스 노선으로 한 시간 남짓 걸렸던 것 같다. 하사미에 이르기 위해 넘어야 하는 피재를 대천덕 신부님 일가는 '한국의 애팔래치아 산맥'이라 불렀다고 한다. 애팔래치아 산맥은 젊은 신학도였던 아처 토리 3세(대천덕 신부의 본명)가 캠프 안내원으로 '20시즌 이상' 오르락 내리락 하던 곳이었다. 신부님은 하사미에 오기 전에 일하던 성미카엘신학원(현 성공회대)의 원장직에 안주하기에는 피가 뜨거운 사내였던 것 같다. '말씀'을 현장이 아닌 곳에서 읊조리기에는 성이 차지 않는 젊은 목자였던 것으로 추측된다. 당시 삼척군 하장면 하사미는 지금도 그렇지만 대한민국에서 가장 오지였다. 버스도 드문드문 있었다. 비포장의 그 길로 하사미에서 계속 직행하면 정선 동면이 나온다. 대낮에도 신작로에 멧돼지가 떼를 지어 튀어나오곤 했다. 신부님은 바로 그곳이 이 땅에서 가장 춥고 황량한 산골짜기 오지이기 때문에 자리 잡았다고 하셨다. 어느 시대에도 이상한 사람은 있는 법, 대천 덕 신부님도 이상한 분이셨다.

지금은 예수원 입구에 토지정의(土地正義)에 특히 집중한 대천 덕 신부님의 사상이 요약된 레위기 25장 23절 '토지는 하나님의 것이라'는 말이 커다란 돌에 새겨져 연중 1만여 명의 손님을 맞이 하고 있지만, 30년 전 내가 찾아갔을 때에는 '일하지 않는 자는 먹 지도 말라'는 말이 돌에 새겨져 있었다. 1964년 대천덕 신부님이 예수원을 건립했을 때에는 "누구든지 오시라, 그리고 같이 소매 걷 고 일하자"는 게 모토였다. 오겠다고 언약한 사람들은 안 왔지만 생판 모르는 사람들이 하나둘씩 모여들어 산비탈의 바위 위에 한 채 한 채 집을 지었고, 돌밭을 일궈 채소를 심고, 흑염소를 키우기 시작했던 것이다. 아편쟁이도, 전과자도, 흉악범도, 폐병장이도, 술 주정뱅이도, 전직 깡패도 신부님은 가리지 않고 환색하며 맞이했 다. 훌륭한 사람의 기준은 무엇일까? 나는 사람을 가리지 않는 사 람을 훌륭한 사람이라고 생각한다. 일약 시민운동으로 명망가가 되어버린 성직자들을 가까이에서 봤더니만, 사람을 그 학벌과 직 위와 신분으로 은근슬쩍 가려 대하기 시작해 쓸개를 씹은 심정이 된 기억이 있다.

내가 예수원에 갔을 때에는 마을길에서 2킬로쯤 산길을 오르 는 길가에 컴프리가 지천으로 심어져 있었고, 가파른 산등성이에 는 흑염소 떼들이 울고 있었다. '예수원'이라는 이름은 후일 발생 할지도 모를 그 집의 주인을 따지는 논쟁을 애초부터 차단하기 위해 붙인 이름이라고 한다. 공의(公義)에 대한 깊은 감수성을 지닌 신부님은 몸이 따르지 않는 '말의 신앙'을 공허하다고 여겼고, 그가 모방하고 싶은 예수처럼 가난한 사람들만큼 낮아지려고 했던 것이다.

"일하지 않는 자는 먹지도 말라", 이 말은 참으로 간단 명쾌하고 깊어서 "밥이 곧 하늘이다"라는 뜨거운 시(詩)를 떠올리게 했다. 그러나 사실 이 간단명료한 진리는 무학(無學)의 내 아버지로부터도 자랄 때 늘 듣던 말이기도 했다.

"땅을 사고파는 것은 죄악입니다"

나는 친구와 예수원에서 하룻밤을 잤다. 딱 하룻밤이었다. 오후녘에 도착해 이튿날 아침을 얻어먹고 하산했을 뿐이다. 신부님은 험한 길을 찾아온 우울해 보이는 젊은이들을 이웃집 아저씨처럼 온화하고, 친절하게 맞이해주셨다. 키가 큰 신부님은 "어떻게 살아야 옳단 말인가"라는 우리의 한심한 질문에 진지하고 자상한 얼굴로 성심껏 대답해주셨다. 계산되거나 교육받지 않은 진짜 친절을 나는 그때 신부님에게서 느꼈다. "예수 믿어야 구원 받는다", 그런 협박(?)조의 말씀은 한마디도 하지 않으셨다. 아름다운 인품이었다. 그런 신부님이 그러나 이 나라에 몰아치던 부동산 투기 광풍에 대한 이야기가 나올 때에는 온화하던 얼굴이 금세 돌멩이처럼 굳어지면서 뜨거운 분노를 감추지 않으셨다.

"땅을 사고파는 것은 죄악입니다. 땅은 하나님의 것입니다. 땅을 사서 놀리면서 땅으로 큰돈을 벌려고 모두 혈안이 된다면, 한국 사회는 미래를 기대할 수 없습니다."

기억을 더듬어보니, 부동산 투기 광풍이 '있는 자'들뿐 아니라 보통사람들에게까지 닥친 것은 70년대 후반부터였던 것 같다. 급기야 80년대 초반에는 생전 처음 들어보던 '복부인'이라는 말이 출현했고, 땅으로 돈을 벌었다는 사람들 이야기가 심심찮게 나돌던 때였다. 온 사방에서 땅 투기로 떼돈을 벌었다는 이야기와 '딱지' 어쩌구 하는 처음 들어보던 말과 함께 아파트 전매 이야기가 우리 사회를 역병처럼 휩쓸고 있었다.

강원도 오지의 돌산과 돌밭에 엎드려 묵묵히 농사짓고, 기도하고, 묵상하면서 조용히 공동체생활을 하던 대천덕 신부님이 한국 사회의 부동산투기 열풍에 마침내 비판의 포문을 열기 시작했다. 주로 《신앙계》 잡지를 통해 그의 대사회적 발언이 활발하게 전개된 것으로 알고 있다. 나는 신부님이 땅 투기에 대해 그토록 분노하실 줄은 몰랐다. 당시 내 사회정의의 감수성은 그런 졸부들에 대한 혐오와 경멸의 수준이었건만, 신부님은 이미 대로(大怒)하고 계셨다.

이튿날 예수원을 나설 때 신부님은 입구까지 배웅하면서 이야기 도중에도 쉬임 없이 길가에 지천으로 자라고 있던 컴프리를 선물로 잔뜩 뜯어주셨다. 처음 본 컴프리라는 귀한 작물도 신기했지만, 오지의 서양 신부님이 그토록 한국 사회의 미래를 염려하시는 것은 놀라우면서도 충격적이었다. 신부님은 컴프리만 주신 게 아니라 헤어질 때 책도 한 권 건네주셨다. 주황색 표지에 얇은 문고본 크기의 책이었다.

헨리 조지의 담대하고 고결한 토지사상

30년 전, 헨리 조지의 《빈곤에서 벗어나는 길》을 나는 그렇게 만났다.

헨리 조지(1839~1897)라는 19세기의 특별한 미국 경제학자를 나는 이 책을 선물 받고도 한참 동안 제대로 이해하지 못했다. 왜냐하면 대천덕 신부님은 그토록 인상적이었지만, 게을러터진 나는 돌아오자 곧바로 책을 펼치지 않았기 때문이다. 얼추 보니 경제학 책 같았는데다 '경제'라면 내가 몰라도 되는 영역으로 간주하고 손사래부터 치는 게 멋인 줄로 알던 한심한 문학도였기 때문이었을 것이다. 더욱이 어떻게 책 한 권에 '빈곤에서 벗어나는 길'이 담겨 있을 수 있단 말인가, 하는 바보 같은 의구심도 작용했는지 모른다.

그 후 10년쯤 지나서야 나는 책을 일별했지만 그때도 그 작은 책에 담겨 있는 깊은 사상에 대한 제대로 된 이해에는 이르지 못했다. 헨리 조지가 독학을 한 괴팍한 경제사상가였고, 단지 소유만 하고 값이 오를 때까지 놀리는 토지에는 매우 무거운 지대(地代)를 매겨 부동산 투기 같은 짓을 할 수 없는 사회를 만들어야 한다는 내용이 담긴 책 정도로 간주하고 말았다. 그러다가 나는 연전에

FTA 강행으로 온 나라가 몸살을 앓을 때, 내가 경제에 대해 심하다 싶을 정도로 무식하다는 자책감이 일었다. 그때서야 비로소 정색하고 책에 달려들었다. 150쪽짜리 작은 책 한 권을 읽는 데에 자그마치 30년이 걸린 셈이다.

내가 신부님에게 선물 받은 책은 이미 고전의 반열에 오른 헨리 조지의 대표작인 《진보와 빈곤》을 1944년 미리암 알랜 드포드라는 사람이 대중용으로 발췌, 편집한 다이제스트 판을 대천덕 신부의 권유로 김반열(金槃悅)이라는 재미언론인이 번역한 책(창원사, 1964년)이었다. 이 책은 이후 예수원의 화재로 거의 전량이 소실되어 보이스사(1980년)에 의해 《가난에서 벗어나는 길》이라는 제목으로 재출간되었다.

헨리 조지의 경제사상은 최소한의 양심을 지닌 인간이라면 당연히 지닐 수밖에 없는 근본적인 의문에서 비롯된다. "왜 문명이 발달하고 물질적으로 한 사회가 풍요로워지는데도 가난한 사람들은 더 늘어나고 그뿐 아니라 더욱 비참해지고 가난해지는가"라는 의문이 그것이다. 강단의 주류 경제학자들이 "수요가 공급을 창출한다"는 하나마나한 시장원리를 되뇌고 있을 때 독학의 비주류 경제이론가인 헨리 조지는 진보와 궁핍이 병행하는 데 대한 참을 수 없는 고뇌가 담긴 '양심의 경제이론'을 펼쳤으니, 그것은 곧 "토지를 공동소유로 해야 한다"는 것이었다. 성서의 레위기 용어로 말한다면, 토지 사용자의 회년제(回年制)를 회복해야 한다는 것이었다. 불평등한 토지 소유는 반드시 부의 불평등한 분배를 초래할 것이고, 그런 사회는 아무리 선진 문명국이라고 뽐내도 결국은 붕괴하고 말 것이다, 그것은 만고불변의 진리라는 이야기였다. 경제학사상(經濟學史上)의 족보로 따지면 헨리 조지는 애덤 스미스의 아들이며 데이비드 리카도의 형제로 분류되는 모양이다. 리카도 또한 풍요의 열매를 토지 소유자가 독점한다는 '차액지대론(差額地代論)'을 수립했지만, 헨리 조지는 토지를 공동소유하거나 엄청나게 높은 지대를 물리고 다른 세금은 다 없앰으로써 인류의 궁핍을 타개해야 한다는 사상을 필생의 신념으로 밀고 갔다. 리카도는 비관했고, 헨리 조지는 토지를 사회 공동체가 관리할 수 있는 인류의 지혜와 이성적인 힘을 낙관했다.

헨리 조지는 이 책의 첫 교정판을 받은 뒤, 그의 부친에게 쓴 편지에, "아버님, 제 책이 처음에는 인정받지 못할 것이며 그리고 아마 얼마 동안은 인정받지 못할지도 모릅니다. 그러나 종국에 가서는 위대한 책으로 인정되어 양반구(兩半球)에서 여러 나라말로 번역되리라 믿습니다"라고 썼다. 자신의 사상이 현실에서 쉽게 실현되기 힘든 이상주의적인 사상이라는 것을 헨리 조지도 알고 있었던 것 같다. 그러나 이상적인 주장이 현실화되기 힘들다는 이유가 그 주장의 합리성과 당위성까지 묵살당할 이유가 될 수는 없지 않겠는가.

헨리 조지의 토지사상은 그의 믿음대로 수많은 사람들에게 영향을 미쳤다.

버나드 쇼와 톨스토이, 중국의 쑨원[孫文]은 그의 토지사상에 깊은 공감을 했으며, 헬렌 켈러와 아인슈타인 같은 이들 역시 헨리 조지의 고귀한 신념에 경의를 표했다. 특히 톨스토이는 헨리 조지의 이 책《진보와 빈곤》을 읽은 뒤, 그의 대표작인《부활》의 상당 부분을 할애해 헨리 조지의 사상을 소설 속의 가장 이상적인 토지제도로 묘사하기도 했다. 일설에는 톨스토이가 지닌 재산과 귀족의 특권을 모두 버리고 만년에 감행한 '세기적 가출' 역시 헨리 조지의 사상에 영향 받았다는 이야기도 있다.

학계는 물론 마르크스주의자들에게서조차 철저하게 묵살당한 헨리 조지의 사상은 그러나 오늘날 자본주의(正)와 사회주의(反)를 지양하는 합(合)의 개념으로서도 재해석(김윤성)되고 있으며, 배타적으로 자연을 독점하는 사람은 공동체에 반드시 그에 상응하는 책임과 의무를 부담해야 한다는 생태적 가치와 토지정의의 경전으로서도 빛을 발하고 있다.

빈곤을 타파하기 위해 토지를 공유화해야 한다는 100년도 훨씬 전에 펼친 헨리 조지의 대담하고 고귀한 사상은 우리나라의 진보신당이 내세우는 3대 가치(노동가치 존중, 생태가치 실현, 보편적 복지)보다 간명하면서 진일보한 사상이었다.

하지만 안타깝게도 내 나라는 오늘도 땅 투기의 나라다. 대기업은 오래전부터 땅 투기로써 획득한 부가 매출로 인한 순이익보다 언제나 상회한다. 보통사람들조차 조금만 돈이 생기면 땅부터 사고 볼 일이라는 믿음을 포기하지 않는다. 설상가상으로 이명박 정권은 높은 지대는커녕 부자들의 세금을 전격적으로 감세했다. 4대강 파괴나 세종시 땅놀이도 마찬가지다. 헨리 조지의 사상으로 말한다면, 우리 사회는 붕괴를 목전에 둔 사회다. 이를 어이해야 옳단 말인가.

대천덕 신부를 같이 만났던 30년 전의 친구는 예수원에서 돌아온 얼마 뒤, 자살로 짧은 생을 마감했다. 통과해버리면 기실 아무것도 아닐 수도 있는 젊음이 친구에겐 도저히 건너기 힘든 철벽의 강이었던가 보다.

우리는 70년 전보다 더 행복해졌는가

이태준의 단편소설 〈밤길〉

'이빵준'이라 읽어야 했던 작가, 이태준

내가 이태준을 처음 알게 된 것은 내 나이 20대, 연도로는 대충 70년대 중반이었다. 그 이름은 대명천지에 소리 내 크게 발음하면 안 되는 것으로 다가왔다. 내게 그 작가를 알려준 친구의 표정 속에는 "넌 소설 지망이라는 녀석이 아직 이태준을 모르고 있었단 말이냐?"라는 감추고 싶지 않은 우월감도 담겨 있었지만, 그만큼이나 그 이름을 발화하는 일의 짜릿한 당대적 불안도 배어 있었다. 다시 말하거니와, 이태준은 월북 작가였고, 때는 바야흐로 '70년대'였던 것이다.

이태준은 누구인가? 30년대 이 나라 문학판에 혜성처럼 나타난 뛰어난 소설가다. 장편도 적잖이 썼지만, 무엇보다도 단편 미학의 절정을 보여준 작가였다. 지금은 중고등학생도 그의 작품을 학교에서 배우고 있어 '아무렇지도 않은 작가'가 되어버렸지만, 당시만 해도 문학을 가르치는 대학에서조차 '월북 작가'라 분류되는 고약한 무리들이 있다는 것쯤은 풀면 안 되는 암호처럼 넌지시 알려주었으나, 그 면면에 대해 자세히 말하려고 하지 않는 눈치였다.

"이태준이 누군데?"

내가 물었다.

"그를 빼고 한국의 근현대소설을 이야기하면 안 돼. 지금 대학에서 가르치는 한국문학사는 다 엉터리야. 중요한 반쪽이 다 빠졌어."

친구가 말했다. 안암동에서 대학을 다니던 친구 역시 문학도였다.

"무슨 소리야?"

내가 모르고 있는 작가를 알고 있는 그로 인해 '존심'이 상당히 상했지만, 모르는 것은 모르는 것이므로, 꾹 참을 수밖에 없었다.

"월북 작가야."

"끄음!"

나 역시 70년대의 한 청년으로서 시대의 어둡고 고약한 공기에서 자유로울 재간이 없었기에 '월북 작가'라는 한마디에 벌에 쏘인 듯, 얌전히 입을 다물 도리밖에 없었다. 그 순간, 작품이라도 한 편 읽을 수는 없을까, 하는 세찬 욕망이 일었다.

"작품은 볼 수 있는가?"

"당연히 못 보지. 출판하면 잡혀가 얻어맞거나 간첩이 되는 수도 있는데, 누가 출판하겠어."

그는 낮은 목소리로 말하면서도 주변을 둘러보았다. 70년대에는 무슨 이야기든 그것이 그 시대를 지배하던 독재자와 상관없는 이야기일지라도, 말하면서 주변을 둘러보아야 했다. 하물며 문학 청년들이 '월북 작가' 중의 한 사람에 대해 이야기하는데, 어찌 긴장하지 않을 수 있단 말인가. 말하면서 주변을 살피는 그런 몸짓은 당시 청년들, 지식인들, 누구에게나 몸에 밴 지나친 자기검열, 혹은 과잉된 방어의 몸짓이었다. 독재정권이 무섭고도 가증스러운 것은 공포를 보통사람의 일상에 생필품처럼 조성한다는 점이었다. 그것은 틀림없이 매우 우울한 일이었지만, 한편 "그럼에도 우리는 끝없이 떠들 것이야"라는 반권력적 쾌감도 수반되는 일이기도 했다. 70

년대를 겪어보지 않은 사람은 이 엄연했던 쓰라린 기억을 아무리 소상하게 말해도 이해하고 납득할 재간이 없을 것이다. 젊은이 대여섯 명이 모여도 그것을 코에 걸고, 귀에 걸어 긴급조치위반법으로 걸라치면, 아무나 걸릴 수 있었던 시절이었던 것이다. 박정희는 《사상계》 발행인 장준하도 지상에서 없애치우고 싶을 만큼 불편해했지만, 연설 잘하는 김대중도 눈엣가시였지만, 가장 두려워했던 대상이 '공부하는 젊은이들'이었다. 조국 근대화의 벅찬 사명을 혼자만 떠맡기 버거워 다음 세대들에게 강제로 '국민교육헌장'을 외게 했던 일국의 지도자는 미래의 동량인 일국의 젊은이들을 내심 그토록 두려워했던 것이다. 한 국가가 그 땅의 젊은이들을 두려워하다니. 참으로 자가당착적이고, 희극적이면서, 그래서 비극적인 일이 아닐 수 없었다.

"으음, 그런데, 이태준의 단편을 딱 한 편은 볼 수 있지."

한참 있다가 친구가 갑자기 생각난 듯이 말했다. 선심의 낯빛이었다.

당시만 해도 불타는 지식욕에 온몸이 부서지는 줄 몰랐던 20대의 문학청년은 갑자기 벼랑에서 밧줄을 잡게 된 환한 얼굴로 물었다.

"그래, 어떻게?"

"우리 대학에 정한숙 교수가 계시는데, 그분도 소설가다. 그런데 그 양반이 최근 고대출판부에서 《소설기술론》이라는 책을 펴냈는데, 그 책에 이태준의 단편이 한 편, 실려 있지."

"퍼시라보크의 《소설기술론》 말고 우리나라 사람이 쓴 그런 책도 있어?"

"그렇다니까."

"제목이 뭔데?"

"〈밤길〉이야."

"밤길?"

"응. 밤길! 그런데 이태준은 '이빵준(이ㅇ준)'으로 표기되어 있어. 본명을 밝히면 책을 못 냈을 거야. 문학사에도 30년대 문학란(欄)에 보면 다 그렇게 적혀 있어. 그러니 이빵준을 이태준으로 알고, 책 끝자락에서 〈밤길〉을 찾아보면 돼."

"고맙다. 오늘 답례로 우리 집에 놀러오면 내가 감동받았던 작가들 책을 빌려줄게. 이를테면 아라발이라든가, 페터 한트케라든가, 장 쥬네라든가, 카아슨 메컬리즈라든가, 우베 욘손이라든가, 나보코보라든가 등등, 말이네."

이태준 때문에 꾸겨진 '존심'을 단지 대충 훑어봤을 뿐 깊은 이해에 다다르지도 못한 외국 작가들의 이름을 열렬하게 나열하는 것으로 메우자니 더욱 존심이 상했던 기억이 난다.

빨리 지나가고 싶었던 유치한 내 20대여, 다시는 오지 말아라.

30년대 서민 무지랭이들의 절망적 삶

〈밤길〉을 나는 친구가 가르쳐준 정한숙의 《소설기술론》(고대출판부, 1975년판)을 통해 보았다. 역시 친구의 말대로 '이태준'은 '이○준'으로 표기되어 있었다. 이빵준, 이영준, 혹은 이공준!

알려 하지 말고, 읽지 말라는 것을 애써 찾아 읽을 때 왜 그리도 감미롭던지.

곰곰 생각해보니 이태준의 〈밤길〉보다 더 감미롭게 읽었던 단편소설이 또 있었던가 싶다. 공공연한 출판물이었건만, 길지도 않은 그 작품을 나는 금기를 어기는 설렘과 긴장감 속에서 탐독했다.

숨죽여 단숨에 읽고 나서 나는 고개를 쳐들면서 허공에 대고, "슬프고, 아름답구나", 그렇게 중얼거렸던 것 같다.

1940년 《문장》지에 발표된 단편소설 〈밤길〉은 달을 다룬 그의 또 다른 수작 〈달밤〉과 달리, 1930년대 이 땅의 엄혹한 현실을 견뎌내야 했던 서민 무지랭이들의 절망적 상황을 다룬 비극적인 소설이었다. 작가 특유의 현실에 대한 깊은 비판정신을 견지하고 있다는 면에서는 다르지 않지만, 그 분위기에서 〈달밤〉이 애수와 짙은 서정성을 담고 있다면, 〈밤길〉은 부정적인 현실이 비유가 아니라 직접적으로 묘사되어 있다.

단돈 몇 푼이라도 벌기 위해 주인공 황서방은 월미도의 집 짓는 공사장에서 '모군(募軍)'으로 나가 있다. 모군이란 목수도 아니고, 미장이도 아닌, 그 아래의 품팔이 막일꾼이다. 수표다리께 남의 집 행랑살이하는 황서방에게는 아내와 두 딸, 그리고 백일이 조금 지난 아들이 있다. 늦게 얻은 아들 때문에 황서방은 '돈 십 원'이라도 만들어 가을부터는 군밤장수라도 해보려는 게 애오라지

삶의 목적이다. 인천 월미도의 집 공사에 모군꾼으로 온 것도 그 꿈을 이루기 위해서였다. 비가 그치지를 않는다. 같은 막일꾼 홀아비 권서방과 깊은 밤, 사는 얘기들을 하고 있는데 문득 방 밖에서 지우산 소리가 난다. 누군가 문을 열었더니 서울 행랑살이하는 집 주인이다. 주인은 "파나마에 금테 안경을 쓴, 시뿌옇게 살진 양복쟁이"인데, 황서방을 보자마자 귀쌈을 올려붙인다. 황서방의 마누라가 아홉 살짜리, 여섯 살짜리 두 딸과 백일 된 젖먹이 아들을 버리고 도망을 쳤단다. '개돼지만도 못한 것들'에 대한 치솟는 불만도 불만이지만, 어린애 송장까지 칠 수는 없다고 생각한 주인은 마침 집에 온 황서방의 편지를 통해 주소를 알아내 비오는 날, 월미도까지 찾아온 것이었다.

지랄을 뻗던 금테안경은 떠나가고, 딸자식 둘과 어린애를 받아 안았더니 젖도 못 먹고 방치되어 있던 어린애는 거의 죽어가고 있다. 권서방 역시 "거, 살긴 틀렸나 부!", 하면서도 "그래두, 거 의원을 좀 뵈야지 않어?"라고 권한다. 권서방의 권유에 못 이겨 황서방은 죽어가는 애를 안고 병원을 찾는다. "월미도 쪽이 더 새까매지더니 바람까지 치며 빗발이 굵어진다." 그러나 어떤 병원은 의사가 왕진 갔다고 받지 않고, 어떤 병원은 소아과가 아니라고 받지 않고, 네 번째 찾아간 병원에서야 간신히 진찰을 받는다. 간호부는 안 되겠다고 '그냥 안고 나가라'고 한다. 약이라도 달라고 부탁해봤건만, 간호부는 "왜 진작 안 데리구 오냐 말요?", 하면서 약도 소용없다고 한다.

아름답지만, 고통스러운 소설

그 다음부터 소설은 친구 권서방과 같이 비오는 밤길을 헤쳐 죽어가는 어린애를 파묻으러 가는 장면으로 이어진다. 그 과정이 가히 처절의 극이다.

빗속에서 가마니에 눕혀져 있던 어린 것은 무능하고 한심한 애비와 애비 친구가 자신을 파묻을 구덩이를 파고 있는 도중에 마지막으로 살아 있는 기척을 낸다. 권서방이 자꾸만 물이 고여 간신히 파놓은 구덩이에 친구의 애를 파묻으려고 시체를 안으러 갔더니 애 입에서 소리가 난 것이다. "꼴깍꼴깍 아이의 입은 무엇을 토하는 것이다. 비리치근한 냄새가 홱 끼친다". 권서방은 머리칼이 곤두선다.

그 소리를 끝으로 결국 애는 죽고, 죽은 애를 진흙구덩이에 파묻고 난 황서방은 땅에 주저앉아 애 에미를 찾으면 "젖퉁일 싹뚝 짤러다 묻어줄 테다"라고 본성에 반하는 저주를 한다.

소설은 "하늘은 그저 먹장이오. 빗소리 속에 개구리와 맹꽁이 소리뿐이다"로 끝난다.

먹장 같은 하늘, 빗소리, 개구리 소리, 맹꽁이 소리는 황서방이 처한 비극에 무심하다.

이태준은 유독 '달'이나 '밤'에 애착을 가진다. 그것은 그가 그려내고 있는 비극적 서정미의 도구들이다. '한국 근대소설의 완성자'라 일컬어지는 이태준의 말을 직접 들어본다.

"하나님께선 무엇 때문에 밤을 마련하셨나? 우리를 재우시기 위해 우리를 아모 생각 업시 쉬게 하시기 위해 마련하셨다면 밤은 무엇 하러 저다지 아름다워야 할 것인가?"(이태준 전집 5,《사상의 월야》, 작자의 말 중에서)

1946년에 월북, 1956년에 '부르주아 반동사상의 잔재를 지닌 작가'로 분류되어 숙청, 이후 남녘에서는 '이○준'의 시절을 거친 뒤, 마침내 온전하게 그 작품들이 되살아난 이태준을 오늘 나는 왜 갑자기 끄집어냈을까?

'황서방'은 줄어들기는커녕 더 늘어나고 있고, 앞으로 더 늘어날 것인데, 황서방을 위로하는 것은 '권서방'이지 '금테안경'이거나 '병원'이 아니라는 것을 이야기하기 위해서일까? 널리 알려져 있듯이 나라의 빈부 차는 미국 다음이라 한다. 높은 생계형 자살률은 오래전부터 세계 최고다.

우리는 이 소설이 쓰여졌던 70년 전보다 더 행복해졌는가? 누구도 "그렇다"고 섣불리 답할 수 없다. 오히려 더 나빠졌다고 말할 수밖에 없다. 그래서 이 소설은 비록 아름답지만, 좋은 문학이 대개 그렇듯 고통스럽기 짝이 없다.

뜻 없는 고난이 없을진대 희망을 잃지 말자

함석헌, 《뜻으로 본 한국역사》,
한길사,
1983년

내게는 비록 고서는 아니지만, 비교적 오래된 책이 한 권 있다. 함석헌이 지은 《聖書的 立場에서 본 朝鮮歷史》가 그것이다. 단기 4283년(1950년) 성광사(星光社) 판, 정가 750'圓'짜리 책이다. 그런데 이상한 일은 판권의 왼쪽 끝자락에 '발행소 성광문화사'라는 큰 글자 옆 괄호 속에 '비매품'이라 적혀 있다. 정가와 비매품 표시가 판권에 같이 명기되어 있는 이 이상한 현상에 얽힌 사연에 대해서는 잘 모르겠다. 이 책이 4월 1일에 발행되고 두 달쯤 지나 6·25가 터졌으니 그런 사실과 관련이 있는지도 모르겠다. 이 귀한 책은 김

하수 교수가 2002년 연세대 중앙도서관에 '교수기증도서'로 기증한 것을 《함석헌 평전》(2005년에 '시대의창'을 통해 발행되었으나 지은이와의 판권계약 해지로 현재 개정판 준비 중)을 쓴 이치석 선생님이 복사해 지니고 있다가 내게 선물한 것이다. 나는 이 책을 받고 그에게 어떻게 답례했는지 기억이 안 난다. 아마 내가 지녔던 한길사 판보다 먼저 나온, 같은 제목의 책을 건넸을 것이다.

　　그러고 난 뒤, 어느 날 책장을 뒤지다가 내게 한길사 판 《뜻으로 본 한국역사》가 없다는 것을 알 수 있었다. 발간된 이후 70여 년 내내 읽히고 있는 이 유명한 책이 내 시골 책장에서 사라진 것이었다. 나중에야 알았지만, 한길사 판은 큰애가 고등학교에 다니던 시절에 보라고 건넸다는 것을 알 수 있었다. 딸아이는 아빠가 건넨 책은 아

빠 스스로 되찾아가기 전에는 돌려주지 않아도 되는 것으로 알고 있는 것 같았다. 자식을 키우다보면 준 게 아니라 보라고 준 책이 제각제각 돌아오지 않을 수도 있다는 것을 새삼 겪게 된다.

내 나라 슬픈 역사가 소년을 울리다

내가 딸애에게 이 책을 권했던 시기가 그 애의 고등 시절이었 듯이 내가 이 책을 처음 접했던 때도 고등학교 시절이었다. 몇 학 년 때였는지는 모르겠으나 나는 이 책을 다 읽은 뒤, 책상 위에 머 리를 파묻고 큭큭, 흐느꼈다. 우리나라 역사가 너무 슬퍼서였던 것 같다. 가슴속에서는 불덩이 같은 것이 활활 타올랐던 기억도 희미 하게 나는 것을 보면, 단지 슬퍼서였다기보다 소년다운 비분강개 의 감정도 일독 후의 감정 속에 뒤엉켜 있었던 것만 같다. 내가 국 적을 선택한 것은 아니었지만, 나는 왜 하필이면 여기 이 나라에 서 태어났을까? 내 나라는 왜 이토록 파란만장하고, 슬프고, 비통 하고, 서글픈 일투성이였단 말인가. 아아, 나는 앞으로도 필경 이 나라에서 살아갈 수밖에 없을 텐데, 그렇다면 어이해야 옳단 말인 가? 다 읽은 '함석헌' 위에 머리통을 박고 흐느끼던 소년은 아마 그런 비장함과 처연함이 뒤섞인 감정에서 몸을 떨었던 것만 같다.

그것을 함옹은 '고난의 역사'라 했다. 고난이 거듭된다면 반드 시 거기에는 뜻(의미)이 있을 것이라는 게 함옹의 생각이었다. 그때 그 소년은 이 책을 읽고 왜 그토록 비분강개에 사로잡혔을까. 1934

년 2월 김교신이 펴내던 《聖書朝鮮》지에 이 글이 처음 연재되면서 겨우 200~300명밖에 안 되긴 했지만, 일제 치하 독자들이 이 글에 표했던 비분강개와 민족적 저항의식과 70년대 초 해방된 나라에서 자란 시골 소년의 비분강개 사이에는 어떤 차이가 있을까.

그 후 소년은 대학생이 되었다. 유신시대였다. 그렇지만 함옹이 살아 계시던 때였다. 친구로부터 함옹이 명동 YWCA에서 '노자강독(老子講讀)'을 하신다는 이야기를 들었다. 친구와 함께 명동으로 가서 함옹을 기다렸다. 아마도 70년대 중후반이었을 것이다. 명동 위장결혼식 사건이 일어나기 전이었다. 함옹은 후일, 그 결혼식이 '반박정희 운동'인 줄 모르고, 단지 주례로서 참석했을 뿐이라고 밝히셨다. 그러나 경찰은 흰 옷에 흰 수염을 바람에 나부끼는 함옹을 경찰차에 실었다. 평생 거듭되었지만, 그것이 어른의 마지막 구치소 행, 혹은 옥고였다.

함석헌옹에게서 받은 충고

함옹이 나타나시기 전에 건물 한 귀퉁이 마룻바닥에는 먼저 와 기다리는 학생들로 가득 차 있었다. 앞줄에는 주로 나이 든 분들이 앉아 계셨다. 라면상자만 한 녹음기가 여기저기에서 보였다. 더 얇아지고 작아지는 것이 기술 발전의 역사라면 70년대 중반의 녹음기는 아직 상당히 큰 덩치를 어쩌지 못하고 있었다. 나중에야 알았지만, 앞자리에 앉아 계시던 '아저씨들' 중에는 후일 '함석헌학

(學)'이라 할 만한 일에 종사한 학자로서 그와 관련된 책들을 수없이 쏟아내고, 그의 이름으로 지금도 갖가지 행사와 제각각 다른 단체를 맹렬하게, 배타적으로, 혹은 입신양명의 방책으로서 꾸려가는 이들도 포함되어 있었다.

노자에 대해서는 아무것도 모르는 장발의 청년은 미리부터 왠지 엄숙한 분위기에 주눅이 들어 숨을 죽이고 함옹을 기다렸다. 노자라면 "그저 애써 뭔가를 이루려 하지 말고 물 흐르듯이 잘 놀아라, 그러면 꺾이지도 않고, 깨어지지도 않고, 부러지지도 않고, 종당에는 만사형통할지니"라는 말을 남긴 할아버지 정도쯤으로밖에 모르던 청년이었다. 친구와 그곳에 참석하기로 작정하고 내가 준비한 《노자》는 삼성출판사 사상전집 보급판(1976년) 23번이었다. 지금도 내가 사랑하는 그 사상전집은 아르바이트를 해서 할부로 산 책이었다.

마침내 함옹이 나타나셨다. 함옹은 당시 원효로에 살고 계셨던 것으로 기억한다. 함옹은 당시 버스나 택시를 타지 않고 흰고무신에 하얀 한복을 입고, 어디를 가시든 걸어다니셨다. 어른의 트레이드마크이기도 한 희디흰 수염을 미염(美髥)이라 해야 옳을지 그런 말조차도 불경스러운 표현일지는 모르겠다. 가슴이 쾅쾅, 뛰었다. 함석헌 선생을 이토록 가까운 곳에서 뵙다니. 이래뵈도 나는 《뜻으로 본 한국역사》를 읽고 울었던 사람이다. 그런데 그를 실체로 만나다니, 어찌 가슴 설레고, 피가 뜨거워지지 않을손가. 그 순간도 내 삶에서 잊을 수 없는 순간들 중의 하나라고 말해도 그리 지나친 말이 아닐 것이다. 쿵쾅쿵쾅, 뛰는 가슴을 쓸어내리며 선생의 노자강독을 들었다.

"도나 하나님은 근본 되는 것이고, 증명될 수는 없지만 우리와 멀리 떨어져 초월적으로만 존재하는 것이 아니다", 아마도 그때 그런 말씀을 하신 것 같다. 이어서 "태초에 말씀이 있었다라는 말이나 세상에 시작이 있다(天下有始)는 것도 화폭에 점 하나 찍듯이 없는 것이지만 시작은 있다라고 풀 수 있다"고 하셨을 것이다. 노자의 저 유명한 '상선약수(上善若水)'라는 말씀도 그때 들었던 것만 같다. 앞자리의 아저씨들은 열심히 말씀을 받아 적기도 했지만, 녹음기에 녹음이 제대로 되고 있는지 자주 손으로 녹음기를 쓰다듬으며 확인하곤 했다. 가끔씩 여기저기에서 테이프를 교환하는 소리가 찰칵찰칵 들리기도 했다. 그때, 아무 일도 일어나지 않았을까? 그런데 마침내 사건이 터졌다.

"저기 앉아 있는 학생!", 함옹께서 나를 손으로 가리키셨다. 세상에, 함옹이 나를 지적하다니. "예, 저요?", 엉겁결에 오그라드는 목소리로 대답했다.

"자네는 왜 그렇게 허리가 굽은가? …저 학생처럼 허리가 굽으면 마음도 굽고, 마음이 굽으면 정신도 굽지, 그러면 바른 생각, 바른 삶을 살 수 없지. 학생은 자세를 고쳐야 해."

세상에, 천하의 함옹께서 첫 만남에서 하필이면 나를 지목해 하시는 말씀이 나의 굽은 자세를 교정해야 한다는 충고였던 것이다. 나는 거의 죽고 싶을 정도로 창피했다. 함옹을 만나러 가자고 한 친구가 원망스러웠다. 실로 얼굴 빨개지는 순간이었다. 나는 지금도 다른 이들보다 등이 좀 굽은 편인데, 20대 때에는 더욱 굽은 청년이었다. 독재자가 나를 땅바닥만 보고 걸으라고 한 것도 아니었건만, 나는 고치지 못한 표 나도록 나쁜 자세가 있었다. 함옹에게 치명적인 충고를 듣고 창피해서 얼굴 빨개졌다고는 하지만, 강독이 끝나고 70년대 명동성당 앞 언덕에서 시원한 바람에 장발을 흩날리며 중앙극장 쪽으로 걸어내려 가면서 그리 기분이 나쁘지만은 않았던 것 같다. 저 유명한, '광야의 외치는 자'가 나를 지목해 나의 자세를 고쳐야 한다는 사소한 부탁을 하셨기 때문이다.

화약 같은 문학작품으로 읽어야 할 역사책

1950년 3월 28일에 쓴 단행본 서문에서 함석헌은 "본래 이것은 자신 홀로의 탄식이며, 반성이요, 친구에게 하는 위로며 권면이다. 우리의 기도요, 신앙이지, 역사연구가 아니다"라고 밝히고 있다. 첫 단행본으로 펴내면서 30년대 연재 당시의 날것 그대로 세상에 내놓는 일에 대해서는 "이 고난의 역사는 이대로 그 포인시대(捕囚時代)의 일종 예술품이니 그 모양대로 두어서 고난을 말하게 하자는 것이다. 불완전히 표시된 것도 그 시대의 그 공기니 그냥 두자는 것이요, 연구가 치밀하지 못하고 논법이 거친 것도 그 고난곡(苦難曲)에 뽑힌 깨어진 악기 저 제대로의 면목이니 그냥 두자는 것이다"라고 하면서 책의 발간을 기뻐하기보다는 그는 슬퍼하고 있었다.

일부 학자들 중에는 고난사관에 의거한 이 책의 저자 함석헌을 '30년대 최고의 역사가'로 봐야 한다는 견해도 있지만, 어디까지나 당시 학생들에게 우리 역사의 참모습을 가르치기 위한 고뇌의 산물이었으므로 "역사서로보다는 차라리 수필로 읽어야 할 책"(김현, 〈고난의 시학〉)으로 봐야 할 것이라는 견해가 설득력을 얻고 있다. 혹은 처음 발표될 때의 지면과 첫 제목을 생각할 때, 역사를 기독교  의 신 중심의 역사 서술로 간주하고 있기에 보편성이 없다거나 잃어버린 만주를 한스러워하는 지리적 결정론을 들어 패배주의가 흐른다고 그 평가에 유보적인 태도도 있는 것(이치석의 책, 305~306쪽)으로 알고 있다. 1965년 '넷째 판에 부치는 글'(한길사 1983년 판에 수록)에서 함옹은 기독교의 신만이 역사를 주관한다는 생각을 철회한다.

이 명저의 평가가 어떻게 진행되고 있든, 내게 이 서늘하고 호탕한 문체에, 비애와 고통에 가득 찬 함석헌의 한국사는 우리가 누구이며, 왜 이곳에 태어났고, 지금 할 일이 무엇이고, 어떻게 살아야 할 것인가에 대한 지침서로서, 우리 속에 잠자는 어떤 격정에 불을 붙이는 화약 같은 빼어난 문학작품으로서 자리 잡고 있다.

　이명박 정권 2년차, 최후의 자존심마저 야비하게 조롱당한 전 직 대통령은 벼랑에서 몸을 던져버렸고, 이후 뚜렷하게 후퇴한 민 주주의를 회복하기 위한 각계의 시국선언이 들불처럼 번지고 있지 만, 이 정권은 대통령으로 뽑힌 과정이 합법적이라는 단지 그 이유 하나로 마치 한 나라를 접수한 점령군처럼 오불관언, 국가폭력을 남용하고 있다. 주권자들이 국가에 허락한 합법적 폭력을 바로 그 주인에게 무자비하게 행사했던 정권은 반드시 처참하게 망했다. 역 사가 가르쳐준 것 중의 핵심이 바로 그것이기도 하다. 함웅의 삶과 앞으로도 오랫동안 읽힐 그의 베스트셀러가 우리에게 가르쳐준 확 신도 바로 그것이었다.

천작(天爵)이라는 말을 가르쳐준
다자이 오사무

다자이 오사무의 《斜陽》, 《만년》, 《人間失格》 외

문고 이야기

'다자이 오사무(太帝治)'라는 작가를 처음 알게 된 때는 언제였던가? 아마도 고등학교 시절이었던 것 같다. 70년대 초반, 독수리한 마리가 로고로 새겨진 동화문고(44번)를 통해서였다. 《斜陽》은 아쿠타가와(茶川龍之介)의 《羅生門》과 같이 실려 있었다.

그러고 보니 그때에는 참 문고가 많았다. 저 유명한 삼중당 문고가 있었고, 삼성출판사에서도 한국 현대작가들의 작품을 붉은 책 표지 속에 넣어 싼 값으로 발행했다. 동화문고가 있었고, 다윈의 《종의 기원》이나 프로이트의 《꿈의 해석》 같은 고전들을 많이 펴낸 동서문고도 있었다. 감동에 차서 밑줄 박박 그으며 보았던 에리히 프롬의 《사랑의 기술》도 동서문고본으로 처음 접했었다. 문예출판사에서 펴낸 문예문고 《대장 몬느》, E. H. 카의 《역사란 무엇인가》는 탐구당 판 문고본이었다. 삼성미술문화재단에서 펴낸 삼성문고는 아마도 피히테의 《독일국민에게 告함》으로 시작했을 것이다. 《월든》의 축약본이었던 소로우의 《숲속의 生活》은 박영문고로 기억한다.

물론 그 문고들 거개가 세로 조판이었다. 그런데, 요즘 젊은이들은 가로로 편집된 책들은 읽어도 세로로 조판된 책들은 못 읽는다는 소리가 들린다. 나는 죽었다 깨나도 따라 부르기는커녕 제대로 이해도 못할 랩도 잘 부르고, 보는 것만으로도 너무나 현란하고 아찔한 브레이크 댄스(비보이춤)도 잘 추고, 휴대폰 문자도 귀신같은 속도로 전송하는 젊은 세대들을 나는 우리 세대보다 진화된 세대들로 경탄하고 있었다. 참으로 대단한 세대들이 출현했다고 내심 감탄하고 있었다. 우리 세대만 해도 대학생인데도 부모 잘 만나 늘 양복 쫙 차려입고, 머리통 속에 거의 아무것도 든 게 없다고 간주해도 틀림없던 녀석들이 졸업하기 바쁘게 덜컥 교사도 되고, 쉽게 공무원도 되곤 했었다. 그 재주들이 매우 뛰어나건만 직장 구하기가 하늘의 별따기인 나쁜 시대에 태어난 요즘 젊은이들이 참 시절 운이 없다, 그러고 있었는데, 이 아이들이 못하는 게 바로 세로 조판의 책을 못 읽는다는 것이었다. 처음 그 이야기를 들었을 때, 알파벳 문자와 달라 가로로 읽을 수도 있고, 세로로 읽을 수도 있는 우리 한글의 우수한 기능의 반밖에 활용할 줄 모르는 젊은 세대들의 반쪽 능력이 너무나 납득이 되지 않았다. 그저 눈동자를 위아래로 깜박깜박하기만 하면 되는 천하에 쉬운 일인데, 세로로 조판된 한글을 못 읽다니, 한심한 녀석들 같으니라구, 그랬다.

어쨌거나 당시 문고판들은 세로 조판이 많았고, 그것도 2단으로 조판해서 한 페이지에 많은 분량의 글을 담고 있었다. 물론 가격도 쌌다. 최근에 이명박 대통령의 해외순방에 '따라붙었다가' 개망신을 당한 황아무개(이젠 이름마저 적고 싶지 않구나)의 단편선집 삼중당문고 193번,《森浦 가는 길》도 500원이었다. 당시 문학도들에게 193번은 교과서였다. 그토록 서정적이면서 눈물 나도록 치열하게 70년대를 묘사하던 그 전설적인 작가가 어찌하여 누가 시키지도 않은 망할 메시아 사상에 젖어 하필 이 고약한 시대에 좌에서 우

로 왔다리 갔다리 하다니. 어쨌거나 삼중당문고보다 더 오래된 을
유문고도 1,000원 안팎이었다. 그 윗세대들, 그러니까 단기 4292
년 즈음에 발행된 형님 세대들이 보던 양문문고나 신태양문고, 사
상계에서 펴내던 문고도 기억난다. 칼 야스퍼스의《原子彈과 人類
의 未來》, I. 구우젱코의《巨神의 墜落》같은 책들이 곧 사상계문고
였다.

비록 살림살이 어렵고 나라 형편이 가난하긴 했지만, 당시만 해
도 출판인들에게는 출판 정신이라는 게 있었던 것 같다. 값싼 가
격으로 진짜 양서들을 널리 보급한다는 '문고정신' 말이다. 그러나
지금은 엄청 풍요로워졌건만, 말도 안 되는 내용의 책에 정신없이
비싼 가격이 매겨진 악서와 잡서들이 홍수를 이루고 있으니, 풍요
와 정신의 기품과는 아무 상관이 없다는 게 판명된 셈이다. 심지어
최근 어떤 출판인이 "지금 시대는 내용보다는 디자인이에요. 디자
인으로 승부를 내야 한답니다", 어쩌구 했을 때에는 뺨을 후려치고
싶었다. 어떻게 책이라 불리는 서물(書物)이 거기 담긴 내용이 아니
라 디자인으로 승부를 내야 할, 단지 상품에 불과하단 말인가.

지금 우리 곁에는 천작(天爵)이라 부를 사람이 있을까

《斜陽》을 만난 이후, 나는 다자이 오사무의 작품은 다 찾아보
게 되었다. 처음 접했던《斜陽》이 그토록 강렬했던 모양이다. 지금
은 내용도 다 잊어버린 그 중편의 무엇이 그리 강렬했을까? 그것은

단 한마디의 말, '천작(天爵)'이라는 단어 때문인지도 모른다. 다른 내용은 다 잊어버렸지만, 앞 부분에 나오던 그 단어만은 잊을 수가 없다. 하늘이 내린 작위 천작! 그 말을 읊조리노라니 가슴속에서 쓸쓸하지만 환한 빛 같은 게 피어오른다. 다자이 오사무라는 이름의 일찍 죽어버린 슬프고 불쌍한 한 천재(?) 작가의 생애가 스러지는 석양빛(사양)과 기묘한 조화로 중첩되면서 그 처음 접했던 단어가 환기했던 추억이 그토록 오래갔던 것이다. '천작'이라는 단어는 소설이 시작하면서 곧바로 출현한다.

아침, 식당에서 수우프를 한 스푼 홀쩍 들이마신 어머님이,
"아."
하고 나직이 소리를 지르셨다.
"머리카락인가요?"
수우프에 뭐 언짢은 게 들었나 하고 나는 생각했다.
"아아니."
어머니는 아무 일도 없었던 것처럼, 한 스푼 홀쩍 입 속에 흘러 넘기시고, 딴 생각을 하는 듯한 조용한 얼굴로 옆으로 향하여, 부엌 창밖에 만발한 산벚꽃을 쳐다보셨다. 그렇게 얼굴을 돌린 채 다시 또 한 스푼 수우프를 쪼그마한 입술 사이로 흘러 넘기셨다. 스푼으로 홀쩍한다는 표현은 어머님의 경우 결코 과장이 아니다. 부인 잡지 같은 데에 나오는 음식 먹는 예법과는 전혀 식이 다르시다. 내 동생 나오지(直治)가 언젠가 술을 마시면서 나에게 이렇

게 말한 일이 있다.

"작위(爵位)가 있다고 해서 귀족이라고 할 수는 없는 거야. 작위는 없어도 천작(天爵)이라는 것을 가진 훌륭한 귀족도 있고, 우리들처럼 작위만을 가지고 있으나, 귀족은커녕 천민(賤民)에 가까운 사람도 있지. (…) 진짜 귀족은 저 이와지마 녀석처럼 서투르게 뽐내는 짓은 하지 않아. 우리 집안에서도 진짜 귀족은 아마 어머니 한 분이겠지. 어머니는 진짜야. 남이 흉내를 못 내는 데가 있어."(민병산 옮김, 동화출판공사, 1972년)

세월이 흘러 40대 초반께, 잠시 시간강사로서 모교의 후배들에게 소설 강의를 하게 되었을 때, 나는《斜陽》의 첫 장면에 대해 오랫동안 이야기하곤 했다. "단 몇 줄의 글로 '어머니'라는 인물과 '나'라는 인물의 성격과 관계를 이렇게 군더더기 없이 상큼하게 등장시킨 소설을 너희는 일찍이 본 적이 있느냐?"고 묻곤 했다. 학생들은 선배라지만 시간강사가 강요하는 감동에 예의상 호흡을 맞추기 위해 고개를 갸우뚱하면서도 그냥 지나쳤던 부분을 다시금 정독하는 모습을 보여주었다.

지금은 그 내용을 다 잊어버려 다시 읽지 않으면 한마디도 말할 게 없는 소설의 이 첫 장면이 얼마나 인상적이었는지 이후, 나는 사람을 만날 때 그 사람이 귀족인가, 평민인가, 혹은 천민인가, 만약 귀족이라면 그것은 작위만 가진 얼치기인가, 천작의 품위를 가진 진짜 귀한 사람인가, 살피기 시작했다. 물론 내가 말하는 귀족은 흔해빠진 '부자'와 '권력자'를 뜻할 리가 없다. 다자이 오사무의 소설에 나오는 '어머니'처럼, 그 자식에게조차도 진짜 귀족, 즉 천작을 받은 여인이라는 평가를 받을 만한 사람을 뜻한다. 아무리 찾아봐도 주변에 없는 것 같아, "에라 찾느니 내가 그런 사람이 되어볼까", 그런 오기를 잠시 부린 적도 있었지만, 언감생심 나는 천작을 찾는 사람이지 천작은 아니라는 것을 누구보다 잘 알고 있어 포기했다.

자기혐오와 지칠 줄 모르는 죽음에 대한 동경

1909년생인 다자이 오사무는 고리대금업으로 성장한 신흥 자본계급의 아들로서 태어났으나 자기 집안의 부의 내력에 대해 괴로워하고 혐오하는 감수성을 지녔던 인물이었다. 그런 계급적 한계에 대한 자각이 한 원인이 되었는지 고등학생 때부터 자주 자살을 시도하곤 했다. 동경대 불문학과에 입학해 도망치고 응석부리기 마땅한 '문학'이라는 특별한 세계가 있다는 것을 알게 되었지만, 그는 여전히 죽음을 동경했다. 긴자의 술집 여성과 동반자살을 시도했으나 여자만 죽고 혼자 살아남았다. 자기혐오는 더 깊어진다. 대학 때에는 사회주의 운동에 투신하기도 했다. 정신병원에서 나온 뒤, 죽기 얼마 전(35세)에는 루쉰[魯迅]의 일본에서의 행적을 추적했다고 한다. 전후, 자기파괴가 마치 삶의 목적인양 몸부림치다가 결국 39세라는 좋은 나이에 동거하던 야마사키 도미에라는 여성과 강물에 빠져 숙망의 동반자살을 완수(?)함으로써 그토록 벗어던지고 싶었던 삶을 마감한다. 자의식 과잉, 자기혐오와 자기응시의 천재로서 지금도 다자이 오사무는 아쿠타가와나 가야바다 야스나리, 소세키 등의 대가들보다 더 사랑을 받고 있다고 한다. 그의 무덤에는 일 년 사시장철 꽃이 끊이지 않는다고 한다. 우리나라에서는 다자이 오사무만큼 사랑을 받는 작가로 누구를 꼽을 수 있을까? 소월일까, 이상(李箱)일까? 김삿갓일까? 그렇다고 단재 신채호도 만해 한용운도 아닌 것 같다. 존경과 사랑의 행로는 무늬가 다르기 때문이다. 물론 다자이 오사무에 대한 일본인의 사랑도 존경심 때문이라기보다 그가 남긴 특별한 정서의 문학과 윤락녀와 동행한 자살 등, 여러 요인들이 작용하고 있을 것이다.

다자이 오사무의 소설은 《斜陽》 외에도 《뷔용의 아내》, 《晩年》, 《달려라 메로스》, 〈여자의 결투〉, 그리고 《人間失格》까지 거의 다 번역되어 있다. 모두 빼어난 절창은 아니지만, 어느 작품이든 읽는 내내 마음이 아파진다. 《人間失格》은 20대 이후에 봐도 공감을 자아낼지는 모르겠지만, 그를 이야기하면서 빠뜨릴 수 없는 작품임에 틀림없다. 가족과의 불화와 자신의 병적 나약함을 섬세하게 그린 수작으로서는 단연코 《晩年》을 꼽을 수 있다.

천작은 오로지 어머니에게만 허락된 품성이라 천민일 수밖에 없다는 자의식이 도망칠 곳은 죽음밖에 없었던 오사무. 문학은 가끔 유약함과 자기혐오, 반도덕적 광기, 퇴폐적인 자기부정을 통해 의도했든 안 했든, 맑은 순수와 서늘한 도덕을 드러내기도 한다.

혁명가이기 전에 '기품의 인간'이었던 체 게바라

체, 혹은 체에 관한 여러 책들

장자연 리스트, 박연차 리스트, 노무현 게이트, 신경민 교체, 〈피디수첩〉 탄압 등으로 얼룩진 우울한 2009년 봄날, 나는 왜 뜬금없이 지극히 '아름다운 인간'으로 그 평가가 완결된 체 게바라를 떠올리는가. 이 무슨 짓인가? 나도 모르겠다.

20세기의 가장 완전한 인간, 체

사르트르와 그의 오랜 애인이자 계약직 아내인 시몬 드 보부아르는 1960년, 파리에서 아바나로 날아간다. 쿠바혁명이 성공한 이듬해였다. 쿠바혁명에 대한 열정적인 기대를 품고 있었던 사르트르는 그 여행을 '혁명의 밀월여행'이라 이름 붙였다. 섬은 축제 분위기가 감돌고 거리는 춤추는 사람들로 가득했다. 프랑스에서 날아온 사상계의 거물 부부는 어디를 가나 융숭한 대접을 받았다. 쿠바 섬을 접수한 혁명 세력들은 두 작가를 극진하게 영접했다. 카리브 해에서는 카스트로가 운전하는 고속 모터보트도 같이 탔고, 육중한 장화를 신은 체 게바라와 쿠바 시가를 나눠 피우기도 했다(헤이젤 로울리, 《보부아르와 사르트르, 천국에서 지옥까지》, 해냄, 2006년, 459~460쪽 참조). 현실참여 자체가 자신의 정체성이었던 사르트르와 보부아르는 쿠바혁명이 공산주의를 지향하는 고전적인 사회주의혁명인지, 압제에 항거하는 민주화운동인지에 대한 궁금증을 체 게바라를 통해 풀고 싶었다.

아바나 시가지를 지나던 중 사르트르가 말했다.

"이제야 의문이 풀리는군." "무슨 의문이요?" 체 게바라가 물었다.

"쿠바혁명의 정체성 말이오."

"그래, 그게 뭐라 생각하오?" "쿠바혁명은 어떤 관념적 이념을 위해 일어난 것이 아니라 쿠바 민중의 갈망에서 나온 자생적인 결과라는 사실입니다."

체는 그저 빙긋이 웃었다. (박영욱, 《아름다운 혁명가 체 게바라》, 이룸, 2003년, 145~146쪽 참조)

파리로 돌아간 사르트르는 쿠바에 대한 일련의 사설들(《사탕수수밭의 태풍》)을 썼다. 그런 기록을 통해 사르트르는 체 게바라를 '20세기의 가장 완전한 인간'이라고 표현한다.

언제 어떤 경로를 통해서든 체 게바라에 대해 조금이라도 알게 된 사람들은 사르트르의 평가가 그리 넘치는 수사가 아니라는 데에 수긍하게 된다. 그것은 사르트르에 대한 믿음에서라기보다는 체의 인간적 매력과 인품, 그의 열정, 그의 도덕, 그의 소박함, 그의 실천, 그의 뛰어나게 아름다운 외모, 그리고 외롭고 비참했지만 볼리비아 야산에서의 그의 장렬한 죽음까지 가세한 아우라 때문일 것이다.

사르트르가 본 대로 체는 마르크스주의자였지만 소련식의 공산주의자는 아니었다. 빈털터리로 한 나라를 막 접수해 운영하게 되었으므로 소련의 원조가 절실히 필요했던 피델 카스트로보다

자유로웠던 체는 사람의 목숨을 쉽게 여기는 소련, 특히 스탈린에 대한 실망으로 고뇌에 빠지곤 했다. 20세기 인간으로서 남미에서 자란 그가 선택할 수 있는 인간해방의 기반이 마르크스주의일 수밖에 없었지만, 체는 소련에서 배울 것은 없다고 생각했다. 그가 마침내 쿠바의 혁명 세력으로서 획득한 특권을 모두 버리고 콩고를 거쳐 볼리비아를 택한 것도 이미 혁명의지에 불타는 국제주의자이기도 했지만, 볼리비아는 조국 아르헨티나가 속한 남아메리카였기 때문이었다. 아르헨티나나 볼리비아에는 군부의 폭압과 미제국주의의 세계지배로부터 해방되어야 할 '과묵하지만 의심 많고 슬픈 민중'이 있었기 때문이었다.

국내 반입을 두려워했던 체의 티셔츠

내가 체를 처음 알게 된 것은 아마도 다른 사람들과 진배없이 80년대 초반이었을 것이다. 나 역시 한 사람의 젊은 책벌레이긴 했지만, 세계와 긴밀한 소통 자체가 봉쇄된 극동의 한 젊은이였을 뿐인 나는 드물게 아름다운 인간이었던 체의 생각과 삶을 세계의 젊은이들이 이미 이해하고, 감동을 넘어 열광적으로 숭배하고 있던 '같은 시기'에 알고 느낄 도리가 없었다. 그 원인은 외신을 곧바로 접할 기회와 능력이 없었던 내게 있었다기보다는 박정희 군사독재 정권 때문이었다. 박정희 시절, '체 게바라'라는 이름의 혁명가는 수입되어 널리 퍼질 수 있는 정보일 수가 없었다. 지금 젊은이들은 짐작도 못할 일이지만, 브리태니커 백과사전조차도 북녘에 관한 부분은 먹물로 까뭉개고 나서야 수입했던 사상통제, 정보통제의 시절이었으니, 그 존재 자체로서 유럽과 남미의 꿈을 흔들었던 혁명가가 우리 땅에 온전하게 상륙할 수가 없었을 것이다. 아주 나중에 궁정동에서 총성이 울리고 나서야, 그리고 이듬해 광주에서 학살이 자행되고 나서야 체는 마치 일찍부터 열려 있었던 새벽처럼, 우리도 가질 수 있을지 모르는 어떤 희망의 기호처럼 느린 속도로 퍼져가기 시작했던 것이다. 그렇다고는 하나 체의 티셔츠를 입거나 체의 책들이 출판되기 시작한 것은 내 기억이 틀릴 수도 있지만, 90년대가 흘러가고도 한참이 지난 후에야 가능했던 것으로 기억한다.

90년대 초반, 인도나 네팔에서 체의 얼굴이 새겨진 티셔츠를 후배들에게 줄 선물로 사갖고 올 때 나는 그 싸구려 티셔츠가 마약이나 귀금속이 아니었건만, 입국심사대 앞에서 공연히 가슴이 벌렁거렸던 기억이 난다. 두근거리는 가슴을 억누르면서도 "다른 것은 다 빼앗아가도 좋다, 하지만 체의 얼굴이 새겨진 티셔츠만은 봐주시라", 그런 심사로 서 있었다는 이야기다. 지금도 그렇지만 입국심사를 하는 관리들은 땟국물 흐르는 전형적인 배낭여행 차림인 내 배낭을 뒤진 적이 거의 없다. 뒤져봐야 빨지 못한 속옷과 양말짝, 고작 인도향이나 네팔차 따위, 그리고 긴 여행에 너덜너덜해진 책들밖에 끄집어내 살필 게 없다는 것을 그들은 잘 알고 있었던 것이다.

왜 세상은 그때나 지금이나 나를 '뭔가 있는 사람'으로 보지 않는지 알 수 없는 일이다.

피델의 회고

체 게바라는 비록 천식에 평생 시달렸지만, 그 생각이 그지없이 고결했으며, 인간에 대한 사랑이나 연민은 너무나 깊었고, 타인을 대하는 태도에서는 어떤 위치에 처하든 비권위적이었으며, 진심으로 다른 사람의 행복을 자신의 행복으로 여겼다. 바로 그랬기 때문에 인간의 자유를 억압하는 압제와 불의, 폭력, 실천이 결여된 이론, 자제가 안 되는 탐욕, 거짓과 위선을 미워하고 증오했다. 그리고 빠뜨릴 수 없는 것은 그가 너무나 잘생겼다는 점이다. 그 아름다운 얼굴에는 본인은 '실패한 시인'이라 자조했지만 그 또한 한 사람의 작가로서의 지성과 죽음에 연연해하지 않는 의연함이 결합되어 있다. 가혹하리만큼 아름다운 실천의 삶을 보여준 사람이 그토록 빚은 듯이 잘생기기까지 했다니.

단지 12년여의 우정일 뿐이었지만, 혁명동지였던 피델 카스트로만큼 체를 잘 아는 사람도 없다. 1967년 10월 18일 아바나 혁명광장에서 열린 체의 추모집회에서 100만 명의 민중들 앞에서 피델이 말한다.

"우리는 생각하는 인간으로, 행동하는 인간으로, 때 묻지 않은 도덕적 인간으로, 따뜻한 인간성을 가진 인간으로, 오점 없는 행동을 한 사람으로, 그의 사상이 보편적인 가치를 지니고 있다는 것을 의심하지 않습니다. 체처럼 모든 미덕을 갖춘 사람을 찾기는 어려운 일입니다. 또한 그와 같은 성격이 자연스럽게 생겨나기도 쉽지 않습니다. 그와 비슷한 사람을 찾기도 쉬운 일이 아니며, 그를 뛰어넘은 사람을 찾기란 현실적으로 불가능합니다. 그러나 나는 그의 존재가 그와 비슷한 사람이 생겨나게 하는 데 많은 도움을 줄 것이라고 생각합니다."(피델 카스트로, 《피델 카스트로의 CHE》, 김장윤 옮김, 녹두, 2003년, 97쪽)

같은 이야기지만, 1987년 피나르델리오 신축 전자부품공장에서 가졌던 게바라 사망 20주년 추모식에서 피델은 체가 일찍 죽었으므로 다시금 마음 놓고 그를 그리워한다.

"우리는 체와 같이 생각하고, 행동할 필요가 있습니다. 왜냐하면 그를 닮아 행동하는 사람들은 아무리 작고 사소한 것이라도 최선을 다하게 됩니다. 일에 대한 태도나 가르칠 때에도 매사에 솔선수범하고 가장 어려운 일에도 헌신적으로, 자발적으로 나서게 됩니다. 이러한 사람들은 대의를 위해서, 다른 사람들을 위해서 자기를 희생하고, 진정한 연대를 실천하고, 동지를 과소평가하지 않는 사람이 됩니다. 또한 말하고, 실천하는 데 모순이 없는 삶을 사는 사람이 됩니다."(《피델 카스트로의 CHE》 182쪽)

체가 시대와 정치적 신념과 상관없이 보통사람일 뿐인 '우리'에게 어떤 내용으로 관계를 맺을 수 있을지 피델은 안내하고 있다. 나는 평소 '쿠바'와 동일어로 간주되기도 하는 피델에 대해 그가 이룩하고 지켜낸 놀라운 성취에도 불구하고, 비록 아바나 접수라는 긴박한 시절의 혁명동지이긴 했지만 아우 라울에게 정권을 세습한 데 대해 "피델도 할 수 없구나", 하는 감정을 품고 있었다. 그러나 체를 추모하는 피델에게서 체뿐 아니라 피델이라는 인물에 대해서도 정치가의 말이 아니라 인간의 말을 느끼게 된다.

살생보다는 자신의 죽음을 택한 체

피델은 체에게서 죽음의 냄새를 은연중에 맡게 된다. 항상 스스로 너무 많은 짐을 지는 데 주저하지 않았던 체는 무모하리만큼 대담했고 '살아남는 일'에는 대체로 관심이 없었다고 한다. 그래서 그는 "나는 그를 지키려고 무진 애를 썼습니다. 그가 하고 싶은 것을 하게 놔두면 죽을 것이 뻔했기 때문이죠."(피델 카스트로, 이냐시오 라모네, 《피델 카스트로 마이 라이프》, 송병선 옮김, 현대문학, 2008년, 202쪽)라고 우려한다. 하지만 피델의 우려대로 체는 '남아메리카 연방'의 꿈을 품은 한 게릴라의 자격으로 볼리비아로 갔고, 그 황량한 볼리비아의 야산에서 중과부적의 전투 중, 부상당한 동료의 안경을 주우려다가 다리에 총상을 입고 사로잡힌다. 지금은 절판된 《체의 일기》(거리문학제, 1997년)에 의하면, 게릴라들을 목격한 볼리비아

농부를 처단해야 한다는 동료들의 만류에도 불구하고, 농부가 신고할 것이 틀림없다는 것을 예측하면서도 풀어준다. 혁명가이면서도 동시에 불필요한 살상을 극도로 혐오했던 체는 파멸의 순간을 당겼으되 의연했고, 끝내 자신의 원칙에 충실했다. 볼리비아군은 체를 살해하라는 린든 존슨의 명령에 의해 체를 사살했지만, 그의 주검에서조차 두려움을 느낀다.

체는 마침내 불멸이 되었고, 또 한 사람의 위대한 박애주의자 예수에 비견되는 신화가 되었다. 이 세상이 지금보다 좀 더 나은 세상이 되는 일에 관심을 가진 모든 이들에게 체는 하나의 기호가 되었다.

시인 이산하가 체를 일컬어 '인류보다 좀 더 진화한 인간'이라고 한 말(체 게바라,《체 게바라 자서전》, 박지연 옮김, 황매, 2004년, 10쪽)에 나는 사심 없이 고개를 끄덕이곤 한다. 체를 생각하면 진화는커녕 퇴행을 선택한 '여기 이곳'의 우리 사회와 치열하지 못한 나의 삶이 왜소하다고 느껴질 때가 있다. 그렇지만 시골에서 밭에 거름을 뒤섞으면서 내게 허락된 시간을 이제야 내 마음대로 사용하게 된 기쁨 속에서 나는 항구나 광산에서 몸으로 자원 활동을 하던 체를 떠올린다. 후회와 습관적인 반성으로 가득 찬 책 따위를 잠시 경멸하고, 늘 몸을 사용했기에 '자원봉사의 대가'라고도 불렸던 체처럼 장작을 패거나 풀을 벨 때, 나는 마치 그가 멀지 않은 이웃마을에 살고 있는 한 선배인 것처럼, 착각하기도 한다.

실현 불가능한 대의(大義)에 헌신했던
위대한 괴짜들

피터 드러커,《방관자의 시대》,
이길진 옮김, 갑인출판사,
1979년

《방관자의 시대》를 처음 만난 때는 1980년 가을께였다. 갑인출판사 판 초판 연도는 1976년이었는데, 내가 구한 책에는 '재조정가 1,500원'이라는 글자가 고무인으로 찍혀 있었다. 본디 책값은 2,500원이었다. 출판사는 왜 책값을 내렸을까. 순전히 억측이지만, 제목 때문이었을 것이다. 그런 오불관언의 제목으로는 책이 안 팔렸을 게 뻔하다. 감히 어떤 시대였던가. 이 나라 80년대에 '방관자'라는 말은 어떤 종류의 사람에게는 입에 올릴 수 없는 금기어 중의 하나였다. 책의 속표지 하단에는 '80년 가을, 황지에서'라고 적혀 있었다. 석탄합리화정책이 시행되기 전의 황지는 이 나라에서 가장 거대한 광산촌이었다. 버스정류장 근처에 있던 책방 앞에는 늘 탄가루가 휘날리곤 했다. 책방 앞 레코드 가게에서는 송창식의 노래가 자주 흐르곤 했다. "보이는 게 모두 돌아앉았으니 고래 잡으러 동해바다로 가자"는.

기분 나쁜 책제목

피터 드러커는 '미국 경영학의 아버지'라 불린다. 살아생전에 책을 많이 펴낸 정력가였다. 우리나라에서는 '경영 바이블'로 그의 책들이 여러 종 출간되어 있다. 그러나 80년 즈음 내게 드러커는 처음 들어보던 사람이었다. 방관자는 곧 '비겁자'와 동의어로 느껴지던 나이였는데, 그것은 먼 곳 남녘에서 일어난 학살에도 불구하고 나는 멀쩡하다는 데 대한 자괴감 때문에 더 가중되었는지도 모른다. 책은 "방관자에게는 자기 역사가 없다"라고 하면서 시작한다. 이어서 "방관자는 무대 위에 있기는 하나 배우는 아니다. 방관자는 청중도 아니다"라는 선언과 함께 드러커는 이 책이 "자서전도 아니요, 역사도 아니요, 단지 나의 반생(半生)을 충실히 담고 있되, 내가 만났던 사람과 사건들 중 기록할 만한 가치가 있는 인물(사건)들만 다룬, 그래서 내 체험이나 생활이나 일은 단지 반주에 불과하다"는 말을 덧붙인다.

왠지 기분 나쁜 책 제목 때문에 책을 읽기 시작한 것은 아마도 수년 뒤, 광산을 떠나고 나서였을 것이다. 드러커가 다룬 인물들은 가히 충격적이었다. 드러커의 기억력은 풍성하면서도 정확했고, 반주자로서의 드러커의 관점 역시 일관되게 흐른다. 책에 담긴 인물들은 하나같이 그 재능이나 성취에서 특출하게 빼어난 인물들인지라 책장을 넘길 때마다 감탄과 감동을 자아냈고, 읽는 이의 왜소함과 무력감을 확인시켜주었다. 좋은 책이라면 마땅히 독자의 이마를 쪼개고, 심장을 도려내고, 무방비 상태의 몸과 영혼을 위축시키거나 달뜨게 만들 것인데, 이 책이 바로 그랬다.

잊을 수 없는 폴라니 가(家), 혹은 칼 폴라니

1920년대 오스트리아 빈을 무대로 펼쳐지는 이 책이 다루고 있는 인물들은 한국의 기업가나 천민자본주의를 옹호하는 나팔수들이 감당하기에는 도덕적으로 너무나 뛰어난 이상주의자들이었다.

합스부르크 가의 마지막 황제가 퇴위하고, 공화제가 선포되면서 사회주의자들이 나타나고, 이어서 히틀러가 등장한다. 드러커는 격동의 현대사에서 '19세기적인 이상'을 버리지 못했던 위대한 괴짜들을 회상한다. 19세기적 이상이란 곧 모든 형태의 억압으로부터 인간을 해방시키려는 대의(大義)였다. 19세기적 모순을 극복하고 새로운 사회, 즉 '자유이면서도 부르주아적이거나 리버럴하지 않은 사회, 번영은 하지만 경제에 지배되지 않는 사회, 공동체적이긴 하지만 마르크스적 집단주의와는 인연이 없는 사회'에 대한 꿈으로 채워진 대의였다. 이후에 전개된 현대사가 그런 꿈이 펼쳐질 자리를 깔아뭉갰다는 의미에서 그 꿈은 19세기적 이상주의자들만 꿀 수 있었던 꿈이라 할 수 있다.

어떤 이들이었을까. 드러커가 1927년에 만난 폴라니 가문의 사람들만 예로 들어보자. 드러커가 쓴 파나마 운하에 관한 논문이 독일 경제지에 실리자 《오스트리아 에코노미스트》에서는 젊은 드러커를 기특하게 생각해 편집회의에 초대한다. 당시 이 잡지는 유럽에서도 손꼽히는 경제전문지였다. 마침 크리스마스였다. 어려서부터 부친의 서재에서 보던 매체의 편집회의에 초대된 영광을 드러커는 온 생애를 통해 가장 멋진 크리스마스 선물로 생각한다. 그곳에서 그는 편집장, 칼 폴라니를 만난다.

폴라니의 박식과 카리스마에 반한 드러커는 편집회의 이후 폴라니 집에 가서 아까 나누던 '히틀러가 곧 독일을 지배할 것'이라는 테마에 대해 좀 더 이야기를 나누고 싶다고 청한다. 기꺼이 청을 수락한 폴라니를 따라 드러커는 그의 집으로 간다. 잡지사에서 나올 때 마침 폴라니의 월급이 나왔다. 공교롭게도 드러커가 그 수표를 받는 심부름을 하게 되었다. 당시 편집장 폴라니가 받고 있던 월급은 엄청난 금액이었다. 전차로 일단 종점까지 가서 다른 노선으로 갈아타고 공장지대를 거쳐 다시 종점까지, 그 후 20분 이상 걸어서 폐차장과 쓰레기 처리장을 지나, 삐걱이는 판자 계단을 걸어올라 그의 낡은 아파트 5층에 이르렀을 때, 가족들은 '크리스마스 디너'를 준비하고 있었다. 아내와 여덟 살 난 어린 딸, 그리고 헝가리 남작의 딸이었던 늙은 장모가 그들이었다. 그때 드러커는 태어나서 가장 최악의 식사를 했다. 아무렇게나 껍질을 벗긴 감자 한두 알이 성탄절 식사의 전부였다. 그들은 식사에도 손님에도 관심이 없었다. 오로지 그들의 대화는 다음 달 생활비 이야기뿐이었다. 그들이 신경 쓰는 생활비는 조금 전 폴라니가 회사에서 받은 월급의 1만분의 1도 안 되는 액수였다. 그것은 함부르크의 수습서기로 재직하던 드러커가 아무리 절약해도 살아갈 수 없는 금액이기도 했다. 참을 수 없는 심정이 된 드러커가 마침내 물었다.

"끼어들어 미안합니다만, 실은 조금 전에 폴라니 박사님의 수표를 보았습니다. 그 정도라면 더할 나위 없이 잘살 수 있다고 생각합니다만……."

그 순간 네 가족은 침묵했다. 드러커는 무한한 침묵처럼 느꼈다. 이어 네 사람이 드러커를 노려보았다. 그리고 거의 이구동성으로 말했다.

"무슨 말을 하는 거예요. 월급으로 받은 수표를 자기를 위해 쓰다니! 처음 듣는 얘기예요." 의외의 대답에 얼굴이 붉어진 드러커가 "하지만…… 대부분의 사람은 그렇게 하고 있습니다", 어쩌구 하면서 이해할 수 없다는 표정을 짓자, "우리는 그 대부분의 사람과 다릅니다" 폴라니의 아내 이로나가 엄숙한 말투로 말했다.

"우리 일가는 도리를 존중하고 있어요. 빈은 지금 헝가리에서 온 피난민으로 가득합니다. 공산주의와 그 후의 백색 테러로부터의 피난민이지요. 생활비조차 제대로 벌지 못하는 사람이 숱합니다. 하지만 칼이 버는 능력은 종잇장 같지요. 칼이 월급으로 받는 수표는 가난한 사람들에게 주고 우리 가족이 필요로 하는 것을 별도로 치는 것은 도리를 존중하는 인간으로서는 당연한 일입니다."

칼의 아내 이로나는 헝가리 국유철도 총재의 딸로서, 열일곱 살 때 반전주의 활동가로서 체포 경력도 있는 정치가였고 지하 공산당의 지도자이기도 했다.

청년 드러커는 그날 저녁, 칼 폴라니의 집에서 크나큰 충격을 받는다. 피터 드러커가 구순이 넘어 세상을 떠날 때까지 인간을 물신의 도구로 여기지 않는 그 특유의 도덕경영을 강조하게 된 배경에는 폴라니 가문과의 운명적인 만남 같은 것이 작용했던 것이다.

이상주의자들

이 책에는 프로이트, 토마스 만, 키신저와 같은 역사적 인물들이 대거 등장한다. 그러나 드러커는 폴라니 일가를 자신이 알고 있는 한 가장 재능이 풍부한 사람들이고 가장 큰 업적을 올린 사람들이지만 그처럼 큰 실패를 겪은 사람들도 없다고 회고한다. 빅토리아 왕조시대의 부친으로부터 비롯해 1960년대까지 폴라니 가문이 걸어간 길은 가히 경이적이었다. 부친은 헝가리의 철도왕이었다. 스무 살 연하의 그의 아내 세실리아는 러시아 백작의 딸로서 아나키스트였다. 그녀는 10대 중반에 화학실험실에서 폭탄을 만들어 경찰 간부를 살해한 무정부주의 테러단의 핵심 멤버였다. 10대 후반에 이미 전설이 된 세실리아는 다섯 아이를 낳았는데, 그들 부부는 자식들을 고성(古城)에 집어넣어 세속의 위선과 부패에서 완전 격리시킨 뒤 형제들끼리도 서로 만나지 못하게 유폐시킨 뒤, 가정교사에 의해 '각기 다른 개성을 가진 독특한 인간'으로 육성한다.

후에 장남은 피아트 회사를 만들고 사회주의 성향의 언론사 사장까지 역임하는 사업가가 된다. 뿐만 아니라 무솔리니의 친구 겸 스승으로서 무솔리니의 뇌를 담당하고, 그가 독재자가 되기 전까지 돕는다. 사회주의도 공산주의도 아닌 공동체 국가를 기반으로 하는 계급 통합과 같은 새로운 비전으로 무솔리니를 전향시켜려 했다. 그러나 친구이자 스승을 배신한 야심가 무솔리니는 파시스트가 되고, 장남은 가족들로부터 파문을 당한다.

둘째는 건축기사로서 현대 브라질 회화, 브라질 건축의 기초를 닦았다. 그는 브라질이 유럽의 영향력에서 벗어나야 한다는 신념으로 수도를 내륙에 건설하기 위해 고군분투한다.

편집장 칼 폴라니의 여동생 모우지는 25세 이전에 공적 활동을 다 마쳤는데, '농촌사회학'이라 불리던 그녀의 헝가리 민족운동은 후일 이스라엘의 키부츠 탄생의 기초가 되었다. 유명한 경제학자였으며 시오니스트 프란츠 오펜하이머는 그녀의 제자였다.

막내인 미하엘은 과학자로서 아인슈타인의 조수였는데, 1920년에 이미 노벨상 후보에 올라 있었으나 2차 대전 이후에는 타락한 부르주아 자본주의와 개인을 부정하는 마르크스 사회주의를 모두 배격하는 중도를 걷는 철학자가 되었다.

폴라니 가의 부모는 추구한 일은 각기 달랐으나 한 가지 목표, 즉 대의를 위해 헌신하는 이상주의자들로 자식들을 키웠던 것이다.

저버릴 수 없는 '인간의 도리'

그들이 말했던 '인간의 도리'나 대의는 그러나 현실에서는 이루어질 수 없는 꿈이었다. 지금은 사라져버린 위대한 인간들과 그들이 꾸었던 꿈과 실패를 가까이에서 바라보는 드러커의 시선은 존경에 차 있으나 냉정하기 짝이 없다.

드러커는 어떻게 자신이 방관자라는 것을 알게 되었는가. 그의 나이 열네 살 때 드러커는 '오스트리아 청년단'의 선봉에 서서 깃발을 들고 거리행진을 한다. 근교의 공업도시에서 출발한 노동자들과 합류하기 전까지의 데모 행렬이었다. 그때 드러커는 갑자기 웅덩이를 만난다. 웅덩이를 드러커는 밟고 싶지 않았다. 그러나 결국 군중들에 밀려 웅덩이를 밟게 된다. 그 순간, 드러커는 자신이 스스로 원치 않는 일을 타력에 의해 하는 것을 매우 싫어하는 종류의 인간이라는 것을 깨닫게 된다. 즉, '타인과 다른 견해를 갖는 것이 자신의 숙명'이라는 것을 알게 된다. 드러커는 폴라니 가문을 통해 배운 '인간의 도리'를 평생 동안 잊지 않았으나 공적 인간으로서의 이상이라는 것이 현실에서 얼마나 실현되기 어려운 일인가를 또한 술회한다. 드러커의 반생에 스며든 인간들은 그 재능과 특출함에서라기보다 그들의 실현 불가능한 꿈 때문에 형언하기 힘든 감동과 압박감으로 읽는 이의 가슴을 조인다.

내가 지닌 갑인출판사 책은 절판되었지만, 지금도 싸게 살 수 있는 범우사판(6,000원)이 있고, 드러커가 이 책은 자서전이 아니라고 분명히 밝혔건만, 《피터드러커 자서전》(한국경제신문사)이라 이름 붙인 책도 출간되어 있다.

그러나 나는 이 특별한 책을 젊은 날 광산촌에서 구했던 빛바랜 '갑인 판'으로 거듭 읽곤 한다. 내 꿈을 되살피고, 내 보잘것없는 좌절의 내용을 때로 깊이 들여다볼 필요가 있을 때마다.

'반권력'이 의무라는 것을 가르쳐준 책들

오리아나 팔라치, 《한 남자》,
김범경 옮김, 한벗,
1981년

더글러스 러미스, 《경제성장이 안되면 우리는 풍요롭지 못할 것인가》,
김종철, 이반 옮김, 녹색평론사,
2002년

2009년 1월, 설밑이었다. 끔찍한 일이 일어났다. 이 나라 서울 한복판 용산에서 사람들이 타죽었다. 철거민들 다섯 명과 특공대원 한 명이 그들이다. 그들이 불에 타죽자 그들을 죽인 사람들은 사자(死者)들을 테러리스트, '외부 세력', 화염병과 새총으로 무장한 시민들의 안위를 해치는 폭력배들로 몰아붙였다. 이야기인즉, '그러므로' 죽어 마땅한 이들이 죽었다는 해석이었다. 한 우파 미치광이는 그들을 깨끗하게 태워 없애고, 아직 못 죽인 철거민들 여러 명을 즉각 잡아가둠으로써 '위대한 서울 시민들'의 안녕이 보장되었고, 국가의 정체성이 확고해졌다고 말하기도 했다. 무섭다. 같은 하늘을 이고 같은 말을 쓰며 살고 있는 동족의 발언이라기에는 너무 끔찍하다.

특공대를 기습적으로 투입한 새 경찰청장 내정자는 특공대원의 장례식이 거행된 국립현충원에서 눈물을 내비치며, "앞으로 이런 일이 재발되지 않도록 더욱 확고하게 법질서를 수호하겠다"고 다짐했다. 죽은 특공대원은 "단지 경찰이라는 이유로 억울하게 죽었다"고 말하기도 했다. 경찰청장 내정자의 그런 애도사는 그들이 죽인 다섯 명의 철거민과 참사 직후 즉각 잡아가둔 철거민들이 이 나라에서 제거해야 할 '무장 폭도'라는 믿음에 인장(印章)을 찍는 발언이었다. 그런 애도사가 너무나 감동적이었는지 임명권자가 살고 있는 청와대에서는 그의 사임을 설 이후로 지연했다. 죽지도 않고, 모가지가 잘리지도 않는 사람들은 다르다. 그들은 위기에도 강하고, 위기가 아닐 때에도 강하다.

이 사건은 전에도 늘 일상적으로 느끼는 일이긴 하지만, '국가'라는 이름 아래에서 벌어지는 폭력과 권력게임이 얼마나 처참하고 무서운 장난질인지 가슴 아프게 실감하게 하는 일이었다. 지상에서 가장 무서운 폭력인 국가폭력이 무장이라 할 것도 없는 민초들의 마지막 자기보호 본능으로써 손에 든 화염병과 새총을 상대로 무자비한 진압을 마친 뒤, 이렇듯 득의의 개가를 올리고 있으니 말이다. 목숨 말고는 더 뺏길 게 없는 가난한 민초들의 '그것'마저, 그것은 그것 자체로 하늘이건만, 그것마저 빼앗아야지만 국가는 마음을 놓을 수 있다니, 이 국가놀이가 어찌 처참하고 비극적인 코미디가 아니겠는가.

시인 고은이 노래했다. 노래라기보다는 외마디 탄식이다.

식민지는 얼마나 자신의 국가를 갈망하는가.
국가는 얼마나 국가의 범죄와 탐욕을 쌓아가는가.
– 〈국가〉 전문 (고은, 《개념의 숲》, 신원문화사, 2009, 88쪽)

죽은 철거민들은 진짜 바보들이다. 왜 대한민국에서 철거를 당하는 팔자로 태어나 화염병과 새총을 들었단 말인가. 철거를 당하지 않는 팔자가 가장 좋겠지만, 재주 없고 재수 없어 어쩔 수 없이 철거를 당하더라도 '엄동설한'에 철거당하지 않고, '어둠' 속에서 기습당하지 않고, 죽이기까지는 않는 온순한 나라에서 태어날 것이지, 왜 하필 이토록 잔혹한 나라에서 태어났단 말일까. 언제나 그렇듯이 바보들이 바로 바보이기 때문에 흉살(凶殺)을 당했다. 그래서 참사 직후 한 철거민이 국화 한 송이를 영정도 없는 분향소 천막에 꽂으며 울부짖었다. "다시 태어나려거든 철거민으로는 태어나지 말라"고. 그 울부짖음 때문에 겁 많고 소심한 민초들이 다시 촛불 들고 거리로 나왔다.

죽은 자들은 말이 없다. 죽기 직전에 그들이 어떤 생각을 했는지 아무도 모른다.

국가란 '누구'인가

사건 직후, 필자와 같이 용산 현장을 찾아가 조문을 했던 풀꽃평화연구소 정상명 대표는 그가 발행한 웹진 '풀꽃평화목소리'에서 그들이 죽음에 맞닥뜨렸을 때의 상황을 이렇게 애도했다.

"갑자기 사방에서 뜨거운 불길이 솟구치며 자신들을 덮치는 순간, 그들이 느꼈을 공포와 절망과 비통함은 어땠을까요. 그들 누구도 결코 죽으려고 농성한 것은 아닌데, 이런 결과까지 이르기 위해 농성을 한 것은 절대 아닌데, 농성의 끝이 죽음이라는 것을 깨닫게 되는 순간, 그들의 마음속에서 일었던 절망감은 우리 살아 있는 사람들은 도저히 헤아릴 수 없을 것입니다.

사랑하는 가족들에게 안녕! 한마디 인사도 못 남기고, 불길 속에서 세상을 하직한다고 받아들여야 했던 그 순간, 그들은 얼마나 슬프고 무서웠을까요. 집이 헐리자 겪게 된 서러웠던 시간을 보상받기도 전에 죽음을 맞이해야 하는 끔찍한 현실이 얼마나 한스러웠을까요. 나중에야 확인되었지만, 그런 강제 철거의 고통을 먼저 겪었다는 이유로 지금 막 어려움에 처한 사람들에게 작은 힘이 되기 위해 그곳 망루 꼭대기에 같이 있다 사망한 그분들에게 세상은 어떤 것으로 해석되었을까요. 무엇보다도 그들은 얼마나 분하면서도 허망했을까요. 그들이 이 세상을 떠나기 직전 그들 마음속을 후비던 고독을 감히 누가 어떻게 짐작할 수 있을까요. 그것은 특공대의 한 일원으로 죽음을 맞이한 젊은이도 마찬가지였을 것입니다. 국가는 그 젊은이를 언제든지 국가를 위해 죽을 수 있도록 훈련시켰는데, 정작 죽음에 임한 그 젊은이에게 국가의 명령은 과연 무엇이었을까요. 그곳은 과연 죽을 만큼 명예로운 현장이었을까요."(풀꽃평화목소리, '이 시대 우리들은 모두 불행합니다', 299호)

누가 죽였을까. 국가라는 힘이 죽였다. 국가란 '누구'인가? 부국강병이 그 사명인 국가는 팽창과 존속을 위해 군대와 경찰을 가지고 있다. 이른바 국가의 물리적 힘이다. 그 힘은 어마어마하게 무섭고 강하다. 군대는 아시다시피 적군으로부터 나라를 막는 구실을 하기 위해 조직된 폭력조직이다. 적군의 폭력에는 폭력으로 대응할 수밖에 없기 때문에 '폭력조직'이라는 말에 겁을 먹거나 진저리를 칠 필요는 없다. 경찰은 어떤 존재일까? 자국민의 재산과 생명을 보호하고, 도적놈을 잡는 구실을 하라고 조직해준 폭력조직이다. 말하자면, 사회의 안녕을 위한 착한 일에 쓰라고 허락한 폭력조직이다. 점잖게 말한다면, 군대나 경찰은 '정당한 폭력을 독점하고 행사한다'라고 말할 수 있다. 그래서 국가가 자행한 폭력은 갱들이나 용역직원(속칭 철거깡패들)들이 휘두를 수 있는 폭력과 비교할 수 없이 신성하게 여겨진다. 그런데 역사를 보면 어느 나라나 거의 예외 없이 한 나라의 군대와 경찰은 적국보다는 자국민을 괴롭히고 상처를 입히고 죽이는 데 더 많은 에너지를 쓰곤 했다.

하와이 대학의 럼멜이라는 학자는 얼마만큼의 인간이 국가에 의해 살해되었는가, 라는 통계를 수집해온 전문가다. 국가에 의해 살해된 인간의 수가 지난 20세기 100년 동안, 그의 조사에 의하면, 203,319,000명이었다. 2억 명이 넘었다. 나치가 저지른 600만 명, 스탈린 시절 고의적인 아사정책이 있었기에 그 숫자도 포함시켰다고 한다. 동아시아에서 일어난 살육에 대해서까지 이 학자는 합산했을까 모르겠다. 그런데 경악할 일은 국가가 누구를 죽였는가? 국가가 살해한 대상은 적국의 군대나 양민(외국인)보다는 자국민 쪽이 압도적으로 많았다. 럼멜에 의하면, 국가에 의해 살해된 2억 명 가운데 129,547,000명, 약 1억 3,000만 명이 자국민이었다 (더글러스 러미스, 《경제성장이 안되면 우리는 풍요롭지 못할 것인가》, 김종철, 이반 옮김, 녹색평론사, 2002, 33~34쪽).

꼼꼼한 이 학자의 산수(算數)로 인해 우리는 국가가 그 힘을 허락한 근원이나 바탕이나 토대에 대해서 단 한 번도 예의를 차렸던 적이 없었다는 것을 알 수 있다. 실로 인정하고 싶지 않은 무서운 산수다.

끔찍하고 비극적이고 감동적인 사랑 이야기

오리아나 팔라치의《한 남자(A MAN)》를 만난 때는 1981년, 그때 나는 광산촌의 교사였다. 나는 장화에 청바지를 입고 낮에는 광부들의 아이를 가르치고, 기회만 허락되면 광부들과 같이 갱에 들어갔고, 밤에는 세계적인 인터뷰어 팔라치가 경험했던 끔찍하고 비극적이고 무섭고 감동적인 사랑 이야기를 숨죽이고 읽었다. 너무 멀리 떨어져 있었지만 결단코 '광주'에서 자유롭지 못했고, 그보다 먼저 터진 '80년 사북사태'는 바로 옆 동네의 일이었다. 나는 무엇보다도 20대 후반이었다. 유난히 다른 세기보다 대량학살이 승했던 20세기, 그 학살 명령을 내리고 아무런 책임을 지지 않았던 권력자들만 찾아 공격적인 인터뷰를 펼침으로써 언론학도들로 하여금 '팔라치학(學)'이라는 새 용어를 만나게 했던 긴 머리의 여성, 오리아나 팔라치가 빠진 사랑 이야기는 광산촌의 젊은 교사를 흥분시켰고, 한숨짓게 만들었고, 오랫동안 신열(身熱)로 달아오르게 만들었다.

내가 팔라치의 끔찍하고 무서운 사랑 이야기에서 배운 것은 그것이 반체제의 영웅들이라 할지라도 그들에게 빠짐없이 발견되는 허영심에 관한 내용이었다기보다는 '반권력'이라는 개념이었다. 그리스 군부독재에 맞서 영웅적으로 저항한 시인 알렉코스가 출옥

하는 날, 그를 인터뷰하러 형무소에 갔다가, 마주치는 순간 감전되듯 숙명적으로 빠진 둘의 사랑 이야기는 대개 비슷비슷할 수밖에 없는 흔한 연애 이야기가 아니었다.

1976년 알렉코스가 의문의 죽음을 당한 뒤, 팔라치는 30개나 되는 대저택의 가장 작은 골방에서 1년 반이나 아무것도 먹지 않고 커피와 담배만 입에 대면서 네 차례나 고쳐, 불덩이 같았던 알렉코스와 함께 싸우면서 나눈 사랑의 이야기를 세상에 내놓는다. 그것은 혁명의 이야기, 자유에 대한 이야기, 인간의 존엄성에 대한 이야기, TNT를 같이 나르는 동지로서의 사랑 이야기, 혁명가의 순정한 광기와 한계에 대한 이야기, 폭정은 결코 저항에 의해 무너지는 게 아니라 그 불법성에 목이 막혀 스스로 무너지고 만다는 이야기였고, 임신을 시킨 연인이 낙태까지 시킨 슬픔에 관한 이야기였으며, 무엇보다도 반권력이 자유로운 인간의 피할 수 없는 의무라는 확신에 관한 이야기였다. 때로는 죽음까지 불사하면서 기를 쓰고 만나 몇 마디 이야기를 붙여보니, 권력자들이라는 족속들이 우리 보통사람들보다 결코 더 똑똑하지도, 더 성실하지도, 더 부지런하지도, 더 현명하지도 않더라는 이야기, 단지 그들은 보통사람들보다 더 잔인하고 더 무책임할 뿐 아니라 남달리 탐욕적이더라는 이야기가 그 책에 담겨 있었다. 그런데도 그들이 신성한 우리 개개인의 운명에 치명적인 영향을 미치고, 생사를 좌지우지하고, 모욕을 주고 나서도 사과를 하지 않는 데 대한 울분의 책이었다. 그럼에도 권력은 이 지상에서 절대로 사라지지 않는다는 것, 언제나 권력이 이기고, 설사 무너져 내려도 다시 전처럼 색깔을 달리하여 다시 일어나는 영원한 권력에 대한 이야기였다. 그렇지만, 권력에 복종할 수 없는 사람들, 미친 짓인 줄 알면서도 불복종을 견지하지 않고서는 어떤 삶도 의미가 없다는 깨달음 때문에 죽을 때까지 싸우는 사람들의 이야기, 우리 모두 우리 자신의 주인이므로 어떤 상황에서도 자기 자신을 지켜야 한다는 이야기였다.

용산참사는 흘러갈 시간에 의해서든, 항거에 의해서든 필연적으로 무너질 수밖에 없는 이명박 정권의 불안과 초조를 드러내는 비극적인 사건이었다. 권력으로 하여금 살인까지 하게 부추기는 더 무서운 힘인 자본과 가난한 사람들에 대한 우리의 무관심이 이번 사건에도 그 배후였다는 것을, 살아 있는 한 우리는 잠시도 잊어서는 안 될 것이다.

슬프지만 위대한 책, '인디언 멸망사'

디 브라운, 《나를 운디드 니에 묻어주오》,
최준석 옮김, 청년사,
1979년

나는 이 세상에서 그들 인디언들이 가장 아름다웠던 족속이었다고 생각한다. 그들처럼 말한다면 정월은 '나뭇가지가 눈송이에 부러지는 달'이다. 쥬니족은 그렇게 불렀지만, 오마하족에게 정월은 '눈이 천막 안으로 휘몰아치는 달'이기도 하다. 바람 불고, 얼음 어는 정월에 한 권의 책 이야기를 통해 그들, 인디언들을 다시 생각하게 되어 여간 기쁘지 않다. 그들을 생각하면, 적잖이 때 묻은 나는 정화되는 듯한 기분에 휩싸이고, 그래서 갑자기 생기가 난다. 그러나 유쾌하게 엄습한 생기 밑에는 커다란 슬픔이 함께 고개를 쳐든다. 누가 그 아름다웠던 족속을 마치 아메리카들소처럼, 대머리독수리처럼, 여행비둘기처럼, 노랑부리저어새처럼 지상에서 멸종에 가깝도록 사라지게 했을까, 하는 생각이 뒤미처 들기 때문이다. 다름 아닌, 성경책과 무기를 함께 들고 아메리카(편의상 쓰지만 이 말도 다른 표현으로 쓰고 싶다) 대륙으로 건너온 백인들이 그들이었다.

그 사실을 내게 일깨워준 한 권의 책, 그 책은 디 브라운이 쓴 《나를 운디드 니에 묻어주오》(최준석譯, 청년사, 1979)였다. 책의 부제는 당연한 일이지만, '미국 인디언 멸망사'였다. 그 책을 만난 때가 바로 '그해 5월'께였을 것이다. 70년대는 '광주' 이후 분출의 시대를 산 80년대 젊은이들이 상상도 하지 못할 가위눌린 침묵과 동토의 시대였기에 당대적 고통의 질과 짓누르는 비극적 역사의 하중(荷重) 면에서 누구에게도 양보하고 싶지 않은 어둠의 정서를 그 세대 젊은이들은 모두 함께 지니고 있었다. '가짜 사무라이'라고도 요약되는 '박정희'가 아직 총에 맞기 몇 달 전, 유신전제의 발호가 극에 달하던 시절, 그 책을 나는 강원도 광산촌의 자취방에서 읽고 있었다. 쓸쓸했고, 참혹했던 유신 시절의 한복판을 관통했던 '나의 대학 시절' 이후, 나는 곧바로 광산으로 내려갔기 때문이다.

나는 골목에 똥이 그득한 광산촌 사택촌 끝자락의 한 자취방에 엎드려, 책을 읽으면서 여러 차례 흐느껴 울었다. 그래서 세로조판의 '청년사' 판 내 첫 《나를 운디드 니에 묻어주오》에는 지금도 내 눈물자국이 배어 있다. 그것은 디 브라운도 말하듯, 그 책이 '기분 좋은 책'이 아니어서가 아니라, 일차적으로는 백인의 야비한 잔혹성 때문이고, 두 번째로는 우리 현실 때문이었다. 다른 한편, 인디언에 대해 학습된 오랜 몰이해로 인한 부끄러움 때문에도 울었다. 이토록 아름다운 족속이 백인이 만든 '존 웨인' 류의 할리우드 영화 속에서 쓰러질 때, 환호를 지르며 박수를 쳐대던 어린 시절의 부끄러움 때문에도 나는 흐느껴 울었다.

운디드 언덕은 1897년 '사슴이 뿔을 가는 달'(12월), 푸른 제복을 입은 백인들이 그 땅에 발을 붙이며 시작된 대학살을 마감한 장소였다. 의연하고, 기품 있고, 정직했으며, 또한 용기 있었던, 그러면서도 백인들과 달리 자연에 대해 적대적이지 않았던 아름다웠던 족속, 인디언들은 그러나 싸우다가 운디드 계곡에 차곡차곡 묻히는 일을 두려워하지 않았다. 수우족의 추장 '붉은구름'이 한 말보다 더 백인의 정체를 잘 드러내는 말은 따로 없을 것이다.

"백인은 헤아릴 수 없이 수많은 약속을 했다. 그러나 지킨 것은 단 하나다. 우리 땅을 먹는다고 약속했고 우리 땅을 먹었다. 땅 위에 희망은 없었다. 하나님은 우리를 잊은 듯이 보였다. 누군가는 하나님의 아들을 보았다고 말했지만 다른 사람들은 보지 못했다."

그 책은 유신의 절정에서 가위눌린 듯이 살던 내 젊음을 슬픔의 힘으로 적셨다. 그래서 그 책을 만난 그해 겨울, 찬물에 세수를 하다가 한 광부의 아내로부터 일본군 출신의 한 독재자가 쓰러졌다는 소식을 들었을 때, 도래할 시대에 대한 희망으로 양은 세숫대야에 머리를 박고 뜨거운 눈물을 찬물에 섞었던 나는, 이윽고 남녘에서 일어난 대학살에 대한 미국의 반응에 조금도 놀라지 않게 된다. "한국민은 들쥐와 같은 민족이어서"(주한미사령관 워컴), 카터행정부가 "한국의 안보가 유지된다면 (…) 전두환 장군이 명실공히 한국정부를 장악하는 것에 대해 지지할 것"《뉴욕타임스》 1980.8.14)이라고 한 말에 사실 나는 그리 크게 경악하지 않았다. 한국에서의 반미 흐름이야 그때부터 비롯되었지만, 나는 흐느끼면서 보았던 그 책 때문에 미국 백인의 정체를 진작부터 알고 있었기 때문이었다.

청년사 판 책이 절판되자, 나는 출판 쪽에서 밥 먹고 사는 여러 지인들에게 줄기차게 재출판을 권했다. "미국을 바로 아는 것은 여기 우리의 현실을 바로 알기 위해서이다. 미국을 바로 알기 위해서는 그들이 그 땅의 주인들인 선주민들을 어떻게 멸족시켰는가를 이해하는 것보다 쉬운 일은 없다"라고 나는 말했다. 그러나 출판 쪽 사람들은 이구동성으로 "이 책은 상업적으로 한물 간 이야기"라고 대꾸했다. 이 세상에 한물 가지 않을 이야기들이 어디 있을까? 그러나 나는 이 책만은 쉽게 사라지는 것을 허락하고 싶지 않았다. 책에 대한 애정이 어느 정도였는지 오로지 그 책을 재출간하기 위해 나는 출판사를 차리려 했다. 그리고 미국에서 원서를 구한 뒤, 남쪽에 계시는 번역자 최준석 선생님을 강남터미널에서 만나기까지 했다. 내 젊은 날 내 머릿속에 강제된 때를 벗겨준 최선생님에 대한 존경과 감사를 나는 감추지 않았다. 내 출판사는 방까지 얻고 창고까지 손수 지었지만, 책을 못 냈으므로 결국 이 세상에 존재하지 않게 되었고, 아주 나중(1996)에 《운디드 니…》는 프레스하우스에서 같은 역자에 의해 가로조판으로 세상에 나오게 되었으니 반가운 일이 아닐 수 없다.

역자인 최선생님은 나를 만났을 때의 내 열정이 사뭇 인상적이었는지 나중에 책이 출간되자 잊지 않고 보내주시기도 했다. 그 뒤로 소식을 못 드렸지만, 사람과 사람의 만남은 그런 식도 있을 수 있는 것 아닌가 싶다.

지금 이 책은 청년사 판도 프레스하우스 판도 다 사라져버렸다. 2002년에 같은 역자에 의해 도서출판 나무심는사람에서 완역본이 나왔지만, 그 책마저 절판되었다. 좋은 책의 수명이 이렇게 짧다는 것은 참으로 이상한 일이다. 그러나 이 책을 꼭 읽어보려는 이에게 방법이 없는 것은 아니다. 신촌의 내 단골 헌책방 '숨어있는책방'에 한 두 달쯤만 부지런히 발품을 팔면 책을 구할 수 있을 것이다.

호이나키의 아버지, 나의 아버지

리 호이나키, 《正義의 길로 비틀거리며 가다》,
김종철 옮김, 녹색평론사,
2007년

리 호이나키라는 유별나게 치열한, 흉내 내기 힘든 못 말릴 한 인간의 이야기를 접하면서 이상하게도 나는 내 돌아가신 아버지 생각이 났다. 그가 아버지를 떠올리는 대목 때문이었다. 곰곰 생각 해보니, 나는 책상 앞에 앉아 대단찮은 글을 쓰는 일보다는 벌판을 헤집고 노는 일을 확실히 더 좋아했고, 그런데도 불행하게도 본성에 어울리지 않게 오십이 넘도록 여전히 책더미 속에서 살아온 것도 사실이다. 그런데 내가 만난 어떤 책도 일찍 돌아가신 내 아버지의 삶을 이 책만큼 골똘하게 다시 생각하도록 유도한 책은 없었다. 하층 부랑자라는 존재의 역사동력의 가치를 주장했던 또 하나의 위대한 노상의 철학자, 에릭 호퍼에게서도 몸으로 산다는 일의 의미에 대해선 공감했지만, 나는 내 아버지를 떠올리지는 못했다. 내게 아버지에 대한 이해는 언젠가는 독파해서 육화시켜야 할 비밀스러운 고전처럼 미뤄둔 내밀한 나만의 숙제였다. 20세기 초에 태어나 환갑을 조금 넘긴 뒤 풍으로 돌아가신 내 무학의 아버지가 보여주고 가신, 내세울 것 없는 일개 민초의 삶이 그러나 그의 자식인 내게는 해결해야 할 굵고 잘 마른 통나무라면, 그 통나무에서 형체를 뽑아내기 위해 나는 어디부터 칼을 대야 할지 모르고 미뤄둔 대상이기도 했다. 그런데도 아버지의 삶을 이해하기 위해 나는 아무런 적극적인 노력을 기울이지 않았던 까닭은 그런 종류의 가족사적인 숙제는 작심하고 노력해서 해결될 일이 아니라는 생각 때문이었을 것이다. 그런데 이 책은 그런 종류의 개인적인 숙제라고 해도 결코 그 일은 한없이 미뤄둘 일이 아니라는 것을 가르쳐주었다.

호이나키의 아버지는 그의 조상이 그러했듯이 농부였다. 공황기에 우편배달부 일을 하긴 했지만, 그는 평생 화폐경제 시스템 '바깥'에서 살기 위해 노력했다. 지식인들이 만든 '아동기'라는 근대적 현상에 감염되지 않은 야생의 개인이었다. '아동기'란 개념은 17세기 유럽의 중산계급의 유지와 상승을 겨냥한 사회적 구축물로서 계층적 범례를 위해 창안되었다. 그것은 "고유의 남성, 혹은 고유의 행동양식에 따라 행동하는 사회가 파괴되는 것과 일치했다"(227쪽). 그 이데올로기는 아이들을 어른의 세계와 분리시켰다. 중간 내지 상층 소득 가정이 적극적으로 그 개념을 받아들인 바, 어린 사람들은 "값비싼 골칫거리, 허약한 보물, 노예, 그리고 초고급 애완동물"의 혼합물이 되어버린다. 시적이라고도 일컬어지지만 그만큼이나 투철하고 가혹하리만큼 엄격한 자기응시로 점철된 이 책에서 특히 이 대목은 내게 이 책의 전편에 깔려 있는, '좋은 삶'을 불가능하게 하는 천박한 자본주의 시스템의 비판이라는 주제를 상징적으로 예시하고 있었다. 이른바 근대적 의미의 아동기 조작이 한 인간이 진정한 '어른'으로 성장할 기회를 박탈하고, 불구적 방종과 허약한 상품 소비자의 끝없는 양산 프로젝트와 무관하지 않다는 점에서 그랬다. 근대 혹은 근대인이 자연을 대하는 불경스러운 태도 역시 그와 같은 허약한 아동기를 마련한 시스템과 연결되어 있었다. 호이나키의 아버지는 비록 의도하지 않았지만, 그들의 조상이 그러했듯이 자식들이 그런 면역결핍증에 걸리지 않도록 키웠다. 그는 텃밭에서 가족이 먹을 것을 얻었고, 크림으로 손수 버터를 만들었고, 버려진 목재로 나무덫을 만들어 토끼를 잡아 낡은 황마 속에 산 채로 집어넣은 뒤 집으로 돌아왔다. 그리곤 재빨리 토끼의 목을 베어 죽인 뒤 껍질을 벗기고, 창자를 꺼내기 위해 두 개의 못 위에 토끼 몸통을 걸었다. 그는 화폐경제에서 벗어난 삶, 자신의 세계가 결단코 상품으로 쉽게 환원되는 데에 동의하지 않는 조용한 저항의 삶을 꾸렸다. 그래서 아들은 아버지의 삶을 '명사의 세계가 아니라 동사의 세계였다'고 회상한다.

논리로는 풀 수 없는 삶, 동사의 삶

드러내기 쑥스럽지만 내 아버지도 그랬다. 아버지는 가족이 살 집을 손수 지었고, 그 집에서 아홉 형제를 낳아 길렀다. 훗날 돼지를 키웠는데, 깊은 밤 호롱불을 켜고 새끼를 받았고, 돼지가 자라면 가족과 이웃들이 함께 나누기 위해 손수 잡으셨다. 마을의 길일이면 마당 한 귀퉁이에서 잘 벼린 식칼에 찔린 돼지의 목에서 콸콸 터져나오는 선지피를 바케츠에 담으시던 모습이 지금도 떠오른다. 아버지는 백정이 아니었지만 능숙하게 고기의 각을 뜨셨고, 그 고기로 어머니는 큰 솥에다 국을 끓이셨다. 한때는 소도 키웠고 염소도 쳤다. 부모님은 주변의 노는 땅을 모두 밭으로 만드셨다. 사변 때 국군이 어떤 소녀를 능욕하는 현장에서 그 패악스러운 짓을 만류하다가 아버지는 국군의 개머리판으로 죽을 만큼 맞고 석 달을 앓

아누우셨다고 한다. 여러 마리의 개를 고아 먹는 것으로 응혈을 풀고 살아나신 뒤, 아버지에게 더 이상 국가는 한 개인이 윤리적인 태도로 의연한 삶을 영위하는 것을 돕는다기보다 거칠게 짓누르는 거대한 폭력으로 이해되지 않으셨겠나, 나는 훗날 짐작한다. 국군의 트럭은 또한 내가 이 세상에 나타나기 전에 살아 있었던 어린 소녀를 치어 죽였다. 죽은 딸을 안고 집으로 돌아온 아버지에게 국가가 키운 군대나 국가가 자주 일으키곤 하는 전쟁은 무엇이었을까.

내 아버지 역시 호이나키의 아버지가 그러했듯이 국가가 발행한 화폐 없이도 살 수 있는 자립적 삶을 그 의미에 대한 쓸데없는 질문을 하는 데 낭비하지 않고, 다만 몸을 던져 찾고 투신하셨던 것으로 기억한다. 바다에서 정어리나 양미리가 나면 남대천에서 그것들을 서커스 천막에서 쓰는 것보다 큰 막대기에 걸어 말리셨다. 호이나키는 이반 일리치를 만나러 일리노이 주에서 버스로 멕시코시티로 갔지만, 내 아버지는 동해안에서 서울에 갈 일이 있으면 짐자전거로 대관령을 넘으셨다. 대관령에서는 더러 호랑이가 출몰하던 20세기 초반의 이야기다. 책에서는 그 대목이 "내 부모님은 근대성에 대한 동경도, 욕구도 갖고 있지 않으셨던 것 같다"라고 표현되어 있다. 그의 부모처럼 내 부모 역시 억지로 생산되어 주입된 문화가 아니라 그 이전 "여러 세기를 걸친 경험으로부터 얻은 문화적, 도덕적 자세"로 한 생을 채우고, 대지 위에서 한 가장으로서 몸으로 할 수 있는 모든 일을 다 치르신 뒤 병원이 아닌 집에서 아무 말도 남기지 않고 돌아가셨다. 니코스 카찬차키스가 그려낸 조르바에게도, 마르케스가 들려준《백 년 동안의 고독》에 나오는 마콘도 마을의 이야기도 내 아버지가 살았던 20세기 초중반의 60여 년 이야기와 그리 다르지 않아 별로 충격적이지 않았던 까닭도 거기 있었다. 그들의 삶은 책상 위에서 전개되는 논리로 풀 수 있는 삶이 아니었다. 앞서 인용했듯이 동사의 삶이었다.

땅에 두 발을 딛고 몸으로 살아내는 삶

호이나키는 종신교수와 박사학위 소지자라는 그의 특권적 위치를 버린 뒤, 세계의 다양한 하위문화를 겪을 기회를 가진다. 거기 보태진 그의 독서 경험을 근거로 그는 고급문화의 소비보다 엄청나게 귀중한 어떤 것을 하위계층, 더 정확하게는 육체노동을 하는 이들로부터 배웠다고 술회한다. 웬델 베리는 육체노동의 경험을 '덕 있는 삶, 독립적 인격, 자신감의 원천'이라고 표현했다. 호이나키나 이반 일리치, 웬델 베리나 에릭 호퍼, 더 멀리로는 소로우 같은 이들은 지금 내 나라가 노골적으로 업신여기고 그토록 경시하는 다른 세계, 다른 체험, 땅에 두 발을 딛고 몸을 써서 살아내는 삶에 주목해야 한다고 역설한다. 나는 드러내 내색을 하진 않지만, 머리로 사는 사람들 숲에서 몸을 움직이며 사는 삶이 더러 낙오된 삶으로 폄하되거나 먹물들이 죽었다 깨나도 모를 그 세계의 아름다움이 쉽게 평가절하될 때 연기가 나지 않는 뜨거운 분노를 느꼈던 기억이 적지 않다.

과묵했던 호이나키의 아버지가 보여주신 관용의 정신은 또 어떠했던가. 웅변으로 합리화하지 않고, 췌사로 변명하지도 않으며 자신의 삶이 바라는 것을 조용히 확신했던 근대 이전의 그 아버지들은 당신들의 존재 자체로서도 충분히 위엄 있고 엄격했지만, 잔소리를 하는 이들은 아니었다. 지금은 세상을 많이 떠났지만, 아홉 형제 중 일곱 번째로 태어난 나는 내 아버지로부터 과도한 칭찬이나 기억날 만한 잔소리나 판에 박힌 충고를 들어본 적이 없었다. 내가 무슨 일을 하든, 철없고 막무가내이며 제멋대로인 막내아들을 아버지는 다만 조용히 지켜보셨다. 그리고 그윽한 눈길을 건넸는데, 그것은 "네가 한 사람의 어른으로서 네 인생을 네 방식으로 헤쳐나갈 것이다"라는 믿음의 눈길이었다. 중학생 때 마을의 폭력 사건에 휘말려 중인환시 가운데 수갑을 찬 채 경찰에 끌려가도, 통행금지가 있던 시절 대문이 아니라 늘 담을 타넘고 집으로 돌아와도, 일찍부터 술 담배를 했고, 학교에서 자주 처벌을 받아도, 갈 곳과 돌아올 시간을 알리지 않고 집을 나간 뒤 여러 날이 흐른 뒤에 슬그머니 돌아와도, 아버지는 말이 없으셨다. 호이나키의 아버지 또한 호이나키에게 그랬다는 대목에서 나는 남몰래 눈시울이 붉어졌다. 만나보지 못한 호이나키의 아버지 때문이 아니라 지금 이 세상에 안 계시는 내 아버지 때문이었다. 소로우가 "1천 평방마일 내에 우리의 손이 통과할 수 없는 척추뼈를 등에 갖고 있는 사내가 있다면!"이라고 탄식했던 바로 그 전근대의 오염되지 않은 땅의 사내들, 말이다.

나는 내 아버지의 삶에서 배울 수 있었던 귀중한 것들의 가치를 어렴풋이 느끼긴 했으나 조금이라도 그 시늉을 내기는커녕 쓸데없는 일들에 허송세월을 하다가 어느덧 오십이 넘어버렸다. 하지만 다행히 아직은 좋다고 말할 수밖에 없는 이른 나이에 시골에 파묻히게 된 축복은 어떻게 감사해야 할지 모른다.

전면적인 낙오자, 혹은 자발적으로 주변적 인물을 자처하고, 그럼으로써 획득한 건강한 고립을 통해서만 이미 살벌하게 파국을 향해 돌진하는 이 물신의 시스템에 봉사하지 않고 '거룩한 바보들'에게 조금이라도 다가갈 수 있다고 확신한 호이나키, 그가 책의 끝자락에서 들려준 범접하기 힘든 아나키스트 애먼 헤나시라는 인물의 궤적 또한 내 남은 생애 내내 나를 때 없이 고문할 것이다. 내 한심스럽도록 무력한 삶을 새롭게 돌아보게 하고, 내 육친의 삶에 대한 개안을 촉구하고 확인시킨 이 책을 나는 이 책을 만난 다른 이들처럼 아마 오래도록 거듭 펼치게 될 것이다.

사랑은 테크닉이 아니라
극적인 용기와 책임이다

에리히 프롬,《사랑의 기술》,
황문수 옮김, 문예출판사,
1976년

시민운동을 할 때였다. '풀꽃세상'에는 때없이 자원활동가들이 방문하곤 했다. 회지를 발행해 우편물 발송작업을 할 때나 홈페이지에 올릴 긴 글을 타이핑할 때 등, 시민단체에 회원들이 자원활동을 할 일들은 참으로 많다. J씨는 30대 후반의 주부로서 일주일에 한두 번씩 오신다. 이상한 일은 그가 일할 때마다 꼭 그의 남편에게 전화가 온다는 점이다. 필자 말고도 몇 일꾼들이 있건만, 공교롭게도 그에게서 전화가 올 때마다 필자가 전화를 받곤 했다. "J씨 계십니까?" "아, 예에, 잠깐만요!" 겸손하고 지극한 목소리로 전화를 받은 뒤, 필자는 J씨에게 송수화기를 건넨다. 처음에는 그 일이 지극히 자연스러운 일이었다. 하지만 얼마 후 알게 된 사실이 필자를 몹시 놀라게 했다. 필자가 전화를 받는 바람에 그런 날 밤, 부부가 심하게 싸웠다는 것이다. 남편이 거의 의처증 수준이었던 모양이다.

"시민단체의 자원활동이건 뭐건 그 사람은 그런 데 관심없어요. 그 사람은 오로지 제가 집 안에 처박혀 있기만을 바라는 사람이에요. 여자가 왜 바깥에 싸돌아다니냐, 그거예요. 우리 남편, 참 촌스럽죠?"

J씨 남편의 의처증에 가까운 '마누라 단속' 탓 때문에 떠오르는 책이 한 권 있다. 에리히 프롬의 《사랑의 기술》이 그 책이다. 프롬의 책에는 그런 자폐적인 마누라 단속이 결코 '사랑'이 아니라는 내용이 감동적으로 적혀 있다. 프롬은 그런 억압은 사랑이라는 이름의 폭력이고 기만이라고 말한다.

원제는《The Art of Loving》, 그러니까 이 책이 우리말로《사랑의 기술》로 번역되는 일이 조금도 이상한 일이 아니다. 제목 때문이었을까. 이 책은 여러 출판사에서 다양한 판형으로 수십 년에 걸쳐 꾸준히 팔리고 있다. 본래 우리 윗세대 선배들 때부터 에리히 프롬의 독자층이 두텁게 형성되어 있는 탓도 있지만, 특히 이 책은 예닐곱 종 이상의 번역본이 있다. 하지만 이 책은 섹스 테크닉을 다룬 책이 절대로 아니다. 만약 여성지의 기사제목이었다면 그런 추측을 하면서 펼쳐도 큰 실망이 없을 것이다. 하지만 이 책을 그런 기대를 품고 짚었다면 대단히 잘못 짚은 것이라는 게 곧 판명된다. 섹스 테크닉 책이기는커녕 정색하고 집중해서 읽지 않으면 제대로 이해하기 곤란한, 골치 아픈 심리학책이기 때문이다.

누구나 입에 올리고 쉽게 경험하는 사랑이 그러나 누구나 그저 탐닉할 수 있는 감상이거나 유희가 아니라는 게 바로 프롬이 이 책을 쓴 목적이었다. 사랑이 우연한 기회에 누구나 겪게 되는 그저 즐거운 감정에 그치는 일이 아니라는 것, 그것이 프롬이 이 책에서 일관되게 강조하고 있는 내용이다. 그것은 사랑에 대한 오해, 혹은 사랑에 대한 무지라는 것이다.

에리히 프롬이 사랑에 대해 하려는 말은 무엇일까. 그가 하고 싶은 말은 사랑은 궁극적으로 '기술'이라는 것이다. 어떤 기술인가. 섬세하고 정교한 지식과 부단한 노력이 요구되는 기술이라는 것이다. 자신이 가장 능동적인 상태에서 자신을 성장시키고 발달시켜 생산적 방향으로 나가지 않으면, 아무리 사랑하려고 노력해도 반드시 실패하게 마련이며, 이웃을 사랑하는 능력이 없고, 또한 참된 겸손, 용기, 신념, 훈련 등이 수반되지 않는 한, 한 사람에 대한 사랑 역시 성공할 수 없다는 이야기, 그런 무서운 이야기가 이 책에 담겨 있다.

그것은 우리들 속의 미성숙, 아집, 고집, 소유욕, 오해하는 버릇, 무지와 태만, 이기적인 야망 등의 부정적 성향 —그는 그것을 네크로피아적 지향이라 부른다 — 과 사랑이 결단코 양립할 수 없다는 뜻에 다름 아니다. 그 건너편에는 무엇이 있을까. 프롬이 바이오피리아적 지향이라 부르는 것들, 즉 용기, 감수성, 겸손, 평화, 안정감, 책임감, 선과 아름다움에 대한 신념, 생명에 대한 존경심 등이 그것들이다. 그런 바이오피리아적 지향 속에서, 한 개인이 '충분히 발달된 개성적 자아'를 실현했을 때라야만 진정한 사랑이 가능하다는 게 프롬의 주장이다. 달리 말해서, 사랑은 몽롱한 도취의 상태가 아니라 하나의 실존적 선택, 그리고 그 선택을 의미 있게 만들려는 끝없는 노력이자 용기라는 것이다. 얼핏 들으면, 맞는 말이지만 실천하기는 어렵고 고리타분한 교과서 같은 이야기어서 객쩍게 들릴 수도 있다. 하지만 히틀러에게 쫓겨서 미국에 건너간 뒤, 평생에 걸쳐 인간의 '창조하는 본성'과 '파괴하는 본성'을 통렬하게 들여다본 프롬이 아낌없이 잘 정리해놓은 풍부한 사례와 명료하고 설득력 있는 문체의 힘은 이 책을 도덕군자의 고리타분한 책으로 떨어지게 놔두지 않는다.

펼쳐지는 대로, 일찍이 필자가 20대 때, 한 여성에 대한 집착을 사랑이라고 오해하고 있던 즈음에 밑줄 쳐놓은 부분을 옮겨본다.

"이기적인 사랑은 자기 자신을 엄청나게 사랑하는 것이 아니라 거의 사랑하지 않는 것이다. 오히려 실제적으로 그는 자기 자신을 미워한다. (…) 이기적인 사람은 다른 사람을 사랑하지 못한다는 것도 사실이지만 또한 자기 자신을 사랑하지도 못한다."

"자기 자신에 대한 사랑과 타인에 대한 사랑 사이에 '분업'은 있을 수 없다. 오히려 타인을 사랑하는 것은 자기 자신을 사랑하는 조건이 된다. 이러한 통찰을 진지하게 받아들이면 자신의 사회관계에 있어서 관습적 변화가 아니라 극적 변화를 겪게 된다."

이 정도의 인용문으로도 에리히 프롬이 말하고 있는 '사랑'이 무엇인지 충분히 느낄 수 있을 것이다. 세계적으로 널리 알려진 그의 개념, 즉 '소유의 사람이냐, 존재의 사람이냐'라는 이분법적 분류에서 사랑은 '존재의 사람'일 때라야만 가능하다는 게 이 책의 주제라고 보면 될 것이다.

필자는 기회만 허락되면 이 책을 다시 뒤적이곤 한다. 철없을 때 밑줄 친 내용을 추억처럼 다시 살피며, 나는 얼마나 '사랑'에 가까이 접근했으며, 내 사랑의 기술은 어떤 단계에 머물고 있는지 반성하곤 한다. 내가 만약 '사랑의 사람'이라면, 내가 만약 한 여자를 사랑한다면 동시에 모든 이들을 사랑할 것이라는 어마어마한 말이 환상이 아닐지도 모른다는 믿음과 함께.

J씨가 있을 때 다시 그의 남편에게서 전화가 오면 이번에는 용기를 내서 권해보리라.

"당신, 혹시 《사랑의 기술》이라는 책을 한번 읽어보지 않으시렵니까?"라고.

읽으려면, '위대한 작품'을 읽어야 한다

콜린 윌슨, 《아웃사이더》,
김창수 옮김, 대운당,
1972년

이보 안드리치, 《드리나강의 다리》,
김성한, 정병조 옮김, 일종각,
1982년

2008년 8월부터 2010년 8월까지 2년간 나는 '참여연대'에서 패내는 월간지 《참여사회》에 '최성각의 독서잡설'이라는 이름으로 책 이야기를 해왔다. 이 글은 2008년 8월, 연재를 시작하면서 쓴 글이다. 그때 나는 한 편의 시를 인용했고, 두 권의 책을 소개했다. 나중에는 한 번에 한 권의 책을 갖고 더 긴 이야기를 펼치기 시작했다.

내가 처음 소개한 시는 카프카에 관한 책을 뒤적이다 발견한 시였다. 클라우스 바겐바하가 카프카에 대해 쓴 책인데, 거기에 얀 첸 차이라는 중국의 시인이 읊은 시가 있었다. 이 시를 카프카도 아주 좋아했다고 한다.

제목은 〈깊은 밤에〉. 시의 내용은 이렇다.

추운 밤 책을 읽다가
잠자리에 들 시간을 잊었노라
내 금침의 향내는
벌써 날아가버리고, 난로에는 불기가 사그라졌다.
그때까지 애써 노기를 억누르고 있던
내 아름다운 애인이 나에게서 등잔을 낚아채가며
이르기를, 그대 지금 몇 시나 되었는지 아는가.

이 시를 만난 뒤, 그 여인과 아무런 관계도 없지만 얼마나 황홀하고 행복했던지, 그때 나는 이 시가 담긴 책을 마치 잠든 어린 짐승인 양 어루만졌다. 깊은 밤, 독서삼매에 빠져 있는 시인의 방 풍경이 선연하게 눈에 떠오른다. 목욕을 마친 애인은 금침 속에서 얼마나 오랫동안 시인을 기다렸을까? 난로의 불기가 사그라지려 하건만 책벌레인 연인은 자신이 이 밤에 해야 할 일이 무엇인지 잊고 독서삼매에 빠져 있다. 연인도 야속하지만 여인은 나중에 책이라는 이름의 서물(書物)도 참 원망스러울 것이다. 여인에겐 안 된 소리이지만, 이 시가 담고 있는 밤 풍경은 얼마나 아름다운가. 이 시는 책에 관한 시인가, 에로티시즘을 다룬 시인가? 여인의 기다림이 주제이고, 책은 단지 매개가 아닐까, 싶을 정도였다.

책을 좋아하는 인간들은 아무도 못 말린다.

《아웃사이더》로 위로를 받은 실업계 고등학생

이 책을 나는 1972년에 만났다. 책 속지에 그런 펜글씨가 보인다. 그때에는 샤프연필도 세상에 없었고, 모나미 볼펜이야 있었지만 곧잘 펜글씨를 쓰곤 했다. 바지나 소매 끝에는 잉크가 번져 있기 일쑤였다. 고등학교 3학년 즈음이었을 것이다. 나는 실업계 고등학교를 다녔다. 대학이 뭐하는 곳인지, 왜 대학에 가야 하는지도 잘 몰랐고, 갑자기 실업계 고등학생이 되어버린 나는 무엇이 좌절되었는지도 사실·잘 몰랐다. 은행원 취업 따위에는 관심이 없었기에 나는 수업시간에도 책을 봤다. 선생님들은 사고만 안 치고 조용히 앉아 책만 읽으면 수업시간에도 간섭을 안 하셨다. 만나자마자

학교 설립 목적에 해당되지 않는 학생이라는 것을 곧바로 간파한 '선생님들'께'서는 그에 맞게 일찍이 나를 포기하셨다. 참으로 고마우신 분들이었다. 나는 폐간된 《사상계》를 통해 '실존주의 특집'을 봤다. 니체, 사르트르, 하이데거, 야스퍼스를 읊조리곤 했는데, 사실 뜻도 잘 몰랐다. "존재는 본질에 우선한다", 그런 말을 이해하기 위해 그렇다고 어디 물어볼 사람도 없었다. 시골이었고, 외로운 실업계 고등학생이었기 때문이다.

그때 벼락처럼 만난 책이 바로 콜린 윌슨의 《아웃사이더》였다.

책의 첫줄부터 당돌하고 문제 제기적이다.

"아웃사이더는 무엇보다도 하나의 사회문제다. 그는 벽구멍을 통해 인생을 들여다보는 사람이다."

총 9장으로 구성된 이 책이 다룬 첫 아웃사이더는 바르뷔스의 《지옥》이었다. 《지옥》에 나오는 인물이었고, 그런 인물을 그려낸 작가 바르뷔스였다. "재능도 없고, 이룩할 사명도 없고, 남겨줄 감정도 없고, 아무것도 가진 게 없으니 아무런 가치도 없는 사람이지만, 무엇인가 보답을 바라고 있는" 인물이 이 소설의 주인공인데, 심지어 이 인물은 이름도 없다. 이 인물은 벽구멍으로 타인의 삶을 훔쳐본다. 그런 인물을 창조해낸 소설가와 만나 그 짓의 의미에 대해 이야기를 나눈다. 벽 너머에서 펼쳐지는 인간의 적나라한 모습이 이들의 관심사다. 흔해빠진 관음증이라기에는 너무나 심각하게 이 기이한 버릇이 전개되고 해석된다. 이른바, '실존주의의 시절'이었다.

콜린 윌슨이 다룬 인물들이나 작품들은 한결같이 어둡고, 침울하고, 본격적이고, 절망적이다. 유럽을 휩쓴 전쟁과 무관하지 않다. 사르트르, 헤밍웨이, 니체, 헨리 제임스, T. E. 로렌스, 반 고흐, 니진스키, 그리고 아아, 어찌 도스토예프스키를 빠뜨릴쏜가. 꿈도 없었고, 할 일도 없었고, 하지 말아야 할 일에 대해서도 잘 모르던 시골의 실업계 고등학교 학생이었던 나는 이 한 권의 책을 통해 피상적이나마 세계의 어둠에 접근했다. 그리고 콜린 윌슨이 다룬 무시무시한 인물들과 그들이 생과 작품으로 봐버린 세계의 심연에 빠져들었다. 더러는 이해했고, 더러는 몰이해 상태에서도 왠지 책을 통해 새로 깨달은 사실들에 겨워했다. 내 방황의 근거가 이 책 속에 다 담겨 있다고 곡해했다. 무엇보다도 내가 매혹당한 것은 책 속의 인물들만큼이나 한 권의 책으로 'outsider'라는 보통명사를 고유명사로 바꾼 콜린 윌슨이라는 작가였다.

1931년 영국에서 태어난 콜린 윌슨은 가난했다. 아버지는 구두제조공이었다. 아버지의 수입은 변변치 못했다. 가난해서 그는 자식을 가르치기 힘들었다. 콜린 윌슨이 책의 후기에서 말한다. "나는 과학문명이 고도로 발달한 20세기에 태어난 사람으로서 돈이 없어 공부를 할 수 없다는 것이 얼마나 불합리한 일인가를 절실히 깨달았다"고. 그런 말은 당연하게도 일찍 대학이 좌절된 내 가슴을 쳤다. 콜린 윌슨의 가족들은 그가 공부를 더하기보다는 어서 주급을 받아오기를 원했다. 결국 그는 열여섯 살에 학교를 접고 노동현장에 뛰어든다. 그렇지만 콜린 윌슨은 굴하지 않고 학교를 접는 순간, 열두 살부터 들었던, '인간존재의 의미와 인류의 모든 가

치가 자기기만이 아닌가', 하는 의문을 해소하기 위해 독학에 들어
간다. 처음에는 버나드 쇼와 도스토예프스키, 엘리엇, 괴테가 그의
교과서였다. 나중에 그는 윌리엄 브레이크나 니체를 만나면서 자신
의 불우감을 위로받는다. 그는 열두 살부터 들었던 의문을 풀기 위
해 선생도, 동급생도 없이 공부를 했다. 틈틈이 자전거에 도시락을
싸들고 도서관에 가 자신만을 위한 자료 수집에 들어갔다. 마침내
스물다섯 살에 《아웃사이더》라는 작품을 세상에 내놓을 수 있게
되었다.

세계는 그의 작품에 아낌없는 박수와 찬탄으로서 예를 표했다.
그러나 그는 자신을 하루아침에 스타로 만든 매스컴이 어느 날 하
루아침에 때 묻은 걸레처럼 버릴 것이라는 것을 예감하고 다시 시
골 오막살이로 도망친다.

나는 이 책의 구석구석에 밑줄을 그었다. "인간이란 무엇인가",
"행복은 과연 가능한 일일까?"라는 의문을 찾기 위해서였을 것이
다. 나는 아직도 모른다. 하지만 이 책을 처음 접한 지 40여 년 가
까운 세월이 흘렀건만, 지금도 나는 가끔 이 낡은 책을 뒤적인다.
이 한 권의 책으로 인해, 그 후 내 보잘것없는 기나긴 독서편력이
시작되었기 때문이다.

《드리나강의 다리》, 이런 작품이 바로 '문학'이다

80년대 초반, '자발적 실업에 준하는 상태'였던 나는 이 책을

길거리에서 300원을 주고 샀다. 체크남방을 입은 것으로 기억되는 어떤 비쩍 마른 사내가 비닐을 땅바닥에 깔아놓고 몇 권의 책을 팔고 있었다. 이 책 말고도 주머니 사정이 허락되는 범위에서 몇 권의 책을 더 샀는데, 그게 어떤 책들이었는지 기억이 안 난다. 토인비의 《도판 세계사》 상하권도 그 좌판에 있었지만, 책값이 비싸서 후일을 기약했다. 내가 구한 책은 일종각(日鍾閣)이라는 처음 들어보는 출판사에서 펴낸 노벨문학상전집 제8권, 1982년 판이었다. 아마도 유명 출판사였던 '일조각'으로 착각해주기를 바랐던 가난한 전집 전문 출판사였던 것 같다. 발행처가 종로 6가인 것으로 보아 틀림없다. 그렇지만 역자는 당대 최고의 역자였다. 50년대의 대표적인 작가 중의 한 분이었던 〈바비도〉의 김성한(金聲翰) 선생과 영문학자 정병조 선생이었다. 일본어 중역이었을까, 영어 텍스트였을까, 알 수 없다. 그러나 첫 문장, "드리나강의 물길은 대부분이 가파른 산 속 좁은 협곡(峽谷)을 흘러내리거나 아니면 절벽의 둑을 안은 깊은 산협(山峽)을 뚫고 간다"의 고풍스러운 분위기로 볼 때, 그분들 작업이 맞다고 믿고 싶다.

문제는 내 300원짜리 《드리나강의 다리》의 제책이 엉망진창이었다는 점이다. 6쪽부터 15쪽까지 거꾸로 제책되어 있었다. 그래서 5쪽 이후에는 책을 거꾸로 들고 읽어야 했다. 16쪽에 이르러서야 책의 물길이 바로 잡혔다. 제책 과정의 실수였을 텐데, 당시에도 서점이나 출판사에 갖고 가면 그런 파본은 새 책으로 바꿔주는 제도가 있었는데, 길거리에서 구한 책이라 체크남방의 그 깡마른 사내를 찾을 수도 없었지만, 찾았다 한들 바꿔줄 새 책이 없었을 게 뻔하기에 나는 책을 프라이팬 뒤집듯 허공에서 이리저리 돌리면서, 한 번도 본 적 없는 드리나 강물에 몸을 던졌다.

얼마나 강물이 시퍼렇고 깊은지, 얼마나 강물이 뜨겁고 서늘하면서도, 눈물겹고, 장엄한지 그야말로 나는 울었다 웃었다를 연발하면서 이 위대한 책에 빠졌다. 이보 안드리치가 인간을 묘사하는 어떤 대목은 소름이 끼치도록 적나라했고, 그가 인간에 대해 품고 있는 깊은 혐오와 혐오보다 더 깊은 애정이 얼마나 열렬한지 감탄과 존경의 염으로 몸살을 앓았다.

이 소설은 보스니아와 세르비아의 접경에 있는 비쉐그라드라는 소읍(小邑)과 이 소읍을 관통하는 드리나강과 그 강에 놓인 다리를 중심으로 벌어지는 1506년부터 1914년까지 4세기에 걸쳐 펼쳐진 인간사를 다룬 대서사시다. 히틀러가 조국을 침공하자 정부는 망명했고, 전쟁을 막기 위해 할 수 있는 가능한 노력을 다하던 재독공사(在獨公使)였던 작가는 드리나강이 내려다보이는 작은 이층집 서재에서 이 소설을 썼다고 한다. 자주 폭격이 벌어졌지만, 그는 두문불출, 미동도 않고 폭력으로 사라져버린 조국, 보스니아의 역사를 그린 것이다. 모든 폭력 중에서 가장 심각하고 파괴적인 폭력인 국가폭력에 홀로 펜으로 저항한 것이었다. 이때 다리[橋]는 "인생을 추하고 덧없이 만드는 혹독하고 파괴적인 시간의 힘에 맞서기 위해 인간이 창조해낸 영원한 삶의 상징"(《제파강의 다리 외》, 조준래의 해설에서, 책세상, 2004년)이다.

이런 작품이 바로 '문학'이다. 솔직히 말해서 이런 작품을 접하고 나면, 지금 발표되고 있는 우리 소설들을 읽기가 힘이 들어진다. 문학인이라 자처하는 이들은 문학에 대해 심각하게 오해하고 있고, 한 줌도 안 되는 문학권력 주변의 패거리주의에 빠져 세월 몰라라 음풍농월하고 있다. 가히 역겹다.

1986년 겨울에 나는 《동아일보》 신춘문예 중편소설 부문에 응모했는데, 다행히 당선이 되어 쌀을 살 수 있게 되었다. 소설을 응모하기 전 가을에 단 두 편의 소설만 읽었는데, 바로 이보 안드리치의 《드리나강의 다리》와 솔제니친의 《암병동》이었다. 위대한 작품을 읽고 가당찮은 졸작으로 작가가 된 셈인데, 그 후 내가 보낸 세월을 돌이켜보니 이번 생에 위대한 작가가 되기는 틀렸다는 것을 누구보다 잘 알게 되었으므로, 비록 여전히 삶이 무엇이라고 단정을 내리진 못하지만, 지금은 마음이 편하다.

2부

시대가 아프니 나도 아프다

역사에서 독재는 '한순간의 오차'일 뿐이다

스테판 츠바이크,《폭력에 대항하는 양심-카스텔리오와 칼빈》,
오영옥 옮김, 현대사상사,
1993년

중등 시절 세계사 시간에 칼빈을 배울 때 우리는 루터도 같이 배웠다. 교과서에는 둘 다 위대한 종교개혁가로 적혀 있었다. 그러나 이 책을 만난 이후, 내게 칼빈은 카스텔리오라는 '빛의 사람' 건너편에 있던 냉혹한 권력가이자 '어둠의 인물'로 박히고 말았다. 중등 세계사 교과서는 어떤 인물이 어둠의 사람인지 밝음의 사람인지 자세히 밝힐 여지가 없었던 것이다.

오늘의 우리 현실을 비추고 있는 두 인물

스테판 츠바이크가 쓴 이 책의 본래 제목은 《카스텔리오와 칼빈》이었다. 1936년에 이 책이 처음 출판되었을 때 스위스의 독일어권 사용 지역에서는 강한 반발이 있었다고 한다. 마침 칼빈의 종교개혁 400주년과 겹쳤기 때문이었다. 독일은 유대인인 츠바이크가 쓴 이 책을 즉각 판매 금지시켰다. 다른 나라도 출판을 주저하기는 마찬가지였다. 이 책이 담고 있는 칼빈에 대한 새로운 진실 때문이었다. 프랑스어 판은 1944년에야 나왔고, 독일에서 이 책이 빛을 본 것은 1954년에야 가능했다. 이어서 영어 판, 네덜란드어 판이 곧 출판되었다.

한국어 출판은 1993년. 역자 오영옥은 카스텔리오의 관용사상에 의해 제네바에 설립된 에큐메니컬운동(교회일치운동)의 본부인 세계교회협의회에 근무하는 남편 때문에 카스텔리오라는 인물의 존재에 대해 알게 되었다고 밝히고 있다. 내가 읽었던, 《폭력에 대항하는 양심》이라는 직설적인 제목의 책은 절판되어버렸고, 최근 (2009년)《다른 의견을 가질 권리》(안인희 옮김, 바오출판사)라는 세련되고 친절한 제목으로 다시 출간된 것으로 알고 있다. 그렇지만, 나는 1993년 판《폭력에 대항하는 양심》으로 이 책 이야기를 할 수밖에 없는 것이, 1998년 2월 이 책을 처음 접했을 때 나는 너무 많은 밑줄을 그으며 읽었고, 이번에 다시 읽는 며칠 동안 그때보다 더 많은 밑줄을 그었기 때문이다.

이 책이 오늘의 우리 현실을 빼박듯 반영하고 있다는 생각 때문에 읽는 내내 나는 자주 장탄식을 하곤 했다. 감동과 비탄, 현실에 대한 답답하고 지루한 절망감과 미래에 대한 불안한 희망이 난마처럼 얽혀 마음속을 휘저었다. 이 책을 읽고 있던 즈음, 공교롭고도 불행하게도 '이적(利敵) 시민단체인 참여연대'를 아예 폭파시켜 버리든가 북녘으로 날려버리고 말겠다는 노인들이 참여연대 건물 앞에서 연일 시위를 하고 있었다. 설렁탕을 누군가 사줬다는 걸 보아 이번에도 자발적 시위는 아니었다. 어떤 과격한 이는 옥상에 올라 참여연대를 손쉽게 파괴할 틈을 찾았고, 어떤 경박한 이는 거기 근무하는 사람의 뺨을 때리기도 했다. 이 슬프면서도 안타까운 일은 "도대체 참여연대 사람들이 어느 나라 사람인지 모르겠다"는 총리의 폭언 이후에 벌어진 일들이었다. '731부대'도 모른 채 대학 총장까지 지낸 그의 교양 수준이랄까 삶의 수준으로 미루어 볼 때 그런 '피아 구분'의 폭언이 이상할 것도 없는 일이긴 했지만, 총리 폭언의 파장은 서글픈 시대착오적인 희극으로 전개되었다.

인간의 자유를 옹호했던 츠바이크의 전기물

스테판 츠바이크는 본디 소설가다. 우리나라에 가장 널리 알려진 그의 소설은 아마도 《모르는 여인으로부터의 편지》(고려원, 1991년)일 것이다. 내게는 단기 4292년도 판 《感情의 混亂》(양문문고 49번)이 있다. 동성애를 다룬 소설인데, 곰팡이가 슬어 가끔씩 햇볕에 말리곤 하는 문고판이다. 츠바이크는 당시 유럽에서 소설가로도 인기절정이었지만, 저명한 전기작가라는 사실도 빠뜨릴 수 없다. 《천재와 광기》(예하, 1993)를 비롯해 국내에도 그의 번역물은 대단히 많다. 그의 소설은 낭만적 심리소설에 가깝고, 치밀한 고증과 친절한 문체를 동반한 그의 전기물은 소설보다 더 흥미진진하다. 그는 에라스무스나 마리 앙투아네트나 발자크 같은 역사의 주역들도 다뤘지만, 프랑스혁명 시절의 파리 경찰청장 요셉 푸우쉐 같은 기이한 인물도 전기에 담았다. 그의 글은 쉽게 읽히면서도 깊은 여운이 남는다. 그의 자유정신 때문일 것이다. 우리나라 친일 인사들이 일본이 쉽게 망할 것 같지 않아 친일했다고 말하며 수(壽)를 다 누렸던 것과는 달리 츠바이크는 히틀러가 뒤덮을 세계에 대한 한 자유인으로서의 우려와 절망감 때문에 망명지 브라질에서 어느 날 아내와 같이 음독자살로 생을 마감했다.

《카스텔리오와 칼빈》은 16세기를 살았던 두 인물의 전기이건만 소설과 같은 구성으로 전개된다. 우선 서론이 있다. 사실 서론에 이 책의 내용이 다 담겨 있다. 서론의 앞 문장은 스위스 바젤에 보존되어 있는 세바스찬 카스텔리오라는 인물이 쓴 한 편의 문서 이야기로 시작한다. 그 문서는 칼빈이라는 광신적인 절대자에게 저항하는 '투쟁서'인데, 제목이 《코끼리에 대적하는 한 마리의 파리》였다. 카스텔리오는 칼빈을 코끼리에, 자신을 한 마리 파리에 비유했다. 감히 파리가 죽을 줄 알면서도 코끼리에 저항한 것이다.

칼빈도 가톨릭의 박해를 피해 스위스 제네바로 굴러온 이방인이었지만 먼저 활약했던 우직하고 영웅적인 혁명가 파렐의 절대적인 도움에 의해 제네바 도시 전체를 장악한 절대권력자가 되어 있었다. 그는 관청과 시참사회(Magistrat), 종교국, 대학, 법정, 국가재정과 도덕률, 성직자의 교육, 포리(暴吏)와 감옥, 출판물이나 사람들의 귓속말, 심지어 가정의 식탁 메뉴, 성생활지침까지 모두 장악하고 있었다. 제네바 시민들은 중세 가톨릭도 고약했지만, 가톨릭에서 자신들을 벗어나게 한 영적 독재자도 참으로 고약하다는 것을 느꼈다. 하지만 다른 방법이 없었다. 조금이라도 불만을 표하면 즉각 '이단'으로 몰리고, 교수형, 참수형, 그리고 가톨릭에서 그래왔듯이 화형을 시켜버리기 때문이었다. 제네바에는 단지 하나의 진리만이 허용되었는데, 그 진리는 오로지 칼빈에게서만 나왔다.

칼빈의 독선으로 적막의 도시가 된 제네바

국가나 종교의 무오류성은 곧 칼빈의 무오류성이었다. 술이 취해 칼빈을 욕한 식자공은 불에 달군 쇠로 혀가 뚫렸고, 칼빈을 위선자라고 말했던 쟈크 그뤼에라는 이는 고문 끝에 처형되었다. 지속적인 감시와 가차 없는 테러는 사람들의 자아(자존감)를 죽이고, 저항을 부질없는 짓으로 여기는 무기력증을 초래한다. 역사는 대개 긴 무기력의 시간과 짧은 저항의 순간으로 채워져 있기 일쑤다. 아주 가끔씩 아름답고 눈부신 저항이 일어나긴 하지만, 대부분의 인간들은 권력자들의 입맛에 맞게 순치되어 불쌍하고 애처롭게 자신의 삶이 노예의 삶인지도 모르고 살다가 사라지는 게 사실이다. 우리가 2009년 초여름, 참여연대 앞에 타율에 의해 모인 노인들에 대해 '정중한 연민의 감정'을 감추지 못하는 이유도 거기 있다.

인류역사상 칼빈이 통치하던 제네바만큼 완벽한 독재정치도 흔치 않았다. 그래서 발자크도 말했다. "칼빈의 광적인 비관용성은 로베스피에르의 정치적 편협성보다 도덕적으로 더 배타적이었고 무자비한 것"이었다고. 칼빈이 절대권력을 휘두르는 동안 한때는 자유롭고 쾌활하고 밝았던 제네바가 어떻게 변했는지를 만나는 대목은 참으로 끔찍스러웠다. 얼룩덜룩한 옷들은 사라졌고, 도시의 색채는 광택을 잃었고, 종탑의 종소리도 사라지고, 거리에서는 경쾌한 노랫소리가 사라졌다. 칼빈의 교회처럼 모든 집들은 황량하고 장식이 없는 집으로 바뀌어갔다. 여관집에도 바이올린 소리가 사라졌고 바이올린 소리가 사라지니 춤도 사라졌다. 헛간 마당에서 즐겁게 볼링 굴리던 소리도 멈춰졌으며, 상아뼈로 만든 주사위가 가볍게 책상 위에서 달그락거리는 소리도 사라진 것이다.

세상에, 이런 적막강산이 지옥이 아니고 어디가 지옥일까? 제네바에서 사라진 것들이 바로 삶의 핵심 내용들이건만, 자신의 금욕적 교리만이 진리라고 여긴 칼빈은 제네바에서 인간의 삶을 깡그리 지워버린 것이다. 지울 수 없는 것을 지우려 했다는 점에서 칼빈은 무모한 모험가였다. 지워서는 절대 안 되는 삶의 풍요를 지키기 위해 목숨을 걸고 싸운 카스텔리오는 당대 현실에서는 무참하게 깨졌지만, 긴 시간으로 볼 때는 사후 승리자였다. 그렇지만 사후 승리자란 찬사는 얼마나 쓸쓸하고 덧없는가? 그런데도 역사는 종종 당대의 실패와 승리를 계산하지 않는 희귀한 신념의 인간들을 반드시 기억하곤 한다. 그런 인간들은 애당초 거칠고 조악한 세속적 잣대 너머의 인간들인데, 그들이 끝내 포기하지 않았던 것들은 인간을 인간이게 하는 가장 귀한 것들, 즉 사랑의 중요성과 자기존엄성의 확대이곤 했다.

칼빈은 음악을 혐오했다. 인간의 성애(性愛)도 하찮게 여기고 심지어 증오했다. 그는 검은 옷만 입었다. 그는 미소와 유머를 경멸하고 두려워했다. 어디선가 보던 인물이다. 누구일까? 움베르토 에코가 《장미의 이름으로》(이동진 옮김, 우신사, 1986)에서 창조했던 눈먼 노인 호르게가 아니고 누구란 말인가? 사람들의 웃는 능력이 두려워 살인도 불사했던 수도사 호르게의 역사적 현현(顯現)이 바로 16세기 제네바의 영적 절대자, 칼빈이었던 것이다.

삶의 기본을 지키려고 했던 카스텔리오

이에 반해 카스텔리오는 쾌락주의자는 아니었지만, 칼빈과는 정반대의 인물이었다. 그는 음악을 사랑했고, 하나님이 창조한 이 세계의 아름답고 눈부신 빛깔에 경탄했고, 인간의 성애를 중요시했고, 미소와 유머를 인간 능력의 극치로 생각했다. 내 의견이 중요하다면 남의 의견도 중요하다고 생각했으며, 인간은 부족하고 실수투성이의 불완전한 존재이므로 무엇보다도 '관용의 정신'이 필요하다고 생각했으며, 하나님은 숨 막히는 금기를 즐기는 분이 아니라 사랑을 강조했던 존재라고 역설했다. '하나님'을 만약 '덕'이나 '인(어짊)'으로 고쳐 읽기만 한다면 카스텔리오는 온화하면서도 유쾌한 공자를 닮았고, 에코의 소설로 빗대 말한다면, 유머를 즐겼으며 '합리적 의문'을 포기하지 않았던 윌리엄 수사를 닮은 인물이었다.

카스텔리오와 칼빈의 대결은 어쩌면 숙명이었는지 모른다. 위대한 인문주의자 카스텔리오는 칼빈의 박해를 피해 바젤로 몸을 옮긴 뒤, 칼빈 때문에 학문에 전념할 직업을 구하지 못했기에 고된 육체노동으로 연명하면서 칼빈과의 정면대결을 피했다. 칼빈이 자신의 권력을 지키기 위해서는 누구든지 죽일 수 있는 사람이라는 것을 느꼈기 때문이다. 카스텔리오는 육체노동으로 생계를 도모하는 틈틈이 성서번역이라는 스스로 부과한 자신의 사명에 혼신의 노력을 기울인다. 세르베트가 칼빈에 의해 화형을 당하기 전까지의 일이다. 횡설수설하면서 다소 경박하고 난해한 성품의 신학자였던 세르베트가 삼위일체설을 부인하고, 칼빈의 교리(예정설)에 찬동하지 않자 이견을 용납하지 못하는 메마른 칼빈은 세르베트를 고문하고, 마침내 화형에 처한다. 칼빈은 점잖게 말해 불관용의 화신이었지만, 옹졸하고 비겁했으며, 다른 견해를 가진 자들을 이단으로 몰아 죽이는 방법에서는 절대권력자들이 예외 없이 그러하듯이 간교하기조차 했다. 역사가 기본은 200년이 지난 뒤, "가톨릭 종교재판 장작더미에 던져진 수천 명보다 세르베트 한 사람의 희생에 나는 더 깊은 동요를 받았다"고 고백한다. 볼테르는 "세르베트의 처형은 종교개혁 내에서 일어난 첫 번째 종교 살인"이었으며, "나아가 종교개혁의 근본이념을 분명히 거부한 최초의 행위였다"고 비판한다. 루터조차 "단연코 나는 사형선고를 바라지 않는다"고 말하며, "이단자들은 결코 외압으로 억누르거나 진압되어서는 안 되고 단지 하나님의 말씀으로 극복되어야 한다"고 밝힌다. 칼빈의 세르베트 처형이 당시 유럽세계에 얼마나 큰 충격적인 사건이었는지 느낄 수 있다.

뒤늦게 바젤대학에 자리를 잡은 카스텔리오는 오랫동안의 침묵을 깨고 칼빈의 살인에 대해 정면으로 비판하기 시작한다. 칼빈은 당시 유럽 최고의 지성이었던 카스텔리오를 늘 두려워했다. 칼빈은 자신과 정반대의 인품과 학식, 열린 신앙심을 가진 카스텔리오와 한 종교인이나 지식인으로서 글이나 맞장 토론으로 임한 게 아니라 음해를 통한 완전 제거를 획책했다. 개라고 부르며 장작 도적으로도 몰고, 사탄의 후원자이며 동시에 악마 그 자체라고도 몰았지만, 용기는 없지만 최소한의 바른 판단은 할 줄 알던 세상은 암묵적으로 카스텔리오 편이었다. 칼빈은 숱한 음해의 노력에도 불구하고 카스텔리오에게서 단 한 가지의 오점도 찾아내지 못했다. 명백한 칼빈의 패배였건만, 패배를 인정하지 않고 대화를 거절한 칼빈은 지상에서 카스텔리오를 영원히 제거하려는 계획을 포기하지 않고 갖가지 음모를 진행시켰다. 카스텔리오는 칼빈이라는 난공불락의 잔인한 살인마가 끼친 치명적인 과중압력과 칼빈에게 인간적인 위엄과 지식인으로서의 품위를 다해 대항하다가 겹친 과로로 인해 1563년 12월, 48세의 나이로 병사한다. 마침내 마음의 평화(?)를 찾은 칼빈은 카스텔리오가 병사한 뒤에도 잠시 더 제네바를 죽음의 도시로 지배하지만, 역사는 칼빈이 기획했던 잔혹한 신정정치(神政政治)에 넌더리를 내게 된다. 후일, 칼빈 정통주의에 대항하는 길고도 긴 투쟁에서 지식인들은 관용의 사상이 담긴 카스텔리오의 책을 손에 들고 저항했다.

이상할 것도 없는 일이지만, 칼빈 이후, 200년 동안 제네바는 세계적 명성에 값하는 화가나 음악가 등 예술가를 단 한 명도 배출해내지 못했다. 예술은 적막에서 가능한 일이 아니기 때문이다. 제네바가 칼빈으로부터 완전히 해방된 것은 순수한 제네바 시민 장 자크 루소가 탄생한 이후였다. 널리 알려져 있듯 루소가 평생 기울인 일은 인간성 말살에 대한 저항이었다.

우리는 더한 고통도 이겨냈다

인간의 사상은 교회와 나쁜 전통의 속박에서 자유로워져야 한다는 카스텔리오의 사상은 데카르트나 스피노자를 거쳐 근대 이념의 기초로 부활했다. 아이러니컬하게도 불관용의 장소였던 제네바는 후일 유럽에서 관용의 은신처가 되었다. 때로 빠른·판단을 유보하는 듯이 보이는 역사는 후일 분명하게 카스텔리오의 손을 들어준 것이다. 바로 이 대목에서 스테판 츠바이크가 말한다. "독재정치란 인류 역사라는 방대한 계획 속에서 단지 한순간의 오차임을 의미하는데, 인간들의 삶의 리듬을 억지로 막으려고 하면 실제로는 잠깐의 후퇴에 더 강력한 추진력을 몰고 오게 하는 법이다"라고. 츠바이크는 또한 "자유를 가장 신성한 인간의 자산으로 여기지 않고, 당연한 관습으로 여길 때 그 자유를 유린하는 비밀스러운 의지가 고개를 쳐든다"는 무서운 경고도 잊지 않고 있다.

그나저나, 츠바이크가 카스텔리오의 비극적 삶에 빛을 부여하면서 확신에 차서 말했던 '한순간의 오차'는 2010년 우리에게도 해당되는 이야기일까? 그럴 것이라는 믿음이 없다면 어떻게 이 고약한 시절을 견딜까. 독재정치가 만약 역사에 가끔 돌출하는 한순간의 오차에 불과하다면 희망을 품고 어떻게든 싸우고, 견뎌내야 한다. 더 혹독한 시절도 우리는 견디고 이겨내지 않았던가.

삼성을 타넘지 못하면 희망이 없다

김용철, 《삼성을 생각한다》,
사회평론,
2010년

이 책이 나왔다는 것을 나는 《한겨레》였거나, 아니라면 《프레시안》을 통해서 처음 알게 되었다. 혹은 《시사IN》일 수도 있다. 세상을 살피고, 세상일을 흡수하는 내 창(窓)은 대충 그 정도다. 세상을 바라보는 내 창이 써놓고 보니 몇 개 안 된다. 쓸데없는 고백이지만, 그 몇 개 안 되는 창으로도 젊은 날처럼 창밖의 풍경들을 샅샅이 살피지는 않는다. 얼추 본다. 이런 태도를 만약 불성실이라 한다면, 그것은 불성실이기는커녕 나이가 준 선물 같은 것인지도 모른다.

왜 나는 이렇게 불성실해졌을까? 어느 날 잠깐 생각해보았다. 오십 중반 넘어서면서 나 역시 별수 없이 눈이 침침해져서일까. 아니면 세상일을 너무 오랫동안 세세히 들여다보느라 지친 것일까. 잘 모르겠다. 누가 어찌 생각하든 간에 몇 개 안 되는 창을 통해서라도, 한 사람의 글 읽은 자로서 나는 세상살이에 최소한의 관심을 기울이는 일을 중지할 수는 없다. 누가 시켜서가 아니라 스스로 그래야 한다고 생각하고 있기 때문이다. 시대를 아파해야 한다는 글 읽은 자로서의 당위보다는 아마도 세상이 지금보다 좀 더 나아져야 하지 않겠나, 하는 열망 때문일 것이다.

그런데 근래 나는 위험스럽게도, 창밖에서 벌어지는 일들을 아주 시큰둥하게 대한다. 곰곰 생각해보니, 다른 어떤 이유보다도 세상 이야기가 나를 행복하게 하지 않기 때문인 것 같다. 언제부터인가, 아침에 일어나 만난, 나를 슬프게 하거나 답답하게 하거나, 몹시 열 받게 하는 세상일들로 인해 내 삶을 어둡고 칙칙하게 만들고 싶지 않다는 생각이 일기 시작했다. 잘못하면 벌써 5~6년째 먹고 있는 혈압약이 소용이 없어질 수도 있다. 좀 더 생각해보니 다른 이유도 있는 것 같다. 세상에서 일어나고 있는 일들의 빤한 되풀이 때문에 지루해졌는지도 모르겠다. 형태는 다르지만 똑같이 반복되는, 나를 결단코 행복하게 하지 않는 세상사 틈바구니에서 어떻게 내 혈압약의 효험을 최대치로 살릴 것인가. 실로, 어려운 일이다.

조용한 입소문의 베스트셀러

이 책의 출간 소식을 알게 되었지만, 그렇다고 기다렸다는 듯이 책방에 쪼르르 달려가 서둘러 구입하지는 않았다. 그 까닭은 아마도, '저자 김용철'의 이력과 그가 한 일에 대해서 그와 천주교정의 구현전국사제단이 노력한 만큼 세상에 알려져 있기에 그 정도는 알고 있다고 생각했던 것 같다. 그리고 '삼성'에 대해서는 사실 알고 있는 것도 별로 없지만, 더 알고 싶지 않았기 때문이었는지도 모른다. 말이 나왔으니 말이지만, 내가 아무리 2010년에도 여전히 대한민국 사람이긴 하지만, 왜 나마저 삼성에 대해 생각해야 한단 말인가? 김용철 변호사(이후 존칭 생략)야말로 거기서 고임금을 받으며 그 해괴한 일가와 사치스럽게 잘 놀다가 어느 날 그들에게 배신을 때리기로 작심한 양반이니까 삼성에 대해 생각해볼 게 참으로 많겠지만, 나는 아니지 않은가. 삼성일가가 나를 '관리'하지 않는데, 짐승들 여물도 끓여야 하고, 밭의 김도 매야 하고, 시골의 여러 표

안 나는 할 일들이 태산인 내가 왜 '삼성'에 대해 굳이 생각해봐야 한단 말인가. 내 비록 김용철 변호사에 대해 아무런 감정도 없는 사람이지만, 제목에 대한 그 정도 수준의 가벼운 반발심은 조금 있었던 것 같다.

그러나 얼마 전, 동네의 지하 책방에 갔을 때, 책방 입구에 이 책이 가로로 네 권 분량의 길이, 세로로도 역시 두세 권 분량의 너비를 차지하고 제법 높이 쌓여 있는 것을 보고, 처음 든 생각은 반가움이었다. 대개 책방 입구 좌대에 산더미처럼 쌓여 있거나 특권적으로 배치되어 진열된 책들은 내가 개인적으로 매우 혐오하는 책들이곤 했다. 형형색색의 자기계발서들, 증권, 재테크, 건강책들, 쏟아지는 야리꾸리한 심리학책들, 아, 그리고 엄청나게 팔렸다는 정신 나간 듯이 보이는 한국 소설 등등.

시골에서 주말에 서울 집으로 돌아가면 나는 어김없이 한번쯤 책방에 들르곤 하는데, 대개 책방에서 나올 때에는 마음이 편치 않아져 늘 남모르게 장탄식을 하곤 한다. 세상에 나오지 않았더라면 더 좋았을 책들이 너무나 많다는 게 내 장탄식의 이유다. 꼭 펄프 이야기, 쓸데없는 책들 때문에 베어지는 나무 이야기가 아니더라도, 너무 심하다 싶은 책들이 너무 많이 쏟아지고 있다. 그러나 《삼성을 생각한다》는 책이 특별하게 진열되어 있는 것을 보고 든 생각은 달랐다.

"그래, 이런 책은 널리 읽혀야 하겠지!"

책 내용도 자세히 모르면서 나는 그렇게 중얼거렸다. 그러면서도 나는 언뜻 책을 펼쳐보거나 뒤적여보거나, 책방에서 나갈 때 계산할 요량으로 챙겨들지는 않았다.

"언젠가 이 책의 인기가 사그라졌을 때, 내 단골 헌책방에서 구해야지", 그러곤 지나쳤다.

무엇이 '경향'마저 난감하게 했을까

그랬는데, 그만 나는 이 책을 구입하지 않을 수 없었다. 그것은 순전히 철학하는 김상봉 교수 때문이었다. 김교수가 2009년 2월 17일에 《프레시안》에 《경향신문》을 비난하지 않겠습니다'라는 제목으로 올린 글 때문이었다. 이야기인즉, 김교수가 《경향신문》에 이 책에 대해 쓴 칼럼을 송고했더니만, 게재를 거부당했다는 이야기였다. 김교수는 3주에 한 번씩 그 지면에 글을 써오던 터라 이번에도 다른 때처럼 때맞춰 송고한 자신의 글이 아무렇지도 않게 실릴 줄로 알았는데, 신문사에서 말하기를 '신문사로서는 감당하기 어려운 부담이 된다면서 양해를 구'한 모양이다. 김교수가 그 양해를 거절했더니만, 신문사는 그 지면을 다른 이의 글로 채웠다. 김교수는 그런 전말과 함께 '우리 사회에서 삼성이 누구도 비판할 수 없는 신성불가침의 권력'이 된 것을 개탄하면서 신문사로부터 게재를 거절당했던 글을 올린 것이다.

젠장, 도대체 이 책의 무엇이 《경향신문》의 칼럼 담당자 혹은 편집국을 불편하게 했을까, 궁금해졌다. 마지못해 이 책을 구입하면서 역시 기분이 안 좋았다. 나는 베스트셀러에 대한 병적인 거부감이 있는데다 소문난 책일수록 근거 없이 다소간 비웃는 못된 버릇이 있는 사람인데, 이번 경우에는 달랐다. 자칫 그런 내 오래된 습성에 충실하다가는 이 책을 정작 보고 싶을 때 구하기 힘들어질지도 모른다는 위기감이 고개를 쳐들었다. 《경향신문》마저 이 책에 대한 칼럼을 싣지 못한다면, 지금 비록 책방에서 조용히 잘 팔리고 있긴 하지만, 조만간 이 책이 소리 소문 없이 죽을지도 모르겠구나, 하는 아슬아슬한 마음이 들었던 것이다.

나는 책을 읽으면서 우선 생면부지의 김상봉 교수에 대한 원망 때문에 책상 모서리에 머리통을 찧고 싶었다. 아, 이분은 왜 이런 구역질나는 내용을 나로 하여금 읽게 만들었단 말인가, 그런 이유 때문이었다. 저자 김용철에 대해선 책을 덮는 순간까지 만감이 교차했다. 스스로 배신자가 아니라고, 오히려 삼성이 자신을 처음부터 배신했다고 차분차분 항변하지만, 그는 삼성의 입장에서 볼 때에는 짧은 7년 세월 동안 100억 원이나 투자했는데, 배신을 때린 고약한 배신자일 수밖에 없었다.

누구를 일러 배신자라 하는가, 그게 이 글이 겨냥하는 중요한 주제가 아니긴 하지만, 나는 김용철 변호사에 대해 책을 덮을 때까지 상당히 삐딱한 시선으로 바라볼 수밖에 없었다.

'폭로의 책'과 '참회의 책'

김용철 변호사, 이 사람은 누구인가?

이분은 왜 갑자기 양심선언을 했을까? 그가 처음 사제단을 찾아갔을 때 한 노사제가 말씀하셨듯이 이 사람은 이건희 일가와 경영 임원진의 최측근으로부터 사랑과 신뢰 속에서 7년이나 호의호식하면서 딸랑딸랑, 삼성일가의 모든 범죄 현장 최전선에서 코피 터지도록 온몸을 불사르며 봉사했던 친구가 아닌가? 그런데 무엇이 그로 하여금 이토록 목숨 걸고 삼성일가 비리를 세상에 폭로하게 만들었을까? 그가 검사 때려치우고 기업에 간 이유도 상당히 아리송하지 않은가? 사람의 정의감이 이렇게 나이 들어서 갑자기 생길 수 있는 것일까? 저자는 삼성재판을 지켜본 아이들이 "'정의가 이기는 것이 아니라 이기는 게 정의'라는 생각을 하게 될까봐 두렵다. 그래서 이 책을 썼다"라고 말하고 있지만, 그가 양심선언 전까지 그토록 미래세대가 꾸려갈 한국 사회를 줄기차게 염려해왔던 사람이었을까?

아니잖은가!

특권층 자제도 아니면서 젊은 날에는 병역을 기피하려다가 지도교수한테 욕을 바가지로 얻어먹은 젊은이였지 않은가. 검사 때려치운 이유도 부장으로 승진해 부하 검사들 술 사주면서 접대하기 싫어서 때려치웠다는데, 그게 납득이 되는가? 깨끗한 기업에 가서 '합리적 경영기법'을 배우겠다고? 삼성이 어떤 기업인지 대한민국에서 나이 사십이 넘도록 몰랐다고? 합리적 경영은 무슨 놈의 합리? 책의 어느 대목에선가 밝혔듯이 "처자식 호강시키려고 갔다"는 말이 오히려 솔직하고 설득력 있지 않은가?

스스로도 밝혔듯이 그는 체제순응형 사람이고, 법조인으로서는 삼성 입사 1호로서 7년 내내 승승장구 엄청난 신뢰를 받아 경영 임원으로서 이건희, 이재용 로열패밀리(나는 이 탈세범들을 언젠가는 호되게 제대로 벌 받아야 할 '불쌍한 인간들'이라 단언하지만)와 이학수, 김인주 등 가장 막강하고 비열한 노예들과 같이 북 치고 장구 치고, 희희낙락 한판 잘 놀지 않았던가? 그 7년 세월을 랭보의 시에 빗대어 '지옥에서 보낸 한 철(시절)'이라고 말하고 있긴 하지만, 그가 7년간 삼성에 있으면서 한 짓들은 삼성이 이 나라를 장기판의 졸로 보고 무슨 게임에서든 이겼기 때문에 정의라고 여겨질 수도 있는 온갖 탈법과 비리와 부정의 공범자로서의 적극적 협력의 세월이 아니었던가. 특권적 경험과 지식과 인맥, 학맥을 온통 삼성일가의 범죄에 동원하지 않았던가.

밤새워 조사받을 용의가 있다고 특검실 문을 발로 뻥, 차기 전에 그는 이 세상에서 가장 낮은 자세로 엎드려 대성통곡하면서 그를 삼성에 갈 수 있도록 검사로 만들어준 부모님과 사회에, 그리고 그가 그토록 염려하는 미래세대에게 진심으로 좀 더 참회해야 할 사람이 아닌가. 그리고 "삼성일가를 시대와 역사가 반드시 단죄해야 하듯이 나도 중벌을 받아야 할 사람"이라고 독자들이 질릴 정도로 강조해야 할 사람이 아닌가.

그게 책을 덮을 때까지 내가 견지하고 있었던 저자에 대한 편견이었다.

　책을 덮은 지 제법 되지만, 나는 아직도 그 편견을 수정하거나 철회하고 싶지 않다. 그가 보통사람으로서 7년간 공범자에게 떨어지는 떡고물로 누린 사치는 일일이 열거하고 싶지 않지만, 삼성일가와 그 똘마니들의 병적인 사치와는 다른 의미에서 구역질이 나는 내용들이었다.

　나는 삼성일가와 그 일가에 빌붙어 사는 수십억 연봉의 노예들에게도 분노했지만, 회심한 김용철의 책이 충분히 담고 있지 않은 내용 때문에 분노했다. 그것은 무엇이었을까? 이 나라에 아무리 내부 고발자가 귀하다 하더라도, 우리 사회가 아무리 내부 고발자에 대한 대접이 소홀하다고 해도, 그의 책에는 '화려한 삼성노예'로 살았던 세월에 대한 참회가 더 통렬하게 담겨 있어야 했다. 그게 내 생각이었다.

윤락사건 무마로 얻은 제주도 가족여행

　삼성일가가 사는 모습이나 저자가 했던 일 모두가 참으로 제 정신 가진 이들이 참고 읽기 힘들지만, 이런 대목은 왜 그리 오래도록 머릿속에 남는지 알다가도 모를 일이었다.

　"삼성그룹이 사실상 부도를 맞아서 임직원들이 대대적으로 쫓겨났던 1999년 나는 제주 호텔신라 퍼시픽스위트룸에서 가족과 함께 여름휴가를 보냈다. 며칠 지내고 체크아웃할 때 보니 계산서에 1,500만 원가량이 나왔다. 당시 휴가는 회사 임원들이 연루된 연예인 윤락 사건을 잘 해결해주었다고 해서 받은 것이었다."(188쪽)

김용철이 1958년생이니까 그보다 세 살쯤 더 먹은 나는 어쨌거나 비슷한 세대라 말해도 그리 틀린 말이 아닐 텐데, 그런 나는 1999년에 뭘 하고 살았을까? 아무도 월급을 주지 않는 자발적 실업 상태에서 글쟁이입네 하면서도 제대로 된 팔리는 소설 한 편 쓰지 못하고, 갯벌과 내 삶이나 가족과는 당장에 아무런 직접적인 관련이 없었건만, '새만금을 살려야 한다'고 메아리 없는 기염을 토하고 있었다. 그 갯벌이 노는 땅이 아니고, 죽은 땅은 더욱이 아니므로, 그 땅을 메워 농지를 만들겠다는 것은 사기극이라고 주야장천 외치고 있었다. 새만금을 살리려고 수년간 그토록 애썼건만, 끝내 갯벌은 생짜로 메워지고, 메워지자마자 그곳에 농지는커녕 골프장을 짓겠다는 소리가 나오고야 말았다. 내 밥벌이보다는 그런 관심이 지나치다 못해 나는 결국 지인과 환경단체를 만들어 '자연에 대한 존경심을 회복하자'고 밤잠 안 자며 열심히 일하고 있었다. 그때 이 땅에 같이 살던 내 비스무레한 연배의 검사 출신의 삼성고위층인 김용철은 고위급 임직원들이 룸살롱에서 연예인과 어린 여대생과 놀다 발각난 일을 법적으로 잘 덮어준 대가로 제주도에서 가족과 여름휴가를 보냈는데, 그가 말하는 '며칠'이 참으로 '며칠'인지 잘 모르지만, 그때 쓴 돈이 물경 '1,500만 원가량'이었던 것이다. '며칠'이라는 기간은 우리말의 관습상, 최소한 열흘 이내의 기간을 지칭한다고 봐도 그리 틀린 말이 아닐 것이다. 사나흘도 '며칠'로 말할 수 있고, '대엿새'도 며칠이라 할 수 있고, '일주일 남짓'도 며칠에 속할 수 있겠다. 아무리 길게 잡아도 열흘 이내의 기간을 지칭하는 말이라 봐야 한다.

그렇다 치고, 숫자에 워낙 약한 사람이지만, 나는 '제주도-며칠-1,500만 원', 이 세 가지 단어를 잘 외운 뒤에 그즈음에 만난 사람들에게 물었다.

"자네가 여름휴가로 가족들과 제주도에 갔다 치자. 제주도 고급 호텔에서 며칠 상간에 1,500만 원을 쓸 수 있겠나?"

"왜 못 써. 돈이 없어 못 쓰지, 이 사람아!"

몇 사람에게 물었더니만, 모두 간단하게 대답했다.

나는 심각하게 물었는데, 모두 나를 조롱하듯이 가볍게 답했다. 그런데도 그들의 얼굴 한 귀퉁이에 어떤 쓸쓸한 기운이 스쳐 지나간 것 같기는 하다.

나는 마치 아무에게도 드러내지 않았던 치부가 노출된 사람처럼 갑자기 무기력해졌다. 그리고 나는 알게 되었다. 내 주변의 적잖은 사람들은 돈이 없어 못 쓸 따름이지 며칠 상간에 1,500만 원을 쓰려고 작정하면 그까짓 돈 정도야 너끈히 쓸 능력이 있다는 것을. 그렇게 말할라치면 '며칠'에 1억 5,000만 원은 못 쓸까? 15억인들 못 쓸까?

나는 그때 깊은 소외감을 느꼈다.

웃기는 이야기로 들리겠지만, 그때 내가 일하던 시민단체의 활동가는 월 60만 원을 받고 있었다. 우리는 단체를 처음 창설했기에 A4 종이 한 장, 봉투 한 장, 전화 한 통화도 아껴 썼다. 회원들의 월회비는 1,000원에서부터 3,000원, 많으면 5,000원이었다. 비슷한 연배의 한 사내가 한 시대의 과격한 생태계 파괴를 억제하고 막기 위해 여러 시민들과 그런 처지에서 잠 못 이루며 공부하고 애쓰며 노력할 때, 다른 곳의 한 사내는 자신이 속한 회사의 더러운 자들이 어린 여대생과 윤락을 했다는 게 발각되자 법적으로 그 일을 무마시켜준 대가로 아름다운 섬에 가족과 놀러가 '며칠'간에 '1,500만 원가량'을 쓰고 있었던 것이다. 김용철 본인도 며칠 만에 쓴 돈이 좀 과했다고 느꼈기에 그 내용을 밝힌 것으로 보아, 그가 '잘했다'고 하는 이야기가 아니라는 것쯤은 나도 안다. 그 지경으로 형편없이 망가진 인생을 살았다는 맥락에서 고백한 것이라는 것을 나도 안다.

그러나 분통 터지는 일이 아닐 수 없었다. 그가 만약 고시를 합격하지 않았더라면, 검사가 안 되었을 것이고, 검사가 되지 않은 상태로 삼성에 입사했더라면, 그런 불상사를 잘 덮을 재간을 발휘할 길이 없었을 것이다. 거듭 말하지만, 나는 그보다 세 살이나 더 먹은 사람인데다, 누구 입에서 나온 말인지 모르지만 고시보다 어렵다는 신춘문예를 자그마치 두 번이나 당선한 사람이다. 나도 지금 태어나지 않고 몇 백 년 전에 태어났더라면 전국 글쓰기 대회에서 두 번이나 장원을 한 사람인지라 그렇고 그런 벼슬아치가 되어 내가 땀 흘리지 않아도 되는 전답도 꽤나 얻었을 것이다. 너무 늦게 태어난 시대 탓을 해야 옳을까, 김용철이나 삼성 자식들, 참 잘났다고 부러워해야 옳을까, 비감스러우면서도 분통이 터지는 일이었다.

'짧은 시간에 많은 돈을 쓸 수 있는 것이 곧 능력'으로 간주되는 사회는 어떤 사회일까? 나는 그런 사회는 신속하게 무너져야 하는 사회라고 생각한다. 그것은 표현할 길 없는 인간의 원초적 감수성으로 바라볼 때, 무엇보다도 불경스럽기 때문이다.

옛날의 김용철, '오늘의 김용철'

최근에《프레시안》을 통해 '정의'를 주제로 김민웅 교수와 나눈 인터뷰에는 '옛날의 김용철'도 나오지만, '오늘의 김용철'도 나온다.

김민웅: 그렇게 검사를 하다가 기업에 들어갔다. 삼성이다. 좋았나?
김용철: 좋았다. 물론 불편한 점도 있었다. 기업에 왔을 때, 내게 노사 관계를 맡기려 했다. 그것과 관련된 일은 내가 안 한다고 약속을 받고 왔는데 말이다. 솔직히 나한테 시키는 일이 노조를 위한 것은 아니지 않겠나. 노조가 안 생기고 못 만들게 하는 것. 수사하던 모든 역량을 동원해 노조를 만들려는 사람을 매수, 미행, 감청하라는 것 아닌가. 그런 역량을 발휘하라는 게 뻔했다.
심문도 해달라고 했다. 고위 임원이 다른 곳에서 돈을 많이 받았는데 자백을 하지 않는다고 했다. 솔직히 기업에 와서도 이런 걸

해야 하나 하고 생각했다. 결국 안 했다. 검찰 때는 자나 깨나 잡아넣을 것만 생각했다. 나는 못됐다. 공무원은 돈을 먹고, 사업가는 탈세를 하는 인간들이라고 생각했으니……

검사 시절에는 죄만 생각했는데 기업에 가보니 이젠 범죄를 생각하지 않아도 돼 좋았다. 기업에서는 그런 거 할 필요가 없지 않나. 기업에서 만난 사람은 모두가 선량한 사람이었다. 내 부하 중에는 독일에서 온 전화를 독일어로 의사소통하는 이도 있었다. 하버드 대학을 나와 일하는 이도 상당수였다. 이렇게 훌륭한 사람이랑 좋은 일하니 어찌 안 좋을 수 있겠나?

김민웅: 검찰의 위계질서와 삼성에서의 위계질서를 비교해보면?

김용철: 기업에서는 상사가 탄 차가 안 보일 때까지 90도로 허리를 숙이는 건 당연한 일이었다. 내가 살던 방식이 아닌 다른 방식으로 살았다. 다이아몬드 시계 열 개를 아무렇지도 않게 사는 임원도 보았다. 하나에 1천만 원 이상은 되는 시계였다. 내가 보기엔 공허해서 그랬으리라 생각했다. 나도 열 개는 아니더라도 한 개 정도는 샀다.(웃음)

아주 비싼 양복도 샀다. 지금도 가지고 있다. 하지만 입을 기회도, 생각도 없다. 관리도 안 되고 입으면 무척 신경을 써야 하기 때문이다. 사람이 옷을 모셔야 하는 수준이다. 어쨌든 그런 신분 상승에 폼이 났다.

예를 들면, 삼성에 있을 때 1년에 150번쯤 골프장에 갔다. 계산해보니 모든 휴일을 다 가고 단 하루 안 갔다. 크리스마스 때 폭설로 모든 골프장이 문을 닫을 때, 그때 빼곤 모두 간 것이다.

김민웅: 그렇게 다니던 삼성을 그만둔 계기는 무엇인가?

김용철: 아까도 말했듯이 삼성에 있는 사람이 선량한 사람인 줄 알았다. 하지만 세월이 지나면서 갈등이 심해졌다. 외환 위기로 국민 대다수가 일자리를 잃고 힘든데, 삼성은 대량으로 사람을 해고했다. 그러면서 삼성 임원은 위기가 기회라며 골프 회원권 몇 천만 원짜리를 사놓았다. 얼마 뒤에 그 회원권은 몇 억 원이 되었다. 내가 그런 짓을 같이했다면 편하게 사는 건데, 그러지 못했다.

회사를 그만둔 것은 그런 것에 회의도 느끼고 몸도 너무 망가져서 그랬다. 일주일에 하루는 호텔에서 식사를 했다. 술도 엄청 비싼 것을 먹고, 운동도 하지 않았고, 무슨 고민할 게 많다고 고민도 많이 하니 탈이 안 나겠나.

내가 안에서 겪은 삼성 문제를 세상 사람들이 다 아는 줄 알았다. 하지만 대부분이 모르고 있었다. 내가 보고 겪은 거니 일단 그거라도 알려놓으면 사람들이 어떤 식으로든 행동을 취하리라 생각했다. 그래서 2년 전에 알렸던 거다. 하지만 나의 예측력은 형편없었다. 여야 합의로 특검까지 했지만 모든 걸 덮었다. 결국 김용철은 입만 열면 거짓말을 한다는 오명을 썼다. 패륜적 배신자로 비난받는 거는 감수해야 한다. 삼성과 검사 동기들을 곤란하게 만들었기 때문이다. (하략) (《프레시안》, 2010년 7월 5일자, 김민웅-김용철 대담, '더 나빠질 게 없는 한국, 얼마나 희망찬 사회인가'에서.)

옛날의 김용철은 그가 말한 것만으로도 족하다. 문제는 '오늘의 김용철'이다. 그는 아직도 독일어로 통화하고, 하버드 대학을 나와 삼성에서 일하던 그 사람들을 '훌륭한 사람들'이라 생각하고 있다. 참으로 맥 빠진다. 그들이 어떻게 훌륭한 사람들이란 말인가. 회화를 잘하고, 좋은 대학을 나온 사람일 뿐이 아닌가. 이런 사고방식을 가진 이는 어디에서부터 말을 걸어야 할지 참으로 난감하다. 얼마나 세속적인가? 세속적이라면 모름지기 건강해야 할 것이다. 이 생각은 바른 생각도 아닐뿐더러 건강하지도 않다. 그가 세상과 사람을 보는 눈이 이 책을 내기 전에나 낸 후나 달라지지 않은 것 같다. 그러니 '검사 출신 1호'를 조건으로 입사했고, 7년씩이나 그 범죄 집단의 사랑받는 일원으로 잘 놀다가 뒤늦게 세상에 삼성 사람들 사는 것을 알려야겠다고 결심하게 되었을 것이다. 그가 훌륭한 사람의 조건이 독일어로 외국인과 통화하고, 하버드 대학 졸업과 전혀 상관없다는 것을 알았더라면, 삼성에 가지도 않았을 것이고, 그 작태를 고발해야겠다는 결심을 하는 데 7년씩이나 걸렸을 리가 없다. 그게 내 생각이다. 그래서 그가 내부 고발자로서는 참으로 귀한 사람이지만, 그의 '오늘 고백'이 나는 여전히 미심쩍은 것이다.

앞서 말했지만, 이 책의 구성은 참회의 양보다는 정의감을 앞세운 폭로가 더 많은 양을 차지하고 있다. 만약 내가 저자처럼 어마어마하게 귀중한 정보를 체험으로 소지한 자로서 책을 펴낸다면 폭로의 책이 아니라 우리나라에서는 좀처럼 찾아보기 힘든 진정한 의미에서의 참회의 책으로 펴내려고 했을 것 같다. 폭로는 바로 보는 데에는 도움이 되지만, 사회를 정화시키는 데에는 한계가 있기 때문이다.

어쨌거나 김용철 변호사는 '정의로운 자들만이 정의를 말할 수 있는 것은 아니다'라는 화두를 이 책을 통해 던지고 있다. '불의한 양심에도 진실은 있다'는 화두, 말이다. 그런데 이 화두는 생각보다 흥미롭다. 저자가 거기까지 질문한 것은 아니지만, 본래 정의로운 자가 어디 있겠는가, 하는 질문이 이 화두 속에 담겨 있기 때문이다. 바로 그렇기 때문에 다시 말하지만, 정의를 말하자면, 죄악의 목록만으로는 불충분하다는 이야기다. 그래서 나는 김용철에게 더 극단적인 정직성, 바위에 머리를 찧을 정도의 참회를 요구하고 있었는지도 모른다. 한 사람에게 너무 많은 것을 요구하면 안 된다는 것을 나는 그만 깜박 잊은 것이다.

함량미달의 얼치기 귀족, 삼성일가

그런 개인적인 아쉬움에도 불구하고, 김용철의 책으로 우리 사회는 이 책이 발간되기 전보다는 조금이라도 나아졌다고 생각한다. 그가 아니었더라면, 그의 폭로가 아니었더라면 삼성일가의 삶과 거기 90도로 절하며 1천만 원짜리 시계를 열 개씩이나 대량 구매하는 '공허한 자들'에 대해 우리가 자세히 알 도리가 없었을 것이다.

유럽에 뿌리를 둔 '귀족 콤플렉스'가 있는 삼성일가는 돈의 힘으로 이 나라를 자기들 마음대로 쥐락펴락할 수 있다고 생각하고 그 망상을 치밀하고 악랄하게 실천하고 있다는 것을 이 책을 통해 소상하게 알 수 있다. 선입견 없이 보고 싶어도 한 인간으로서도 어딘가 썩 자연스럽지 않은 이 탈세범(들)은 자존심 강한 이 나라 검찰을 타락시켰고, 언론이기를 스스로 포기하기로 작정한 언론을 손아귀에 넣었고, 선거로 뽑힌 대통령마저 업신여기고 대체로 깔봤다. 삼성일가는 무엇보다도 노조도 못 만들게 억압함으로써 삼성의 수십만 명 직원들을 모욕하고 있고, 이 나라 국민들을 지네들이 '멕여살린다'고 착각하고 있다. 한마디로 시건방지기 짝이 없고 덜 떨어진, 귀족이라면 IOC위원회로부터도 경멸당한 함량 미달의 귀족들이다.

왜 내 나라의 검찰을 삼성일가는 이토록 능멸하는가? 삼성일가는 왜 내 비록 《한겨레》를 구독하느라 따로 구독은 하지 않았지만 내심 존중해 마지않았던 《경향신문》까지 이토록 수치스러운 용단(?)을 내리게 하고야 말았는가? 무슨 권리로 삼성일가는 내 세금을 공적자금이라는 형태로 자신들의 사업 실패(삼성자동차)를 메우는 데 낭비하게 만들었더란 말인가? 왜 배추 한 포기도 키워보지 않은 무능력한 그대들이 존경받아야 할 내 나라 권력층을 이토록 비참하게 타락시키고 무력하게 만든단 말인가?

다시 한 번 생각해보자. '돈의 힘'을 이토록 과신하는 범법자들을 이렇게 승승장구하도록 놔둬도 되는 것인가? 그래도 이곳에 법이 있고, 상식이 흐르는, '한 나라'라고 말할 수 있을까? 아니다. 그럴 수는 없다. 이번에는 '비즈니스 프렌들리' 정신에 의해 비록 사면 받았지만, 삼성일가가 언젠가 엄혹하게 단죄 받아야 하는 것은 이 국가공동체의 자존심이 걸린 문제다.

　책을 읽으면서 나는 몇 번이나 책을 창밖으로 내던지고 싶었다. 잘못 던지면 이건희가 좋아한다는 '해발 600미터의 좋은 공기'가 돈 한 푼 안 들이고도 흘러넘치는 우리 마당의 풀밭에서 행복하게 놀고 있는 거위 등판에 맞을까봐 참았다. 나는 이 만만찮은 분량의 뜨거운 폭로서를 읽는 동안 구토가 일고, 욕지기가 나오는 장면이 하도 많아서 내 육신과 마음의 평안을 위해서 권정생 선생님의 책을 꺼내, 같이 읽곤 했다. 권선생님의 책을 무슨 통증 치료제로 사용한 것이다.

> "복순아. 가난할수록 더 착하게 살아야 한다. 아무리 가난해도 착하게 살 수 있는 권리는 아무도 못 빼앗아 간단다. 못 먹고 못 입어도 우리 꽃 한 송이 참새 한 마리도 끝까지 사랑하자꾸나."(권정생,
> 《죽을 먹어도》, 아리랑나라, 2005년, 12쪽, '길을 밝히는 사람들'에서)

　나지막한 목소리로 복순이한테 이런 권유를 하는 사람이 아름답지 않은가? 이런 권유를 하는 사람을 '훌륭한 사람'이라 해야 옳지 않겠는가. 그리고 과연 누가 귀족인가? 주가조작과 분식회계로 비자금(특검 발표 4조 5천억 원, 김용철 추정 10조 원)을 조성해 자식에게

장물을 이양하는 게 절체절명의 목적인 삼성일가와 그 하수인들이 귀족인가? 타워팰리스의 펜트하우스가 아니라 오두막집에서 생쥐와 같이 살더라도, "꽃 한 송이 참새 한 마리도 끝까지 사랑하자"고 어린이들에게 권하는 권정생 선생님이 참다운 귀족이 아닐까. 이런 비교 자체가 불경스럽다.

저자 김용철에 대한 개인적인 평가야 어찌됐든, 나는 이 책이 계속 팔렸으면 좋겠다. 한 100만 권쯤 팔린다고 한국 사회가 당장에 달라지지야 않겠지만 이 책으로 알게 된 것들이 우리 사회가 더 나은 세상으로 이행하는 데 반드시 유용한 거름이 될 것이라 믿고 있기 때문이다. 이 책이 팔릴 때, 권정생 선생님 같은 분이 남긴 몇 안 되는 책들도 덩달아 팔리면 얼마나 좋을까.

이 나라 산천은 대통령의 것이 아니다

최병성, 《강은 살아 있다》,
황소걸음,
2010년

그의 삶과 그의 생각으로써 내게 늘 감동과 자극을 주고 있는 'B급 좌파 김규항'이 언젠가 말한 적이 있다. "경계를 건드리는 사람이 얻는 것은 오해와 욕설과 고단함이죠"라고. 오래전의 일이지만, 김규항의 페미니즘 비판과 관련된 지승호의 질문에 대한 답변에서 한 말이다. 김규항이 말했다. "진보주의란 세상을 변화시키자는 것인데 세상을 변화시킨다는 것은 현재 세상의 경계를 건드리지 않고는 불가능한 것입니다. 확연히 적대적인 대상만을 비판하는 방식은 단지 안락을 좇는 색다른 방식입니다. 확연하고 일반적인 경계에서 드러나 있지 않은 모호한 부분, 세부에 대해서 건드릴 수 있어야 합니다. (…) 안전한 글쓰기를 하는 사람들은 곤란한 문제에는 언제나 두루뭉술하게 듣기 좋은 말만 합니다."(지승호,《비판적 지성인은 무엇으로 사는가》, 인물과사상사, 2002년, 86-87쪽)

그 말을 접하고 나는 안전한 글쓰기를 하는 사람인가, 혹은 경계를 건드는 글쓰기를 해온 사람인가, 하고 스스로에게 물어보았다. 내가 묻고 내가 답해야 하니 거짓말 시키기 곤란한 골방(내면)의 질문이다. 글로 나를 충분히 표현하지 못해 내 재주 없음에 대해 늘 애통해하는 사람이긴 하지만, 나는 최소한 글 따위를 통해 '존경과 품위를 증가'시키려고 획책한 적은 없었으므로 그 질문으로 나를 쓸데없이 괴롭힐 일은 아닌 것 같았다. 그가 말하는 '경계'란 무엇일까? 내부 검열 따위를 하지 않고, 성역 없는 정직한 비판을 해야 한다는 뜻으로 일단 읽힌다. 이 나라의 조선일보 사옥 앞에서 1인 시위를 했던 문인은 많지 않았다고 한다. 쑥스러운 이야기지만, 2001년 5월 우리 사회 만악(萬惡)의 근원인 그 매체의 사옥 앞에서 나는 한 작가로서 1인 시위를 했다. 그러나 나는 중요한 문인이 아니므로 그 일로 인해 과외의 존경과 품위를 얻은 것 같지는 않다. 환경판 혹은 시민운동판 내 거물들의 이중성이나 속물근성에 대한 비판은 말이나 글로, 누가 듣거나 말거나, 앉으나 서나 늘 해오던 짓이니까, 역시 나는 최소한 '안전한 글쓰기(말하기)'를 통해 일신의 '안락을 좇은 사람'은 아니라고 말해도 된다. 어쩌다 글쟁이가 되었지만, 전에도 지금도 글 따위로 나는 얻을 게 없다고 생각한다. 두려운 일은 글로 인해 '나'를 잃어버리는 일일 것이다. '내'가 담기지 않은 글로 인해 만약 내 삶이 일그러진다면 그보다 어리석은 짓은 없을 것이다.

버릇처럼 대통령 비판하는 이쪽도 참 피곤하다

그런데도 나는 치사하게도 다시금 '확연히 적대적인 대상'을 비판해야 한다. 오늘도 그 대상은 '이명박 대통령'이다. 오래전, 취임하자마자 그린벨트를 해제했던 김대중을 비판할 때처럼, 새만금을 끝내 메우고야 만 노무현을 비판할 때처럼 오늘도 4대강 죽이기에 목을 매는 이명박을 비판하지 않을 수 없다. 그런데 분통 터지고 슬프게도 그런 분들은 대개 엄청 바빠서 내 글 따위를 접할 시간이 없다는 것이다. 그런 지체 높은 분들을 모시는 사람들 역시 내가 치명적인 인물이 아니다 보니까 내 글 따위에 대해서는 도통 관심이 없는 듯하다. 그러니 어제도 오늘도 나는 한없이 곤혹스럽다. 그래서 글 같은 걸 안 쓰고 살 방책은 없을까 심각하게 궁리중이다.

내가 만약 새만금 살리기에 그다지 적극적이지 않았던 강준만을 비판하거나, 여야 할 것 없이 두루 만나고, 기업돈 나랏돈 가리지 않고 받아 누려왔던 '소통 1인자'(《경향신문》의 여론조사 결과)인 박원순을 공격하면 경계를 건드리는 글쟁이로 간주될까. 강준만이나 박원순 모두 내 대단하게 여기는 분들이지만, 최소한 그 정도 '이쪽 켠의 거물들'을 건드리면, 안전한 글쓰기를 하는 사람이라는 오해에서는 자유로울 수 있을 텐데, 싶다는 이야기다. 그러니 오늘 또 '확연하게 적대적인 대상인 이명박'을 건드리지 않을 수 없는 나를 김규항이 혹시 비겁하다고 오해한다 해도, 슬프지만 할 수 없다.

이 글을 쓰고 있는 2010년 4월 하순, 나는 오늘도 부득불 '강'에 대한 이야기를 하지 않을 수 없다. 또 4대강 이야기인가? 혹 지겹다고 반응할 분도 계실지 모르겠다. 하지만, 한 번이라도 4대강 이야기를 더 꺼내 강의 파괴가 중지되는 데에 조금이라도 일조했으면 하는 바람에서 벗어날 길이 없다. 내가 할 수 있는 일이 안타깝지만, 글을 쓰는 일밖에 없기 때문이다.

청계천을 보면 4대강이 보인다

《강은 살아 있다》(황소걸음, 2010년)를 펴낸 최병성 목사는 10년도 더 전인 동강살리기 운동 때 만난 분이다. 모두들 동강에만 몰두할 때, 그분은 훨씬 전부터 망가지기 시작하던 서강을 지키고 살리려고 혼신의 힘을 다하던 분이었다. 몇 번 못 뵈었지만, 나는 최목사님을 믿는다. 성직자라고 해서 믿는 것은 물론 아니다. 서강지킴이로 세상에 알려져 있지만, 최목사님이 숱한 간난신고를 헤치고 시멘트의 진실을 세상에 폭로한 일은 인간으로서도, 한 시민으로서도 참으로 감동적이었다. 기업은 때로 국가폭력보다 더 냉혹하고 무서운데, 이분은 굴하지 않고 시멘트 회사와 십 수 년에 걸쳐 싸워왔다. 환경호르몬의 유독성에 대한 인식이 세상에 널리 퍼지고, 기왕 땅속의 석회석을 캐내 쓰더라도 그 생산과정에서 독성물질이 덜 배출되도록 시멘트 생산업자들이 주의를 기울이게 되었다면, 그래서 우리가 조금이라도 시멘트 독성에서 벗어나게 되었다면, 그런 혜택은 순전히 이런 분들의 노력 덕택이다. 사회는 그러므로 이런 분들의 자발적 자기희생에 빚을 지고 있는 셈이다. 그런데도 무임승차자들은 이런 분들에 대해 감사는커녕 '좌빨 목사'니 어쩌구 하며 모욕을 한다. 그것은 인간으로서의 도리가 아닐뿐더러 후안무치를 넘어 가히 벌 받을 짓이다.

'4대강 살리기'라는 사기성 짙은 캐치프레이즈로 지금 정권이 강을 죽이고 있는 데 대해 최목사는 조목조목 그가 공부하고 그가 현장에서 찍고, 고민한 풍성한 자료들을 한 권의 책에 담았다.

"4대강 사업은 강을 살리는 것이 아니라 살아 있는 강을 죽이는 참 몹쓸 사업입니다. 국민이 4대강 사업의 실체를 아는 날, 4대강의 광기는 멈출 것입니다. 4대강의 생명들이 우리가 도와주기를 기다립니다. 우리는 유람선만 떠다니는 죽음의 수로를 원치 않습니다. 아이들과 함께 여울에 발을 담그며 자연과 더불어 사는 생명의 추억을 만들어주고 싶습니다. 생명을 노래하는 맑은 여울의 속살거림이 언제나 우리 곁에 함께하길 마음 모아 기도합니다."

(책의 서문에서)

그가 책을 세상에 내놓은 까닭이다. 그러므로 이 책은 허구에 찬 4대강 사업의 실체를 담은 준열한 보고서이고, 진실을 드러내려는 뜨거운 폭로이고, 본질적으로는 생명 사랑의 순결한 기도문이다. 이 짧은 기도문 속에 최목사의 소망이 다 담겨 있다. 그래서 그는 이 책 한 권만 국민들이 제대로 읽어준다면, 4대강의 실체를 분명하게 알게 될 것이고, 실체를 알게 된다면 권력을 잠시 위임받은 이번 정권이 마치 온 국토를 영구적으로 소유한 것으로 착각하고 벌이고 있는 이 엄청난 죽임의 사업을 조기에 중지시킬 수 있으리라 믿는 것이다.

최목사는 4대강 죽이기에 병적으로 집착하는 '청계 이명박' 대통령의 확신이 매우 그릇되었다는 것을 쉽게 납득시키기 위해 그를 대통령이라는 직위까지 너끈히 오르게 한 동력으로 작동된 '청계천 사업'을 냉정하게 들여다볼 것을 주문한다.

청계천 사업은 누가 뭐라고 분칠을 해도 엄청 큰돈을 들여 진짜 청계천을 죽여 만들었고, 돈(전기세) 없이는 잠시도 흐르지 못할

'시멘트 어항 건설사업'이었다. 모전교 옆에 '이명박 서울시장'의 인사말이 박힌 때가 2005년 10월이었는데, 5년도 채 안 된 청계천은 무너져 내리기 시작하고 있다. 지반침하다. 애시당초 청계천 사업은 멀쩡히 흐르는 자연의 물길을 시멘트로 덮어버리고 낸 인공수로이기 때문에 오랜 세월 청계천으로 흘러들던 진짜 물길(그 물길도 옛 사람들이 손을 댄 물길이라 하더라도)이 시멘트 옹벽에 막혀 흐르는 바람에 지반이 유실되고, 인도의 화강암 보도블록에 균열이 생기는 것은 일찍부터 예상되던 일이었다. 도심의 휴식공간이 생겼느니, 녹색을 도심에 끌어들인 친환경사업이니, 서울의 르네상스 운운하고 있지만, 갈라지고 터져나가고 무너져 내리는 르네상스도 있을까. 한심한 서울시 시설관리실의 한 관리자는 "청계천 인도가 벌어진 원인은 지난겨울 날씨가 너무 추워 얼었기 때문"이라며 "날씨 풀리는 3월부터 보수공사를 하겠다"고 말하고 있다('청계천 인도 곳곳에 '금'… 지반침하 시작됐나',《오마이뉴스》2010년 3월 16일). 보수공사에도 불구하고, 지반침하와 보도블록 함몰은 날씨와 관계없이 가속이 붙을 것이다.

그래서 최병성 목사는 청계천을 제대로 보면 4대강의 앞날도 불 보듯 보일 것이라고 말하고 있는 것이다. 단언컨대, 최목사의 예측은 반드시 현실로 드러날 것이다.

대통령은 왜 이렇게 힘이 셀까

　마음속의 말을 거침없이 내뱉고, 시장에 가면 서민들에게 걸치고 있는 머플러도 잘 벗어주는 인정 많고 추진력 강한 이명박 대통령은 왜 이토록 4대강에 목을 매실까. 왜 임기 내 완공을 목표로 밤잠 안 자고 멀쩡한 강을 이렇게 처참하게 도륙을 내고 계실까? 누가 그분더러 국토를 '업'시켜달라고 애걸했단 말인가? 후보자 시절에 대운하를 공약했고, 그것을 공약한 자신을 '압도적 표차'로 대통령으로 뽑아주었으니 4개강 파괴는 누가 뭐라 해도 천명(天命)을 받은 내 몫이라고 생각하고 계신 모양인데, 경제에 미친 30%대의 지지자들도 빠른 시간 안에 부자 만들어달라고 그를 찍었지, 마음 놓고 산천을 파괴하라고 찍진 않았을 것이다. '역대 최저의 선거참여율'이라는 사실은 간데없이 사라져버리고 '압도적 표차'만 임기 3년차인 지금까지 호시탐탐 강조되고 있는데, 아무리 합법적 절차로 승인된 대통령직이라 하더라도, 이 나라 산천이 그의 소유는 결단코 아니건만, 그분은 산천을 자기 멋대로 파헤집고 뒤엎고 갈아엎어도 되는 것으로 착각하고 있는 것이다. 옛날 봉건왕조 때에도 왕의 마음대로 안 되는 일들이 너무나 많았다. 왕이 몹쓸 짓을 하려고 들면, "전하, 통촉하옵소서"라고 선비들이 도끼를 들고 엎드려 울면서 바른 소리를 해댔던 것이다. 내 주장에 혹 문제 있으면 내가 지니고 온 도끼로 서슴없이 나를 치시라는 것이었다. 직언하는 선비들의 목을 쳐 죽이는 것도 한도가 있는 법, 알고 보면

왕들도 대단히 피곤했던 것이다. 그런데 이명박 대통령은 봉건왕조 시대의 왕들보다 더 무소불위이시고, 안하무인이시다. "전 세계 수상들이 저랑 악수하기 위해 줄을 섰다"고 농담하면서 "내가 잘나서가 아니므로 국민에게 감사한다"고 말씀하시기도 했다. 천안함 사고로 죽은 수병들의 이름을 호명하면서 눈물짓던 바로 다음날이었다. 그런 그분의 참모습을 바라보면서 "아, 이분은 정말 난공불락이로구나", 하는 착잡한 심사로 지금 이 국가시스템, 즉 한 사람에게 너무나 막강한 힘을 부여한 작금의 대통령제에 대해 깊이 생각하지 않을 수 없게 된다. 이래도 되는 것일까? 30%대 지지율로 대권만 움켜잡으면 뭣이든 마음대로 할 수 있는 작금의 대통령제는 정녕 합당하고, 바람직하고, 흠결 없는, 최선의 제도일까? 숱한 피를 흘리고 맞이한 잘난 '근대 이후의 권력구조'가 이 지경으로 작동되는 것은 과연 개선의 여지가 없을까, 쓸개를 씹는 심정으로 묻게 되는 것이다.

4대강은 새만금 꼴 나면 절대 안 된다

최목사가 4대강 죽이기를 바라보면서 청계천을 생각하자고 제안할 때, 나는 '바다의 만리장성'이라 붙여진 새만금을 생각하게 된다. 나는 미력하나마 새만금을 살리기 위해 10년을 싸웠다. 그리고 깨졌다. 그래서 새만금을 살려내지 못한 실패자로서 나는 또다시 새만금 이야기를 할 수밖에 없다. 4월 27일, 19년에 걸친 우여곡절(갯벌을 죽인 이들의 표현) 끝에 세계 최장(33킬로미터)의 새만금 방조제 준공식이 거행되었다. 농지가 부족하다는 이유로 농업기반공사가 사업 주체로서 강행했던 '새만금 죽이기'는 방조제를 메우기 바쁘게 그 주체 세력에 의해 곧바로 "골프장 200개 짓자"(유시민)는 속내로 드러났다. 멀쩡하게 살아 있던 천혜의 갯벌은 자그마치 여의도 140배의 면적(4만100ha)이다. 거짓 구호로 생명을 죽이는 일에는 국민의정부, 참여정부, 이명박 정부가 조금도 차이가 없기 때문에 하는 소리다.

이번 준공식 때 깃발축제라는 것을 마련한 모양인데, '희망과 소통의 상징'이라는 그 깃발축제에 소요된 경비가 자그마치 총 21억 3,000만 원이란다. 깃발축제에는 '녹색 혁명의 바람으로, 천년 희망의 깃발을 휘날리자'라는 주제로 온 세상의 잘난 예술가들이 다 참여한 모양이다. 예술가들과 지식인들이 국가라는 이름의 폭력과 범죄에 대거 동원된 것은 어제 오늘의 일이 아니므로 사실 놀랄 일도 아니긴 하다.

그러나 말의 타락과 오용은 참으로 기막힌 노릇이다. '녹색', '희망', '소통'이라는 말이 깃발축제 때 바람에 휘날릴 텐데, '말'에 만약 혼이 있다면 간지럽고 욕스러워서 그 말들은 깃발의 잔등에서 내리고 싶어할 것만 같다. 새만금이라는 비단을 걸레로 만든 우리 시대에 멀쩡히 잘 흐르던 4대강인들 '시멘트 똥물통'으로 못 만들 까닭이 없긴 하다. 그러나 이번에도 필경 꿈쩍도 않겠지만, 오늘도 '확연한 적대적 대상'으로서 너무나 힘 센 내 나라 이명박 대통령에게 다시금 간곡하게 호소한다. 하늘의 계시라도 받은 양 4대강 죽이기에 전념하시는 대통령은 4대강 죽이기를 지금이라도 포기하시라. 당신의 옹고집과 저돌적인 추진력 속에 혹시 화끈하게 포기하는 용기도 있지 않을까. 잘 살펴보시고 아직 늦지 않았으니 부디 바른 선택을 하시기 바란다. 그게 당신도 살고, 우리도 살 길이다. 그것 외에는 다른 길이 없다.

망가진 국토보다 더 심각한 것은
황량해진 사람의 마음이더라

김성동, 《생명에세이》,
풀빛,
1992년

'죄 썩었다'라는 탄식으로 책머리를 시작하고 있는 이 책은 1992년에 발간되었다. 이 책은 《만다라》의 김성동'이 생명의 관점으로 '남녘 땅' 골골샅샅을 온몸으로 자근자근 밟으면서 보고 듣고 느낀 것을 기록한 책이다. 주 1회씩 한국일보에 연재된 '金聖東의 生命紀行'은 1991년 1월 4일부터 12월 28일까지 옹근 한해를 꽉 차게 진행되었다.

생각해보자. 1991년이면 지금부터 몇 해 전인가를.

19년 전이다. 19년 전이라면, 그가 보고 느낀 산하의 풍경을 얼추 20년 전의 모습이라 말해도 크게 틀린 말은 아니다. 20년 전이라면 우주의 운행으로 볼 때에는 '시간이 흘렀다'고 말할 건덕지도 없는 기간이겠지만, 우리 사회처럼 세태의 경천동지할 급변에 비추어볼 때 사실 얼마나 오래전의 일인가?

글쟁이이기 전에는 승적과 관계없던 '자생적 승려'였던 김성동은 이 땅의 처절하고 철저하게 곪아터지고 썩은 현장을 보고 넋을 잃을 만큼 절망했다. 그의 전공이 애당초 생명의 일이긴 했다. '생명의 사람'이 보고 싶어하던 땅의 현장은 사람과 자연이 분리되어 철저하게 유린당한 비생명의 모습이 아니었다. 생명의 사람이 보고 싶었던 것은 서로 죽이고 죽임으로써만 생존이 영위된다고 믿는 곪아터진 탁악시대의 시궁창이 아니라 공생과 공존이 기본으로 깔린 따뜻한 살림의 현장이었다. 생명을 찾아 떠난 그는 생명을 보지 못했고, 희망을 찾아 떠난 그는 살림의 기운은커녕 불길한 미래와 "시간이 많지 않다"는 절망만 만났다.

진작부터 평균적인 상식과 본래적인 감수성을 지닌 이들에게는 조금도 낯선 이야기가 아니지만, 우리 산하의 파괴는 하루 이틀 상간에 시작된 일이 아니었다. 그래서 이 책은 이 책의 관점이 정직한 만큼 어둡고 비극적인 기행문이다. 20년여 지난 지금은 아무도 이 작은 책을 기억하지 못하고 있지만, 이 책보다 더 통렬하고 슬픈 생명기행은 따로 없을 것이다. 70년대에 박태순의《국토와 민중》(한길사)이 있었지만, 그 책은 농경사회에서 산업사회로 이행하면서 붕괴되어가는 세태와 국토의 변화를 담았던 것으로 기억한다. 그 책 역시 오염을 다뤘지만, 김성동의 그것처럼 한 가지 관점으로 일관하지는 않았던 것이다.

가슴 아프도록 슬픈 기행문

작가가 길을 나선 90년대 초반부터 거슬러 올라가 계산해보면 대망의 조국근대화가 시작된 때를 5·16 군사정변 이후로 잡을 수 있으니만치, 얼추 30년 전이다. 불과 30년 만에 이 땅의 산하는 철저하게 썩기 시작했고, 먹는 물, 입에 넣는 양식은 이미 사람이 먹고 마실 것으로는 마땅치 않은 것들이었다. 자연과 사람이 본시 한 뿌리이건만 자연을 오로지 더 악착같이 수탈해 이익을 산출한 근거로만 취급해왔으니, 30년이라면 자연의 역습이 시작되기에 족한 기간이기도 했다.

이 가슴 아프도록 슬픈 기행문이 발간된 이후 다시 20년여 세월이 흐른 지금, 우리는 어떻게 살고 있는가? 더 풍요로워졌는가? 그렇다고 치자. 그래서 우리가 과연 더 행복해졌는가? 풍요는 어디에 소용되는 가치인가? 풍요는 단지 풍요를 위한 것인가, 인간의 행복을 위한 것인가? 풍요가 만약 인간의 복된 삶을 위한 수단에 불과하다면, 조국 근대화가 얼추 완수된 이 시점이라면 풍요로 인해 우리는 바랄 데 없이 행복해져 있어야 하지 않겠는가? 그런데 과연 우리는 오늘 행복한가?

제정신을 갖고 있는 사람이라면, 누구나 '아니다'라고 고개를 절레절레 저을 것이다. 그런데도 더 풍요로워져야 한다고 생각하는 사람들(세력들)이 있다면, 그 세력들이 말하는 풍요가 매우 '수상한 풍요'라는 것을 의심하지 않으면 안 될 것이다. 단언컨대, 인간 삶의 기본조건인 자연을 철저하게 수탈하면서 얻어낼 풍요는 풍요가 아니다. 그런 게 풍요라면 그 풍요는 협잡이거나 사기이거나 미신이다. 진짜 풍요는 자연을 적대시하는 데에서 가능한 일이 아니다. 토대를 깔아뭉개면서 얻어낸 풍요가 어떻게 풍요일까? 자연의 일부일 뿐인 우리가 어떻게 자연과 척을 지면서 풍요로울 수 있을까? 왜 이 간단한 이치를 깨닫고 인정하는 일이 이토록 어려울까?

그는 무릇 모든 생명이 내쉬고 들이마시는 호흡간(間)에 있다는 불가(佛家)의 비유를 들면서 먼저 숨쉬기조차 힘들어진 공기의 오염을 느꼈다. 먹고 마시지 않으면 잠시도 살 수 없는 생명의 조건인 땅과 그 땅이 품고 있는 물의 오염을 그는 보았다. 그는 놀람과 슬픔을 느꼈다. 그러나 정작 그를 가장 슬프게 한 것은 "공업화 30년 동안 전 국토가 썩어버린 것보다는 그곳에 살고 있는 사람들의 마음이 더욱 썩고 병들어 있다"는 것이었다.

작가 김성동의 말을 직접 들어보자.

"많은 곳을 다니며 많은 사람들을 만나왔는데, 한 가지 놀라운 사실은 사람들의 표정이 한결같이 찌들어 있다는 점이었다. 더욱 편리하고 살기 좋은 세상이 되었다는데 무슨 까닭인지 사람들의 낯빛은 어둡고 찌푸려져 있었으며, 그리고 날카로운 적의로 꽉 차 있다는 느낌이었다."(257~258쪽)

"문자가 없었다면 신음하는 노동자도 없었을 것"

그 적의는 이 책 발간 이후 20년이 흐른 뒤, 어떻게 변했을까? 적의의 일상화? 그런 말도 가능할까? '세계에서 가장 높은 자살률' 같은 것이 적의가 가는 어두운 행로를 요약해 웅변하고 있다.

'기행을 마치며'라는 글을 통해 그는 한 토막의 외신을 전하고 있다.

1990년 5월, 중국 신강(新疆) 지방 타클라마칸 사막 깊숙한 곳에서 외부세계와 단절된 채 살고 있는 200여 명의 종족이 발견되었다는 해외토픽이었다. 중국통신사(CNS)는 그들이 넓이 100평방킬로미터의 오아시스에 유토피아를 이루고, 350년 전에 이곳에 정착한 뒤 외부와는 일체 단절한 채 원시적인 방법으로 살아왔기 때문에 중국 최후의 왕조였던 청왕조나 현대의 사정들에 대해 전혀 아는 바가 없었다고 보도하고 있었다.

작가는 그들이 명왕조나 청왕조의 존재도 모르고 공산혁명 이후의 중국에 대해서도 모른다면, "통신수단이니 뭐니 하는 이른바 문명이 없었다고 봐야겠다"고 한 뒤, 어쩌면 그들에게는 문자조차 필요 없었을 것이라고 추측한다. 그런 가정 아래에서 그는 그 특유의 '반(反)문자론'을 피력한다. "문자가 없으므로 책이 없을 것이고, 책이 없으므로 온갖 부질없는 알음알이를 가르쳐주는 학교가 없을 것이며, 학교가 없으므로 이른바 지식인이 없을 것이다. 지식인이 없어 '국가'라는 이름의 최고 권력기관이 없을 것이므로 공업 우선의 개발독재가 없어 조상 전래의 토지로부터 내몰리는 농민이 없을 것이고, 농촌이 해체되지 않았으므로 달동네로 기어들어 미친 듯이 올라가는 전세값 사글세값을 못 내 스스로 목숨을 끊는 도시빈민이 없을 것이며, 부자들의 대량소비를 전제로 한 대량생산이 없을 것이므로 열악한 노동 조건 아래 신음하는 노동자가 없을 것이다"는.

과학은 호모사피엔스가 효율적으로 의사소통을 했기 때문에 멸종하지 않았을 것이라면서 "말은 곧장 언어로 이어지고, 그 다음에는 문학으로 이어진다. 그래서 문학이 없다면 인류는 훨씬 더 보잘것없었을 것"(《호기심과 탐구》, 찰스 파스테르나크, 《무엇이 우리를 인간이게 하는가》, (말글빛냄, 2008년, 253쪽)이라고 확신에 찬 어투로 말한다.

과학이 말하고 있는 내용과 관계없이 작가 김성동은 90년대 초이 국토를 샅샅이 돌아다닌 뒤, 자연이 겪고 있는 유린과 사람들 살림살이의 참상의 원인을 문자, 특히 문자를 지배도구로 삼고 진행된 현대문명에 돌린다. 그가 인간 삶을 고귀한 방향으로 끌어올리기도 한 문자의 순기능을 모를 리가 없다. 그러나 그는 자제가 안되는 인간의 욕망을 문자로부터 시작한 문명과 결부시키면서 인간 삶의 행복(풍요)이 결코 문명의 발전과 일치하는 것은 아니라는 이야기를 하기 위해 타클라마칸 사막에서 외부와 단절된 채 풍요롭게 살던 한 종족의 일화를 일부러 봉대(棒大)했을 것이다.

이 책에 담겨 있는, 글을 접고 '침쟁이 농부'가 된 시인 신동문(辛東門)의 이야기와 무문관(無門關) 면벽 6년 수행 이후 교통수단을 비롯한 일체의 물질문명을 단호히 거부하고 한 극단의 실천을 보여주기 시작한 수행자 원공(圓空) 스님에 대한 이야기는 지금이야 적잖은 이들에게 알려진 일화이지만, 시기로 볼 때 김성동에 의해서 비로소 처음 세상에 소상하게 알려진 귀한 글이라고 생각한다. "시나부랭이보다 고통 받는 사람을 위로하고 내 힘으로 땀 흘려 농사 짓고 사는 게 더 사람다운 일이다"는 신념으로 시를 접고 포도농사를 지으며 독학으로 침술을 배워 아픈 사람들과 같이 뒹굴었던 신동문 시인을 작가는 '한국의 슈바이처'라고 칭한다. '생명기행'이 보고 싶고 만나려고 했던 것도 결국 사람이었던 것이다.

신동문 시인이나 원공 스님도 한 표상이지만, 막막한 절망감 속에서 그는 반딧불이 같은 희망을 '있는 듯 없는 듯 살아가는 보통 사람들'에게서 찾고 있다. 비누를 손수 만들고, 치약과 화장품, 샴

푸를 사절하고, 입던 옷을 고쳐 입고, 음식물쓰레기를 재활용하며, 땅과 농촌을 살리려고 애쓰는 사람들이 그들이다. 90년대 초반이면 시민운동이 막 시작될 즈음과 비슷한 시기이다.

그가 그나마 실낱같은 희망을 걸었던 시민사회는 그 후 어떻게 되었는가? 본시 반권력인 시민운동을 무슨 새로운 형태의 권력으로 알고 설치던 1세대 시민운동가들이 그 추한 정체를 드러내면서 몰락한 뒤, "범죄의 징후가 짙은 질 고약한 지도자라도 좋다, 우리를 부자만 만들어다오"라는 자기 파괴적인 선택에까지 이른 것이다. 그 지도자들은 산천을 업그레이드시켜야 한다는 불타는 사명감에서 밤낮없이 우리 산하를 시방 망가뜨리고 있다.

이 책 발간으로부터 20년이 다시 흘렀는데, 우리는 언제쯤 생명의 기운이 철철 넘치는 '생명기행'을 한 권쯤 가질 수 있을까.

강을 죽이려는 전문가와
사과밭을 살린 늙은 농부

이시카와 다쿠지, 《기적의 사과》,
이영미 옮김, 김영사,
2009년

내 태어나 살고 있는 이 나라에 심란한 뉴스가 단 하루도 멈추었던 적이 있었던가? 골똘히 생각해보건대, 단연코 없었다. 이 글을 쓰고 있는 조금 전 뉴스도 그랬다. 칼국수에 공업용 알코올을 넣었단다. 제조업자 왈, "알코올은 다 마찬가지 아닌감?" 그러고 있다. 300여 군데 식당에 공업용 알코올로 제조한 먹을거리가 유통되었다는데, 식품업체 대표 딱 한 명이 구속되었단다. "저런 나쁜 놈들!", 하고 혀를 차다가도 소액의 벌금이나 불구속 입건으로 곧 나오겠지, 싶어 허탈해진다.

쌍용자동차의 '사(社)' 측에서 경찰과 같이 공조해 헬기를 띄워 농성자들의 수면을 방해하려는 시나리오를 주고받은 모양이다. 늙으신 부모가 위독하다고 전화를 걸어 바깥으로 나오면 그때 잡자, 그런 아이디어도 나눈 모양이다. 경찰과 '사' 측은 자주 공조하곤 하지만, 경찰과 '노(勞)' 측이 공조한 적은 단연코 없다. 공조는커녕 언어맞고, 불타 죽어 냉동실에 갇혀 장례도 못 치르기 일쑤다.

아하, 하나 더 있었구나. 최근 매우 저질스럽고 부도덕한 검찰총장 후보자가 자녀의 위장전입과 수입보다 많은 지출을 하던 생활, 말하자면 골프 외유와 명품 쇼핑을 일삼던 사치스러운 생활이 드러나 보기 좋게 낙마해 조기에 눈치 빠르게 퇴임한 사건이 있었다. 자녀 위장전입이라는 명백한 탈법과 탈세, 위증에도 불구하고 그는 감옥으로 직행하지는 않았다. 얼마 후, 그 보복으로 검찰은 청문회장에서 골프 외유 때 구입한 명품 내역서를 공개했던 한 국회의원이 어떻게 자료를 입수했는지 조사중이라고 했다. 국가기관의 정보를 국회의원이 보거나 입수해 청문회 때 사용하면 안 된다는 이야기인데, 국가기관의 자료는 오직 검찰만 볼 권한이 있는 모양이다. 검찰은 최근의 사건에서 당혹감, 낙담감, 황당한 충격에 빠진 모양이다. 그러면서 "검찰 조직의 힘은 국민에게서 나온다"는 멋지고 당연한 말도 더러 한다. 그렇다면 청문회 때 활약한 국회의원을 보복하려고 할 게 아니라 혹독한 자기반성을 해야 할 때가 아닐까. 그나저나 국민의 한 사람으로서 그 시건방진 조사를 한 검찰을 '검찰'에 고발할 수는 없을까.

우리나라에는 사람을 슬프게 만들고, 비참하게 만드는 이런 종류의 뉴스가 거의 매일같이 터진다. 하지만 뉴스 이야기를 하려는 게 아니다. 내가 정말 하려는 이야기는 어젯밤(2010년 7월 16일)에 시청한 〈MBC 100분토론〉 이야기다. 근래 〈100분토론〉의 주제가 "사장 퇴진하라"는 청와대 비서관의 안하무인의 협박 때문인지는 몰라도 하나마나한 토론으로 흐르는 듯해 안타깝기 그지없었는데, 어젯밤 주제는 다행히 '4대강'이었다.

지식을 생명 파괴에 사용하는 전문가들

〈100분토론〉이 늘 그렇듯이 이번에도 '4대강 살리기'라는 말을 쓰는 사람이 한쪽에, 건너편에는 '4대강 죽이기'라는 표현이 옳다고 생각하는 사람들이 앉았다.

모두 전문가를 자처하는 사람들이다. 우리나라에서 대학 교수면 일단 전문가로 간주된다. 그런데도 전문가라 서로 추켜올리는 이들이 모여서도 "이 문제는 전문가들이 할 일이고요", 어쩌구 한다. 〈100분토론〉이라면 국민들이 다 지켜본다. 그런데, 이 전문가들은 겁이 없다. 국민들이 전문가들 위에 있다는 것을 이들만 모르고 있다. 무슨 심포지엄이나 하계 세미나에 참석한 줄로 알고 있다. 이 나라의 고질적인 망국병 중에 '전문가주의병'이 있는데, 이들이 갖고 있는 전문가 의식도 마찬가지였다.

나는 '4대강'에 삽질을 하려는 작금의 작태를 가히 '범죄적 발상'이라고 생각한다.

그러므로, 나는 어차피 내 신념에 바탕해 내가 듣고 싶은 이야기만 골라 듣고 공감하고, 내 의견과 다른 의견에 대해서는 열심히 경청이야 하지만, 때로는 저항감을, 때로는 분노를, 때로는 욕설이 나온다. 나는 공감하는 의견을 내는 사람이라도 그 말에 절박함이나 진정성이 느껴지지 않으면 불쾌해진다. 어쩔 수 없는 편견과 선입견을 스스로 어느 정도는 통제하려고 애쓴다는 이야기다. 그러나 4대강 같은 주제는 그 견해가 너무나 명백하게 대비되어서 내 이성적 통제를 요긴하게 작동시킬 필요가 없었다.

추진본부장은 홍수 가뭄 피해와 일자리 때문에도 서둘러야 한다고 했고, 반대 측 사람들은 그 사업이 이 경제대란의 시기에 그토록 급한 일이냐며 거기 투입되는 천문학적인 돈을 다른 데 선용하라고 권유했다. 사람이란 토론에 의해 자기 생각이 수정되지 않는다. 상대방에 대한 이해가 증진되는 것도 아니다. 모두 자기주장만 되풀이할 뿐이다. TV토론이 아니라도 사람 사이에 정말 멋진 토론은 불가능할지도 모른다. 이 문제는 인간의 한계에 속하는 일일 것이다.

　나는 그렇지만 특히 한 사람에만 주목하고자 한다. 박재광 미위스콘신 대학 건설환경공학과 교수가 그이다. 이마가 훤하고, 목소리는 부드럽고, 눈빛도 선량하게 생긴 이였다. 좋은 환경에서 잘 자란 사람 같았다. 나중에 알고 보니 그는 4대강과 관계없는 폐수처리 전공자였다. '위스콘신 대학 교수'라는 위광(?)이 먹혀들 것이라 생각했다면 오산이다. 그는 목소리에 굴곡이 없었고, 부드러운 표정으로 나직나직 말하는 우아한 사람이었다. 그런데 그가 4대강 개발을 역설하면서 사용한 고속도로 비유는 좀 이상했다. 본류를 (운하를 파기 위해 애당초 설계했던 대로) 깊게 파면 지류의 물들이 대량으로 유입되어 강물의 유속이 빨라진다는 이야기였다. 그것은 고속도로에 들어오는 차들이 고속도로 자체가 넓으면 잘 빠진다는 이치와 같다고 했다. 그런데 나는 폐수처리 같은 전공자가 아니라 잘 모르긴 하지만, 내가 알고 있는 유체역학(流體力學, fluid mechanics)은 다르다. 단면적이 작아야 유속이 빨라진다. 그것은 시골 마당을 관통해 흐르는 수로를 봐도 알 수 있다. 개울물에 흘러들어오는 파이프에서 떨어지는 개울물이 넓은 수로를 만나면 물의 흐름이 느려지고, 수로를 좁게 만들면 흘러나온 물이 명랑해지면서 빨라진다. 한갓 글쟁이일 뿐인 나도 아는 것을 그는 고속도로를 예로 들어 강의 파괴를 정당화하려 했으니 물의 성질에 대해 도대체 잘못 알고 있는 것이었다. 전문가들은 보통사람들이 체험에서 알고 있는 것과는 다른 유동학(流動學)을 알고 있는 모양이다.

박교수는 전화 연결된 부산가톨릭대학의 김좌관 교수에게도 씨알이 안 먹히는 가당찮은 권위를 행사했다. 김좌관 교수는 정부 발표에 의하면 '4대강 살리기'를 마치면 안동댐에서 하구까지의 유속(체류시간)이 18일 걸린다고 했는데, 실제 8개 보를 가정해 시뮬레이션해보니 물의 체류 시간이 186일 걸렸다고 말했다. 이에 대해 박교수는 "서둘러 그런 공포스러운 연구결과를 발표해 시민들에게 불안감만 준 이 학자는 학자로서의 양식(자격)이 의심스럽다"고 독설을 내뱉었다. 그토록 비전투적으로 생긴 사람이 그토록 온화한 목소리로 오불관언의 권위의식을 드러내며 이 나라의 한 성실하고 용기 있는 학자의 학자적 소양까지 폄하하고 의심하고 있었다. 그러나 망신당한 듯한 교수가 "이런 대규모 국책사업의 결과에 대해서는 평균치를 드러낼 게 아니라 최악의 상황을 고려하는 게 옳다고 본다"라고 곧바로 대응했다. 김좌관 교수의 말처럼 불확실한 일에 관해 이야기를 나눌 때, 최악의 상황을 염두에 두는 태도가 나는 학자적 양심이라 생각한다.

거기까지는 좋다. 내가 정말 경악한 것은 다른 대목이었다. 민주당 의원이고 전 정권에서 건설부장관까지 했던 이용섭 의원이 "4대강 죽이기로 이 지역의 얼마나 많은 생명체들이 죽어나갈 것입니까?"라고 탄식했다. 그러자 박재광 교수는 생태계 파괴와 관련된 비판을 마치 기다렸다는 듯이 의자 옆에서 잽싸게 자료를 끄집어

펼쳤다. 자료 출처는 놓쳤으나, 내용인즉 댐이나 보를 설치한 후 어종(魚種)의 수가 늘었다는 자료였다. 댐이나 보에 의해 생태계가 파괴되는 것이 아니라는 것을 그는 '어종 수 증가'라는 도표 하나를 전가의 보도처럼 사용했다. 그는 줄곧 환경단체를 무시하고 경멸하는 어조를 유지했다. 반론자의 말에 박교수는 "여기 자료가 있는데도 무슨 헛소리냐?"는 태도였다. 아주 세련되고 부드럽고 우아한 태도였지만, 나는 경악했다. 허튼소리를 밥 먹듯이 일삼고 임기응변의 대가들인 정치가들보다 나는 위스콘신 대학의 박재광 교수 같은 이로부터 더 충격을 받았다. 아아, 세상을 쥐락펴락하는 무대 뒤의 전문가들 얼굴이 바로 저렇게 생겼구나. 저렇게 온순하고 우아하게 생긴 얼굴에서 저토록 비정하고 오만한 말이 아무렇지도 않게 나오는구나, 새삼 깨달았다.

그 순간 문득 무슨 섬광처럼 최근에 발간된 한 권의 책이 떠올랐다. 어쩌다 그 책의 뒤표지에 들어갈 추천문을 부탁받았기에 나는 그 책을 발간 전에 읽을 수 있었다.

과수원 주인에서 사상가로 변신한 농부

일본에 기무라 아키노리라는 사람이 있다. 노인이다. 사과농장 주인이다. 이 노인네, 어느 날 문득 농약과 비료를 쓰지 않고 사과를 키워내고 싶었다. 그래서 작심한 대로 농약과 비료를 주지 않고 사과농사를 지었다. 사과가 안 열렸다. 농약 치고 화학비료 퍼붓는 이웃 과수원들은 여전히 가을이면 시장에 상품을 내놓고 잘들 살았다. 일본은 마침 전후 한국전쟁의 덕택으로 다시 부흥하기 시작할 때였다. '이코노믹 애니멀즈'라는 소리를 들어가면서 패전국 일본이 이번에는 경제대국으로 욱일승천하기 시작하던 때였다. 기무라 씨 집은 그러나 단지 사과밭에 농약과 비료를 안 쓰기로 작정한 결심 때문에 서서히 몰락하기 시작했다. 집안 꼬락서니는 바닥까지 내려갔다. 남들은 여전하게 살거나 더 잘살기 시작하는데, 잘살던 기무라 씨 집안은 몰락했다. 가족들은 극빈자 수준이 되고 말았다. 농약만 치면 다시 회복될 것을 기무라 씨는 그 간단한 일을 사절했다. 가족의 고통이 극에 달하자 기무라 씨는 그 모든 것이 자신의 고집 때문이라는 것을 자책하면서 "나 하나 사라지면 끝장이다"라고 생각하고 밧줄 하나 들고 과수원에서 두 시간 걸리는 깊은 산으로 들어가 목을 매려고 했다. 죽자면 목을 걸 밧줄을 튼튼한 나무에 걸쳐야 했다. 밧줄을 휙, 던졌는데 잘못 던졌다. 밧줄이 떨어진 곳에 웬 야생사과 나무가 달빛에 번쩍거렸다. 사과에 미친 기무라 씨는 죽으러 산에 올라온 사실을 잠시 잊고 밧줄이 떨어진 곳의 야생사과를 향해 달려갔다. 가보니 사과가 아니라 다른 종류의 야생과일이었다. 이 아름다운 과일은 누가 키웠을까? 사람이 농약도 안 치고, 비료도 안 주었는데, 이 깊은 산중에서 이 과일은 누가 키웠을까? 죽는 일을 뒷전으로 밀어놓은 기무라 씨는 이튿날 비닐봉지를 들고 야생과일의 흙을 담아 자신의 사과밭의 흙과 비교하면서 연구하기 시작한다. 과일만 얻어내려고 공을 들였지 나무의 뿌리가 박혀 있는 땅속 흙에 대해서는 그동안 무신경했던 기무라 씨는 크게 반성한다. 그리고 더 이상 잡초를 뽑지 않고, 사과밭을 방치하면서 가족들과 벌레만 잡아준다. 사과잎을 먹는 벌레(해충)는 초식이라 현미경으로 얼굴을 보니 온순하게 생겼지만, 사람들이 익충(益蟲)이라 여기는 무당벌레는 해충을 먹는 육식이라 표독스럽고 독하게 생겼다는 것도 알게 된다. 사람의 사람 중심에서 비롯된 명명법과 자연이 그 하는 짓에 따라 허락한 생김새와의 큰 차이였다.

흙에 관심을 가진 지 수년, 마침내 9년 만에 기무라 씨 사과밭에서도 사과가 열리기 시작했다. 세상에서 가장 건강하고 신비로운 맛을 내는 특별한 사과를 생산하는 데 마침내 성공한 것이다. 여기까지는 흔해빠진 성공담일 수도 있다. 문제는 그의 성공이 아니라 그의 자세였다. 그는 9년여 세월 동안, 자살 직전까지 가면서 고집을 피우면서 자신도 모르게 하나의 철학자, 문명비평가가 되어 있었다. 이대로 살아서는 안 된다, 우리 모두 달라지지 않으면 안 된다고 깨닫게 된 것이다. 사회주의자였던 스콧 니어링처럼 심각하고 어려운 말은 못하지만 시골농부 기무라 씨는 이미 이 과정을 통해 한 사람의 현자가 되어 있었다.

나무에 말을 거는 감수성이 필요하다

성공하기 한 해 전, 기무라 씨는 밤에 홀로 사과밭에 나가 사과

나무 한 그루, 한 그루에게 미안하다고 사죄의 인사를 한다. "니들이 주인을 잘못 만나 이렇게 잎이 말라 떨어지고 죽을 고생만 한다, 정말 미안하구나"라고 사죄한다. 그런데 다른 과수원의 경계에 있던 사과나무 한 이랑에는 혹 누군가 사과나무에게 말을 거는 자신을 보고 미친놈이라 비웃을까봐 사죄하고 싶었지만 꾹 참고 안했다. 이듬해 놀라운 일이 일어났다. 사죄를 한 나무들은 모두 열매를 맺어주었다. 그러나 한 줄, 사죄를 하지 않은 나무들은 열매를 맺지 못하고 모조리 죽어버린 것이다. 내 경우에는 그 부분이 이 책에서 가장 감동적인 대목이었다.

나는 나무들도 사람의 말을 알아듣는다는 요령부득의 이야기를 하려는 게 아니다. 신비주의자는 내가 귀신만큼 멀리 하는 존재들이다.

4대강 죽이기라는 어불성설의 운하 전초 작업으로 인해 이 땅에서 누천년 살아오다가 죽어갈 무수한 생명체들에 대한 우려에 대해 박재광 교수는 어떤 특별한 보 아래의 어종 수가 늘어난 적이 있으므로 그 문제는 전혀 괜찮다고 일축했다. '박재광'이라는 공학자의 메마른 학문적 태도와 나무를 살리기 위해 여러 해 동안 고통을 준 데 대해 일일이 깊은 밤, 나무를 어루만지며 진심으로 사죄하는 기무라 씨는 어떻게 같은 사람인데도 생명을 대하는 태도에서 이렇게 다를 수가 있을까? 이것은 가히 불가사의한 노릇이다.

멀쩡하게 잘 흐르고 있는데다 정비도 90% 이상 진척되어 특별히 더 살릴 이유가 없는 4대강을 돈 들여 굳이 다시 '살리지' 말았으면 좋겠다. 사기극이기 때문이다. 치산치수(治山治水)는 요순 시절부터 쉽지 않은 일, 이명박 정부가 2년 안에 서둘러 꼭 수행해야만 하는 일이 아니다. 그보다 더 음흉한 독선은 따로 없다. 정말 그대들이 살리려고 하는 게 국토인가, 그대들의 한탕 돈벌이인가, 국민들은 이미 모두 알고 느끼고 있다. 다시금, 간곡하게 드리는 말씀인데, 그 느낌을 힘으로 묵살해 얻을 이득이 결코 크지 않을 것이다.

니네들은 '넓게 생각하고 좁게' 살아라

우석훈, 《생태요괴전》, 《생태페다고지》
개마고원,
2009년

우석훈의 책은 우선 읽기에 경쾌하다. 그가 다루는 고통스러운 내용의 이야기도 일단 전달되어오는 방식은 즐겁게 다가온다. 어깨에 힘을 빼고 방망이를 휘두르는 사람의 자유로움과 편안함이 그의 문체에 있다. 문체라기보다는 그의 기질 같다. 그래서인지 그가 쏜 화살은 대체로 과녁을 잘 맞힌다. 빨리 타넘고 가야 할 한 시대의 매우 슬픈 현상을 간단하게 요약해버린 '88만원 세대'라는 신조어를 개발한 것도 적중률이 높은 그의 활쏘기 재주와 무관하지 않다고 본다. 그가 최근에 펴낸《생태요괴전》을 손에 들고 아무 곳이나 펼쳐보자. 그의 책 어느 곳에서도 그가 자주 사용하는 형용사인 '명랑한' 기운이 깔려 있다. 이를테면 이런 식이다.

"한국 사람들이 자연을 사랑하는 방식은 대체로 두 가지로 나눌 수 있을 것 같다. 첫째, 말 그대로 자연을 사랑하는 사람. 둘째, 자연을 골프장으로 바꾸어, 그 안에서 자연을 즐기는 사람. 이 두 부류의 인간을 다른 말로 표현하면 대부분의 정상적인 인간과 소수 '개발요괴'라고 부를 수 있다. 개발요괴가 즐거워지려면 너무 많은 생태적 가능성이 파괴되어야 한다. 왜냐하면 한국의 자연은 스코틀랜드와 다르고 미국과도 다르기 때문이다. 조금만 생각해도 금방 알 수 있지 않은가? 스코틀랜드 태생의 금잔디가 한국의 골프장에서 살아남으려면 얼마나 많은 제초제와 농약의 도움이 필요한지, 그리고 평평한 골프장 지형을 만들기 위해서는 얼마나 많은 산지를 깎아내야 하는지……. 그런 것은 생각해본 적 없다면 바보

이고, 알면서도 그랬다고 하면 악질이다."(158쪽)

골프 치는 사람들은 예외 없이 '바보'이거나 '악질', 둘 중의 하나다. 골프 치는 사람들의 자의식은 죽었다 깨나도 스스로를 바보라고 여기지 않으므로, 그들은 깊이 생각할 것도 없이 '악질'로 간주해도 되는 것이다. 한국 사회를 살아내면서 바보나 악질이기를 거부하는 삶이 어떻게 이 세계의 고통에는 무심하기 짝이 없는 얼굴로 마냥 골프채를 휘두를 수 있을까? 그가 쏜 살이 과녁을 맞히는 방식이 대충 이렇다.

토건국가를 대하는 우석훈 식 상상력

우석훈을 처음 만난 때는 오래전의 일이긴 하지만,《녹색평론》 편집자문 회의장에서였다. '회의장'이라고 써놓고 보니 거창한 장소 같지만, 삼청동 골목의 보쌈집이 그곳이었다. 두부와 막걸리 주전자가 도는 보쌈집 화장실 앞 문간방에 비좁게 찡겨 앉아서 얼추 인사를 나눴다. FTA를 굳이 강행해야만 한다는 당시 정권에 대해 도무지 그 강집(强執)이 이해되지 않는다는 성토가 당시 그 모임에서 늘 되풀이되던 끈질긴 주제였다.

사실 나는 그 전부터 그를 알고 있었다. 아토피에 신음하는 아이들에 대한 안타까움으로 그가 쓴《아픈 아이들의 세대》를 읽을 때부터, 우리가 먹고 있는 것들이 바로 우리를 망친다는 문제의식에서 쓴《음식국부론》을 읽을 때부터 나는 그를 범상한 경제학자로 볼 수가 없었다. 그는 무엇보다도 남의 애들만큼이나 자신이 몸소 이 세상에 등장시킨 자기 애들 걱정을 더 심각한 어조로 피력했고, 그 애들에게 죄를 짓지 않기 위해 무엇을 '멕'이고, 최소한의 가거지(家居地)로서 어디로 이주해야 옳을 것인가, 고민했다. 정직한 사람 같았다. 환경판에서 매체를 펴내는 사람들에게 나는 그의 책을 적극 선전했고, 내가 일하고 있는 연구소에서 펴내는 웹진('풀꽃평화목소리')을 통해서도 그의 책과 고민, 혹은 그의 출현에 대해 반갑게 소개하곤 했다. 그런 호감이 지속되어 나는 수년 전《한겨레》가 섹션 지면을 통해 '녹색에세이'라는 지면을 마련했을 때, 김종철 선생님의 소개로 격주로 쓰던 1년여 연재가 끝난 뒤, 그 후속 필자를 찾는 담당 기자에게 주저 없이 그를 소개했다. 기자는 그를 추천하는 나를 믿었는지, 추천받은 우석훈을 믿었는지 '달려라 냇물아'라는 타이틀의 내 연재가 끝난 뒤, 그에게 지면을 부탁했다. 그가 쓰기 시작한 연재물이 곧 '명랑국토부'였다. 내 연재물의 타이틀이 그저 아득하기만 한 고전적 은유였다면 다소 난데없는 감을 주던 '명랑국토부'는 차라리 도발적이기조차 했다. "이것은 세대차다", 하면서도 이 사람은 보통사람과 다르다는 것을 나는 느꼈다. 등 뒤에서 총을 쏜 게 아니라 찬사를 표한 나의 존재를 그는 나중에야 알고, 후일 만났을 때 그만의 방식으로 짧게 감사를 표했는데, 그것도 인사 받을 일인지 몰라 기분이 나쁘지는 않았지만, 나는 쑥스러웠다.

처음 만남 이후 몇 차례 더 만났는데, 그는 말할 때 다른 사람들과 좀 다르게 말했다. 말할 때마다 그는 두 손을 함께 사용했다. 허리는 조금 굽어 있었고, 젊은 날부터 하고 싶은 공부를 원 없이 한 사람답게, 그래서 무거워진 머리는 늘 막걸리 탁자 아래로 쏟아질 것처럼 흔들렸다. 말할 때 그는 딱히 가려운 데도 없는데도 마치 마임이스트처럼 자주 두 손을 머리(통)를 긁적이는 데 사용했다. 도저히 가만히 얌전하게 앉아 있지를 못하는 사람이었다. '귀국한 프랑스 박사학위 소지자' 등속의 "권위는 그의 행동거지 어디에서도 발견할 수 없었다. 유시민 전 장관은 넥타이를 싫어하고, 청바지를 입는 것으로도 부족해 자신의 탈권위적인 소탈함을 기회 있을 때마다 말로써 한번쯤 더 강조하는 데 반해 그는 비권위적인 자신을 표현하기 위해 굳이 언어를 도구로 삼지는 않았다. 마패가 있다고 말하는 암행어사가 이재오나 유시민이라면, 우석훈은 그의 몸짓이 곧 말이었다. 다른 사람들과 달리 얌전하게 앉아 있지를 못하고, 끝없이 머리를 흔들고, 말할 때에는 머리에 거미줄이 낀 것처럼 두 손으로 허공의 있지도 않은 거미줄을 끝없이 걷어내는 시늉을 함으로써 그는 부조리한 이 세계에서 도저히 잠시라도 좌불안석을 하지 않을 수 없다는 것을 드러내는 것 같았다. '참을 수 없는 불안정'이라 요약할 수 있는 그의 제스처를 나도 장난삼아 흉내 낼 수 있겠다 싶었지만, 실례가 될까봐 참았다. 그러나 속으로는 "참으로 이상한 사람이다", 하는 생각과 함께 "이 사람이 이제 보니 천재형이로구나"라는 사실도 알게 되었다.

한번은 집이 같은 방향이라 그와 같이 택시를 탄 적이 있었다.

그가 난데없이 물었다.

"최선생님, 우리나라의 도로 면적과 주거 면적 중 어느 쪽이 더 넓을까요?"

모든 제대로 된 질문이 그렇듯이 이미 질문 속에 문제의식이 담겨 있으므로, 사실 한 번도 생각해본 적이 없는 문제였지만, "으음, 어쩌면 도로 면적이 더 클지도 모르겠네요"라고 답하는 것으로, 나역시 그 질문이 낯설지 않은 척했다. 사실 나 역시 이 나라 곳곳의 텅 빈, 너무나 잘 닦인 큰 길들을 잘 알고 있기 때문이었다. 이 문제의 답을 알기 위해 할 계산은 매우 쉽다. 이 나라의 자동차가 다니는 도로의 너비를 모두 계산해서 합한다. 그리고 이 나라에 사람이 사는 집과 마당의 면적을 모두 합한다. 계산이 끝나는 것과 동시에 답이 나온다.

"자료를 구하기 쉽지 않을 텐데요"라고 내가 말하자, 그는 "나는 자료를 어디에서 어떻게 구해야 할지 알고 있기 때문에 계산하려고 든다면 그다지 어렵지 않을 거예요"라고 말했다.

늦은 그날 밤, 나는 알았다. 이 나라의 도로 총면적과 사람이 살고 있는 집이 국토에서 차지하고 있는 총면적을 비교해보려는 젊은 학자와 한 택시에 동승하고 있었다는 것을. 고삐 풀린 토건국가에 대한 접근을 그는 그렇게 '우석훈 식 상상력'으로 접근하고 있었다.

그가 공저로 펴낸 《88만원 세대》가 불우한 시대가 원인이 되어 그만 확 떠버려, 그 신조어가 누구나 입에 올리는 일상어가 되어버리기 한참 전의 일이다.

10대들이 피눈물 흘리지 않는 사회를 위해

《88만원 세대》가 20대를 대상으로 한 우석훈 식 애정의 표현
이었다면,《생태요괴전》은 10대들을 위한 책이다. 정확하게는 열세
살부터 열여덟 살가량의 청소년들을 겨냥하고 쓴 책이다. 저자는
생태경제학 시리즈라는 이름으로 모두 4권을 기획한 모양인데,《생
태요괴전》과《생태페다고지》, 두 권을 일단 2009년 가을에 펴냈다.
《생태페다고지》는 어린이를 키우는 어머니와 교사들을 대상으로
쓴 책이다. 두 권의 책을 저자는 독자들이 '쌍둥이 책'으로 간주해
주기를 바란다.

《생태요괴전》에는 '세계의 메이저급 요괴들'과 '한국의 개발요
괴'가 대거 등장한다. 책의 끝 부분에는 이 요괴들을 퇴치할 퇴마
전이 처방전처럼 담겨 있다. 이 책을 쓰게 된 동기를 밝히는 머리말
에서 나는 명치끝이 조금 아려오는 통증을 느꼈는데, 왜 그랬는지
모른다. 우석훈의 말을 직접 들어보자.

"나는 이제 과학의 세계에 속하는 사람이다. 어릴 때의 나는 드라
큘라 백작도 보고, 숲 속에서 플래시를 비출 때마다 나무 사이로
달아나는 숲의 정령도 보고, 개나리꽃 너머에서 나를 물끄러미 쳐
다보던 나무귀신도 보았는데, 이제는 내 주위에서 그런 것들을 볼

수 없는, 그런 과학의 세계에 속한 사람이다. 따라서 지금부터 나는 내가 볼 수 없는 것들을 보는 사람들과, 우리가 잘 모르는 것들에 대해 이야기를 해야 할지 모른다. 무슨 상관이랴. 우리가 살아가는 21세기 10년간 한국은 그렇게 합리적인 세계가 아니었다. 나는 여러분들에게 엄청나게 과학적인 세계에 대한 이야기나 혹은 진리에 대한 이야기를 할 생각은 전혀 없다. (…) 그러나 한 가지 확실한 것은, 이 책은 생태에 관한 책이고, 생태학에 관한 책이고, 경제학에 관한 책이라는 점이다."

'생태경제학'이라는 낯설고 어린 학문에 일찍부터 뛰어든 40대의 한 사내가 책을 읽을 만한 나이가 되어 만난 21세기 초반의 우리 청소년들에게 사라진 요괴들, 다시는 볼 수 없는 요괴들에 대해 이야기하면서 자신이 이제는 '정령의 세계'에 속한 사람이 아니라 '과학의 세계'에 속한 사람이라고 술회하는 장면은 우석훈 특유의 명랑한 천성에도 불구하고 왠지 조금은 비장하고 그래서 처연한 감을 주기도 했다.

기실은 중세가 아니라 20세기 초에 등장한 드라큘라라는 이미지가 어떤 배경 속에서 출현했는지 아는가? 그의 신분이 한 지역의 봉토를 지배하던 백작의 신분이었고, 그가 좋아하는 사람의 피를 오늘 어떻게 해석할 수 있는지 아는가? 저자는 드라큘라를 초일급의 요괴로 책봉한 뒤, 오늘날의 드라큘라 백작이 바로 다국적 기업의 자본가라는 것, 그리고 백작이 미칠 듯이 좋아하는 피는 오늘날 '이윤(profit)'을 상징하고 있다는 것을 재미있게 풀고 있다. 사람들은 드라큘라를 두려워하듯이 다국적기업의 독식과 오만을 두려워하고, 노동자의 피를 빨아 이윤을 극대화하는 것만이 유일한 존재이유인 이 요괴와 드라큘라가 절묘하게 맞아떨어진다는 것을 이내 이해하게 된다. 이어서 좀비나 프랑켄슈타인이 등장하고, 동방불패도 등장한다. 우리 삶을 통째로 쥐락펴락하는 신자유주의 시대 속에서 '사람의 얼굴을 한 기업'을 요구한다는 것은 드라큘라에게 "피를 그만 좋아하시라"고 권하는 것보다 어렵다는 이야기는 이 시장 자본주의와의 한판 대결이 결코 쉬운 싸움이 아니라는 것을 암시하고 있다. 드라큘라와의 대적에는 십자가나 마늘 같은 극약처방이라도 있지만, 이윤의 극대화를 위해서는 지구를 몇 백 개라도 집어삼킬 현대판 드라큘라의 탐욕은 제어 불가능하다는 통찰과 우려도 우석훈은 빠뜨리지 않는다. 죽어서도 노예노동에 시달리는 가련한 좀비는 곧 '대량생산 대량소비' 시대에 새롭게 등장한 거대 소비자 집단이 가진 이중성에 대한 연민으로 이어진다. 자신을 창조한 인간을 죽이고 스스로 북극으로 사라져간 괴물 프랑켄슈타인 역시 첨단 과학기술이 빚어낼 끔찍한 사태의 은유로 등장한다. 또한 인간이 그동안 마구 모욕한 자연의 역습은 이 책에서 생태요괴라는 이름으로 등장한다. 스스로 욕망의 요괴가 되어 미증유의 괴물을 허락했고, 그 괴물과의 합종연횡으로 인해 맞이하게 된 다양한 얼굴의 생태요괴의 기습에 장차 어떻게 대처할 것인가? 그것이 청소년의 정서와 눈높이에 맞춘 이 책의 주제다.

그러나 우석훈이 가장 우려하는 것은 세계의 요괴들이 아니라 한국에서만 기승을 부리는 토종 개발요괴들이다. '아파트를 보면 가슴이 두근거리고, 콘크리트에서 아름다움을 느끼고, 돈을 생각하면 황홀해지고, 경쟁이라는 단어에서 푸근함을 느끼는 경제적 동물'이 바로 개발요괴들이다. "지난 몇 년간 OECD 국가들에서 '다음 세대'들에게 생태교육을 더욱 강화하는 동안, 한국에선 어린이들에게 《어린이 마시멜로》를 쥐어주고, 재경부와 전경련에서 '어린이 경제교실'이라는 프로그램을 대대적으로 실시하고, 중고등학생이 되면 담임요괴가 "지면 죽는다"라고 끊임없이 설교를 하고, '엄마에'가 "엄마 말 잘 들어야 착한 사람이지?"라고 속삭이며 '정치적으로 무감각한 순둥이'를 길러내고 있는 데 대한 우석훈의 비판과 우려는 날카롭고 격렬하다.

어떤 퇴마술이 가능할까? 우석훈 식 퇴마술의 요체는 한마디로 '넓게 생각하고 좁게 살기'다. 과시적 욕구로 가득 찬 본능, 혹은 마케팅에 의해 급조된 욕망의 지시에 따라 살아가는 것은 '넓게 살기'다. '좁게 살기'는 이와 반대되는 삶의 상징적 표현이다. 좁게 살려면 생각을 많이 해야 한다. 넓게 생각해야 좁게 살 수 있다. 좁게 사는 일은 싸게 사는 일과는 다르다. 다른 방식으로 생각하기, 독서와 문화의 창달, 주체적 경험들이 넓게 생각하기의 도구들이라고 제시한다. 그래야만 개발요괴의 전성기를 극복하고, 다가오는 '희소성의 시대'를 감당할 수 있다는 이야기다. 물리적, 경제적 힘은 개발요괴들이 이미 장악한 상태이지만, 상상력, 예술, 농업의 영역은 온전히 10대들에게 남아 있다는 게 우석훈 식 퇴마술의 핵심이다. '언젠가 농부가 되고 싶은 사람들에게'라는 글은 눈물겹고, 뜨겁다. 그 글에서도 우석훈이 또 다짐한다. "니네들 10대들이 피눈물 흘리지 않도록 (내가 서 있는 곳에서) 최선을 다하리라"고.

언제부터인가 얼(정신)이 빠져 기교만 승한 한국문학이 못하고 있는 일을 지금 가슴 뜨거운 한 경제학자가 대신하고 있다.

내가 치른 국장(國葬)

게일 옴베트,《암베드카르 평전》,
이상수 옮김, 필맥,
2005년

2009년 8월 23일, 처서라지만 여전히 햇살 따갑고 무덥다. 김대중 대통령이 우리 곁을 아주 떠나시는 국장 끝날, 그러니까 영결식이 있는 날이다. 나는 마감일이 이미 지난 '독서잡설' 원고를 쓰기위해 다시 시골에 왔다. 집에서 나오기 전에 내가 사는 아파트를전과 다르게 유심히 바라보았다. 태극기가 안 보인다. 내가 살고 있는 동에서는 우리 집밖에 태극기를 단 집이 없다. 태극기는 딸애들과 같이 달았다. 딸애들도 그분을 존경하고 있는 것을 느꼈다. 그런딸애들이 고마웠다. 그분이 어떤 분이었던가, 조금 말했다. 20대 중반을 넘은 딸애들도 조용히, 알고 있다는 표정을 지었다.

다른 동에도 일부러 가보았다. 평수가 작은 동에도 가보았고,평수가 넓은 아파트 단지에도 가보았다. 이 무슨 덧없는 호기심일까? 모두 네 집이 달았는데, 평수가 넓은 동에는 한 집이 태극기를달았다. 30년 만의 국장일, 태극기를 달았거나 안 달았거나를 갖고그 집 구성원들의 생각까지 모조리 읽어버렸다고 간주하는 것은난폭한 일이 될 것이다. 그렇지만, 시골에 오는 내내 많은 생각들이 이는 것은 어쩔 수 없다. 우리 시대, 그에게 혜택을 받지 않은 사람이 있을까? 여유가 없는 사람들도 혜택을 받았지만, 여유가 있는사람들도 받았다. 그가 집권하기 전까지 그가 기울인 노력으로 인해 이 나라가 조금이라도 민주화가 되었다면, 그리고 그가 집권하는 동안 마지막 냉전 지대인 이 한반도에 얼마 동안이라도 전쟁공포 없이 경제 행위에 전념할 수 있었다면, 그의 집권 이전이나 이후에도 여유가 있었던 이들이 더 큰 혜택을 받았다고 말할 수 있다.

그런데도 그가 마지막 가는 날에도 태극기 하나 다는 일이 그토록 내키지 않았는가 보다. 시민운동을 했던 사람이라 내 입술에서 나도 모르게 '무임승차자들'이라는 차가운 말이 떠오른다. 그 말을 하면서 마음이 어두워진다.

《논어》〈자로편(子路篇)〉에 나오는 장면이다.

자공(子貢)이 물었다. "한 고을 사람들이 모두 좋아하면 어떻습니까?" 공자께서 말씀하셨다. "안 된다." "한 고을 사람들이 모두 미워하면 어떻습니까?" 공자께서 말씀하셨다. "안 된다. 한 고을 사람들 중에서 선한 자는 좋아하고 선하지 아니한 자는 미워하는 것만 못하다." (이기동 옮김, 성균관대출판부)

전에는 일별하고 지나쳤던 장면이었건만, 공자님 말씀이 특별한 시기에 절묘하게 가슴을 친다.

나는 내가 무임승차자들이라고 불렀던 이들이 바로 '불량한 사람들'이라는, 놀라울 것도 없는 사실을 새삼 깨닫게 된다. 그들하고 살아가야 한다. 그들과 살아가야 하는 것보다 고통스러운 일은 없다. '김대중'은 모든 사람들이 좋아하지 않는데다, 여러 이유들로 그를 싫어하는 이들이, 경험상 대부분 불량한 사람들이었기 때문에, 결국 김대중은 어떤 사람이었던가, 다시 생각하게 된다. 그를 좋아하는 사람들이 그렇다고 어진 사람들이라는 이야기는 결코 아니다. 그렇지만, 그를 박해했던 이들은 있어도 그에게 박해받은 사람은 별로 없었다는 사후 평가는 그가 남다른 지도자였다는 것을 증거하고 있다. 정치가는 다 지도자인가? 아니다. 누가 함부로 우리를 지도할 수 있단 말인가. 김대중 정도가 되었을 때 '지도자'라 말할 수 있을 것이다.

'용서와 화해'가 오늘 가장 중요한 말이다. 동교동을 떠난 뒤 서울광장(나는 민주광장이라 부르는 것을 더 좋아한다)에 잠깐 들르셨던 이희호 여사도 "용서와 화해, 그것이 내 남편의 유지입니다"라고 단호하게 말씀하셨다. 용서와 화해는 발음하기는 쉽지만, 참으로 실천하기 어려운 경지가 아닐 수 없다. 그가 일찍부터 자신의 핵심 캐치프레이즈로 내걸었던 너무나도 유명한 말, '행동하는 양심'도 마찬가지다. 인류 역사상 그 말을 온 생으로 순결한 마음으로 실천한 이들이 그리 흔했던가. 용서와 화해는 너무 높이 설정한 목표다. 용서와 화해는 그 소망의 실현보다도 그 꿈으로서 아름답고 숭고하다.

'김대중'이라는 이름으로 야기된 불화

그의 서거 소식을 듣고, 나는 참으로 오랜 시간 동안 '김대중'이라는 주제 때문에 벌였던 수많은 이들과의 격론과 불화가 먼저 떠올랐다. 지난 세월, 그에게 반감을 갖고 있는 사람들과 부딪치지 않을 수 없었던 시절, 그로 인해 민주투사도 아닌 나는 오래된 많은 사람들을 잃었다. 특히 내 고향사람들은 근거도 이유도 논리도 못 갖춘 채 맹목적으로 그를 싫어했고, 심지어 혐오했다. 빨갱이라고 했고, 전라도, 어쩌구 하는 유치찬란하고 한심한 막말을 해댔다. 나는 그런 내 고향사람들을 죽도록 혐오했다. 그래서 나중에는 "그곳의 산천은 내 여전히 사랑하지만, 고향사람들은 경멸하게 되었다"고 노골적으로 밝히지 않을 수 없었다. 조중동에 이끌려 자기 생각 없이 살고 있다는 점에서는 불쌍한 생각도 들지만, 그들을 잃어버리는 쪽을 택할 일이지, 용서나 화해를 할 생각은 지금도 없다.

세상은 그의 서거를 '충격'이라 했지만, '노무현 대통령의 죽음'에 그 말이 어울리지, 고인의 경우에는 아니라고 생각되었다. 연로하셨고, 3개월 전의 엄청난 충격으로 인해 더 사실 수 있는 분이 명백하게 민주주의가 후퇴한 앞날이 불안하고 염려스럽고, 분통 터지는 가운데 가셨을 것이라는 데에 생각이 미치자, 내 경우에는 충격이 아니라 안타까운 감정이 앞섰다. 장례 기간 동안에 일부 공개된 일기에도 드러나 있듯이 그분은 스스로도 자신의 일생을 성공한 삶으로 여기던 분이셨다. 나는 죽기 직전에 자신의 삶을 회한하고, 자탄하는 인물에 대한 맹목에 가까운 호감을 품는 경향이 있는지라 그의 눈부신 자평이 거북살스러웠던 게 사실이다. 내 죽을 때에도 반드시 후회와 자탄이 앞설 게 뻔해서 그런지도 모른다. 그렇더라 하더라도, 그의 경우에는 그렇게 자평해도 마땅한 눈부신 일생이었기에 그런 자부심을 지닐 자격이 있다고 내 본성에 반하더라도 인정하게 된다. 그런 분이신데, 그가 떠나고 난 뒤에도 그가 그토록 사랑하던 '백성'들이 고약한 시절을 만나 겪어야 할 앞

날이 어찌 염려스럽지 않았을까. 오죽하면 "국민들이 불쌍하다"고
하셨을까. '노무현' 때에도 그랬지만, 국장 기간 내내 나는 마음이
스산해졌다.

김대중으로 떠오르는 인물들, 간디와 암베드카르

그런 마음으로 서가의 아주 후미진 곳의 잡서들 무더기를 뒤져
내가 꺼낸 책은 《김대중 옥중서신》이 아니라 그를 험구하기로 작정
하고 그의 경호원이었던 함아무개라는 이가 펴냈던 《동교동 24시》
(1987년)였다. 이미 세상에서 반짝, 하는 일순간의 추한 효력을 다한
그 잡서의 먼지를 털고, 통독하면서 나는 기묘한 생각에 빠졌다.
비판의 수준에도 못 미치는 《동교동 24시》에 드러나 있는 김대중
험구의 내용들은 다시 살펴봐도 대단한 것들이 아니었다. 책을 덮
고 나서 생각해보니, 놀라워라, 18년간 모신 경호원이 조지기로 작
심하고 열심히 채운 내용이 이 정도라면 김대중은 정말 괜찮은 분
이었구나, 그게 이번 국장 기간에 새로 깨닫게 된 발견이었다.

나는 또 암베드카르를 떠올렸다. 그것은 순전히 한완상 선생님
때문이다. 한선생님이 간디 이야기를 꺼냈다. 1983년 '전두환'의 특
사로 미국에 간 김대중은 '전두환 각하'에게 보냈던 두 통의 탄원
서에 적은 내용과 달리 워싱턴에서 그 특유의 지칠 줄 모르는 정치
활동을 재개한다. 그즈음 뉴욕과 워싱턴을 오가며 김대중의 생활
을 가까이에서 보던 한선생님이 충고한다.

"선생님, 지금은 간디 같은 삶을 사셔야 합니다. 네루 같은 행동을 삼가는 것이 좋습니다. 간디같이 높이 올라가면 후일 네루가 될 수 있습니다만, 처음부터 네루같이 처신하면 위험합니다. 아직 한국 정치 풍토에는 힘으로 정적을 제거하는 분위기가 팽배하지 않습니까. 그러니 간디처럼 인권, 평화 같은 보편적인 가치를 추구하는 민족의 스승, 인류의 스승이 되셔야 합니다."

충고가 여러 차례 되풀이되자 김대중은 미간을 찌푸리며 대답한다.

"한박사, 당신은 학자니까 자꾸 그런 말을 하는데, 나는 현실 정치인임을 잊지 마세요."

《한겨레》, 2009년 9월 27일 대화 부분)

나는 한완상 선생님의 이 글에서 고인을 통째로 느낀다. 다른 곳에서도 김대중은 그 비슷한 말, 그러니까 '생각은 선비처럼 신중하고 깊게, 행동은 상인처럼 현실적으로'라는 말을 했던 것으로 기억한다. 내가 그분을 여느 전직이나 현직처럼 존경심 없이 마구 부른 적은 없지만, 바로 그 대목이 늘 나를 심기불편하게 했던 것도 사실이다. 불량시민이 아니면서도 평범한 상식인들 중에서도 '반김대중 정서'를 품고 있는 이들이 적잖았던 게 사실인데, 어쩌면 바로 그 대목 때문이 아니었을까 싶다. 서생이나 선비처럼 깊이 우직하게 정도(正道)를 걷는 것은 불세출의 경륜가이거나 당대의 위대한 지도자로 이어지는 덕목이고, 상인처럼 현실적으로 행동하는 것은 곧 '권모술수를 마다하지 않은 현실 정치인', '사당정치의 화신',

'거듭된 말 바꾸기', '내가 아니면 안 된다는 대권욕', '자화자찬의 달인'의 이미지로 이어졌을 것이다.

국장 기간 내내 여러 눈물겨운 회고와 자신과의 인연을 잘 밝힌 추모 글들이 쏟아졌지만 특히 나는 한완상 선생님의 글과 함께 《한국일보》 고종석 객원논설위원이 서거 직전에 썼을 것으로 짐작되는 《시사IN》에 발표된 '어느 정치인에 대한 단상'이 인상적이었다. 고위원은 투표와 관련된 선택, 자신이 전라도 사람이기에 그를 더욱 매섭게 비판했던 일, 그러나 '지난 쉰 해 동안 그와 동시대인이었던 것이 자랑스럽다'고 술회하고 있었다. 그 칼럼의 결론은 서거 이후 수많은 민초들도 같은 심정으로 똑같이 말하기 시작했다.

암베드카르는 누구인가

간디 이야기 때문에 내 머릿속에 떠올랐던 암베드카르는 누구인가.

그는 간디 시대의 인도 불촉천민이었다. 카스트의 맨 하층계급으로 태어난 어린 암베드카르는 어느 날 하교하는 길에 평소 알고 지내던 이웃 아저씨의 수레에 태워달라고 부탁한다. 친절한 이웃 아저씨는 "영리하고 착한 암베드카르야, 다른 것은 네 부탁을 다 들어주어도 네게 수레를 태워줄 수는 없단다"라고 답한다. 집에 돌아온 암베드카르는 아버지에게 그 이상한 대답에 대해 묻자, 아버지는 고통스러운 얼굴로 "너는 불가촉천민이란다. 그러므로 상위 카스트가 몰고 가는 수레에 같이 타면 안 된다"고 대답한다. 그 순간의 충격은 후일, 힌두 카스트 파괴운동의 대명사인 '암베드카르 박사'를 탄생시키게 된다. 젊은 변호사 간디가 자신도 영국인과 같은 신분인 줄 알았다가 남아프리카 철도역에서 망신을 당하고 뒤집어진 것보다 훨씬 어린 나이에 암베드카르는 자신의 정체성을 뼛속 깊이 아로새기게 된다. 명석한데다 운이 좋아 암베드카르는 아이러니컬하지만 브라만 계급이었던 스승의 도움으로 공부를 하게 됐고, 나중에는 간디처럼 영국에 유학해 변호사가 된다. 그리고 김대중만큼 험난한 역경을 거쳐 마침내 간디와 함께 '독립 인도'를 건국하는 주역이 된다.

하지만 간디와 암베드카르, 두 거인의 생각은 서로 달랐다. 간디는 영국으로부터의 독립이 우선이었으며, 카스트는 단지 인도의 오래된 직업상의 관습이고 전통일 뿐이라고 생각한다. 그러나 암베드카르는 영국으로부터의 독립도 중요하지만 지옥보다 처절한 인도의 모순인 카스트로부터의 독립도 중요하다고 생각한다. 1932년 암베드카르는 천민들의 별도 선거를 주장했고, 그것이 관철되자 간디는 무기한 단식투쟁에 들어가면서 천민들만의 별도 선거를 반대한다. 자주 단식을 무기로 삼던 간디의 치명적인 힘에 의해 암베드카르와 간디의 주장이 절충되자 간디의 추종자들은 이를 일러 '위대한 승리'라고 일컫는다. 간디는 자신이 반대한 것은 천민들의 신분 개선이 아니라 인도인의 분열이었다고 하면서 전국을 순회한다.

그러나 기독교인들과 같이한 어떤 자리에서 간디는 "천민을 위해 기도는 하되, 소에게 선교하려 하지 않는 것처럼 그들을 기독교로 전향시키려 시도하진 말라. 그들(천민)에게는 당신들이 말하는 바를 이해할 만한 바탕이 없다"라고 말한다. 이 발언으로 간디에게 동조했던 불촉천민들마저 격분하게 되자, 궁지에 빠진 간디는 "힌두교에서 소만큼 신성한 것이 어디 있나?"라고 변명한다(정창열, 《우리는 인도로 간다》, 민서출판사, 2000년 개정판 3쇄, 251쪽).

궁색하다 못해 교활하기까지 한 변명은 한완상 선생님을 비롯해 온 세계가 숭배하는 위대한 '마하트마' 간디의 말이라기보다는 네루를 이끌던 '정치인 간디'의 말이기도 했다. 인도의 초대헌법을 작성한 암베드카르 박사는 임기응변에 능한 카스트 옹호자 간디와 자주 붙었고, 내심으로 그의 위대성에 회의하고, 심지어는 경멸했다.

암베드카르가 "간디 씨, 나(불촉천민)에게는 조국이 없습니다"라고 말할 때, 간디는 "그가 하리잔(불촉천민)에 대해 마구 떠드는 브라만 출신인지 알았다"고 비서에게 말한다(게일 옴베트, 《암베드카르 평전》, 필맥, 2005년, 85-86쪽). 암베드카르가 겪은 간디는 '마하트마 간디'가 아니었던 것이다. 어쨌거나 암베드카르는 그가 할 수 있는 모든 노력을 다 기울여 독립 인도의 헌법에는 카스트 차별이 존재하지 않는 것으로 만들고 죽었다. 죽기 전에는 스스로 불교도로 개종함으로써 수백만 명의 불촉천민들이 암베드카르를 따라서 개종하기에 이른다. 그때 암베드카르가 한 말은 "나는 비록 힌두로 태어났지만 불자(佛者)로 죽겠다"는 명언이었다. 힌두교도에서 불자로 개종하는 순간, 카스트는 적어도 그런 선택을 한 '개인'에게는 효력이 없기 때문이었다. 그렇게 피맺힌 개종운동을 벌였던 암베드카르가 사망했을 때 위대한 간디가 사망했을 때보다 더 많은 인도의 하층민중이 모여들어 눈물을 흘렸다고 한다. 지금도 카스트라는 질곡을 해결하지 못한 인도에는 간디를 숭배하는 사람들만큼이나 암베드카르를 숭배하는 사람들이 같이 엄존한다.

나는 90년대 초반부터 인도와 네팔을 들락거리며 암베드카르의 책들을 모았다. 힘들게 모은 책들이 7~8권 되었기에 그 중 암베드카르가 불교에 대해 쓴 책보다는 평전이라 할 만한 책들을 국내에 소개하려고 애썼다. 그러나 내가 아는 출판사들은 "간디를 지나칠 정도로 존경하는 이 나라에서 간디와 맞섰던 암베드카르 이야기는 장사가 안 될 것"이라고 손사래를 쳤다. 나는 "간디를 더 잘 이해하기 위해서라도 암베드카르에 대한 소개가 필요하지 않겠느냐?"고 역설했으나 결국, 《암베드카르 평전》이 출간된 것은 아주 뒷날, 내가 접촉한 출판사가 아닌 다른 출판사에 의해서 나왔다. 카스트 해결을 위해 단지 불자로 개종하는 데에서 멈춘 게 아니라 암베드카르는 붓다를 '저 세상에서가 아니라 이 세상 현세에서의 인간 구원의 진리와 실천을 가르쳤던 인물'로 파악했다(암베드카르, 《인도로 간 붓다》, 이상근 옮김, 청미래, 2005년).

한완상 선생님이 워싱턴에서 고인에게 충고한 것은 네루의 흉내가 아니라 간디의 흉내를 내라는 것이었다. 간디의 흉내를 내다

보면 네루 정도는 될 수 있다고 한 말은 '워싱턴의 보석상들에게 둘러싸여 있던'(먼저 귀국한 한완상의 말) 고인을 충심으로 염려하고 깊이 사랑하는 마음에서 나온 충고였을 것이다. 그런데 그 충고에 고인은 역정을 내신 것이다.

간디가 한 올곧은 지식인에 의해 고인의 모델로 권유될 때, 나는 위대한 간디와 동시대인이면서 간디와 평생 불화했던 또 하나의 위대한 인간, 암베드카르 선생을 떠올리고 있었다.

김대중의 한계, 혹은 우리 시대의 한계

그럼에도 나는 시골에서 여러 날, 정말 국상을 치르는 사람답게 음주가무를 피하고 음울하지만 차분한 얼굴로 고인에 대해 깊이 생각해보았다. 망자에게 관대한 정서가 미덕으로 통하는 이 나라에서 끊임없이 매체가 전하는 정화된 정보에 영향을 받지 않으려고 애쓰면서 나는 고인에 대해 골똘하게 생각했다. 그래서 그를 험구하기로 작정한 함아무개의 악서부터 꺼내보았는지도 모르겠다. 그분이 펼친 햇볕정책에 대해서도 생각했고, 노벨상 수상연설에 대해서도 생각해보았다. 햇볕정책은 전쟁은 결코 안 된다는 면에서는 나 역시 백 번 천 번 찬성하는 사람이지만, 그 말을 이북 사람들은 어떻게 여길까? "우리 옷을 천천히 벗긴다고? 남녘 동포들 참으로 웃기고 있구나. 벗을 사람이 벗을 마음이 없는데 도대체 무슨 헛소리를 하고 있는 것이야"라고 업신여기지는 않을까? 나는 그 말을 들을 때부터 그 표현의 일방주의와 노골성으로 인해 마음이 뒤숭숭해지곤 했다. 끝내 벗기고야 말겠다는 면에서는 불량한 과격분자들이 소망하는 흡수통일론과 얼마나 다를까? 정책이니만치 대명천지에 '햇볕정책'이라 공표할 수밖에 없었겠지만, 그 정책에 해당되는 당사자들이 그 표현을 접하고 품을 모욕감에 대한 역지사지의 배려는 결여된 용어가 아니었을까, 그 말이 출현했을 때부터 지금까지 나는 그렇게 생각한다. 그 정책은 '김대중'과 '대한민국'과 '서방'을 위한 정책이지, 정작 그 정책의 대상인 조선민주주의인민공화국은 '벗길 아이들'로 간주하고 있으므로 비호혜적이고 모욕적인 표현이라는 게 여전히 내 생각이다. '퍼주기'라는 말도 그렇다. 정중하지 않은 표현이었다는 이야기다. 어느 국가나 그렇지만, 지상에서 가장 영악하고 지독한 현실주의자들인 '김정일의 나라'는 햇볕정책에 공감해 김대중을 맞이한 게 아니라 자신들의 잇속을 위해 그의 방북을 허용했던 게 아니었을까.

고인의 노벨평화상은 민족이라는 차원에서는 우리 동시대인 모두를 격상시킨 쾌사였지만 노벨평화상 수상연설은 만델라나 달라이 라마나 테레사 수녀 등 역대 수상자들 중에 고인의 것이 가장 수준이 떨어지는 것이었다고 나는 당시 느꼈다. 한완상 선생님이 소망했던 간디는커녕 네루에게도 미치지 못하는 연설문이었다. 고인이 노벨평화상을 수상할 때, "이 상을 나는 북한의 김정일 위원장과 같이 탈 수 있으면 얼마나 좋았을까, 생각하는 바입니다"라는 말을 덧붙이기를 나는 숨죽이고 소망했다. 현실성이 없는 줄 잘 알지만, 그런 말이 '상인(정치가)'으로서가 아니라 '서생(경륜가)'으로서 덧붙여졌더라면, 그를 근거 없이 비난하는 사람은 아니지만, 그렇다고 그의 업적과 눈부신 생애 때문에 그를 존칭해 부르면서도 못내 마음속에 불편한 게 있던 사람들마저 감동시키지 않았을까? 물론 그런 소회를 밝혔더라면 주석궁에 탱크를 몰고 가자는 불량배들에 의해 고인이 '진짜 빨갱이'로 고착되는 수난을 겪게 되었겠지만, 평화에 대한 고인의 진정성은 한층 배가되었을 것이다. 고인의 눈부신 생애 내내 번갈아 함께 보여주신 '서생과 상인' 사이에서 나는 늘 심기 불편했던 것이 사실이었다.

담벼락만 있으면 가능한 '행동하는 양심'

그러나 나 역시 그에게 진심으로 감동했던 시기가 있었다. 그것은 흔히 일컫는 경제 환란의 조기 극복, 아이티 강국의 초석 등, 그의 비상한(?) 업적에도 불구하고 박정희도 지켰던 그린벨트를 해제했으며 골프를 대중스포츠라고 부르던 망발도 내뱉으시던 재임 중이 아니라 이명박 정권 출현 이후 노무현 대통령 서거까지였다. 그 시기에 고인이 보여주신 말과 행동은 진정 우리 시대의 어른이었다. 6월 25일, 6·15공동선언 9주년 기념행사 준비위원들과의 오찬 자리에서 울면서 하신 말씀, "모두가 어떤 형태든 자기 위치에서 행동해서 악에 저항하면 이긴다", "때리면 맞고 잡아가면 끌려가라", "하다못해 담벼락을 쳐다보고 욕을 하라"는 주문에서 나는 비로소 그가 거목이라고 인정하지 않을 수 없었다.

'행동하는 양심'이라는 게 절대 어려운 일이 아니라 담벼락만 있으면 가능하다는 것을 가르쳐준 이를 어찌 거인이라 부르지 않을 수 있겠는가. 그 주문은 가장 약한 이들이라도 대숲에 들어가서 임금님 귀에 대한 진실을 외치면 산천초목도 듣고, 산천초목이 들으면 하늘도 듣는다는 오래된 우화의 내용과 다르지 않았다. 가히 그의 이름 뒤에 '선생'이라는 극존칭을 붙여도 될 가르침이었다. 고인은 알고 보면 꽃을 사랑하는 심성에, 남다른 유머감각도 있고, 서태지도 마이클 잭슨도 좋아했고, 남녀평등이라는 신념을 실천하셨던 멋진 분이었지만, 분노해야 할 바로 그때 마땅한 분노를 촉구하심으로써 우리를 감동시키셨던 것이다.

하지만, 고인은 가셨다. 다시 생각해봐도 그는 큰 인물이었다. 한평생을 그보다 의미 있는 사건들로 꽉 채운 인물도 많지 않으리라. '아시아의 만델라'라는 별칭이 허사가 아니다.

그러나 바라건대, 그분을 끝으로 서럽고 슬프고 가슴 아픈 일이 너무나 많은 내 나라에 다시는 큰 인물이 나오지 말았으면 좋겠다. 불완전한 인간이 큰 인물이 되어가는 과정 동안에 보잘것없는 이들이 치러야 하는 희생이 너무 크다. 그리고 무엇보다도 보통사람들이 역사를 끌고 가고 그 내용을 채워야 하기 때문이다.

영결식 날 저녁 어두워지기 전에 나는 도청 분향소에 갔다. 연구소가 있는 시골에서 가장 가까운 곳이 도청 분향소였기 때문이다. 늦은 시각이라 분향소에는 자리를 지키는 공무원들 외에 분향하는 이들이 없었다. 방명록에 적었다.

"님에게 너무 많은 혜택을 받았습니다. 그 빚을 갚는 생이 되도록 애쓰겠습니다. 영면하소서."

저물녘, 텅 빈 도청 분향소에서 홀로 분향하면서 가슴속에서 뜨거운 것이 치밀어 올랐다.

'나의 국장'도 끝난 것이다.

성장이 분배를 대체할 수 있을까

쓰지 신이치, 《행복의 경제학》,
장석진 옮김, 서해문집,
2009년

쓰지 신이치라? 처음 들어보는 이름이다. '슬로 라이프'라는 말을 만든 사람이라 한다. 책을 펼쳤더니 여행기로 유명해진, 김남희라는 이가 추천사를 썼다. 김남희 씨는 저자와 함께 2008년 가을에 피스앤그린보트를 같이 탄 모양이다. 피스앤그린보트는 한국의 환경재단과 일본의 피스보트가 '아시아의 환경과 평화를 위해 함께 띄운 배'라고 한다. '국경과 언어, 연령과 성별의 경계를 넘어 연대와 희망을 모색하는' 그런 배가 떴다는 이야기를 그즈음에 보도를 통해 대충 보고 지나쳤던 기억이 났다. 무슨 돈으로 배를 띄웠을까? 그런 생각이 잠시 스쳤지만, 그 생각을 오래하고 싶지 않았다. 어쨌거나 추천사를 쓴 이는 저자와 같이 실현되기 쉽지 않은 대의를 내세운 보트도 함께 탄 적이 있고, 나중에는 히말라야 부탄 여행도 같이한 모양이다.

8일간의 선상 프로그램은 '행복'에 관한 간담회부터 시작했다고 하는데, 추천사를 쓴 이는 그 선상 간담회에서 "'덜 갖되 더 충실한 삶'을 배워가며 새롭게 행복을 찾은 나를 솔직하게 이야기했다"고 썼다. 그때 쓰지 신이치가 부탄 이야기를 한 모양이다. 그리고 몇 달 후, 저자와 추천사를 쓴 이가 함께 부탄에 갈 기회를 가졌다고 한다. 그리고 부탄에서 20일을 머물렀다고 했다.

부탄에서 20일씩이나? 이 대목에서부터 나는 이 책을 손에 잡고 계속 읽을 것인가, 말 것인가, 고민에 빠졌다.

풍요가 우리를 불행하게 한다

책의 내용은 "물질적 풍요가 진정한 행복과 사실인즉, 관계가 없다"는 말로 요약할 수 있었다. 일본이나 미국이나 한국이나 할 것 없이 기를 쓰고 매달리고 있는 풍요로워져야 행복해진다는 철석같은 믿음은 정작 사람이나 사회나 지구환경을 위기와 불행에 빠지게 했을 뿐, 그 믿음이 결코 성사되지 않는다는 이야기였다. 책의 후반부에 갈수록 저자는 풍요와 행복의 불일치에 대한 확신이 깊어져 그 주장의 강도가 단단해지고 있었다.

행복(감)은 측정할 수 있는 것이 아니므로 쉽게 말할 수 있는 게 아니라는 이야기와 함께, "이 책만 읽으면 누구나 행복에 이르는 지름길을 찾을 수 있다는 기대는 곤란하다, 그런 의도에서 이 책을 쓴 게 아니라 풍요에 대해 질문하기 위해 썼다"고 저자는 밝히고 있었다. 당연한 일이다. 책 한 권으로 행복에 이르리라 기대하는 사람은 세상에 없을 것이다. 산업사회에 먼저 진입한, 이른바 선진국 사람들이 인류 역사상 유례없는 물질적 풍요는 누리고 있지만 기실 그 풍요로 인해 행복해진 것은 아니라는 이야기가 여러 사례와 함께 전개되었다.

특히 저자는 영국 레스터 대학에서 2006년에 세계 각국 80만 명을 대상으로 실시한 '행복도 조사'를 예로 들고 있다. 세상에는 비용과 시간이 많이 드는 그런 해괴한 조사를 하는 사람들이 꼭 있다.

한국은 세계 178개국 가운데 103위, 일본은 90위, 미국은 23위였다. 1위는 덴마크, 2위는 스위스, 3위는 오스트리아, 이어서 핀란드, 스웨덴 등 사회민주주의 체제의 북구 쪽이 상위 랭킹이었다. 재미있는 현상은 8위를 차지한 히말라야의 빈국, 부탄이었다.

풍요로운 나라의 행복도 지수가 높지 않았다는 것은 무엇을 의미하는가. 저자는 끔찍한 성장의 대가를 나열하면서 바로 풍요롭기 때문에 불행한 것이 아닐까? 묻고 있다. 무한 성장의 신앙을 바탕으로 인간을 행복하게 할 여러 조건들을 희생시켜 얻은 풍요는 인간을 행복하게 하기는커녕 만악의 근본이라는 것이다.

그 말은 "빈곤이 단순히 돈이 없는 사람을 지칭하는 말이 아니라면, 풍요 역시 단순히 돈이 있는 사람만을 지칭하는 말은 아닐 것이다"(83쪽)라며, "저축이 없는 궁핍한 사람이 늘어나고 있다는 것은, 다른 한편으로 돈은 가지고 있지만 저축이 없는 부자들 또한 증가하고 있다는 사실을 반증"한다고 역설한다. 이때 저자가 말하는 '저축'은 무엇일까? 단순한 은행 잔고가 아니다. 그것은 "무슨 일이 있을 때 도움을 줄 수 있는 가족, 친척, 우인, 지인들과 가까운 지역이나 직장에서의 인간관계 속에서 자신의 몸과 마음의 건강을 지키고 나아가서는 자연계와 교감하는 시간을 갖는 등 살아가는 기술까지를 포함한 넓은 의미에서의 '사회안전망(Social Safety Net)'을 의미한다. 이 사회안전망의 내용이 바로 인간을 행복하게 하는 기본조건이라는 이야기다.

그 기본조건을 무시하지 않는 경제를 저자는 '행복의 경제학'

이라고 지칭하고 있다. '뺄셈의 경제학'이라 해도 된다. 사실 이것은 결코 새로운 내용이 아니다. 갑자기 돌출한 사상은 아닌 셈이다. 저자가 자신의 주장을 받치는 준거로 인용하는 여러 인물들을 살펴봐도 그렇다. 더글러스 러미스나 사티쉬 쿠마리나 헬레나 노지베리 호지 들이 그들이다. 공교롭게 이분들이 내한했을 때 짧게 뵐 기회들이 있었다. 러미스는 정치학자답게 날카로웠고, 사티쉬 쿠마리는 온화했지만 강건한 신념과 의지를 가진 사람이었고, 헬레나는 진지했지만 '서양 여성'이었다. 앞의 두 사람은 자신들이 성취한 세속적 성공에 둔감한 부류의 사람들이었고, 헬레나는 그것을 깊이 인식하고 있는 듯했다. 이런 인상비평은 중요하지도 않고, 틀릴 수도 있다. 중요한 것은 그들의 생각이다.

더글러스 러미스는 《경제성장이 안 되면 우리는 풍요롭지 못할 것인가》(녹색평론사, 2002년)라는 책제목이 주제를 함축하고 있는 명저를 통해 '자기파멸적 거짓 풍요'에 대해 일찍이 비판했고, 사티쉬 쿠마리는 잃어버린 3S, 즉 땅(Soil), 영혼(Soul), 사회(Society)의 회복을 통해서만 인간이 행복해질 수 있을 것이라고 주장했다. Soil, 즉 지구와 이어지는 것, Soul, 즉 자기 자신과 이어지는 것, Society, 즉 사람들과 이어지는 것이다. 헬레나는 강연장에서 인간을 행복하게 하는 것이 무엇이냐는 질문에 '좋아하는 일, 친구(사랑), 자연과의 끝없는 접촉'이라고 요약했던 기억이 난다. 이 책에 인용된 헬레나는 "세계화로부터 로컬화로 전환하지 않으면 안 된다"(194쪽)는 말로 '풍요가 아닌 다른 길'을 제시하고 있다.

20세기 행복 경제학의 선조이기도 한 슈마허는 진정한 경제학이란 "보다 작은 소비로 보다 큰 행복을 추구하는 것"이라며, 버마에서의 경험을 토대로 '불교 경제학'을 제창하고 있다. 우리나라에서도 자주 듣는 '모심과 섬김의 경제학'이 그것이다. 문제는 갈 길이 없는 게 아니라 알면서도 그 길로 가지 않는다는 것이다.

성장이 분배를 대체할 수 없다

이런 부류의 책에서 늘 만나는 고통스럽고 우울한 통계 결과가 또 소개되고 있다.

'세계 인구의 1%가 전체 부의 40%를, 2%가 전체 부의 반 이상을 소유하고 있으며, 전 세계 인구 중 빈곤층의 절반은 전 세계 총생산의 1%밖에 가지고 있지 않다'(2006년 기준, UN대학)는 통계가 그것이다. 이런 문투로 소개되는 통계는 그 내용의 이해를 위해 차갑고 냉소적인 머리보다는 상상력과 온기가 있는 가슴이 필요한데, 바로 그 가슴 때문에 이런 류의 통계를 접할 때마다 고통스럽기 그지없다.

책을 덮고 나자 마침 우리나라에서도 이와 비슷한 통계가 발표되었다. 2009년 10월 22일, 국회 기획재정위원회 국정감사에서 이정희 민주노동당 의원이 한국노동연구원의 '노동패널' 조사(표본 5,000가구 정도)를 분석해 결과를 공개한 자료가 그것이다. 그 내용은 지난 2007년을 기준으로 우리나라 부자 5%가 전체 부동산 자산의 64.8%를, 전체 금융자산은 절반 넘게 가지고 있는 것으로 나타났다는 것이었다. 특히 상위 10%의 경우 자신이 살고 있는 집을 빼고, 부동산과 금융자산 등을 합한 전체 자산 총액의 74.8%를 차지해, 자산 소유의 양극화가 심각한 것으로 드러났다. 이 가공할 만한 양극화는 더욱 깊어질 것이다. 우리나라뿐 아니라 이는 이른바 선진국들 일반의 추세다. 성장을 분배의 전제조건이라 주장한 이들이 내세운 파이론, 혹은 가증스러운 적하이론이 허구라는 것을 이 통계가 여실하게 보여준다. 문제는 지금도 그런 거대한 거짓말이 공공연하게 횡행하고 있다는 것이다.

그러므로 이 책은 이미 충분히 궁핍하거나 가난한 사람이 읽어야 할 책이라기보다는 우리나라의 경우 '전체 자산 74.8%를 지니고 있는 상위 10%'에 해당되는 이들이 읽어야 할 책이다. 그러나 어이없고 비극적인 일은 74.8%에 속하는 이들은 '성장(풍요)의 경제학'을 경전처럼 탐독하지 "풍요가 행복의 불가결한 조건이 아니다"라는 이런 류의 '행복의 경제학'을 결코 접하려 하지 않는다는 사실이다.

그래서 이 책을 제대로 읽은 이라면 "나는 가난하지만 행복해"라고 자위하거나 "당신도 비록 가난하지만 지족(知足)하고 자족(自足)하고, 이미 지닌 여러 행복의 조건들을 마음껏 누리세요"라고 권유하기보다는 75.8%에게 편중되어 있는 부를 고루 나누는 일에 젖 먹은 힘까지 다 동원해야 할 것이다. 그것이 민주주의에 대한 열망의 이름이든, 빈민운동의 이름이든, 인권운동의 이름이든, 환경운동의 이름이든, 분배에 대한 도덕적 문제를 외면하지 않는 태도로서 이곳에 태어나 자란 제대로 된 인간의 의무일 것이다. 존경할 만한 대단한 사상가들의 깊이 있는 사상에 십분 백분 공감하면서도 이정희 의원이 제시한 자료를 보면서 드는 확고한 독후감이 내 경우에는 그렇다. 풍요가 '행복해지기'의 한 부분일 수는 있어도 전부가 아니라는 메시지를 전하기 위해서 가난이 너무 쉽게 미화되거나 권장되어서는 안 된다는 이야기다. 한 해에 3,800만 명이 굶어죽고 8억 명이 기아에 허덕이는 신자유주의 시대에서 가난은 행복은커녕 가장 본래적인 인간성을 파괴하기 때문이다.

내게는 다소 고약한 나라, 부탄

책에 부탄 이야기가 자주 나온다. 부탄의 전 국왕은 70년대에 각국 수뇌들을 초대해 한 나라의 부의 지표로서 전 세계가 공통적으로 사용하고 있는 GNP(국민총생산)나 GDP(국내총생산)가 아니라 GNH(국민총행복)가 더 중요하다고 말했다고 한다. 즉, Product(상품)의 'P' 대신 Happiness(행복)의 'H'를 강조한 것이다. '젊은 임금님의 개그'라 하면서도 저자는 부탄 왕의 제안에 깊은 공감을 하고 있다. 그러나 단순한 개그가 아닌 것이 부탄은 2008년 공포된 최초의 헌법에 GNH를 실제 국가 통치의 중심 개념으로 삼겠다고 선언한 모양이다.

책에 그려진 부탄은 생태적으로 안정되어 있고, 경제성장과 관계없이 거기 사는 사람들의 행복지수가 아주 높은, 지상의 천국같이 묘사되어 있다. 전통문화가 잘 보전되어 있고, 불편해 보이지만 매사에 몸을 움직여 일을 하고, 늘 웃고, 돈의 과다로 인해 행복과 불행이 좌지우지되지 않는 사람들이라는 이야기가 그것들이다. 그들은 정말 그렇게 보이고, 실제 그렇기도 할 것이다.

그러나 저자와 달리 나에게는 매우 고약한 나라라는 인상이 깊이 박혀 있는 부탄은 어떤 나라인가. 부탄은 인도 동부와 방글라데시 사이의 히말라야 산군(山群)에 위치한 작은 왕국이다. 2008년 이전에는 입헌군주국이 아니었으므로 헌법이 없었다. 정치적으로, 경제적으로 군사적으로는 인도의 압도적인 영향권 아래에 있다. 히말라야를 자주 돌아다닌 나도 여러 이유들로 그 왕국에는 아직 가보지 못했고, 앞으로도 안 갈 것이다. 그 까닭은 그곳에 이르는 진입 장벽이 너무나 높기 때문이다. 입국을 하자면 부탄이 지정한 인도의 특정 여행사를 통해 누구나 예외 없이 하루 200달러의 돈을 선금으로 내야 한다. 그 액수를 지정 호텔비로 부르든 우리나라 대학에 취직할 때 내는 돈에 빗대어 '부탄발전기금'이라 부르든, 나는 그 돈을 '부탄국립공원 입장료'라고 이해한다. 저자 쓰지 신이치는 부탄 국왕이 발명한 GNH라는 말에 빠져 부탄에 세 차례 갔다고 한다. 평화의 배를 같이 탄 인연으로 추천사를 쓴 김남희 씨와 같이 갔을 때에는 20여 일을 그곳에 있었다고 한다. 20일이면 인당 4,000달러를 부탄에 냈다는 이야기다. 4,000달러(약 500만 원)면 인도나 히말라야에서 어느 정도의 돈일까? 우리나라에서도 500만

원이면 큰돈이지만, 인도나 네팔 등 히말라야에서는 실로 어마어마한 거금이다.

이해를 위해, 100달러를 인도의 화폐단위인 루피로 바꾸면 4,800루피(2009년 10월 현재)이다. 인도 서민들의 식사 한 끼는 20루피부터 40~45루피 정도 된다. 배낭을 메고 인도나 네팔을 여행하는 사람들에게 100달러는 참으로 큰돈이다. 1992년부터 히말라야를 찾곤 했던 내 경우만 해도 1박에 300루피 이상의 여관에서 잔 적이 없었다. 전 세계에서 몰려오는 수백만의 배낭족들이 모두 200루피에서 300루피 정도 여관에서 1박을 하고, 특별한 날을 제외하고는 밥값으로 50루피에서 100루피 정도, 많아도 200루피를 넘지 않는다. 부탄의 하루 최소한의 강제된 기본 체류비가 200달러이므로 20일을 부탄에 머물렀다면 192,000루피인데, 산수 능력과 약간의 상상력만 있다면, 그 돈이 얼마나 거금인지 쉽게 짐작할 수 있을 것이다.

그런데, 부탄은 배낭족들은 '서양식 낭비문화'를 대표한다고 간주하고, 그런 반문화가 부탄이 지키려는 '전통적인 문화'와 부합되지 않는다'는 이유로 거금의 입장료를 방패로 출입금지를 시키고 있다. 세상에, 하루 200달러를 낼 능력이 없을 뿐이지 배낭족들이 반문화의 떼거리라니? 물론 청바지 차림의 그들에 의해 코카콜라와 람보, MP3나 페트병, 노트북으로 상징되는 서방문화들이 무차별 유입되어 선망과 폐해를 끼치는 것을 인정하지 않을 수 없다. 더러 여관의 담요도 훔쳐가는 못된 인종들도 있지만, 배낭족들에 의해 그들 여행지의 현지인들이 당하고 있는 가혹한 인권 유린이나 차별과 불평등, 힘센 자들에 의한 폭력의 실태들이 외부에 폭로되고, 그 폭로로 인해 개선의 여지를 찾는 일도 많다. 이른바, 현지인들과의 진정한 우의와 연대는 부탄왕국 입장권이 가능한 계층보다는 제멋대로의 인종들로 보이는 배낭족들에 의해 형성되고 있다는 이야기다. 의학도는 험한 산중을 돌아다니며 의료 활동을 펼치고, 산중의 작은 학교를 위해 학용품 지원이나 그들과 같이 뒹굴며 가능한 노력 봉사를 하기도 한다. 홍수가 나면 현지인들과 같이 밧줄을 두르고 도강을 한다. 달리 말해서 본인 의사와 관계없이 외부와의 메신저 구실을 하는 배낭족들의 순기능도 크다는 이야기다. 그런데 부탄 정부는 "니네들은 돈 없지?", 하고는 배낭족들을 원천봉쇄한다. 바로 이 대목에서 한번 생각해보자. 부탄에서 20일을 아무렇지도 않게 생태적 마인드를 되새김질하면서 잘 지낼 사람들이 누구인지를. 히말라야의 소왕국에서 기본 경비 4,000달러를 아무렇지도 않게 지불할 수 있는 사람들은 누구일까? 거칠게 잘라 말하기 어려운 일일지 모르지만, 그들은 이 세상을 가난한 배낭족들보다 좀 더, 망친 사람들이기 쉽다. 본의든 아니든 탄소배출에 좀더 가세함으로써 지구온난화에 박차를 가한 사람들이거나 그런 체제의 승자들이라고 말할 수도 있다. 어쨌거나 왕국 바깥의 산업 사회에서 그들은 그 중 여유 있는 사람들임에는 틀림없다. 여유 있는 부탄 입국자들은 악인이고, 그렇다고 돈이 없어 왕국에 진입하지 못하는 배낭족들은 무조건 선한 사람들이라는 어린애 같은 이야기는 아니다. 부탄 왕국의 자폐적인 두려움과 실리가 어떤 의미로는 웃기고 영악하다는 이야기다. 인도에서 7년째 살고 있는 제자에게 들었더니만, 현명하고 지혜롭다고 칭송받는 부탄 왕가의 한 왕자는 인도 뉴델리에 유학을 와 있는데, 왕자의 사치는 이 세상의 다른 왕국의 왕자들과 조금도 다르지 않은 수준이라고 한다.

"200달러면 9,600루피인데 서민들로서는 어마어마한 돈입니다. 서민들의 한 달 월급은 대체로 1,000루피에서 4,000루피 정도입니다. 100불을 넘게 받는 사람들은 아주 드문 경우지요. 게다가 가장 한 명이 벌어서 부양하는 가족은 4명에서 많게는 10명 정도입니다. 이 돈으로 집세 내고 식료품 사고 병원도 가고 아이들 학교도 보냅니다. 그러니 하루에 200달러가 얼마나 큰돈인지 잘 알 수 있지요. 그런 돈을 매일 매일 내야만(써야만) 갈 수 있는 부탄을 지상에 남아 있는 마지막 천국같이 묘사하는 사람들에게는 저 또한 동의하기 어렵습니다."

바라니시에서 한국음식점을 경영하고 있는, 제자 채미정이 한 말이다.

'가난 이야기'는 절대 쉬운 이야기가 아니다

한때 라다크가 그랬듯이 일각에서 근래 부탄이 상당히 신비롭게 소비되고 있는데, 모두들 간과하고 있는 부탄의 요상한 현실이 또 하나 있다. 부탄에서는 궂은일들을 모두 근처 인도 동부의 비하르 지역의 극빈층인 불가촉천민들을 싼 값으로 영입해서 해결하고 있다. 이른바 부탄의 힘든 일은 인도가 누천년이 흘러도 해결하지 못한 힌두 계급주의에 의지하고 있다는 이야기다. 아는 이들은 알고 있지만, 인도 불가촉천민들의 삶은 지옥을 방불한다. 그들을 노예처럼 부리면서 부탄의 자국민은 "돈 없어도 행복하다"라고 선전하고, 거금의 체류비를 아무렇지도 않게 쓸 사람들이 그 선전에 감동해서 "부탄 부탄 부탄!", 하면서 우아한 얼굴로 부탄을 소비할 때 그쪽 땅을 조금이라도 헤매본 사람으로서 심히 곤혹스러운 심사를 감추지 못하게 된다. 부탄이 그렇게 해서 지킨 전통문화의 가치는 어떻게 바라봐야 옳을까? 부탄은 아마도 자국민의 전통문화만 지키면 그만인가 보다. 물론 부탄이 이웃 강대국 인도의 오래된 계급문제까지 해결해야 할 의무가 있다는 이야기는 아니다. 말이 나왔으니 말이지만, 인도는 부탄의 국왕을 자국의 육군 대령쯤의 계급으로 간주하고 있다는 소리를 언젠가 북인도 거리에서 들은 적이 있다. 그런 말이 나왔을 때 배낭족들은 '갈 수 없는 나라 부탄'에 대해 소리 내 웃는다. 중요한 것은 그 다소 거친 농을 통해 강대국 인도의 부탄관(觀)을 여실하게 느낄 수 있다는 점이다. 이 모든 이야기들은 히말라야에 대해 조금이라도 이해하고 있는 이들이라면 모두 알고 있는 시시한 이야기들에 속한다.

부탄의 이상야릇한 관광 정책과 쇄국적인 태도들이야 남의 나라 정책이니 뭐라 할 일이 아니지만, 경치가 좋아 놀러간 이들이 아니라 의미를 찾기 위해 갔고 왕국에서 나온 뒤에는 뭔가 세상에 소용되는 이야기를 하는 것을 업으로 자임한 사람들은 그렇게 잠깐 들러본 뒤에 한없이 부탄을 예찬만 할 일은 아니라는 이야기다. 앞서 이야기했지만, 부탄 전역을 자유롭게 여행하는 것도 아닌 왕국에서 지정된 루트만 주마간산 격으로 들러볼 자유만 허락되는 여행에서는 더욱 그렇다. 부탄에서 만나는 부탄 산악 민초들의 '가난하지만 평화로운 얼굴'은 하루에 200달러를 강제 납부하지 않고도 네팔이나 북인도 히말라야 산중 어디에서나 늘 만날 수 있다.

산업사회에 속해 있으면서 산업사회의 여러 난공불락의 문제들을 비판하는 사람들이 빠지기 쉬운 관념과 낭만성이 바로 여기 '부탄 이해'에도 있는 것 같다. 공공연한 사실에 대한 고의적인 은폐와 적극적인 왜곡이 그것이다. 저자 쓰지 신이치와 추천사를 쓴 이에게서 부탄 왕국 입장권이 그곳의 화폐 감각으로 너무나 과도한 액수라는 이야기가 한마디라도 나오기를 나는 아마 내심 기대했던 모양이다. 부탄을 이야기하면서 왕이 강조하는 행복지수만큼이나 단지 가난하다는 이유로 그곳에 노예처럼 유입되어 짐승 수준으로 살고 있는 비하르 지역의 불가촉천민에 대한 이야기도 한 토막 나오기를 나는 기대했던 모양이다. 그러나 책의 분위기를 보니 그럴 것 같지 않아 책을 읽을까 말까, 망설였던 것이다.

"가난이 불행의 절대조건이 아니다"라는 이야기와 "풍요가 행복을 결정하지는 않는다"는 쉽게 꺼내기 힘든 이야기는 섬세한 주변 살피기와 냉정하고 무서운 자기비판이 동시에 수반되지 않으면 자칫 불필요한 오해나 거부감을 촉발하거나 공허한 이야기가 되기

쉬울 것이다. 나랏돈, 기업 돈 쉽게 타 쓰고 세상을 망친 자들과 같은 수준의 소비생활을 영위하며 자기만족감에 빠져 무슨 대부 운운하는 명예까지 챙겨 누리던 스타급 시민운동가들의 추락이 반드시, 곧 몰락할 못된 정권의 탄압으로만 볼 수 없다는 게 내 생각이다.

행복은 경제성장과 직결되지 않는다

더글러스 러미스,《경제성장이 안 되면 우리는 풍요롭지 못할 것인가》,
김종철, 이반 옮김, 녹색평론사,
2002년

경제성장에 대한 믿음은 태어나자 자신이 태어난 나라의 국민이 되는 것을 자명한 일로 받아들이듯이 의심해서는 안 될 상식으로 자리 잡고 있다. 이른바, 주류 상식이다. 이 믿음은 얼마나 깊고 단단한지 마치 고기가 물속에 살고, 새가 허공을 나는 것처럼 의심받은 적이 없었다. 그것은 이른바, '진보'에 속한다고 생각하는 사람이나 '보수'에 속한다고 생각하는 사람이나 똑같이 맹신하고 있는 가치다. 아무도 이 굳건한 믿음 체계에 대해 진지하게 질문한 적이 없었다. 이 믿음의 뿌리나 바탕에 대해 아무도 고민하지 않았고, 고민이 없었기 때문에 제대로 된 질문 또한 없었다. 하지만 성장 이데올로기는 매우 두텁고 유혹적인 상식의 가면을 쓰고 있지만, 그 가면을 조금만 들춰보면 얼마나 허약한 논리와 자가당착, 그리고 탐욕스러운 무지와 공포에 바탕하고 있는 반생명적 이데올로기인지 이내 알 수 있다.

정치학자이자 평화운동가인 더글러스 러미스는 이 책을 통해 상식의 얼굴을 한 경제성장론에 대해 질문하고 있다. 끝없는 경제성장은 현실적으로 가능하지도 않고, 그렇기 때문에 계속 추구되어서도 안 된다는 통찰이 진지하지만 단순 명쾌한 문체로 설득력 있게 펼쳐지고 있다. 이 책에 의하면, '발전'이라는 말은 투르먼이 1949년 취임 연설문에서 타동사로 사용하기 전까지는 자동사였다는 것을 밝혀준다. 그 이전에는 어떤 나라에도 '발전'이 국가 정책으로 사용된 적이 없었다. 미국이 세계의 상대적으로 가난한 나라들을 '발전시키겠다'고 선언한 이래, 발전은 지구상의 대부분의 나라들이 당연한 국가 목표로 설정한 것이다. 착취당하는 나라에서 조차 '발전'은 지상과제였던 것이다. 개발시대를 당위로 받아들였던 한국 사회는 어떤 나라보다 발전 욕구의 실현에 적극적이었다. 그 결과, 한국 사회는 괄목할 만한 경제적 성취에 감당할 수 없는 무서운 파괴의 비용과 불평등의 대가를 치르게 되었다.

이 책은 또한 끝없는 성장론과 발전론이 허구에 바탕하고 있으며, 그렇기 때문에 환상이라는 것을 담백한 어조로 펼치고 있다. 지구가 스무 여남은 개 되면 모를까, 하나밖에 없는 지구로는 완전한 발전의 실현이 불가능한 노릇임을 밝히고 있다. 성장 이데올로기는 세계 어딘가에 아직 개발되지 않은 삼림이 남아 있는 한, 그 임무를 완수하지 않았다는 신념에 불타고 있기 때문이다. 발전 이데올로기는 아직 파괴되지 않은, 아직 매립되지 않은 갯벌이나 산호초가 어딘가에 있는 한 발전은 끝나지 않았다고 간주하고 있기 때문이다. 거품경제나 대규모 토목사업만으로 유지되는 나라살림, 실로 끔찍한 이데올로기가 아닐 수 없다. 이 이데올로기가 실현되는 과정은 세계화가 안고 있는 문제점, 즉 지구 자원의 파괴를 전제로 소수의 지나친 부와 절대다수의 항구적인 궁핍의 모습으로써 우리가 일상적으로 경험하고 있는 일이기도 하다.

작은 판형에 200쪽도 채 안 되는 이 작은 책은 우리도 갸우뚱거리긴 했지만 은연중에 절망적으로 동의했던 상식을 부드럽고 조용한 어조로 뒤집는다. 그래서 이 책은 진정한 풍요를 위해 '대항발전'을 대안으로 제시한다. 발전시켜야 할 것은 경제가 아니라는

것이다. 인간사회에서 경제의 요소와 시장의 요소를 조금씩 줄여
나가고 경제 이외의 것들을 발전시켜 나가자는 것이다. 그것들은
무엇일까? 이 책을 읽고 달라진 분들을 나는 많이 보았다.

다시 쓰여지기 힘든 인간 야만의 기록

폴 인그림, 《티베트 말하지 못한 진실》,
홍성녕 옮김, 알마,
2008년

삼십대와 사십대 중반 시절, 누군가로부터 월급을 받는 생활을 하지 않았기에 누구보다 시간이 많았던 나는 기회만 있으면 인도 네팔 등지로 배낭을 메고 헤맸다. 이때 기회란 곧 '비행기삯만 허락되면'이라는 뜻이다. 내게 히말라야는 명상과 요가의 히말라야는 아니었고, 마음 놓고 대마초를 피울 수 있는 '해방구 히말라야'는 더구나 아니었다. 히말라야는 거기 히말라야 산군(山群)에서 누대에 걸쳐, 전에 살았던 것처럼 지금도 살고 있는 산업화 이전의 몽골리언들을 만나는 장소로서만 나를 흔들었다. 그것은 유례가 없는 급속한 산업화와 적극적으로 빠져든 광적인 물신주의로 인해 6·25 난리로도 망가지지 않았던 '좋은 얼굴'을 잃어버린 우리 사회를, 아직 인간의 부드러운 심성을 잃지 않고 있는 히말라야 사람들을 통해 돌이켜보기 위해서였다. 우리는 빠르게 잃었으되 그들은 여전히 지니고 있는 저 넉넉한 심성의 뿌리는 무엇이고, 비록 가난하고 남루하게 보이되 놀라운 자급자족과 공생공락(共生共樂)을 유지할 수 있는 윤리적 힘의 원천은 무엇일까? 그런 것이 내 한결같은 관심사였고, 내 개인적인 공부의 내용이었다.

히말라야 산군에는 인도든 네팔이든 산 아래의 주류를 이루고 있는 아리안계들이 아니라 몽골리언 소수종족들이 살고 있었다. 라다키족, 따망족, 셸파족 등이 그들이다. 그들은 수렵과 채취를 하며 살고 있으며, 더러 가파른 비탈을 일궈 농사를 짓기도 하고, 양떼를 치기도 한다. 야크털로 옷을 지어 입고, 그 젖으로 세계 최고수준의 요구르트를 만들어먹기도 한다. 거의 야생의 삶을 영위하고 있으므로 일견 거칠고 열악해 보이지만 그들은 늘 밝고, 외부에 대해 열려 있었다. 아랫동네의 아리안계 힌두 주류들과 달리 산중 몽골리언들은 하나같이 티베트 불교를 믿고 있으며, 근대국가가 만든 경쟁과 탐욕의 문화와는 상관없는 상호부조의 촌락공동체를 유지하고 있었다.

히말라야의 어떤 골짜기로 들어가려고 해도 그 길목에서는 티베탄(티베트 사람들)을 만날 수 있었다. 지금도 중국령 티베트에서 끊임없이 탈출을 하고 있지만 거의 대부분은 1959년 중국의 포탈라 침공으로 인해 14대 달라이 라마가 인도로 망명할 때, 같이 티베트 고원을 떠났던 사람들이었다. 인종적으로 티베탄들은 우리 한민족과 아주 흡사하다. 딱히 그래서라기보다 우리도 한때 나라를 잃었던 적이 있었기에 나라 잃은 유민(流民)으로서 남의 나라 산기슭에 의탁해서 살고 있는 그들, 밝고 활기차고 깨끗하면서도 낙천적인 사람들에 대한 호감과 친근성은 남다를 수밖에 없었다.

자주 히말라야를 찾다보니 티베탄 친구들도 생겼고, 그들이 겪고 있는 타국살이의 고초에 대해서도 더 잘 알게 되었다. 그리고 무엇보다도 도시에서 만난 티베탄이든, 산중에서 만난 티베탄이든 그들이 고토(故土)에 돌아갈 꿈을 오매불망 잠시도 포기하지 않고 있다는 것도 알게 되고, 그 꿈이 얼마나 깊은지에 대해서도 느끼게 되었다. 그들과 천천히 쌓인 우정은 결국 티베트 현대사에 대해 관심을 가지게 만들었고, 무엇보다도 풍문으로만 들어 알고 있던 중국이 그들에게 가한 짓에 대해 생각하게 되었다. 나는 어느 해부터 나도 모르게 티베트 전사들을 찾기 시작했다. 매일같이 중국인을 위해 기도를 올린다는 달라이 라마의 비폭력 노선과는 다른 선택을 했던 티베트 전사들에 대한 호기심과 늙은 전사들이 당시의 저항에 대해 어떻게 생각하고 있는가에 대한 궁금증 때문이었을 것이다. 지금부터 10년도 훨씬 전의 일이다. 나는 북인도의 라다크, 마날리, 다람살라, 올드델리 등지에서 티베트 전사를 수소문해 찾아 만났고, 네팔에서는 카트만두와 포카라의 티베탄 캠프에서 그들을 만났다. 당시, 그들의 나이는 육십대였는데, 모두 이십대의 젊은 날 부모형제를 잃은 뒤 법복을 벗고, 미국 CIA에 의해 단기교육을 받고 인민해방군이 점령한 적지에 파라슈트로 잠입해 중과부적의 점령군과 싸우던 이들이었다.

늙은 전사들은 한결같이 말했다. "나는 내 신앙을 지키기 위해 싸웠습니다. 지금 다시 젊은 날이 돌아온다고 해도 나는 다시 총을 들 것입니다. 달라이 라마 성하는 비폭력을 말씀하시지만 부모형제를 잃은 뒤, 울면서 법복을 벗은 제가 택할 수 있는 것은 그 길밖에 없었습니다. 저는 지금도 제가 죽일 수밖에 없었던 중국인 병사를 위해 지금도 매일 아침 기도를 올리고 있지요"라고.

수년에 걸쳐 각기 다른 곳에서 내가 만난 수십 명의 노인들은 한결같이 그 비슷한 이야기들을 했다. 그리고 덧붙였다. "언젠가 나의 조국 티베트고원으로 돌아가리라고 믿습니다. 우리의 꿈은 히말라야보다 높고, 더 영원할 것입니다. 로마도 사라졌고, 지금 강대국인 미국이나 중국도 언젠가는 역사의 뒤안으로 퇴장할 수 있습니다. 그러나 우리의 신앙은 영원합니다. 우리의 소망은 누가 멈추게 할 수 있는 성질의 것이 아닙니다."

더 잃을 게 없는 사람들이 주는 감동

티베트 전사들뿐 아니라 티베트의 젊은이들도 마치 입을 맞춘 듯이 그 비슷한 내용의 말을 하곤 했다. 욱일승천하는 중국의 힘과 난공불락의 오만한 중화주의를 떠올릴라치면, 티베트 사람들이 꾸는 꿈은 연약하고 허망하기 짝이 없는 헛된 소망으로 여겨질 수도 있었다. 서구를 감동시킨 티베트불교도 현실적인 약자들이 궁여지책으로 의존하는 무력한 방패처럼 여겨질 수도 있었다. 그러나 그들에게서는 더 잃을 게 없는 사람들만이 주는 감동이 있었다. 아마도 그런 감동 때문에 나는 어느 날, 우연히 이 책을 만날 수 있었다고 생각한다. 이 책을 구한 것은 1998년 인도 뉴델리의 티베트하우스에서였다. 그때 탱화와 불상이 전시되어 있던 그 건물 2층 진열장에는 이 책이 딱 한 권 남아 있었다. 마침 진열장 옆에 서 있던 붉은 가사를 걸친 늙은 라마는 동양 사람이 한 권 남은 마지막 책을 손에 들자, 빙그레 미소를 지었다. 나는 그 라마의 미소가 한국에 돌아와서도 가끔 생각났고, 어쩌면 그 미소 때문에 나는 이 책을 한국어로 번역하기 위해 수년간 애를 썼는지도 모른다. 나는 내가 말을 건넬 수 있는 가능한 모든 출판사에 이 책의 번역과 출판을 부탁했다. 적잖은 출판사들이 달려들고 싶다는 관심을 표했으나 그러나 쉽게 인연으로 연결되지는 않았다. 마침내 한 용기 있는 출판사와 인연이 닿았고, 번역은 한때 내가 대학의 시간강사 노릇을 할 때 만났던 제자가 맡게 되었다.

한국 사회는 중국이 티베트 나라와 티베트 사람들에게 저지른 일에 대해 별 관심이 없다. 베이징 올림픽 즈음 성화가 봉송될 때, 오성홍기(伍星紅旗)를 휘두르며 남의 나라 도심 한복판에서 난동을 부리던 한족 젊은이들을 한국 사회도 직접 겪었지만, 그들이 1949년 건국부터 지금까지 티베트에 가한 가공할 만한 탄압과 학살에 대해서는 무심하고, 관심이 없는 것으로 느껴진다. 한국에게 현대 중국은 어떤 나라일까? 단언이 필경 무리로 간주되겠지만, '짝퉁의 중국', '광활한 시장으로서의 중국'일 뿐인 것 같다. 이곳 한반도가 오래된 불국(佛國)이기도 해서 14대 달라이 라마는 오래전부터 방한을 요청하곤 했다. 우리 정부는 그의 일거수일투족이 정치적으로 해석될 수밖에 없지만, 그의 방한으로 인해 중국의 심사를 불편하게 할 것을 우려해 달라이 라마의 방한을 허락하지 못하는 옹졸한 대처를 하곤 했다. 나는 이 세계에서 벌어지고 있는 인권 문제에는 도무지 무심할 뿐 아니라 널리 알려진 종교지도자 한 사람을 초대하는 일에서도 당당하지 못한 내 나라의 비인도적 현실주의와 옹졸함이 부끄럽기만 하다.

중국이 티베트에 가한 학살 보고서

이 책은 중국의 인민해방군이 건국 초기부터 티베트에 가한 무력침공과 학살의 보고서이다. 초판은 톈안문 사태 이전인 1984년에 발행되었고, 내가 구한 책은 1990년 2차 개정판이다. 이 책이 견지하고자 했던 티베트 독립에 대한 신중한 태도와 유대인 학살을 능가하는 티베탄 학살과 탄압에 대한 '사실'의 정확성으로 말미암아 이 보고서는 "어떤 누구에 의해서도 이와 같은 기록은 다시 쓰여지기 힘들다"는 평가를 받고 있는 것으로 알고 있다. 1948년 '제노사이드 범죄 예방과 처벌에 관한 국제연합 협약'에 따르면, 제노사이드는 "하나의 나라, 민족, 인종, 종교 집단 등을 부분적으로 또는 전체적으로 파괴하려는 의도를 가지고 저지른 행위"로 정의 내리고 있다(데릭 젠슨,《거짓된 진실》, 이현정 옮김, 아고라, 2008). 이 정의에 의하면, 중국이 지난 50여 년 동안 티베트에 가한 조직적인 수탈과 대량 학살은 '단순한 학살'이 아니라 제노사이드로 간주할 수밖에 없다.

다시 찾아보기 힘든 이 소중한 기록이 인류가 같은 종에게 가했고, 지금도 멈추고 있지 않은 폭력과 야만의 목록에서 빠뜨려서는 안 되는 중요한 기록으로 자리 잡으리라 믿어 의심치 않는다. 인간이 다른 인간에게 할 수 있고, 했던 짓들을 생각하면 그 한 일원으로서 늘 두려운 감정과 함께 전율이 인다. 그렇지만 우리가 바로 인간이기 때문에 우리는 또한 '인간의 이름'으로 인간이 멈추지 않고 자행해온 몹쓸 짓에 대해 정확하게 기록하고, 그 내용을 어떤 방식으로든 타넘고 나아가기 위해 사실을 직시할 수밖에 없을 것이다.

관례에 따라, 혹은 좋은 의미로서의 책의 권위를 높이기 위해 북인도의 다람살라 망명정부로부터 이 책의 한국어판 발간을 축하하는 메시지를 받으려 노력했으나 다람살라 정부는 "한국어 발간을 내심 축하하지만, 다른 책과 달리 이 책만은 축하메시지를 표하는 일을 자제하겠다. 베이징 올림픽을 앞둔 민감한 시기에 이 책의 한국어판 발간에 우리 정부가 축하메시지를 표하는 일이 정치적으로 해석되기를 원치 않기 때문이다"라는 반응을 드러냈다.

라싸에서 시작된 '2008년 봉기'와 그 봉기를 가차 없이 무력 진압한 중국정부를 의식한 다람살라 정부의 반응은 '티베트 문제'에 대해 중국 정부가 말하는 것과 달리 다람살라 정부가 극도로 조심스러워하고 있다는 것을 여실하게 느낄 수 있는 반응이었다.

매춘여성이 아니라 '성노동자'라 불러다오

이성숙, 《여성, 섹슈얼리티, 국가》,
책세상,
2009년

오랜만에 좋은 신간을 읽었다. 이성숙이라는 학자가 쓴《여성, 섹슈얼리티, 국가》라는 책이다. 이 책을 통해 새롭게 알게 된 것들도 적잖았지만, 이 책을 널리 권하고 싶은 것은 책의 후반부에 나오는 우리나라 성노동자(매춘여성)들의 주장 때문이다. 이 책을 통해 그들이 우리 사회에 던지는 외침과 당연한 소망(권리주장)을 다소나마 이해하게 된 것은 큰 소득이었다. 내게 소득이었다고 생각하는 내용이 다른 사람들에게도 의미 있는 체험이 되었으면 좋겠다.

80년대에 20대였던 저자는 그 시기를 충실하게 살았던 젊은이답게 한국에서 민주화, 노동 및 계급문제에 몰두하다가 영국으로 유학을 가서 여성사 공부로 학위를 얻었는데, 그 주제가 바로 빅토리아기(期) 페미니즘이었다.

제국주의, 이중적 성적억압에서 페미니즘 싹터

빅토리아기는 1837년부터 1901년까지 빅토리아 여왕이 지배하던 64년간의 시기를 말하는데, 이즈음 전 세계 바다의 상선 세 척 중 하나가 영국 것이었으며 세계 철도 3분의 1이 영국이 건설한 것이다. 어떻게 서유럽의 한 섬나라가 온 세상을 무대로 이토록 대규모 '깽판'을 칠 수 있었단 말인가. 그런데, 그랬다. 제국주의 시대, 영국이 온 세상을 대상으로 마구잡이로 대규모 학살과 수탈을 일삼던 시기를 바로 빅토리아기로 이해하면 된다. 그러니 이 시기 영국인들이 계몽과 근대를 앞세우고 챙긴 어마어마한 부를 토대로 얼마나 '우아'를 떨고, '고상'을 떨었을까, 짐작되고도 남는다. 그 우아와 고상 속에 필연적으로 가증스러운 위선이 똬리 틀고 있었으니 여성들에 대한 이중적 성적 억압이 그것이었다.

여성의 섹슈얼리티는 '보호해야 할 정숙한 섹슈얼리티'와 '비난받아 마땅한 섹슈얼리티'로 서열화되었다. 정숙한 여성의 섹슈얼리티는 오로지 자식을 얻기 위해서만 존재하고 여성은 성적 욕망이 없는 장작토막으로 간주되었다. 반대급부로 매춘 여성들은 비난받으면서 향락의 대상으로 온갖 성적 실험의 도구가 되었다. 대영제국의 젠틀맨들은 '처녀성 사냥'이 곧 스포츠였다. 어린 소녀들의 처녀성은 5파운드였는데, 1884년에 영국신사들은 아홉 살 소녀까지 임신을 시켰다. 풍요롭고 고상한 문화와 야만이 공존했던 것이다. 매춘여성들은 사회의 하수구(박용성 IOC위원도 이런 표현을 쓴 적이 있었다)로서 정기적으로 국부검진을 받는 물건들로 취급되었다. 매춘여성만 골라 연쇄살인을 저지르는 중년신사는 '범죄 영웅'으로 신비화되기까지 했다. 성병 전염의 동인(動因)이 늘 남성이었건만 매춘여성에게만 시행된 가혹한 성병방지법은 매춘여성과 시대를 뛰어넘은 일부 초기 페미니스트들로 하여금 국가에 대한 불복종운동을 야기하게 했다. 페미니즘은 급기야 '여성에게는 투표권을, 남성에게는 금욕을'이라는 캐치프레이즈로 정치운동으로까지 번지게 된다.

하필이면, 빅토리아기에 페미니즘이 발아된 까닭은 국가가 극성스레 개입한 가혹한 성적 억압과 그 시기 영국신사들의 성적/도덕적 이중성 때문이었던 것이다. 그렇지만 초기 페미니스트들은 식민지 여성들에 대한 성적 억압과 야만에 대해서까지는 눈을 뜨지 못했으며, 제국주의 신민으로서의 우월성을 포기하지 못하는 한계를 보인다.

영국 이야기는 이쯤에서 그쳐도 될 것 같다. 더 중요한 것은 이 책에 담긴 우리나라의 현실이다. 한국 여성 섹슈얼리티의 역사는 세 시기로 볼 수 있다. 첫째는 해방과 6·25 난리 속에서 여성의 섹슈얼리티가 어떻게 쾌락과 생존의 수단이 되었는가, 둘째는 군사독재 시절과 개발시대(1961~1990)에 여성의 성이 어떻게 경제적 이윤 회로에 흡수되어 성의 공론화 담론 시대를 열었는가, 그리고 1990~2005년에 이르며 여성 섹슈얼리티가 어떻게 정체성과 주체성을 확립해갔는가, 하는 구분이 그것이다.

해방과 미군정기 – 성노동, 쾌락과 생존의 수단

전쟁 후 국가는 미망인의 존재에 대해 부담스러워했다. '미망인'이라니? 자의(字意)로는 '죽은 자의 아내'라는 뜻인데, 달리 말한다면 '아직 죽지 않은 여인'으로 풀어도 된다. 이런 끔찍한 표현이 세상에 어디 있을까. 마치 옛날에 환향녀(還鄕女)를 '화냥년'으로 둔갑시켰듯이 전쟁은 남성들이 일으켜놓고, 여성들에게는 살아 있다는 것을 부끄러워하라고? 그런 착란적인 요구를 하면서 이 나라 남정네들은 다소 겸연쩍었는지 1955년 '어머니날'을 제정한다. 국가는 그런 기념일을 제정함으로써 은연중에 미망인들에게 "시부모 극진히 봉양하고, 자식이나 잘 키워라", 그러면 '숭고한 어머니'로 대접해주겠다, 그런 꼼수를 부렸다. 미망인은 쉽게 매춘이나 첩의 구실로 채워지기도 했으며, 성 질서를 파괴하는 불온집단으로 각인되기도 했다.

또 다른 불온한 섹슈얼리티는 양공주, 미군 기지촌 여성들이었다. 한국 정부나 미군들은 이들을 '바걸'이니 '호스티스'니 '비즈니스 우먼'이니 '위안부' 등 다양하게 부르며 남한의 자유를 위해 열심히 싸우는 미군을 즐겁게 해주는 엔터테이너로 간주했다. 그러면서 동시에 '늘 접대부 생활에 죄의식'을 지닌, '착하고 순종적이며' 가족의 생계를 책임지는 생활력 강한 '살림꾼'이라는 긍정적인 평가도 빠뜨리지 않았다. 전쟁이나 법률, 기념일 제정 등 세상을 쥐락펴락하는 힘의 주체는 늘 남성들인데, 때로 여성들에게 병과 약을 같이 선사하는 방식은 가증스러움의 극치라 아니 할 수 없다.

개발독재시대 – 외화벌이 산업역군이 된 매춘여성

개발시대에 국가는 우선 산아제한으로 여성의 섹슈얼리티에 개입했다. 지금과 달리 높은 출산율을 경제성장의 저해요인으로 여겼다. 60년대 평균 출산율은 6.3명, 그때에는 둘만 낳아 금지옥엽 잘 기르자고 선동하더니, 2005년 이후에는 저출산 고령화 사회문제를 해결하기 위해 돈까지 주면서 세 자녀 이상을 권유하고 있다.

그보다 어이없는 일은 매매춘을 금지하는 윤락행위등방지법이 있었는데도 1973년에는 외국인을 위한 매매춘을 하나의 국책사업으로서 드높여 여성의 성을 상품화하기 시작했다. 이른바 기생관광 장려책이었다. 정부는 기생관광을 위한 매춘여성들이 합법적으로 영업하도록 호텔통과증과 미모 수준, 가정형편, 학력을 밝히는 신청서를 작성시켰으며, 다양한 안보교육을 받고 경제 발전에 관광사업(매춘사업)이 차지하는 중요성에 대한 교양강좌를 실시했다. 1973년 6월 문교부장관은 매춘여성을 애국자이자 산업역군이라 부추기며 "자부심을 가져야 하고, 최대의 서비스를 아끼지 말아야 한다"고 역설한다. 달러에 환장한 국가는 할 말 안 할 말을 가리지 않았던 것이다. 1978년 기생관광 목표치는 105만 명에 4억 2,000만 달러였고, 1979년에는 120만 명에 5억 달러였다. 신문에는 연일 기생파티 광고가 실렸다.

신흥공업국으로 부상한 한국은 세계 속에서 매춘의 천국이기도 했다. '한강의 기적'에 섬유산업 노동자들, 서독광부들, 사우디의 건설노동자들, 베트남에서 대리 전쟁했던 젊은이들 외에 매춘여성들의 '아낌없는 서비스'도 포함되어 있었던 것이다. 동시에 국가는 달러가 되지 않는 매춘이나 성의 부도덕 문제나 권력의 도덕적 정체성 확립을 위해서는 가차 없이 매춘여성들을 탄압하고 범죄자 취급을 했다.

성노동자 권리운동 촉구되기까지

90년대로 책장은 넘어간다. 60년대에 정비석, 70년대에 최인호, 조선작이 있었다면, 90년대에는 마광수, 장정일 등이 등장한다. 막 밀려온 세기말의 성담론과 포스트모더니즘의 물결에 휩쓸려 성 해방과 개인적 자유주의가 제창된다. 이때 구성애처럼 성적 담론으로 일약 스타가 된 이들도 출현했지만, 제도권의 보호 속에서 '올바른 성문화 형성'이라는 허울을 표방했지만 가부장적 가족 이데올로기 강화로 결론을 내리곤 했다.

일부 페미니스트들은 성매매방지특별법(성특법)을 이끌어냈다. 하지만 성특법을 반대하는 페미니스트들은 매매춘뿐 아니라 결혼 제도 역시 근절해야 한다는 한 극단까지 갔다. 어떤 페미니스트는 "페미니스트라면 사창가로 진출해야 한다"고 권장하기까지 했다. 마치 서구 제국주의 페미니스트들이 '식민지 여성의 구제'는 계몽된 백인여성의 임무라고 여기며 식민지로 진출했듯이, 그런 주장은 매춘여성을 구제해야 할 타자로 대상화했다. 성특법은 한국 페미니즘의 정치적 성과임에 틀림없지만, 페미니스트들 간의 분열을 만들어 깊은 상처를 남겼다. 그런 가운데 한국의 주류 페미니즘의 성담론은 '도덕적 엄숙주의'를 강조하고 있다는 게 저자의 평가다.

성특법은 룸살롱이나 비밀 매춘업소의 여성들은 봐주고, 집장촌의 여성들만 단속했다. 단속당해 전과자가 된 매춘여성들은 어디로 갈까? 지하로 잠적했거나 외국으로 이주했다. 하지만, 지하로 잠적하는 것을 거부한 매춘여성들이 외쳤다. "우리는 매춘여성이 아니라 성노동자다"라고. 그러면서 힘을 합쳐 거리로 나섰다. 이른바, 2004년부터 이듬해까지 진행된 성노동자 권리운동, 혹은 매매춘 비범죄주의의 촉구다. 매춘여성은 범죄자가 아니라 성노동자라는 것, 따라서 개인의 주제적인 정체성 확립을 보장하라는 것이다.

저자가 요약한 권리운동은 10가지로 요약된다. 나는 이 내용에 깊이 공감했다.

성노동자들이 합법적인 다른 업종처럼 특정한 장소에 매매춘업소를 형성하게 되면 업주도 자신의 사업을 보호하기 위해 불법을 저지르지 않을 것이고, 성노동자 역시 폭력배들을 당당하게 경찰에 신고함으로써 모욕과 폭력에서 해방될 수 있을 것이며, 건강과 예방교육이 용이해짐으로써 안전한 섹스가 가능해질 것이며, 전과자라는 낙인에서 해방되어 두려움 없이 쉽게 다른 직종으로 이동할 수도 있게 된다는 것이다.

'매매춘 비범죄주의'가 유엔 규정에 처음 발의된 때는 1949년, 유엔총회 미국 대표였던 엘리노어 루스벨트에 의해서였다. 50개 국가가 이를 비준했으며 현재 호주의 일부 주와 뉴질랜드에서 실현되고 있다.

"우리도 당신들이 그러하듯이 하나의 직업인이다, 당신들이 듣기 싫어하는 말로는 노동자이고, 우아한 말로는 '근로자'이다."

이 간단하고도 당연한 주장을 수용하는 것이 그토록 힘든 일일까? 이 책은 진심어린 어조로 묻고 있다. 이런 주장을 펼친 저자에게 대학 교수이자 한국의 대표적인 여성운동가인 모씨는 "그렇담 성숙씨도 돈 필요하면 성매매하겠네요" "딸이 성매매를 해도 가만히 있겠네요"라고 조롱했던가 보다. 저자에게 이 대단한 페미니스트의 조롱은 씻을 수 없는 상처가 되었다. 어떤 영역에든 귀족들이 있다. 성노동자의 인권을 항구적으로 유린하는 것은 국가와 비정하고 위선적인 사회통념뿐 아니라, 표방하는 것이 무엇이든 바로 이런 사이비 귀족들의 자기기만과 이중성도 작용하고 있다는 것을 뼈 시리게 다시 확인하게 된다.

대부분의 사람들이 어느 선 이상 생각을 전개시키기 어려운 성노동자 문제를 이 책은 명쾌하게 그 해결책과 방향까지 제시해준다. 성노동자들의 소망과 일부 페미니스트들의 주장을 묵살하고 외면할 자격이 있는 사람이 있을까. 있다면 그야말로 범죄자다.

감동이 밥 '멕여'주냐고 묻지 말라

신영복, 《청구회 추억》,
김세현 그림, 조병은 영역, 돌베개,
2008년

백석, 《백석전집》,
김재용 엮음, 실천문학사,
1997년

주제 사라마구, 《눈먼 자들의 도시》,
정영목 옮김, 해냄,
2008년

엘리아스 카네티, 《군중과 권력》,
반성완 옮김, 한길사,
1982년

인터넷 논객 '미네르바'가 우국(憂國)의 마음으로 자신이 경험해 알고 있는 경제 지식을 토대로 깜냥껏 직언을 하던 2008년의 일이다. 사람들이 그에게 귀를 기울였다. 대중들이 그의 말에 너무 큰 신뢰를 보내며 일희일비하자 권력이 불쾌와 질투를 표했다. 권력의 그런 옹졸함에 진저리를 느낀 미네르바가 절필을 선언하면서 비장하게 말했다. "내 마음속에서 이제 대한민국을 지우겠다"고. 그런데도 그에 대한 신뢰와 인기는 더욱 열렬해졌다. 그때 글줄이나 읽는 보통사람들은 미네르바의 '새 글'을 원했지 다른 글들은 성에 차지 않았다.

한 매체에서 책을 몇 권 소개해달라고 부탁했다. 나는 매체의 편집자와 '위로의 책'을 소개할 것이냐? 아니면 이럴 때일수록 '바로보기 위한 책'을 소개할 것인가, 의논했다. 잠시 고민하다가 나는 어설픈 위로나 습관적인 비판의 책보다도 '감동의 책들'을 소개하기로 작정했다.

나는 내가 소개하는 책들이 미네르바의 글보다 더 사람들의 갈증을 해소할 수 있을지는 모르겠다고 편집자에게 말했다.

감동이 밥 '멕여'줄까? 지금은 밥이 더 중요하게 여겨지는 때다. 그러나 고래로 책 읽는 사람들은 최소한 밥은 먹을 수 있는 사람들이 아니었던가. 최소한 밥은 먹는 사람들에게 지금 필요한 것은 미네르바가 제공하는 정보와 예측만큼이나 삶에 대한 평형감각과 자기응시의 시간이 아닐까. "우리는 누구인가? 인간이란 종은 도대체 어떻게 되어먹은 종일까?"라는 내용으로 채워진.

아래 책들은 그때 소개했던 책들이다.

가난한 어린이들과 젊은 지식인의 우정의 회상록
-《청구회 추억》

이 책은 정말 좋은 책이다. 참으로 감동적이다. '정말'이나 '참으로' 같은 부사를 마구 남발해 소개하면서도 그 남발이 과히 부끄럽지 않은 책이다. 이 책을 영역한 성공회대 조병은 교수가 권말에 쓴 글에 김명환 교수의 말로 밝혔듯이 이 작품은 '신영복 문학의 백미'다. 한 권의 책으로 한 시대를 뒤덮었던 음울한 공기를 문득 시퍼런 감동으로 몰아넣었던 《감옥으로부터의 사색》이나 그의 또 다른 책,《더불어 숲》이 우리 시대에 던졌던 감동과는 또 다르다. 육군사관학교 시간강사가 사형 언도를 받을 정도의 빨갱이로 간주된 뒤, 무기로 감형을 받고 마침내 1988년 광복절 특사로 풀려나기까지 걸린 시간이 자그마치 20년. '어른'이 많지 않은 우리 시대, '신영복'이라는 '어른'이 준 감동을 이야기하면서 그가 보낸 끔찍하게 긴 세월의 영어생활을 분리해 이야기하면 그것은 경솔하고 무례한 이해이거나 어쨌든 모독이 된다.

이 작은 이야기는 그가 감옥에 가기 전에 만났던 가난한 어린이들 여섯 명과 젊은 지식인 사이에 오고갔던 우정의 회상록이다. 실제 사형 집행이 될지도 모른다는 불길한 생각을 하면서 감옥 바닥에 엎드려 재생휴지에 써내려간, 그의 표현을 따르자면 '추억의 생환(生還)'이다. 그런 절체절명의 상황에서 저자는 이토록 아름다운 추억을 피워 올렸다. 책을 읽으면서 특별하게 비뚤어지지 않은 상식을 가진 보통사람이라면, "어떻게 이럴 수가?" 하는 훈훈한 감동에 천천히 몸이 달궈진다. 그 온기는 석유난로의 온기가 아니라 지금은 사라져버린 화롯불의 온기 같은 것이다. 사람과 사람 사이에 꽃필 수 있는 우정의 모든 내용과 조건을 이 작은 이야기는 다 담고 있다. 아무리 삭막한 세월이라지만, 누가 사람과 사람 사이의 우정을 가볍게 말할 수 있을까. 계급이나 계층이 달라도 만약 예의만 잃지 않는다면, 참다운 우정에는 나이 따위가 장애이긴커녕 전혀 문제가 안 된다는 것을 이 책은 보여주고 있다. 애달픈 사랑처럼 그런 들국화 같은 우정도 세월의 단애에 침식해 아득해질 수도 있다는 것을 이 책은 때로는 따뜻하게 때로는 냉정하게 보여준다. 만약 누군가와 관계를 맺었다면, 사람은 노력할 수 있는 한 자신에게나 상대방에게 정직해야 한다는 것, 그것을 이 책은 침착하고 낮은 목소리로 전한다.

자주 정신 나간 담론에 빠져 있고, 옹졸할 뿐 아니라 타락하기까지 한 한국 문단은 그러나 우리 시대의 이 아름답고 빼어난 작품을 '문학'으로 온당하게 예를 갖출 태세가 되어 있지 못하다. 그러거나 말거나, 독자 여러분은 한때 그의 육필서간집 《엽서》에 실렸다가 최근에 다시 예쁜 단행본으로 재출간된 이 아름답고 기품 있는 책을 꼭 구해, 가족 모두와 돌려 읽기 바란다. 집 안이 훈훈해질 것이다.

매우 독창적이고 도전적인 책

-《눈먼 자들의 도시》

포르투갈의 작가, 주제 사라마구는 '가방끈'이 짧았다. 학교에 다닌 시간이 짧았으므로 독학을 해서 노벨문학상을 받을 정도의 지성이 되었다. 우리나라도 그렇지만 어느 나라에 태어났든, '가방끈'이 짧은 사람으로서 이 한 세상을 견뎌내고 자신을 실현하기란 얼마나 힘든 노릇일까? 그런데 주제 사라마구가 그 일을 해냈다. 그의 3부작이라 일컫는《눈먼 자들의 도시》,《눈뜬 자들의 도시》, 《이름 없는 자들의 도시》중, 이 책이 첫 번째 책이고, 가장 유명한 책이다. 2007년 1월에는 이 작품으로 만든 영화도 수입되었다. 그의 소설에서 특정한 시간과 구체적 공간을 기대하면 안 된다. 공상 과학 소설도 아니면서 그는 가상의 공간, 이른바 그만의 '소설 공간'에서 섬뜩하고 기이한 상상력을 펼친다. 그런데도 그 공간은 역사시간이나 실제 공간 못지않게 구체적이다. 특히 젊은 날 공산주의에 심취했던 주제 사라마구가 권력의 속성을 파헤치는 시각을 유심히 살피노라면, 우리 현대사가 겪은 끔찍했던 피차간의 살육이 떠올라 전율을 느끼게 된다. 가까스로 이룩한 민주주의를 짧은 시간에 만신창이로 만들고 있는 이명박 정권의 첫해 겨울, 이 책을 읽는다면, 이 이야기는 이내 우리 이야기가 되어버린다.

한 도시가 있다. 한 사람씩 눈이 멀기 시작한다. 당국은 눈먼 사람을 격리시킨다. 나중에는 장님들을 격리시킨 권력자들도 다 눈이 먼다. 눈이 멀면서 눈 뜨고 살 때에는 몰랐던 '다른 자신'을 만나게 된다. 사람도, 사회도 서서히 추악해지기 시작한다. 그런데 유독 눈먼 창녀 한 사람과 눈이 멀지 않는 유일한 여성인 안과 의사의 부인만 끝까지 '인간성'을 지킨다. 나중에는 눈먼 사람들을 돌보고, 야수가 되어버린 자들로부터 자신을 지키는 일이 너무나 힘겨워 자신도 어서 눈이 멀고 싶어하는 한 여성은 '인간이란 어떤 존재인가?' 하고 우리에게 묻는다. 인간의 추악함과 숭고함이 괴테나 단테 식으로, 혹은 칸트처럼 고답적으로 표현되지 않아서 이 책은 결국, 참으로 독창적이면서 도전적인 책이라 할 수 있다.

까닭 없이 부끄러워지고 처연해지는 백석의 시
-《백석전집》

우리에게는 '소월'도 있고, '지용'도 있고, '윤동주'도 있고, '한용운'도 있다. 그뿐인가. "일본이 이토록 일찍 망할 줄 몰라 친일했다"고 하더니만 광주학살의 원흉 전두환을 예찬하던 힘에 대한 굴종이 체질로 육화된, 그러나 어쩔 수 없는 시인인 '미당'조차 있다. 저 멀리로는 '황진이'도 있다(시를 이야기하면서 어떻게 '황진이'를 빠뜨릴 수 있을까).

하지만 오늘 이 엄동(嚴冬)에 소개하고 싶은 시인은 단연코 '백석'이다.

전집이라 시집 같지 않게 두껍지만 자주 만져 가장자리가 좀

해어진 나의《백석전집》을 펼치자마자 오늘 밤, 나타나는 노래는
32쪽의 〈흰 밤〉이다.

옛 성(城)의 돌담에 달이 올랐다
묵은 초가지붕에 박이
또 하나 달같이 하이얗게 빛난다
언젠가 마을에서 수절과부 하나가 목을 매여 죽은 밤도 이러한 밤
이었다

이런 시를 조선 사람이 아니면 어떻게 쓸 수 있을까? 나는 50
대 중반의 양띠다. 아직 상당히 젊은 나이가 아니겠는가. 그런데도
나는 이 시의 서늘한 정취를 느낀다. 하지만 20대 중반을 넘어선
내 딸애들이 이 시를 나만큼이라도 이해할 수 있을까? 아마도 힘
들 것이다. 나보다 먼저 여기 이 땅에 살았던 사람들은 이 '흰 밤'
을 모두 체험한 세대들이다. 그래서 이른바, '민속적 상상력'이라
그의 시세계가 요약되는지도 모른다. 그런데 백석을 느끼고, 백석
의 정서와 같이 살았던 이들이 모두 사라져가고 있다. 우리는 잘난
'근대'를 얻고 '조선 사람이라는 것'을 잃어버린 것이다. 그의 시만
큼이나 슬픈 일이다.

어쨌거나, 뭐니 뭐니 해도 백석으로 떠오르는 구슬픈 절창은
남들이 모두 이 시를 입에 올리든 말든, 〈남신의주 유동 박시봉방
(南新義州 柳洞 朴時逢方)〉이다. '어느 사이에 나는 아내도 잃고, 또/

아내와 같이 살던 집도 없어지고'로 시작해 '어두어 오는데 하이야 니 눈을 맞을, 그 마른 잎새에는,/ 쌀랑쌀랑 소리도 나며 눈을 맞을,/ 그 드물다는 굳고 정한 갈매나무라는 나무를 생각하는 것이 었다'로 끝나는 시, 말이다. 순정한 마음으로 시가 끌고 가는 이야 기를 따라가다 보면 어느 대목에서 눈물이라도 왈칵 쏟아내야 마 땅할 것만 같은, 백석의 남신의주 박시봉방, 말이다.

비련의 사랑이 원인이 되어 낭인으로 만주벌판을 헤맬 수밖에 없었던 끔찍하리만치 비참했던 시인의 삶은 아무나 '시인의 운명' 을 수락할 수 없다는 것을 숙연한 마음으로 확인하게 한다. 백석을 읽노라면 까닭 없이 부끄러워지고 처연해진다. 이 처연함도 그러나 우리 삶의 귀한 알맹이를 이루는 소중한 자원이 아닐 수 없다.

방대하고 치밀하면서도 극적인 책
- 《群衆과 權力》

청년 카네티가 처음 '군중'을 만난 것은 열아홉 살 때였다. 1924 년 국수주의자들에 의한 독일 외상 라테나우 암살 사건에 항의하 기 위해 노동자들이 벌인 대규모 시위였다. 그는 경악했다. 그것은 성난 물결이었고, 뜨거운 화염이었으며, 동시에 세찬 질풍이었다. 군중은 바위처럼 단단하면서도 비누거품처럼 쉽게 부서지기도 해 서 더욱 카네티를 전율시키고, 경악시켰다. 그는 이때의 체험을 이 렇게 말한다.

"이 군중은 예전에 내가 보았던 군중과는 전혀 다른 것이었다. 나는 내 피부로 이 군중을 느꼈고, 이 군중의 일부가 된 것처럼 느끼는 나 자신을 발견하고서 깜짝 놀랐다. 나는 그때까지 군중을 마치 나를 향해 습격해오는 것 같은 위협적인 것으로 생각해왔다. 그런데 이때에는 정반대 현상이 일어나 어떤 저항하기 힘든 힘에 의해 군중 속으로 빨려들어가 나 자신이 군중의 일원이 되어가는 것을 느꼈다. 데모가 끝나 군중이 해산하고 각자 집으로 뿔뿔이 흩어져갈 때, 나는 나 자신이 지금까지보다 가련한 존재가 되고 무언가 귀중한 것을 잃고 만 듯한 기분에 사로잡혔다."(《군중과 권력》, 主友, 1982년, 10쪽)

그리고 3년 후인 1927년, 카네티는 다시 군중 속의 하나가 된다. 성난 시민들이 빈의 법무성 건물을 불태워버릴 때, 그 시위에 참여했던 체험이었다. 카네티는 이 체험으로 말미암아 바스티유의 폭풍우에 대해 책을 통해 보지 않아도 이해해버린다.

이 두 번의 운명적인 체험 이후, 그는 35년여 간 '군중 연구'에 자신의 삶을 투신한다. 가히 필생의 작업이라 할 만하다. 이 장엄한 책은 실로 방대하고, 치밀하면서도 극적이다. 어마어마한 자료와 넘치는 인용과 역사적 사실들, 그리고 카네티만의 독창적이고 깊은 통찰로 점철되어 있다. 문학, 종교, 인류학, 심리학, 생물학의 영역을 넘나들며 카네티는 '군중의 물리학' 혹은 '권력의 정신분석학'을 완성했다. 그래서 세상은 그가 쓴 시나 소설 때문에 그를 시인이나 작가라 말해야 할지, 그가 쓴 희곡 때문에 극작가라 말해야 할지, 이 경이로운 책 때문에 사회과학자라 말해야 할지, 그의 방대한 지적편력으로 말미암아 인류학자라 말해야 할지, 끝내는 사상가라 말해야 할지 난감해졌다. 그러나 그는 어떤 학파, 어떤 체제(장르), 어떤 이데올로기로도 자신이 헐값으로 분류되기를 완강하게 거절했다. 단지 '카네티'라는 한 정신을 그는 자처했던 것 같다.

1960년, 책이 발간되자 이 놀라운 노작은 곧 '20세기의 서양고전'으로 자리매김되면서 그의 생전에 불멸의 가치를 얻게 되었다. 그를 일러 20세기의 '르네상스적인 인간'이라 말하는 까닭이 거기 있다. 스웨덴 한림원은 결국 이 놀라운 정신이 이 작업과 함께 수행한 소설《현혹》에 노벨문학상 수여라는 형식으로 최소한의 예를 갖춘다.

필자가 접한《군중과 권력》은 반성완 선생이 번역한 1982년 한길사 초판본이었다. 550쪽에 달하는 책을 읽고 난 뒤에 쓴 메모를 펼쳐보니, '1992년 3월 2일'에 이 책을 완독했다는 것을 알 수 있었다. 아마 몇 달에 걸쳐 읽었을지도 모른다. 그때 나는 어디 있었고 뭘 하면서 일용할 양식을 구하고 있었을까? 직장에 매이지 않고 살던 그즈음 내게 의료보험증은 있었을까? 어떻게 이토록 벅찬 치열한 정신을 만날 염을 냈고, 이 책에 무수히 밑줄을 그으면서 나는 무슨 생각을 하고 있었을까? 인간정신에 대한 경탄과 새로운 발견의 기쁨과 내 정신의 초라함과 편벽, 시간을 낭비하고 있는 데 대한 절망을 직시했을 것이다.

학원사(主友) 판도 있고, 한길사 판도 있고, 모두 절판된 뒤 펴낸 바다출판사 판도 있다. 하지만 바다출판사 판도 지금은 보이지 않는 것 같다. 아마 이 책은 오래된 도서관이나 '양식 있는 헌책방'에 가야지 만날 수 있을 것이다. 지금 이 나라 새 책방에는 정말 나무에게 너무나 큰 죄를 범하고 있는 쓰레기들이 범람한다. 그건 그렇다손 치고, 찾아 읽으려는 뜻만 있으면 그러나 반드시 이 책을 구할 수 있을 것이다. 지난봄의 촛불집회를 '군중'이라 해야 할 것인가, '공중'이라 해야 할 것인가, 누군가 이 책을 인용하면서 쓴 칼럼도 있었다. 이런 책을 한번 접하고 나면, 책은 아무나 쓰는 게 아니라는 것과 혹 어쩌다 책을 펴냈더라도 책을 펴내기 전보다 더 겸손하지 않으면 안 된다는 것을 깨닫게 될 것이다. 독자는 그러나 특별히 무장할 필요가 없다. 열린 마음으로 겸손하게 위대한 저작을 읽어나가면 될 것이다. 반드시 그 정신이 격랑을 만난 뗏목처럼 요동칠 것이다.

솔직담백한 노학자의 인생론에 담긴 깊은 우려

지셴린, 《인생》,
이선아 옮김, 멜론,
2010년

2009년 초여름이었을 것이다. 중국의 한 대학자가 세상을 떠났는데, 지체 높은 이들부터 하층민까지 온 중국 인민이 깊이 애도했다는 기사를 본 것이. 연예인도 아니고 스포츠맨도 아닌 일개 학자에게 어찌 대국의 온 국민이 하나같이 애도를 했단 말인가, 하는 호기심도 일었지만 그때뿐이었다. 어떤 분인지 몰라도 필경 '존경'과 '사랑'을 같이 받았던 분이셨던 모양이구나, 그리곤 잊었다. 그런데 유난히도 폭설이 자주 내리던 지난 봄날, 그래서 시골 연구소에 난로를 다른 해보다 오래 피워야 했던 얼마 전, 우연히 그의 책을 손에 들게 되었다. 제목이 《인생》이었다. 지은이는 지셴린(季羨林). 깡마른 인상이지만 혈색 좋고 피부 팽팽하고 눈매가 부드러운 한 노인네가 푸른 반팔 셔츠를 입은 채 오른손을 귀 가까이에 올리면서 뭔가 말하고 있는 사진이 표지에 박혀 있었다. 책을 펼치자마자 "아하, 이분이 작년에 돌아가셨다는 바로 그분이구나", 대번에 알 수 있었다.

남색 중산복 차림의 추레한 부총장

《인생》이란 제목의 인생론이라? 하기야 좋은 책들 중에 인생론이 아닌 게 어디 있을까? 철학책들도 알고 보면 모두 인생론이라 말해도 괜찮지 않을까? 인식론의 얼굴을 띠고 있든, 존재론의 모습을 취하고 있든, 관계론을 역설하는 목소리든, 그것들 모두 우연히 목숨 얻어 여기 잠시 살다 갔던 사람살이에 대한 이야기가 아니겠는가. 그러나 사실, 이런 종류의 책을 뭐라 부르든 그게 중요한 게 아니다. 첫 장에서부터 나는 망치에 한 대 얻어맞은 것 같은 느낌에 사로잡혔다. 나도 몰래 탄식이 배어나왔다.

1970년대 말, 베이징 대학교 캠퍼스에서 일어난 일이다.

시골에서 이 학교에 입학한 한 새내기가 고향에서 짊어지고 온 가방을 메고 여기저기 돌아다니다가 마침 길을 지나는 허름한 차림의 노인네가 있기에, 노인에게 "가방을 좀 봐달라"고 부탁한다. 그리곤 학교 사무처에 입학수속을 밟고 동향의 친구를 만났던가, 베이징 대학 여학생들에게 한눈을 팔았는지도 모른다. 이 젊은이, 가방을 맡긴 사실을 까마득히 잊고 헤매다가 점심시간이 다 지나서야 가방 생각이 났다. 부랴부랴 달려가 봤더니, 땡볕에 그 노인네는 아직도 가방을 지키고 서 있었다. 아마도 그 새내기는 손이 발이 되도록 노인네에게 사과를 했을 것이다.

이튿날, 입학식 때 이 새내기, 단상을 보니 주석단 자리에 어디에선가 본 듯한 노인네가 앉아 있었다. 어제 그가 가방을 맡겼던 추레한 차림의 노인네는 베이징 대학의 부총장, 지셴린이었다.

이 일화는 다른 영웅설화와 달리 윤색과 과장이 그리 심할 수 없는 것이 일어난 사건 자체가 너무나 간단하기 때문이다. 책의 머리말에서 이 일화를 만난 뒤, 나는 나도 모르게 잠시 책을 덮고 탄식을 했다. 왜 한숨을 내쉬었을까. 내 나라에는 왜 이런 인물이 없을까, 아마도 그런 아쉬움 때문이었을 것이다.

우리 대학의 속물 교수들

내 나라 대학에는 어떤 인물들이 있을까. '김예슬 선언'이 나온 직후 같은 학과의 한 학생이 지지글을 썼는데, 거기에 바로 우리나라 대학에 있는 인물이 나온다.

"2003년 고려대학교 경영대학에 입학한 저는 학교에 다닌 3~4년 내내 수업 하나 제대로 들은 적 없는 못난 대학생이었습니다. 하나의 공포가 대학 시절 내내 저를 지배했는데 현대기업경영 첫 수업날, 교수님이 하시는 이야기를 듣고 겁에 질렸던 겁니다. 그는 "고대 경영대 정도 나왔으면 벤츠나 아우디 정도는 타줘야지"라는 농담을 던졌습니다.

"고대 나왔으면 벤츠 정도는……" 교수님 얘기에 섬뜩했습니다.

모두들 웃었는데 왜 나는 웃지 못했는지요. 그 말이 너무 무서웠고 섬뜩했습니다. 나는 남보다 뻔지르르하게 살겠다고 수능 공부를 열심히 한 게 아닌데, 고작해야 외제차 하나 타겠다고 살아온 게 아닌데 말입니다. 제대로 수업을 들을 수 없었습니다." (홍명교, '김예슬 씨의 선언, 당신도 보여주세요', 《오마이뉴스》, 2010년 3월 12일)

한국이라는 나라가 사라지기 전까지는 '영원한 명문대'로 확고하게 유지될 고려대, 거기 '들어왔다 나가면' "벤츠나 아우디 정도는 타줘야지"라고 말하는 교수가 바로 내 나라에 계신다. 이 교수님도 어쩌다 학생의 짐을 맡았는데, 학생
이 돌아올 때까지 땡볕에서 학생이 올 때
까지 기다릴 수 있을까? "고대 교수 정도'
인데, 그럴 리가 있을까. 말이 나왔으니 이
야기지만, '타줘야지'라니? 고대 정도 나왔
으니 외제 명품차 정도를 타주는 게 예의
라는 뜻일까? 필경 이것은 농으로 한 말이
겠지만, 농을 통해서도 우리는 그 사람의 의식구조를 본다. 아니다.
어쩌면 농을 통해서만 진짜 그의 의식구조가 노출될 것이다.

식은 죽 먹기처럼 쉬운 인생론

곰곰 생각해보면 아주 없지야 않겠지만, 멋진 인물이 얼른 안
떠오르는 데 대한 깊은 자탄과 고려대 속물 교수의 참혹하고 저속
한 농담 때문에 탄식으로 시작한 지셴린의 《인생》은 그러나 책을
읽는 내내 사람을 웃겼다. 대부분 쿡, 하고 웃었지만 어떤 때에는
소리 내 웃었다. 노학자의 천진성과 종횡무진으로 발휘되는 뛰어난
유머감각, 단순 소박하면서 결코 허투루 넘기기 힘든 글의 맛과 아
흔 살 정도 치열하게 잘 살아낸 노인네만이 펼칠 수 있는 소박하지
만 당당한 인생론의 깊이와 기품이 거기 있었다. 십대 때에는 소설
을 쓴 적도 있는 이인지라 그는 무엇보다도 글이 무엇인지 알고 있
었다. 그가 이룩한 독보적인 학문적 성취와 달리 그는 글을 아주

쉽게 쓴다. 누구나 읽으면 알아듣게 말하듯이 쓰는데 그 경지가 높다. 자신이 써놓고도 뭔 이야기를 하고 있는지 모를 난해한 글쓰기가 우리 학계에는 만연해 있는데 지셴린의 글은 달랐다.

이를테면 이런 식이다.

"내 나이 어느새 아흔을 바라보니 인간 세상에서 이미 여든 번이 넘는 봄, 가을을 맞이하고 있다. 나 같은 늙은이가 매일 시시각각 대면하는 인생을 논하는 것이 뭐 그리 어려운 일이겠는가? 식은 죽 먹기나 다름없지 않겠는가. (…) 그러나 잠깐 생각해보니 이런 물음이 떠올랐다. 인생이란 무엇인가? 우리는 왜 사는가? 글쎄 솔직히 잘 모르겠다."(17쪽)

그러므로 이 책은 식은 죽을 천천히 떠마시듯이 읽으면 된다. 어차피 식은 죽이라 찬장에 넣어뒀다가 천천히 떠먹어도 된다. 지셴린이 바라는 게 바로 그런 독법이기 때문이다.

그는 신을 믿지 않는다. 광대무변한 우주 어디에도 "그들이 존재할 만한 곳이 없을 것"이라는 생각 때문이다. 그러나 아득한 저 어딘가에 '운명의 신'과 비슷한 어떤 존재가 있지는 않을까, 그런 생각은 희미하게 한다. "우주와 자연은 자애롭지 않아서 만물을 하찮게 여긴다"는 노자의 말을 인용하면서 그는 만물의 영장인 인간을 비롯해 여러 동식물들이 지구를 다 뒤덮지 않은 데 대해 안도한다. 그렇지만, 노년에 접어들수록 그는 인간에 의해 절멸되어

가는 동식물들에 대해 분노하고 우려한다. 다양한 학문 분야에서 독보적인 연구 업적을 이룩한 원로학자로서 그 인격과 그가 한 일로 인해 '나라의 스승'이라는 월계관을 쓴 지셴린은 구십이 넘어 남긴 《인생》과 《병상잡기》(뮤진트리)에서는 '천인합일론(天人合一論)'을 거듭 거론하면서 거의 환경운동가로 변신해 있다.

지셴린은 누구인가. 연보에 의하면, 그는 1911년생이다. 가난한 농가에서 태어났다. 머리 영특해 다행히 칭화대 서양문학부를 졸업하고 고등학교 국어교사를 지내다가 독일 괴팅겐 대학에서 인도 고대언어를 공부하고 철학 박사학위를 받는다. 10년간 유학 후 귀국해 베이징 대학에 부임해 동방학부를 창설한다. 80년대에는 중국 둔황(敦煌) 유적의 잔해에서 인도의 제당법(製糖法)에 관한 단서를 발견하고 중국과 인도의 고대문화 교류에 대한 연구를 시작했으며, 1996년에 《당사(糖史)》를 완성했다. 이 방대한 책은 고대 중국과 인도, 페르시아, 아랍, 이집트, 동남아의 문화교류사에 관한 책으로 그의 역저다. 그뿐 아니라 영어, 독일어는 물론 산스크리트어, 팔리어, 토하라어 등 고대에 사용한 사어(死語)까지 연구해 수많은 고대 문헌과 서양 및 인도 문학을 번역하고,《중국대백과전서》,《사고전서존목총서》,《신주문화집성》,《동방문화집성》 등 총서의 편집을 주관했다. 문화대혁명 때에는 학내 정치투쟁에 휘말려 린치와 강제 노동은 물론 지식인을 가둬놓는 외양간을 뜻하는 '우붕'의 수감생활 등 온갖 고초를 겪는다. 이때 그는 외양간에서 방대한 양의 인도 고대 서사시《라마야나》를 번역한다. 그는 문화대혁명이 종결된 지 16년이 지나서야 최초로 그 누구도 쓸 엄두를 못 낸 당시 이야기를《우붕잡억》에 담아 펴냈다. 이 책에서는 "인간의 존엄을 훼손하는 이데올로기와 집단적 광기의 부당성을 고발하는 한편, 자신을 핍박한 이들에 대한 복수심을 인간에 대한 연민으로 승화"시키고 있다.

지셴린에 대한 중국인들의 사랑과 존경은 거의 공경 수준이라고 한다. 그의 존재 자체가 하나의 전설이 되어 있다고도 한다. 2003년부터 투병 생활에 들어가 99세 생일을 한 달도 채 남기지 않고 2009년 7월에 타계했다. 병상에서도 그는 새벽 4시면 일어나 책을 읽고 글을 썼다. "학문(공부)은 칠십쯤 되어야 절정에 이른다"라고 말하는 이 슈퍼 에너지의 노인 앞에서 호텔에서 퇴임논문집 잔치 한 차례 뻑적지근하게 치른 뒤 오로지 건강과 장수에만 죽어라 하고 전념하는 우리 사회의 조로 학자들은 부끄러울 수밖에 없다. 이 노인네의 연보를 보면, 벤츠나 아우디 정도나 '타주는 데'에 생을 바친 학자들이 초라하기 그지없다.

노년에는 생태 위기를 가장 걱정해

"세상일의 십중팔구는 마음먹은 대로 되지 않고, 마음에 드는 일은 한두 가지밖에 없네", 이 시는 남송 시대의 방악의 시다. 지셴린은 그러면서 인생이란 완벽하지 않아서 좋은 것이라고 말한다. 지셴린은 시를 좋아한다. 소동파도 좋아하지만, 도연명의 시가 그의 좌우명이다. "선한 일을 하면 기쁘다 하나/ 누가 있어 그대를 알아줄까?/ 깊은 생각은 삶을 다치니/ 마땅이 운명에 맡겨야지/ 커다란 격랑 속에서도/ 기뻐하거나 두려워하지 말게나/ 해야 할 일을 다했으니/ 더는 걱정하지 마시게."

아흔이 넘도록 공부하고 글을 쓴 지셴린에게 이 시는 참 잘 어울린다. 그의 바람은 극히 소박하다. "이 세상 모든 사람들이 마땅히 해야 할 일은 하고, 하지 말아야 할 일은 삼가기를 바랄 뿐이다" 이 간단한 이치를 백 년가량 열심히 살아온 한 노인이 사람들에게 권하고 있다. 그러면서 인간은 세상을 살면서 반드시 세 가지 관계를 잘 살펴야 한다고 말한다. 첫째는 인간과 자연의 관계이고, 둘째는 인간관계이며, 셋째는 생각과 감정 사이의 갈등과 균형의 관계이다. 그런 지셴린이 나이 들어 가장 우려하는 것은 첫 번째 관계다. 이미 시작된 대자연의 분노와 보복에 대한 노인의 우려는 아주 깊다.

"환경오염, 생태계 파괴, 오존층 파괴, 종의 멸종, 인구의 폭발적 증가, 담수 자원의 고갈, 새로운 질병의 창궐 등 우리가 맞닥뜨린 문제는 한두 가지가 아니다. 이런 문제들 가운데 어느 하나라도 해결하지 못한다면 인류 전체의 생존에 먹구름이 드리울 수 있다."(40쪽)

사실 지셴린이 펼치는 소박한 지혜는 잘 살아낸 다른 노인들한 테서 들을 수 있는 이야기와 별반 다르지 않다. 그러나 그가 제대로 살았기 때문에, 바로 보았기 때문에, 무엇보다도 정직한 사람이었기 때문에 아무래도 생태위기에 대한 우려가 다른 노인들보다 깊어졌다고 나는 생각한다. 나는 내 나라에서 노인들이 생태위기에 대해 우려하는 소리를 별로 들어보지 못했다. 노인들은 이 나라를 풍요롭게 만드느라 뼈 빠지게 일했으므로 대접해달라고 한다. 자신들이 흘린 피땀 때문에 너희들이 오늘날 넘치는 풍요를 구가하고 있으니 감사하라고 말한다. 그리고 아직도 쳐부숴야 할 '좌파 집단'이 있다고 기염을 토한다. 최시중 같은 노인네는 "그저 여성들은 집(구석)에서 애나 낳아야 한다"는 소리도 한다.

물론 지셴린에게서도 아쉬움은 느껴진다. 이 노인네는 인류의 장래를 염려하면서도 중국이 저질렀던 폭력에 대해선 둔감하다. 톈안문 사태는 물론이고, 티베트 문제나 위구르 자치독립에 대한 언급이 도통 없다. 그들 소수민족 모두 '중화민국의 일원'으로 생각한다는 점에서 현대 중국의 지성이라 일컫는 한샤오궁[韓少功]과 다르지 않다. 중화주의의 한계에서 벗어나 중국의 현대사를 냉정하게 비판함으로써 경계의 대상이 되고 있는 세계적인 사상가 리쩌하우[李澤厚] 같은 지성과는 다른, 노인이다.

그런 한계에도 불구하고, 지셴린에게 분명 배울 것이 있다. 그가 말한다.

"하루가 48시간이 아닌 것이 애석하다. 1분 1초도 긴장을 풀고 편히 지낼 수가 없다. 조금이라도 시간을 허비한 날엔 죄를 지은 것 같아서 밤잠을 이룰 수가 없다. 편하게 시간을 보내는 건 내게 만성 자살과도 같다."

이 말은 문혁 기간 동안 외양간에서 번역한《라마야나》후기에
쓴 글이다. 그는 죽음을 두려워하지 않았다. "끝내야 할 곳에서 끝
내버리고 다시는 혼자 깊이 생각 마시게." 죽음에 대해서도 그는
도연명의 충고를 흔쾌히 받아들였다. 아흔이 넘자 도서관에 매일
가지 못하는 것을 아쉬워했고, 산더미 같은 책을 다 펼쳐볼 시간이
없는 것을 슬퍼했지 죽음을 두려워하지는 않았다.

그가 위선적인 한 태도를 매우 닮고 싶어했으니, 청나라 문인
정판교의 시에 나오는 난득호도(難得糊塗)가 그것이다. 난득호도는
곧, "똑똑해 보이기도 어렵지만, 어리석게 보이기도 어렵다. 똑똑한
이가 어리석게 보이기는 더 어렵다"는 뜻이다. 똑똑한 이가 어리석
게 보이려는 것 또한 위선이되, 그런 아름다운 위선을 그는 실천해
낸 것이다. '인간 국보', '국학 대사', '중국 동방학의 대가' 등의 칭
호를 평생 거부한 지셴린이지만, 스스로를 '난득호도파'라 부르는
것만큼은 사양하지 않았다.

베이징 대학 신입생의 가방을 붙잡고 땡볕에 서 있던 남루한 남
색 중산복(中山服) 차림의 지셴린을 통해 우리는 우리에게 지금 무
엇이 넘치고 무엇이 결핍되어 있는가를 가슴 저리게 느낄 수 있다.
《인생》과 함께 자서전이라 할 수 있는 그의 산문집《병상잡기》도
일독을 권한다. 아흔 노인네가 남긴 글이지만 젊은이는 젊은이대
로 취해 얻을 게 있다. 이런 인생론은 사실 젊었을 때 접하는 게 더
유익할 것이다.

출장 가듯 죽음을 맞이한 무명 철학자

전시륜,《어느 무명 철학자의 유쾌한 행복론》,
행복한마음,
2008년

아무도 전시륜이라는 사람의 이름을 들어보지 못했을 것이다. 세상에 딱 한 권의 책만 남기고, 그것도 수년 전 이국땅에서 조용히 세상을 떠나버린, 내세울 것 없는 무명인이기 때문이다.

저자 전시륜은 1932년 충청도 빈농의 아들로 태어나 서울공대 재학 중에 6.25를 만난다. 그 이전이었던가. 갑자기 결혼을 하고 싶어 《마산일보》에 구혼광고를 낸다. 50년대라는 것을 생각해보면 그가 그때부터 얼마나 누구 눈치 안 보고 자신의 욕구에 충실한 자유로운 영혼의 사람이라는 것을 느낄 수 있다. 전쟁으로 학업을 중단하게 된 저자는, 부산 피난 중 양공주들의 통역사 노릇도 하고, 제대한 뒤에는 갖은 고생을 다하다가 60년대 초반 혈혈단신으로 세계의 온갖 뜨내기(저자의 표현)들이 다 모인다는 기회의 땅, 미국으로 밀항하듯 건너간다. 전쟁을 겪은 젊은이들이 모두 조국을 떠나지는 않지만, 전쟁은 무릇 한 젊은이로 하여금 조국을 떠날 선택을 할 만큼 큰 사건이었다는 것을 짐작하기란 그리 어려운 일이 아니다. 미국에서 그는 어찌어찌해서 간신히 대학(켄터키 주 베리아 대학)에 들어갔는데 학부에서는 철학을, 대학원에서는 물리학을 전공했다고 한다. 그러나 그는 이국땅에서 전공을 살리지 못하고 힘겹게 살았다. 그는 어려서부터 글쓰기를 좋아했다. 다른 나라 사람이 되었으니 영어로 글을 썼다. 낮잠, 책읽기, 게으름 피우기가 주특기인 그는 아무도 허가증을 주지 않았건만 자기도 모르게 철학자의 수준에 이르렀다. 그의 소원이 하나 있었으니 평생 끄적거린 자신의 글이 한국어로 출판되는 것이었다. 하지만 출간을 앞두고 췌장암으로 세상을 떠났으니 1998년이었다.

당당하고 물 흐르듯이 유장한 인생론

나는 그가 세상을 떠나기 직전 피할 수 없는 인간관계의 얽힘에 의해 원고를 접하게 되었고, 원고를 본 뒤에는 단 한 번도 만난적이 없는 그의 책을 펴내기 위해 말 그대로 고군분투한 적이 있다. 영어로 쓰고, 한국어에 능숙한 그의 조카들이 우리말로 번역한 초고는 낯선 구석도 많았지만 무엇보다 살아 펄펄 뛰는 생기가 있었다. 표현은 구김이 없었고, 정신은 무애했고, 평생 책 읽은 이의 체화된 교양이 겸손하지만, 당당하고 물 흐르듯이 유장하게 담겨 있었다. 나는 깊이 감동했다. 이렇게 살다 간 분도 있다는 것을 세상에 알리고 싶었다. 그러나 내가 만난 출판사들은 모두 글은 재미있고 출판할 만한 가치가 있지만 그가 무명이라는 단지 그 이유만으로 출판을 주저했고, 주저와 함께 난색을 표했다. 타국에서 살며 그는 평생 수십 가지 직업을 전전했는데, 어떤 대형 출판사에서는 그가 말년에 근무한 적이 있었던 직장을 저자소개에 밝히는 조건으로 출판을 해주겠다고 제안하기도 했다. 그러나 그 직장은 본인이나 유족들이나 미국정부가 밝히기를 원치 않는 내용이었다. 내가 책을 출판하기 위해 애쓸 때까지만 해도 그는 이 세상에 살아있었다. 그러나 수년 후 한 지인이 경영하는 출판사에 의해 책이 나왔을 때 그는 이 세상에 없었다. 평생 모국어로 된 책 한 권을 손에 잡고 느껴보고 싶어했으나 그 대단할 것 없는 소박한 소원이 이루어지지 못한 것이다. 그가 세상을 떠났다는 소식을 들었을 때, 생전에 책을 출간하지 못한 것을 나는 내 무능의 탓으로 여기며 괴로워했고, 마음 아파했다.

그런 인연으로 결국 책의 제목과 앞글을 그를 소개한 사람들이나 유족의 청에 의해 내가 쓰게 되었다. 책이 나온 뒤, 1년쯤 뒤인가, 그의 부인이 내한(來韓)했을 때, 서교동의 한 조용한 중국집에서 짜장면을 얻어먹게 되었다.

잠시 망설이다가 "그분이 어떻게 돌아가셨느냐?"고 용기를 내서 물었다.

"평소에 말했던 대로, 정말 그렇게 담담하게 맞이했지요. 췌장암 말기인데다 위에까지 암세포가 전이되어 음식물은 전혀 들지 못한 상태라 고무호스로 영양분을 공급받던 지경이었지요. 그러니까 오늘 오후에 죽을 수도 있고, 내일 죽을 수도 있고, 모레 죽을 수도 있는 상태였답니다. 그런데 그는 아무 때 죽음이 찾아와도 괜찮다, 올 죽음이라면 맞이하겠다, 그런 태도였어요."

그의 글을 초고 상태에서 읽었던 필자는 부인의 말이 과장이 아니라는 것을 믿을 수 있었다. 하지만 새로운 감동에 차 고개를 끄덕이며 가만히 있었더니, 부인이 당시 상황이 새삼 생각난 듯이 말을 이었다.

"마지막 날까지 컴퓨터에 뭔가를 쓰려고 노력했던 것 같아요.

그 외엔 평상시와 똑같았어요. 목사님이 방문해서 임종 직전이라도 개종하면 구원받을 수 있다고 권했지요. 웃으면서 거절하시더군요. 그래서 목사님이 돌아가신 뒤, 제가 물었죠. 당신 그냥 죽었다가 하나님 만나면 어떡하려고 그러느냐? 그랬더니, 'I'm sorry! 그러지 뭘!', 그게 대답이었어요."

끝내 그는 신을 받아들이지 않았던 모양이다. 만약 신이 있다면 '진작에 알지 못해서 미안합니다', 그러면 아마도 봐주실 것이라고 생각했던 게다. 장례 방식에 대한 질문에 그는 "그건 내 일이 아니다. 내가 죽은 뒤에도 살아 있을 당신들의 일이다. 마음대로 해라"였다.

온갖 선물 중에서 제일 소중한 것은 운

그가 눈으로 보고 손으로 느껴보지 못한 그의 책에 그는 일찍이 '유언'을 남겼다. 그의 어조를 보면 그가 어떤 사람인지 대번에 알 수 있다.

"나의 시체를 어떻게 처리하는가는 너희들에게 맡긴다. 나는 화장이 좋을 것 같다. 간단하고 돈이 많이 들지 않고, 또한 위엄 있는 방법인 것 같다. 화장을 함으로써 흙에서 나와 흙으로 돌아간다는 생각이 내 허영심을 간질여준다. 화장을 하게 되면 묘지를 구한다, 시체를 파묻는다, 벌초를 해야 한다는 등의 골치 아픈 일이 없어서 좋다. 특히 비가 오고 눈이 오는 날이면 묘지 방문이 보통 고역이 아니라고 생각한다. 염라대왕이 허락해준다면 나는 수요일에 죽고 싶다. 월요일에 죽으면 첫날부터 재수없다고 투덜댈 테고, 금요일에 죽으면 다가오는 주말을 망치는 (…) 엉터리 수작이라고 아우성을 칠까 두렵다. (…) 아내에게 부탁드립니다. 제가 죽은 후 재혼하는 것이 좋지 않겠어요? (…) 젊었을 때 성행위가 있어야 소화가 잘되듯이 노년에도 서로 기대고 의지할 반려자가 필요합니다. 재혼을 할 경우 남편과 살은 섞되 은행장부는 섞지 마십시오. (…) 그럼 복 받고 운수가 트이기를 빕니다. 자연이 준 온갖 선물 중에서 제일 소중한 것이 운이 아닌가 합니다."

위와 같은 어조로 말했고, 그대로 살았던 이가 바로 전시륜이라는 무명 철학자였다.

어떤 대목에서는 깊은 감동을, 어떤 대목에서는 배꼽을 잡고 소리 내어 웃게 만드는 책, 글을 쓰는 것이 업인 얼치기 문필가들의 근거 없는 자만심과 얇은 영혼과는 비교할 나위 없이 그의 영혼은 유머스럽고 활기차고 넉넉하고 그래서 건강했다. 누구에게나 견디기 힘들다는 고해의 인생을 그는 유쾌하게 하루하루 정복해나갔다. 그가 아주 자유로운 영혼을 가진 이였기 때문이다. 무신론자로서 그는 인생을 진실로 사랑했다. 상당한 수준의 코스모폴리탄이었지만, 자신이 성취한 정신적 상태를 누구에게도 강요하지 않았다. 아무리 고상한 목적이라 하더라도 억압이 행복하기 위해 태어난 인간을 얼마나 불행하게 하는가를 그는 알고 있었던 게다. 하지만 그의 유쾌한 행복론의 바닥에는 50년대 전후 한국을 떠날 수밖에 없었던 비애가 깔려 있다. 그것까지 읽을 수 있을 때, 비로소 무국적자처럼 보이는 '인간 전시륜'을 제대로 이해하게 될 것이다.

병원에서 의사가 말했으므로 아내가 채근했다. 담배를 끊으라고.

"난 평생 담배를 피워왔다. 몸이 아프다고 갑자기 끊어버린다면 그건 담배를 즐기고 담배에 의존해왔던 지난 세월에 대한 배반이고, 예의가 아니다. 나는 죽을 때까지 내 마음대로 담배를 즐길 것이다."

평생 누구에게 인정받기 위해서 한 공부가 아닌, 취미로서의 공부를 한 사람이므로 이 책이 담고 있는 교양의 내용과 두께는 진짜 교양이라 할 만하다.

처음에는 명상출판사에서 발간되었으나, 지금은 행복한마음이라는 출판사에 의해 복간되어 책방에 있다. 이 책을 소개받은 이들은 책을 읽는 내내 유쾌했고, 마치 저자를 오래전부터 아는 사람인양 착각하게 되었다고, 아주 행복한 얼굴로 내게 감사하곤 했다.

'쉼'이라는 주제로 소개한 책들

권정생,《우리들의 하느님》(증보판), 녹색평론사, 2008년

장 지오노,《나무를 심은 사람》, 김경온 옮김, 두레, 2000년

헨리 데이비드 소로우,《시민의 반항》, 황문수 옮김, 범우사, 1978년

김종철,《땅의 옹호》, 녹색평론사, 2008년

《다시 읽는 국어책》(고등학교), 지식공작소, 2002년

한 매체로부터 2008년 여름, '쉼'이라는 주제로 몇 권의 책이야
기를 해달라는 요청을 받았다. 나는 그 앞글을 이렇게 시작했다.
그리고 몇 권의 책을 소개했다.

　우리 모두 쫓기며 살고 있다. 조직에 속해 있는 정규직과 비정
규직도 그렇고, 조직 바깥에서 자신의 삶을 가꾸는 자유롭게 보
이는 사람조차도 그렇다. 그런데 사람은 쉬지 않으면 안 된다. 유대
땅 신화에 나오는 야훼라는 신도 천지창조를 한 뒤, 얼마나 피곤했
으면 끝 날에는 쉬었을까. 쉰다는 일은 지상의 모든 생명체들이 잠
을 자는 일처럼 자연스럽고 불가피한 일이다. 나팔꽃도 저녁이 되
면 잎을 오므리고 잠을 청한다. 쉬지 않으면 머릿속에서 모래가 서
걱이고, 혈행이 빨라지고, 급기야는 터져버린다. 최근 이명박 대통
령이 출현해 여러 당혹스러운 일들이 난무하자 그런 원인에 대한
여러 우려 중에 "그분이 도무지 쉴 줄 모르는 사람이기 때문이다"
는 설도 있었다. 맞는 말이다. 쉬지 않고 달리기만 하면 반드시 사
고를 친다. 쉬기에 좋은 계절이 따로 있는 것은 아니지만, '다시 여
름'이다. 냇물이 달려가고, 바다가 출렁이고, 숲에서는 새소리가 들
리고 햇살은 뜨겁다. 여름 그늘에서 수박을 쪼개고 삼겹살이나 구
워먹는 게 잘 쉬는 게 아니다. 책 한 권을 손에 들자. 자신을 돌아
보고, 지금 어디에 있는지 살펴보고, 어디로 갈 것인지, 왜 사는지,
정말 중요한 일이 무엇인지 살펴보자. 잘 쉬면, 습관적으로 살던 삶
이 달라질지도 모른다. 쉴 때 책이 좋은 도구인 까닭은 읽다가 피

곤하면 책을 홱, 집어던질 수도 있다는 점이다. 이 어찌 멋진 일이 아니겠는가.

쉽게 읽히지만 깊은 생각을 펼친 사상가
−《우리들의 하느님》

권정생은 살아생전에 비록 소수의 눈 밝은 사람들에게 적잖은 사랑을 받긴 했지만, 별 볼 일 없는 가난하고 보잘것없는(?) 한 동화작가였을 뿐이다. 그러나 그가 우리 곁을 떠난 지 1년이 지난 지금, 세상은 그가 참으로 귀하고 아름다운 사람이었다는 것을 새삼 깨닫게 된 것 같다. 그의 사후 1년 만에 그를 추모하고 기리는 진지한 목소리들이 다양하게 쏟아지는 것을 봐도 그렇다. 어떤 이는 그를 근현대 한국 아동문학의 대표적인 인물이라고도 평가한다. 세상은 아름다운 사람들을 살아생전에 푸대접하곤 하는데, 권정생에 대해서도 그랬던 것 같다. 영향력이라곤 있을 것 같지 않은 시골 교회의 종치기 출신인 권정생은 작품으로뿐 아니라 인간으로도 참으로 많은 이들에게 깊은 영향을 미쳤다. 그가 동화작가였으므로 그의 동화책을 권해야 마땅하겠지만, 권정생이라는 인물이 어떤 인물인가는 그의 산문집,《우리들의 하느님》을 통해 더 잘 느낄 수 있다. 이 세상의 어떤 권위도 씨알이 '멕히지' 않는 인물, 돌려서 말하지 않고 곧바로 결론에 이르는 담백한 세계관, 쉽게 읽히지만 깊은 생각을 펼친 사상가가 거기 있다. 사상가가 별것이겠는가?

다르게 보고 다르게 말하는 사람이 사상가, 아니겠는가.

이 책은 그의 대표적인 산문집으로서, 그의 사후에 출판사에서 몇 편의 글과 그에 대한 글을 찾아 보탠 책이다. 전직 '거지'로서 평생 결혼도 않고, 양복도 한번 못 입어보고, 시골 교회의 가난한 종지기 혹은 농부이거나 농부들의 친구로서 일관한 작가가 지켜오고, 꿈꿔온 '우리 현실'을 만나게 된다. 그의 글은 때로 깊은 공감과 부끄러움 속에서 지금 우리 삶을 되돌아보게 하고, 우리가 철석같이 믿는 석유문명과 학살과 전쟁을 일으키는 우리 삶이 얼마나 허약하고 파괴적인가에 대해 깨달음을 촉구한다. 선생은 이라크 전쟁과 우리가 자동차를 버리지 못하고 사는 것과 무관하지 않다고 직언한다.

자신을 위해 쓰지 않고 모은 적잖은 금액의 인세는 남녘의 소년소녀 가장과 북녘의 굶는 어린애들을 위해 쓰라고 유언했는데, 그는 아무나 흉내 낼 수 없는 '자발적인 가난'을 평생 실천했다. 깊은 사상은 절대 현학적이지 않다는 것, 깊은 생각은 아주 소박하고 단순하고 명쾌한 논리로 전개될 수밖에 없다는 깨달음 또한 이 책의 큰 소득이다.

이 세상에는 언제나 나무를 심는 사람이 있다
-《나무를 심은 사람》

유럽을 휩쓴 양차 대전 중에도 한눈팔지 않고 평생 동안 황무지에 나무만을 심어온 고집쟁이 엘제아르 부피에 대한 짧고도 소박한 이야기다. 한쪽에서는 수백만 명의 사람들이 서로 학살에 몰두할 때, 외진 산기슭에서 질문 없이 우직하게 나무만 심는 사람이 왜 없었을까.

책은 가볍고, 내용은 간단하고, 문장은 정확하고도 쉬우며, 그림은 아름답다. 그러나 이 소박한 책이 담고 있는 사상은 깊고도 심원하다.

저자 장 지오노는 20세기 프랑스를 대표하는 중요한 작가 중의 하나인데, 그가 쓴 이 아름다운 이야기는 프랑스뿐 아니라 전 세계에 커다란 영향을 미쳤다. 전쟁은 파괴와 죽음 외에 아무런 소득도 없음에 반해 나무를 심는 행위는 지구를 살리고, 새를 울게 하고, 없던 시냇물을 흐르게 하고, 버렸던 땅으로 사람들을 돌아오게 한다. 노인은 그 간단한 진리를 알고 있었던 것이다. 나무를 심는 행위는 이때 곧 평화와 생명을 심는 행위가 된다.

이 아름다운 책은 만화영화로도 제작되어 많은 이들에게 깊은 감동을 주기도 했다. 손에 들자, 단숨에 읽어치울 이 간편하고 짧은 내용의 책은 나무에 대해, 산다는 것에 대해, 인간에 대해, 전쟁과 평화에 대해 많은 것을 생각하게 한다. 그리고 처음 읽는 이에게는 오래도록 잊지 못할 여운을, 두 번째 읽는 이에게는 또 다른 질문과 만나게 한다. "나는 지금 도대체 뭘 심고 있지?"라는 질문이거나 "내가 도대체 한 그루 나무보다 나은 존재일까?"라는 질문, 말이다.

'아니오'라고 외치는 게 의무라고 말한 책

-《시민의 반항》

너무나 유명한 이 책을 한마디로 요약한다면, "부당한 법(악)에 고의로 저항하는 것, 그것은 신에 대한 의무이다"로 말할 수 있다. 우리는 신정국가의 국민이 아니므로, 끝 구절, '신에 대한 의무'를 '인간이 행할 궁극적인 도리'로 고쳐 읽어도 될 것이다.

필자가 이 책을 처음 접한 것은 범우문고 75번, 1978년 판이었다. 70년대 후반이었으므로 유신시절이었다. 가위눌렸던 시절, 그때 20대였던 필자는 이 책을 읽으면서 매일 밤마다 꿈꾸었다. 평범한 사람들이 "아니오"라고 외치기 위해 광화문에 한 사람씩 한 사람씩 말없이 모여드는 꿈이 그것이었다. 그런 꿈마저도 긴급조치위반법으로 걸릴지 모른다는 불안에 떨던 참으로 고약한 시절, 이 책은 내게 하나의 경전같이 나타났었다.

이 책은 미국 정부가 멕시코 전쟁을 일으키자 그 전쟁에 사용될 것이 뻔한 인두세를 내는 일을 거절한 대가로 읍내에 구두 고치러 나갔다가 보안관에게 잡혀 하룻밤 옥살이를 한 뒤, 그 분통을 참지 못하고 소로우가 1849년에 한 잡지에 발표한 글이다. 필요불가결한 사상만을 담고 있으니 그 분량이 길 수가 없다. 생전에 소로우는 《월든》과 《콩코드강과 메리맥강에서의 일주일》이라는 단두 권의 책만 세상에 냈으나, 두 책 모두 초판도 안 팔렸다. 하지만 그의 사후에 세상은 20권짜리 전집으로 그의 위대성에 경의를 표했다. 특히《시민의 반항》은 널리 알려져 있듯이 마하트마 간디의 비폭력 저항이라는 사상의 형성에 치명적인 영향을 미쳤고, 그 후 마틴 루터 킹과 수많은 무정부주의자들, 사회주의자들에게 심대한 영향을 미쳤다.

"정부는 내가 동의한 것 이외에는 나의 신체와 재산에 대해서 순수한 권리를 가질 수 없다" 그러면서 소로우는 심지어 공자까지 들먹인다. "중국의 공자조차도 개인을 제국(帝國)의 기본으로 볼 만큼은 현명했다"라고. 어디서 많이 듣던 소리들이다. 바로 촛불집회에서 불려지던 〈헌법 제1조〉의 가사 내용이 아니겠는가. 내 젊은 날, 밤마다 꾸던 꿈은 '87년 6월항쟁', 2008년 촛불집회로 현실이 되었다. 그러나 왜 이리도 갈 길이 아득하고 멀기만 한지.

한 정직한 지식인의 뜨거운 책
-《땅의 옹호》

김종철은 흔한 이름이다. 하지만《녹색평론》발행인, 김종철은 한 사람뿐이다. 김종철이 1991년 대구에서《녹색평론》을 발행하기 시작한 것은 낙동강페놀사건 때문이었다고 한다. 그의 젊은 시절은 이 나라가 어떤 질문도 허락하지 않은 채 막 공업사회로 진입하기 시작할 때였다. 굴뚝에서 시커먼 연기가 푸른 하늘에 퍼부어질 때, 종신대통령의 야무진 꿈을 꾸던 독재자는 "이제는 이 민족이 가난에서 벗어나게 되었다"고 눈물을 흘렸다는데, 젊은 시인 지망

생이었던 김종철은 "저것은 하늘(자연)에 대한 불경(不敬)이다"라고
탄식했다. 세월이 흘러 독재자는 술판에서 총에 맞아 세상을 떠났
고, 김종철은 얼마 전(2009년)《녹색평론》100호를 펴냈고, 그 기념
으로 자신의 두 번째 평론집,《땅의 옹호》를 펴냈다.

　부제가 '공생공락(共生共樂)의 삶을 위하여'이다. 모두 신 들린
듯이 경제 타령을 해쌓는 마당에 '자발적 가난'을 잘못 이야기하다
간 돌 맞기 십상인 발언이다. 그가 말하는 가난에 대해 더러 곡해
를 하는 모양인데, 그는 "나는 가난 그 자체를 예찬한 적은 한 번
도 없다. 문제는 '어떤 가난'이냐 하는 것이다"라고 분명히 밝히고
있다. 시급히 해소되어야 하는 절대적 빈곤을 방치하자는 게 아니
라는 이야기다. 중요한 것은 흔히 사람들이 말하는 '빈곤'이 뜻하
는 것, 즉 "오늘날 많은 '가난한 사람들'이 느끼는 가난은 생활에
필요한 물자나 서비스의 절대적 결핍 그 자체로 인한 궁핍감이라기
보다는 '생활의 질(質)'의 열악함에서 오는 고통을 뜻할 가능성이
크다는 이야기다. 물자나 서비스의 결핍이 재앙이 되지 않도록 막
아주는 호혜적 인간관계의 그물이 있다면 세상이 이토록 자기파멸
적인 자원착취와 환경파괴, 삭막한 탐욕의 전투장이 되지 않을 수
도 있을 것이라는 게 김종철이 한결같이 토하는 외로운 소리다. 그
그물을 그는 세상이 이제 노골적으로 버리기로 작정한 농촌 공동
체에서 찾고 있다.

　"지금 세상은 '국익'이나 '국가경쟁력'이라는 덫에 걸려 자신의
진정한 이익이 무엇인지 인식하는 데 혼란을 겪고 있다"고 그는 우

려하고 있다. '경제'라는 마술적 주술을 부려 압도적 표차로 당선된 이명박 정권의 출현으로 우리 사회가 작금에 겪고 있는 혼란을 생각해보면 그의 말이 그 어느 때보다 설득력 있게 느껴진다.

이 책은 첫 에세이집,《간디의 물레》이후 주로《녹색평론》에 썼던 글로서 우정에 기초한 새로운 정치공동체에 대한 꿈이 전편에 깔려 있다. 그가 사숙하는 이반 일리치의 영향일 것이다. 이 사회를 덮고 있는 주류 가치로는 이 사회의 모순을 타넘고 나아가기 어려울 것이다. 읽기에 어느 정도의 집중력을 요구하지만, 명쾌하고 단순한 한 고집쟁이 지식인의 분명한 시각을 접하는 것도 유익할 것이다. 범람하는 잡서에 시간을 낭비하는 것보다 바보짓은 없을 것이다. 아예 책을 읽지 말거나, 읽으려면 좋은 책, 진실이 담긴 '뜨거운 책'을 읽어야 할 것이다.

당신의 열일곱 청춘을 다시 만나보시라
-《다시 읽는 국어책》

만약 아주 젊은 세대가 아니라면, 휴가 동안 빙그레 미소를 짓거나 주변 사람에게 소리를 지르며 같이 즐길 책으로 이 책보다 적합한 책이 또 있을까 싶다. 이 책은 1965년부터 1981년까지 사용되었던 고등학교 국어책의 글들을 모은 것으로, 목차나 편집도 옛날 교과서의 그것을 그대로 살렸다. 두말할 나위 없이 당시 교과서에 인색하게 삽입되어 있던 컷마저 그대로다. 그러니 어찌 재미있지 않겠는가. 더구나 미적분이 담긴 수학이나 원소기호표가 담긴 화학책이 아닐진대. 한때 인사동에서 자주 보이던 '초등학교 교과서'를 만날 때의 감흥과 아주 다르다. '국민학교' 교과서는 다시 살펴보니 반공 승공 멸공을 다룬 피비린내 나는 책이었던 것이다. 그러나 고등학교 국어교과서에서 발췌한 이 책은 사라진 옛사랑의 기억이 실안개처럼 피어오르는 듯한 멜랑콜리한 감흥을 자아낸다. 지식공작소의 박영률 기획자가 책의 앞머리에서 독자를 유혹한다.

"우리는 이 책을 통해 당신이 열일곱의 청춘을 만나보길 원합니다. 그냥 바라보는 것만으로도 당신은 순정의 소나기를 맞게 될 것입니다. 마른 가슴은 축축해지고 거친 피부에는 홍조가 돌아오면서 거부할 수 없는 희망의 물결 속에 잠겨 있는 당신을 발견하게 될 것입니다. 추억은 그렇게 당신의 고단한 하루를 위로할 것입니다"라고.

유씨부인의 《조침문》도 담겨 있고, 정비석의 《산정무한》도, 안톤 시나크의 《우리를 슬프게 하는 것들》, 이양하의 《신록예찬》도 다시 만날 수 있다. 놀라운 일이어라. 백범의 《나의 소원》도 그때 배웠다는 것은(중학교 국어책을 담은 책도 있다).

대한민국에도 창궐하는 미국산 소비중독증

존 더 그라프 외, 《어플루엔자》,
박웅희 옮김, 한숲,
2002년

새해 소망은 로또복권 대박

대한민국은 자칭인지 공인된 타칭인지 세계 최대의 인터넷 강국으로 불려왔다. 그런데 2003년 1월에 갑자기 인터넷 마비 사태가 일어났다. 바이러스 때문이었다. 온 나라가 형체를 알 수 없을 뿐 아니라 숨결도 없는 벌레, 그렇지만 그 파괴적인 운동성 때문에 불길한 기운에 휩싸였다. 인터넷과 상관없이 산다고 생각하는 사람들조차도 자신들의 삶이 흔들린 것을 느낄 수 있었다. 은행에 갔는데 볼일을 못 볼 수도 있기 때문이다. 컴퓨터에 의존하고 사는 사람들 모두 불안한 마음으로 바이러스 체크를 했다. 쇼핑몰 등 인터넷으로 장사를 하는 사람들이 국가를 상대로 소송을 걸겠다는 뉴스가 나온 것은 그 다음날이었다. 인터넷 대란으로 장사를 못해 매출이 급감했는데, 그 책임은 오로지 인터넷 대란을 대비하지 못한 정부에 있다는 주장이었다. 있음직한 주장이었다. 하지만, 뉴스를 보면서 나는 법적인 책임 추궁과 소송의 성립 여부를 떠나 '상인'들이 이 정도로 뻔뻔해질 수 있다는 데에 경악했다. 그들의 주장인즉, 인터넷 대란이 일어나지 않았다면 설밑에 잘될 장사가 급감했으므로 그 탓은 전적으로 국가전산망을 장악하고 질 좋은 서비스를 해주기로 약속되어 있는 정부의 잘못이라는 이야기였다. 그런데 뉴스를 바라보면서 짧은 순간, 어쩌면 상인들의 너무나 당연한 요구(?)가 정부에 소송을 건다는 것을 상상도 할 수 없었던 개발독재 시절, 수많은 사람들이 얻어맞고 피 흘려 얻은 민권신장의 결과라기보다는 '욕망의 뻔뻔함' 혹은 '지나치게 당당한 자본주의 사회의 몰염치'로 비쳐졌다. 그들은 탈세하지 않고 정직한 장사를 하고, 매끄러운 인터넷 환경으로 번 돈으로 얼마만큼 그 부를 이웃과 함께 나눌까? 그들의 소송 의지를 뉴스로 다룬 사람들은 무슨 생각을 했을까? 나처럼 이상하게 생각했을까? 아니다. 언론은 필경 상인들의 주장이 여럿이 들을 만한 가치가 있다고 생각했거나 더 발전될 인터넷 시대일진대, 이참에 정보통신부의 각성과 대비를 촉구하자는 뜻에서 다뤘을 것이다.

이윽고 설이 지났다. '백화점 할인점의 설 매출은 호조를 보이는 반면, 재래시장은 갑자기 닥친 한파 등의 영향으로 꽁꽁 얼어붙어 극심한 양극화 현상'이 나타났다고 보도되었다. 백화점은 충동구매의 현장이고, 재래시장은 유사 이래 가장 자연스러운 필요에 의해 성립된 난장이라는 선입견으로 무장된 나는 이런 양극화 현상이 우려스럽기 그지없었다. 설 연휴가 끝난 같은 날(2월 3일), 로또복권이 하루에 180억 원어치가 팔렸다고 했다. 그렇잖아도 당첨자가 몇 주간 나오지 않아 당첨금이 천문학적인 숫자로 불어난 로또복권은 많은 사람들의 화젯거리였던 터였다. 기왕 복권을 살라치면 로또복권을 사서 '대박'이 터지게 하자는 군중심리가 설 지나자마자 사람들로 하여금 로또복권에 달려들게 한 모양이다. 복권을 여러 장 산 한 여성이 TV에서 "투자가 아니라 투기로, 재미로 샀다. 앞으로 한 달간 열심히 사볼 작정이다"라고 말했다. 그런 사람들의 복권 구입에 의해 지난 2개월 동안 로또복권은 물경 1,500억 원어치가 팔렸다고 한다.

2003년 1월, 대한민국은 '대박'이라는 야무진 꿈 속에서 시작되었다.

소비주의 시대의 강박적 돌림병, 어플루엔자

그 와중에 필자는 한 권의 책을 읽었다.

《어플루엔자(Affluenza)》.

책 표지에는 '풍요의 시대, 소비중독 바이러스'라고 어플루엔자를 설명하고 있다.

미국 PBS TV에서 방영되어 뜨거운 관심을 일으켰던 두 편의 다큐멘터리를 책으로 엮은 《어플루엔자》는 존 더 그라프 등 세 사람의 공저로 집필되었다. 그들은 미국 사람들답게 어플루엔자 현상의 무대로서 미국 사회만을 다루고 있었다. 육식의 문제점을 다룬 유명한 미국 책이라고 해도 그렇다. 자신들이 삼림을 없애고 대량으로 소를 키워 잡은, 그 고기를 수입하는 다른 나라 현실에 대해서는 무감각하다. 그들은 언제나 자신의 나라만을 생각한다. '선천성 이웃생각결핍증'이 미국민의 요건인지도 모른다(그것은 사실 우리도 그렇다). 그것은 미국 사회가 인류 역사상 견줄 만한 다른 모델이 없으므로 당연한 일일 수도 있다. 하기야 저자들도 이 책이 미국 사회만을 다룬 까닭으로서 '미국이 전 세계의 경제적 모델이기 때문'이라고 말하고 있기는 하다. 나는 책을 읽는 도중, 이 책에 나오는 여러 소비중독 바이러스의 징후나 벼락부자 증후군, 부자뿐 아니라 빈곤층도 침범하는 일종의 사회병(社會病)을 '나의 자랑스러운 조국, 대한민국'에도 그대로 적용하고 있었다. 강박적 물질욕의 심각한 증상이나 원인이 우리 사회와 너무나 흡사했기 때문이다. 치료책까지 우리 사회와 비슷할까? 그건 아닌 것 같았다.

어플루엔자는 무엇인가? 인플루엔자와 달리 이 말은 아직 사전에 등재된 말은 아니다. 다만 이 야심적인 공동제작자들이 앞으로 《옥스퍼드 영어사전》에 등재되기를 소망하면서 정의 내린 신조어일 뿐이다. 만약 이 말이 사전에 오른다면 이렇게 될 것이라고 말하고 있다.

어플루엔자Affluenza : 명. 고통스럽고 전염성이 있으며 사회적으로 전파되는 병으로, 끊임없이 더 많은 것을 추구하는 태도에서 비롯하는 과중한 업무, 빚, 근심, 낭비 등의 증상을 수반한다.

그리고 이어서 "우리 미국인들은 유사 이래 늘 더 많은 것—특히 더 많은 물질—을 추구해왔다. 우리는 소위 '나(me)'의 시대라는 80년대 이후(정확히는 레이건 시대 이후) 다른 가치들은 거의 다 배제한 채 그 한 가지 목적(만)을 추구하고 있으며, 지난 몇 년간 계속된 장기호황 때에는 마치 굶주린 아이들 같았다"라고 덧붙인다. 비싼 로열티를 물면서 우리는 외서(外書)를 왜 애써 번역해 읽는가? 세계에 대한 이해와 함께 우리 사회를 제대로 직시하기 위해서일 것이다. 우리는 이때 '레이건'을 어렵잖게 '박정희'라고 대체해 읽을 수 있다. 박정희는 "우선 굶주림에서 벗어나야 하고, 그러자면 반공이 필수적인데 그 두 가지 일을 성공적으로 해낼 사람은 나뿐이다"라고 스스로 공언했고, 굶주림의 공포를 겪은 적이 있는 전쟁에서 살아남은 사람들은 그의 공언에 소매를 걷어붙이고 적극 동조했다. 그즈음 중앙정보부를 창설했고 노무현 정권 출범 직전까지 영향력을 행사해오던 한 노정객은 박정희의 조국근대화 시절의 '오래된 2인자'로서 "소비가 미덕이다"라는 말로 국민들의 물질욕을 부추겼는데, 미국도 우리와 똑같았던 것이다. 아니다. 화려한 수사를 즐겨 쓰곤 했던 김종필씨의 말은 미국식 자본주의를 흉내 낸 말이라고 보는 게 옳겠다.

스스로 세계에서 가장 방만한 소비 행태를 보이고 있다고 인정하고 있는 미국은 이 행성에서 어떤 나라인가? 세계 인구 4.7%이면서 전 세계 자원의 25%를 소비하고 지구온난화를 일으키는 온실가스는 전체의 25%를 방출하는 나라이다. 미국인이 만들어내는 '고형(固形) 쓰레기는 트럭에 실어 늘어세우면 거의 달에 이를 것'이라고 계산한다. 쇼핑센터의 수는 고등학교보다 많고, 연간 노동시간도 세계에서 가장 높다고 한다. 호수와 하천의 40%는 너무 오염이 심해 수영이나 낚시가 불가능하며, 이 나라 CEO들의 수입은 일반 노동자의 400배에 달한다. 1950년 이후 미국인들은 그 전에 이 행성에 살았던 그 어떤 국민보다 더 많은 자원을 써 없앤 나라, 그 나라가 바로 미국이라는 나라이다. 미국의 1억 200만 가정은 역사상 있었던 모든 가정들을 다 합친 것보다 더 많은 물건을 보유하고 있고, 또한 소비하고 있다고 한다. 그런데도 전 세계는 그들의 말대로 미국인들의 생활방식을 지상 최고의 모범(?)으로 삼고 있다는데, 참으로 잊어서는 안 될 일은 바로 우리나라가 지상의 어떤 나라들보다 더 미국식 자본주의와 생활방식을 금과옥조로 추종하고 뒤질세라 따른다는 사실이다. 남북 합쳐야 1억도 안 되는 인구에 자원은 무한정 허락되는 것처럼 써대고, 지구온난화에 대해서는 아무런 감각도 없고, 쓰레기 문제에 대해서는 그냥 파묻어버리거나 가연성 불연성 할 것 없이 대형소각장을 지어 태워버리는 거의 무대책에 가까운 대책으로 일관하고 있으며, 대학교 앞에 책방이 사라진 지는 오래이며, 연간 노동시간도 미국보다 결코 더 짧지 않을 것이다. 고가품이 저가품보다 더 팔리고 청담동의 50평 아파트는 10억 원이 넘는데도, 굶는 어린이들은 수천 명인 대한민국. 그러면서도 모두 대박병에 걸려 설 연휴에 노인들만 지키고 있는 시골 고향에 다녀오자마자 180억 원어치의 복권을 사버리는 나라, 대한민국.

미국의 진단서가 곧 우리의 초상화

그래서 난데없는 질병의 이름을 걸고 우리 앞에 출현한 이 책은 미국의 반환경적, 반생명적 소비광증을 그 '징후와 원인과 치료'라는 분석틀로 파고든 자가진단서라기보다는 우리 사회의 초상으로서의 가치를 지니고 있다고 여겨진다. 왜 이 책의 저자들은 본의 아니게 한국 사회를 이토록 자세히 그리기 위해 400쪽가량의 엄청난 분량으로 책을 써내는 수고를 아끼지 않았을까? 우리가 부탁한 적 없는 이들의 수고에 감사와 칭찬을 해야 옳단 말인가? 책장을 넘기면서 그런 뚱딴지같은 질문을 자주 하게 만든 이 책은 진지하고 심각하며 깊은 공감을 일으키지만, 제3부 치료책 이전까지는 결코 즐거운 책은 아니다. 그것은 우리 사회 또한 쇼핑이 가장 즐거운 취미라는 족속들이 늘어나고 있기 때문이며, 과소비가 일상화되어 있으며, 카드빚으로 신용불량자가 수만 명이라는 사실, 만성울혈(鬱血)과 과도한 스트레스, 이기심, 순간적인 만족, 영속적인 불만으로 비롯한 범죄, 끊임없는 소비와 타자와의 비교, 붕괴되는 가정으로 심각한 중증을 앓고 있기 때문이다. 본문으로 들어가기도 전에 제1부 '어플루엔자의 제증상'의 차례만 봐도 그 항목들은 바로 '대한민국의 제증상'과 같아도 너무나 같다.

그래서 필자는 제1부와 제2부 '어플루엔자의 원인'을 뛰어넘어 차라리 서둘러 제3부 '어플루엔자의 치료'에 주목하고 싶다.

이 책이 어플루엔자를 극복하기 위해 내걸고 있는 가장 강력한 치료책은 '자발적 단순성'의 회복이다. 1989년 이런 주제로 시애틀의 50대 교사 앤드류스라는 이가 강좌를 열고자 했을 때 참여하려고 한 사람은 단 네 명이었다고 한다. 하지만 3년 뒤인 자발적 단순성의 삶에 동의하고 이 강좌에 참석의사를 표한 이들이 175명으로 늘어났다고 한다. 이는 숫자의 문제가 아니라 앤드류스의 체험은 미국 사회에서도 경쟁적 삶의 피난자들로서 혹은 소비주의적 삶에 대한 회의로 인한 자각된 시민들에 의해 물질적 하향이동(downshift)을 감행하는 이들이 늘어나고 있다는 이야기를 뜻한다. 1995년 한 조사에 의하면, 28%의 미국인들이 이미 어떤 식으로든 물질적 하향이동을 선택했으며, 이 중 86%는 그 결과 더 행복해졌다고 답하고 있다고 한다. 새로운 검약 운동, 뚜렷한 치유력을 간직한 '저 바깥의 자연에 대한 관심'의 회복, 시민운동에 참여함으로써 제도를 고쳐나가기, 다양한 학습소모임으로 이웃을 만나고 세계를 구원하기 등의 움직임들이 그것이다. 또한 그것은 '자기박탈운동'이라기보다는 돈이냐 삶이냐, 얼마나 많아야 충분한가, 어떤 음식을 먹을 것인가, 어떤 삶이 의미 있고 진정한 행복에 이를 것인가에 대한 질문들이고 가능한 실천들이기도 하다. 사랑의 집짓기 운동, 휴일축제와 골목파티, 시위와 저항운동, 다양한 자원봉사 활동, 동네 파수꾼, 공동체 채소밭 가꾸기, 활발한 토론그룹들이 그것이다. 이 모든 활동들이 사람들로 하여금 잃어버린 공동체의식(확대가족의 감각)을 되찾게 해준다는 것이다. 그리하여 전례 없는 부를 재배분함으로써 우리의 삶이 미래세대에까지 지속가능하도록, 그렇게 설계된 경제에는 낭비와 자연자본의 상실과 사회적 해악을 용인하는 경제가 치러야 하는 비용과는 달리 많은 이득이 있다는 주장이 그것이다. GNP나 GDP(국내총생산)만을 국가번영의 지표로 삼을 게 아니라 '우리가 가진 것'과 '우리가 사용한 것'을 비교하는 GPI(진정진보지수)도 나란히 발표하자는 공동체 검진의 주장이 그것이다. 그런 희망의 소리들은 이 책의 끝 부분에 가서야 다양하게 노출되고 있다.

미국 사회의 안간힘과 노력들은 그렇다손 치자. 하지만 우리 사회는 '아래'에서나 '위'에서나 아직도 미국식 자본주의와 소비중독증을 유일한 삶의 목표로 삼고 아무런 질문 없이 브레이크가 탈이 난 화물차처럼 치달려가고 있다. 경제성장률 중독증에 걸린 정치가들은 물론이고, 서민들조차 당첨된다 해도 패가망신의 길로 접어들 것이 십상인 로또복권을 새해 첫 시작의 원대한 대박 꿈으로 삼고 살아가고 있다. 우리 사회 또한 이런 광기어린 소비적 삶을 넘어선 대안적 삶에 대한 고민과 실천이 아주 없는 것은 아니지만, 얼마나 더 병이 깊어져야 환부를 제대로 도려낼 수 있을 것인가, 심란한 일이 아닐 수 없다.

3부

우리에겐 바로잡을 시간밖에 없다

동물 없이도 인간이 행복해질 수 있을까

존 쿳시, 《동물로 산다는 것》,
전세재 옮김, 평사리,
2006년

창밖에서 거위가 운다. 거위는 때 없이 운다. 때로는 목을 빼고 높은 목소리로, 때로는 낮게 구구거린다. 무슨 일이 일어났는가, 거위의 시선을 쫓아가 본다. 아무 흔적도 없다. 버드나무 가지가 바람에 어깨춤을 추듯 흔들리고, 사위는 조용하다. 5월의 오후녘, 인적이 드문 이 골짜기에 살아 있는 존재는 오로지 거위뿐인 것 같다. 거위는 왜 울었을까? 아무 뜻 없이 그냥 울었을까? 한가하게 마당의 풀을 뜯어먹던 거위가 왜 울었는지 인간인 나는 알아낼 재간이 없다. 그것은 거위와 내가 공유하는 언어가 없기 때문이다. 거위의 생각을 읽기 위해 아무리 애쓴다 해도 나는 인간의 마음으로 거위를 읽을 뿐이다. 다른 동물에게도 마찬가지다. 이른바, 의인화의 함정이다. 인간과 동물 간의 소통 불가능에 혹시 무슨 깊은 뜻이 있을까? 있다면 그것은 무엇일까?

그러나 이야기가 너무 멀리 나가기 전에 근래 내게 일어난 이야기부터 해야겠다.

시골마당의 작은 전쟁

나는 거위 두 마리와 닭 두 마리를 키운다.

동물을 키우는 일은 결코 쉬운 일이 아니다. 여러 종류의 번거로운 일이 따르고, 그 번거로움을 기꺼이 수행해야 하는 힘의 원천인 동물에 대한 최소한의 사랑이 요구된다.

거위를 키우게 된 것은 뱀 때문이었다. 거위가 뱀을 물리쳐준다고 누군가 말했다. 그 말을 듣는 순간, 나는 곧바로 거위 새끼를 구해 키우기 시작했다. 벌써 5년째다. 닭은 거위집을 너무 널찍하게 지은 탓에 덤으로 키우기 시작했다. 그런데 얼씨구나, 닭은 알도 주기 시작했다. 거위도 물론 한 해에 40여 개가량의 알을 선사하기는 한다.

지난 초봄부터 거위가 알을 낳기 시작했다.

이제 세 살 된 놈들인데, 나를 만난 뒤, 두 번째 알의 계절이 온 것이다. 거위알은 달걀의 두서너 배 크기다. 무겁기로는 과장해서 말해, 아령만큼 무겁다. 초란을 발견한 날은 주변 분들과 같이 환호를 질렀다. 계속 낳을 것이기 때문에 멋진 거위알 요리를 해먹었다. 예상했던 대로 거위는 계속 알을 낳았다. 한번은 거위집에 가보니, 너무 많은 알을 낳았다. 자그마치 7개의 알을 낳았다. 아름다웠다. 왠지 이 알들은 깨뜨려 프라이팬에 넣고 싶지 않았다. 바라보다가 슬그머니 부화를 시키고 싶은 욕심이 생겼다. 물론 부화는 내 몫이 아니라 거위가 할 일이지만, 그래야겠다는 생각이 깊어졌다. 사건은 거기서부터 시작되었다.

처음 하루 이틀은 거위 암컷이 알을 품었다. 그런데 이상하게도 암컷은 그때뿐, 마당에 나와서 놀기 시작했다. 이상하다, 싶어 다가가 보았더니 암탉이 알을 품고 있었다. 그들은 이 역할 분담과 관련해 모종의 합의 과정을 거쳤을까? 그것 역시 인간인 내가 알 도리가 없다. 나는 짐승들의 일에 간섭을 안 하는 게 옳다고 생각하는 사람이다. 무슨 대단한 철학 때문이 아니라 내 천성이 게을러서이다. 쳐내버려두는 게 내 방식이다.

암탉의 이름은 '무꽁지'다. 정력이 왕성한 수탉들에게 너무나 많이 시달려 살갗이 나오도록 등판이 벗겨지고 꽁지털마저 다 뽑혀 불쌍하기 그지없는 모습이 되어버렸으므로 붙여진 이름이다. 괴롭히던 수탉들은 지난여름 마침 사람들이 많이 모였을 때, 솥에 집어넣었다. 그 후로 무꽁지에게 다시 평화가 찾아왔다.

무꽁지가 거위알을 품은 지 6주째, 지난 화요일, 마침내 거위 다섯 마리가 세상에 태어났다. 동물들 스스로 새 생명을 이 행성에 내놓은 것이다. 그것은 실로 신비롭고 놀라운 일이 아닐 수 없었다. 일곱 개 알들 중, 다섯 개의 알이 생명으로 나아갔고, 나머지 두 개는 생명으로 나아갈 마음이 없었던 모양이다.

무꽁지가 알을 품고 부화의 순간을 위해 집중하는 모습은 참으로 감동적이었다. 무꽁지는 말 그대로 식음을 전폐하고 자신이 품고 있는 생명체들이 세상에 나오는 일에만 집중했다. 그동안 정작 알을 세상에 내놓은 거위 암컷과 수컷은 마냥 놀기만 했다. 봄에 피는 꽃들을 즐겼고, 땅바닥에서 새로 돋아나는 풀잎을 즐겼다. 한가롭게 마당 바깥 개울가를 산책했고, 다시 맞이한 봄에 겨워 거억 거억, 울어 젖히곤 했다.

문제는 그 이후부터였다. 태어난 것은 거위새끼 다섯 마리인데, 정작 알을 품은 것은 다른 종인 암탉 무꽁지였던 것이다. 동물행동학자 로렌츠의 경험과 학설을 떠올릴 것도 없이, 당연히 거위새끼들은 자신의 에미를 무꽁지로 생각했다. 무꽁지 역시 샛노란 거위

새끼 다섯 마리를 철석같이 자기 자식으로 믿었다. "알을 누가 낳았든 오랜 시간 알뜰하게 품어서 생명으로 만든 것은 바로 나다", 이게 무꽁지의 확고부동한 믿음이었다.

그러나 거위들의 생각은 달랐다. "무꽁지야, 이게 어떻게 네 새끼들이냐? 내 말이 어이없다면 부리를 봐라, 너랑 같냐? 발을 봐라, 너처럼 못생겼냐? 품위 있게 생긴 저 발과 우아한 부리는 너희 닭들과 다르지 않냐? 네가 품어 낳은 새끼들은 병아리가 아니라 거위새끼들이란다. 안 그렇냐?", 이게 거위들의 생각이었다.

무꽁지와 거위들의 생각 차이는 쉽게 좁혀지지 않았다. 기어이 작은 전쟁이 일어나고 말았다. 가만히 있던 거위 수컷이 나섰다. 수컷의 이름은 철근이인데, 철근이가 무꽁지를 공격하기 시작한 것이다. 거위는 야생 기러기에서 날지 않기로 결심하고 인간과 같이 살기로 작정한 하얀 새로서 잡식을 한다는 것 외에도 그 성격이 거친 것이 여러 특성들 중의 하나다. 철근이는 긴 목을 땅바닥에 낮추고 마치 어뢰처럼 부리를 앞세우고 무꽁지를 공격했다. 무슨 바람이 불었는지 느닷없는 모성 본능이 발동했을 뿐인 평범한 암탉은 자기 새끼를 빼앗겨 울화가 치민 세 살배기 수컷 거위의 상대가 안 된다. 옆구리와 몸통을 찍힌 무꽁지는 "나 살려라", 하고 도망쳤다. 그러자 놀란 새끼거위들이 일제히 무꽁지를 향해 몸을 피했다. 무꽁지의 몸은 순식간에 앙증맞은 거위새끼들로 둘러싸였다. 그것은 딱히 혈통상의 아빠의 공격으로부터 자신들을 품어 만든 무꽁지 엄마를 보호하기 위한 의도여서라기보다 어떤 무서운 하얀 새가 화를 내니까 겁이 나서 그들이 태어나서 처음 느끼고 만났던 몸체를 향해 피신하는, 그런 방어적인 몸짓이었다.

무꽁지를 공격하던 철근이는 참으로 난감하다는 표정으로 공격의 자세에서 다시 고개를 허공에 높이 쳐들면서 어이없어했다. 철근이의 아내인 구리(거위 암컷)는 이 설명할 길 없는 난해한 사태에 봉착하여 물끄러미 상황을 지켜볼 따름이었다. 낳았으되 품지 않은 대가가 이렇게도 아플 줄은 몰랐다는 슬픔의 표정이 역력했다.

동물이 마구 다뤄도 되는 자동기계일 뿐이라고?

"동물은 단지 생물학적 자동기계일 뿐이다"라고 말한 사람은 르네 데카르트였다. 400년 전 '이 세상에서 절대적으로 확실한 것은 무엇일까'라는 주제로 깊은 고민을 했던 데카르트는 《이성을 바르게 이끌고, 학문의 진리를 탐구하기 위한 방법 이야기, 이에 더하여, 그 방법을 시험한 굴절광학, 기상학, 기하학》(1637년)이라는 긴 제목의 책을 세상에 내놓는다. 그 책의 앞쪽 78페이지를 약칭해 '방법서설'이라 부르는데, 데카르트는 바로 그 책에서 "나는 생각한다, 고로 나는 존재한다"라는 멋진 말을 적어 넣기도 했지만, 동물에 대한 이토록 흉측한 폭언까지도 포함시켰던 것이다. 나는 데카르트를 여러 이유들로 좋아하지 않는다. 20대 때 대양서적 판 《방법서설》을 뜻도 잘 모르면서 일별할 때에는 혐오도 경멸도 없었다. 그러나 후일 인간중심주의에 바탕한 그의 차가운 물심이원론(物心

二元論)이 결국은 생태계를 이 지경으로 만들어버린 오늘날의 과학과 기술만능주의의 토대가 되었다는 것을 알게 된 이후, 그의 진리 추구가 안고 있었던 맹점을 혐오하게 되었다. 그리고 그가 인간 외의 생명체에 대해 품고 있었던 난폭한 무지에 대해 경멸하게 되었다. "모든 것을 의심하라"는 멋들어진 충고를 후세에 남김으로써 서양의 근대철학에 지대한 영향을 미친 것과 상관없이, 그는 반생태적인 철학자였다. 서유럽의 한 백인 수학자가 세계에 끼친 못된 영향은 이후 생각보다 걷잡을 수 없이 전개되었기 때문이다.

동물이 단지 생물학적 기계일 뿐이라니? 이 어이없지만 철옹성 같이 단단한 편견을 아주 조심스럽게 물고 늘어진 책이 있으니, 존 쿳시의 《동물로 산다는 것》이다.

소설은 대학교수인 아들이 공항에서 어머니를 영접하는 것으로 시작한다. 어머니는 동물과 동물의식, 동물과 인간과의 윤리적 관계에 대해 깊은 관심을 갖고 있는 소설가 엘리자베스 코스텔로이다. 노작가는 아들이 살고 있는 곳의 애플턴 대학의 강연 초청을 받았다. 이튿날 노작가는 카프카의 소설, 《학술원에 드리는 보고》를 인용하는 것으로 강연을 시작한다. 그 소설은 인간의 교육을 받은 원숭이 빨간 피터가 박식한 청중 앞에서 인간에 가까운 무엇인가로 변화했다는 간증을 하는 것을 담은 소설이었다. 그런 상징적인 내용을 서두로 강연을 시작한 노작가는 이어서 아우슈비츠 학살사건을 끄집어낸다. 1942년에서 1945년 사이 바르샤바 인근 트레블링카 지역의 나치 집단수용소에서는 적게는 150만 명에서

300만 명이 학살되었다는 이야기를 하면서, 바르샤바 시민들은 오래도록 그런 일이 일어났는지 모르고 있었다는 사실을 덧붙인다. 우리가 식탁에 오르는 동물들이 어떻게 키워지고 처리되는지 모르고 사는 것처럼. 역사는 나치가 인간을 양처럼 학살함으로써 인간성을 상실했다는 점, 무엇보다도 사람을 동물처럼 죽였다는 점에서 단죄 받았다. 다시 말해 "하나님의 형상으로 창조된 인간을 짐승처럼 다룸으로써 그들은 스스로 짐승이 되었다"(19쪽)는 점에 주목했다. 사람은 왜 짐승 취급하면 비난받는가? 노작가는 침착한 어조로 또 한 사람의 성인, 토마스 신부의 우려에 대해 소개한다. 성 토마스는 "인간만이 신의 형상으로 만들어졌고, 신의 존재에 참여하기 때문에, 동물을 잔혹하게 다루는 것이 습관이 되어 인간도 잔혹하게 다루게 되지 않는 한, 우리가 동물을 어떻게 다루는지는 중요하지 않다"고 말한 적이 있었기 때문이다. 믿어 의심치 않았던 임마누엘 칸트 역시 "이성은 우주의 존재가 아니라 인간 두뇌의 한 부분일지도 모른다"고 하면서도, 그 가설을 동물에게는 적용하지 않았음을 노작가는 실망어린 표정으로 말한다.

나치의 용서받을 수 없는 죄악은 바로 동물을 다루듯이 인간을 다룬 데에 있는데, 그 말은 학살이 문제인 게 아니라 학살의 대상이 바로 인간이기 때문에 문제라는 것이었다.

이 대목에서 노작가는 데카르트의 이원론을 인용한다.

"우주는 이성에 기초하여 만들어졌다. 신은 이성의 신이다. 이성을 통해 우리는 우주가 돌아가는 규칙을 발견했으며, 그 규칙에 따르면 이성과 우주는 같은 존재다. 이성이 결핍된 동물이 우주가 돌아가는 규칙도 이해하지 못한 채 맹목적으로 규칙을 따르는 것은, 인간과 달리 동물은 우주의 부분이지 그 존재의 부분은 아니라는 것을 증명한다. 따라서 인간은 신과 유사하고, 동물은 사물과 유사하다."(21쪽)

그러면서 노작가는 인간 이성은 생명체를 단지 사물로 보게 하는 근거라기보다는 '인간의 특정한 경향'으로 봐야 하지 않겠는가, 질문한다. 데카르트는 '소위 사유한다고 일컫는 행위를 하지 않는 모든 살아 있는 존재를 이류 계급으로 취급'하며, '동물이 정서적 감각으로서의 충만, 구체화, 살아 있음을 느끼는 것, 즉 팔과 다리를 허공에 뻗칠 수 있는 육체를 지닌 존재로, 이 세상에서 생동하는 존재로 살아 있음을 느끼는 것'이 불가능하다고 생각한다.

그게 어떻게 옳은 생각일까? 작중 작가가 집요하게 묻는다.

차고 넘치는 데카르트의 후예들

이후, 소설은 데카르트가 죽은 지 400년이나 흘렀는데도 여전히 완강하게 버티고 있는 데카르트의 후예들과의 합의점을 못 찾는 긴 토론으로 이어진다. 이 책은 소설이라는 허구를 빌려 작가 존 쿳시가 펼친 일종의 윤리논쟁집이다.

하나마나한 이야기를 공들여 쓴 다른 소설과 달리, '생태계 복원을 위해서' 현장의 인부가 과로로 목숨을 잃을 만큼 속도를 내서 생태계 파괴를 일삼는 지금 우리 시대에 이 진지한 책이 다루고 있는 쟁점은 다른 어떤 작품보다 소중하게 느껴진다.

우리나라에는 데카르트의 후예들이 너무 많다. 그리고 그들의 힘이 너무 세다. 그들 중의 한 사람인 이계진 강원도지사 후보가 5월 14일 TV 토론회에서 말했다.

"자연보호가 중요하지만, 쑥부쟁이 때문에, 전국에 수억 마리 있는 도롱뇽 몇 마리 죽는다고 공사를 못하는 현장은 자연보호일까 발목잡기일까 그런 생각을 해봤다"고(《오마이뉴스》, 2010년 5월 16일, '이계진 쑥부쟁이, 도롱뇽 몇 마리 죽는다고……').

공사는 왜 하는가? 그들은 인간 삶의 향상을 위해서라고 말할 것이다. 그러나 '불필요한 개발'을 위해서는 동물 따위는 적당히 죽여도 괜찮다는 심성을 가진 정치가들에 의해서 한 사회 구성원이 행복에 이를 수 있을까?

우리는 일찍이 보기로 한 것, 보기로 되어 있는 것, 그리고 보고 싶은 것만을 보면서 살고 있다. 세상은 열려 있는데 우리는 여전히 보고 싶은 것, 그렇게 생각하고 있는 감옥 속에서 한 치도 벗어나지 않으려고 한다. 누가 닫혀 있는가? 인간의 야만에 침묵으로 대응하면서 죽어가고 있는 동물들이 닫혀 있는 존재일까? 기계처럼 자폐적인 사고방식에서 단 한 치도 벗어나지 못하고 있는 갑갑한 우리 인간들이 닫혀 있을까?

우리의 두뇌 깊숙한 곳의 본능 속에는 동물이 있다. 전두엽 연구를 해온 이들이 밝혀낸 것이다. 다른 영역에서 인간 존재를 고구한 이들도 그런 사실을 깨닫곤 한다.

잠시도 잊지 말아야 할 일은 우리가 이 행성의 주인이 아니라는 사실이다.

이렇게 고마운 행성이 또 어디에 있을까

프리먼 하우스, 《북태평양의 은빛 영혼 연어를 찾아서》,
천샘 옮김, 돌베개,
2009년

2009년 세밑에 개인적으로 참으로 오래 기다리던 책이 나왔다. 어쩌다 한 글쟁이가 되어 몇 권의 보잘것없는 책을 펴냈지만 '내 책'을 기다릴 때보다 이 책을 더 기다렸다. 프리먼 하우스라는 야생의 사내가 쓴 연어 이야기가 그 책이다. 필자가 처음 이 책을 만난 것은 '풀꽃세상' 일을 할 때였다. 어느 날, 오십 후반의 한 출판인이 책을 출간하려고 한다며 한 권의 책을 내밀었다. 당시 풀꽃세상에서는 출판은 엄두를 못 내고, 다만 환경책을 기획해 좋은 출판사에 소개하고 있었던 터였다.

"《토템 연어(Totem Salmon)》라? 재미있겠습니다."

낯설지만 신선했다.

연어 책과의 인연은 그렇게 시작되었다. 원서의 앞면에 《야생의 삶》으로 인해 나도 익히 알고 있었고, 내한했을 때 강연회에도 가 본 적이 있는 게리 스나이더의 이름이 보였다. 게리 스나이더는 이 책을 "심각하면서도 감각적이고 즐거운 책. 개인적이면서 또한 우주적이다"라고 말하고 있었다. 게리 스나이더 같은 시인이 그런 평을 했다니 더욱 욕심이 났다. 마침 풀꽃세상을 창립했던 정상명 선생님의 따님, 천샘 씨가 미시건 대학에 유학 중이었는데 그즈음 휴학을 하고 단체의 활동가로 일하던 중이었던지라 번역은 '샘이'에게 맡겼다.

그리고 수년의 세월이 흘렀다. 번역은 한국에서 시작해 샘이가 다시 학업을 마치기 위해 미국에 갔을 때까지 이어졌다. 샘이는 참으로 역부족의 작업이라고 심각한 얼굴로 자주 불평하곤 했다. 20

대 젊은이가 감당하기에는 북태평양 연어 이야기가 너무나 생경한 세계인데다 드문 행동주의자로서의 필자가 연어의 세계에 몰입한 이후에 얻게 된 정신세계가 너무나 심오하고 풍성했기 때문이었다. 문체는 진저리날 정도로 섬세했고, 멸종에 이른 연어를 살리기 위해 20여 년 세월을 투신한 저자의 구체적 실천의 세부는 지나칠 정도로 꼼꼼했다. "아저씨가 영어를 못한다는 게 이렇게 다행일 수도 있구나. 하지만 너는 영어를 하니 어쩌겠냐? 힘을 내라, 샘아", 그렇게 나는 끝없이 역자인 샘이를 격려했다.

세 차례 가량 번역 작업을 하는 사이에 9년의 시간이 흘렀다. 그 사이에 처음 이 책을 발견해 출간하려 했던 출판인은 여러 사정으로 인해 책을 포기하게 되었고, 우여곡절 끝에 지난 연말에 출간된 돌베개 판 연어 이야기는 새로이 계약을 해서 출간된 것이다. 책이 출간되자 처음 이 책을 국내에 소개하려고 했던 출판인의 얼굴이 떠오른다. 자신이 펴내지는 못했지만, 그 역시 연어 책의 출간을 반갑게 생각하리라 믿는다.

연어의 심장을 먹고 야생을 회복한 사내

저자 프리먼 하우스가 연어를 어떻게 생각하고 있는가, 그것부터 살펴볼 필요가 있다. 프리먼 하우스는 연어를 정신적 존재라고 여기고 있다. 그뿐인가. 사람이 지니지 못한 '신비로운 지성'을 지닌 물고기로 생각한다. 그의 연어 예찬을 직접 들어보자.

"연어의 상류 이동은 연어과 물고기들의 생활환(生活環, 생물의 개체가 발생을 시작하고 죽을 때까지의 일생을 고리모양으로 그려놓은 것)이 보여주는 경이로움 중 하나이다. 폭포나 다른 장애물을 이겨내기 위해서는 힘과 기품이 필요하고, 홍수로 불어난 물살을 견뎌내기 위해서는 체력이 필요하며, 거대한 통나무들이 가로막고 있는 미로를 헤치고 나아가기 위해서는 체계적인 지구력이 필요하다. 연어의 이러한 속성은 너무나 놀랍다. 그래서 우리는 그들을, 자신이 태어난 시내와 나머지 수중 세계의 냄새를 구분할 줄 아는 신비로운 지성으로 간주할 수밖에 없다."(19~20쪽)

저자가 연어에 대해 깊은 애정과 외경의 마음을 품고 있다는 것을 알 수 있다. 그런 시각은 사람에게는 결여된 능력을 연어가 지니고 있다는 단순한 이유 외에도 연어의 생이 실현하는 또 다른 모성적 헌납, 즉 자연의 오묘함 속의 일원으로서 받아야 할 마땅한 찬사와 관련이 있다.

연어의 일생은 널리 알려져 있듯이 강에서 부화해 대양을 찾아간다. 그리고 대양이 공급하는 풍부한 영양 속에서 삶을 즐기다가 때에 이르면 산란을 위해 태어난 강으로 회귀한다. 대체로 거기까지가 연어에 대한 보통사람의 상식이다. 그 다음에 사람들은 연어의 맛에 대해 이야기 나누기 십상이다. 하지만 오랫동안 연어와 함께 산 저자는 연어가 '가는 길'을 매우 생생하게 보여주고 있다.

"교미를 끝낸 암컷과 수컷은 지친 몸을 눕히려 떠내려가서는, 이제는 그 무엇도 피할 일이 남아 있지 않아 통나무나 바위에 걸린 채로 몇 시간이고 며칠이고 있다가 죽음을 맞이한다. 이 모든 노력은 육체의 고갈과 상처만을 남기고, 암컷은 자갈을 옮기는 작업으로 소진하여 몸이 너덜너덜해져 있다. (…) 독수리, 곰, 너구리와 수달 등은 이 기간 내내 하천을 맴돌며 주위를 어슬렁거린다. 이제 이들은 연어를 잡아 황홀한 향연을 벌인다. 바다 깊은 곳에서부터 풍부한 영양분을 품고 온 엄청난 양의 연어 하천에서 숲으로의 순환을 통해 건강한 숲의 생산력을 높이는 데 이바지한다. 물속에서 부패된 연어의 시체는 훗날 후손들의 먹이가 될 미생물들에게 영양을 공급한다."(46~47쪽)

연어가 바다와 숲을 연결하고 있다는 이야기다. 프리먼 하우스는 처음부터 연어 예찬론자는 아니었다. 예찬론자이기는커녕 그는 남동 알래스카의 한 통조림 공장에서 일하던 연어잡이꾼이었다. 어느 날 그는 근처의 한 산맥에 올라간다. 이리저리 헤매다가 어느 작은 호숫가에 작은 보트가 한 척 있기에 배를 저어 호수의 중심부로 나아갔다. 가는 동안 보트가 새서 물이 들어왔다. 가라앉지 않으려고 열심히 바닥에 있던 커피 캔으로 물을 퍼냈다. 어느 정도 물을 퍼낸 다음 그는 주변의 눈 덮인 고봉의 경치를 즐겼다. 그리고 무심코 강물을 내려다보는 순간, 그는 강물 밑바닥 전체가 '진홍색과 오렌지색의 중간 정도 되는 붉은색' 천지인 것을 알게 된다. 그 거대한 붉은색은 "겁에 질린 듯 굽이치고 몸부림치고 있었다". 그는 그 놀라운 비현실적인 풍경에 경악한다. 그것은 산란색으로 변한 거대한 홍연어 떼의 몸부림이었다. 연어는 방금 합방을 마친 직후였다. 그는 우연찮게 그 장엄한 예식의 증인이 된 것이다. 그는 자연의 이 놀라운 공급 체계를 하나의 기적이라 생각한다. 그리고 신음소리처럼 감탄한다. "이렇게 고마운 행성이 또 어디에 있을까?"(48쪽)라고.

그 광경을 목도한 후로 그는 단지 자연을 자원으로만 대하는 난폭한 소비문명에 대해 다른 시각을 지니게 된다. 그는 자연이 보여준 충만함과 자신이 속한 세계의 '가슴이 내려앉는 슬픔'이 공존하는 기간 동안 남몰래 자연사(自然史)를 사랑하게 되었다. 그런 어느 날, 어선에서 연어를 남획하면서 그는 연어를 단지 '돈'으로만 여기는 그 자신을 포함한 동료 어부들, 강철을 장화 앞부리에 댄 한 젊은이가 갑판의 퍼덕이는 연어를 정조준해서 즉살시키는 광경을 목도하자, 아무도 몰래 저장고 한구석으로 들어가 혼자 웅크리고 앉는다. 먹는 자와 먹히는 자의 관계에 대한 존경과 연민이 박탈된 비윤리적인 착취산업, 바다 속 모든 물고기를 싹쓸이하는 데에만 혈안이 되어 있는 세계가 뭔가 중요한 것을 위반하고 있다는 감각에 휩싸인다. 그리고 죽어가는 고기들과 사람 사이의 연결고리가 단지 돈이라면, 그것은 고기의 존재뿐 아니라 인간존재의 전체성마저 부정하는 것이라는 자각에 이르게 된다. 그는 무릎 사이에서 꿈틀거리는 10~12파운드의 홍연어 한 마리의 배를 열고 세 손가락으로 연어의 심장을 찢어 입안에 넣는다. 연어의 "심장을 삼키자 내 안에서 표류하던 두려움은 드디어 이름을 얻고, 허리케인의 강도로 내 안에서 휘몰아쳤다"(148쪽)고 그는 적고 있다. 그 순간은 프리먼 하우스라는 사내가 고용된 연어사냥꾼에서 연어 살리기 운동의 주인공이 되는 '결정적인 순간'이었다. 배에서 내린 그는 생애 전체에서 가장 많이 번 돈 4,000달러를 주머니에 넣고, 산업적 세계로부터 영구히 벗어나 야생의 세계로 들어간다. 그는 산업문명에 오염되고 사냥꾼 시절 동안 몸에 밴 자신의 본능과 감각을 다시 이 세계의 생명체들을 끈기 있고 꼼꼼하게 관찰하려는 헌신과 체계적인 시도, 특히 급하게 멸종에 이른 태평양 연어에 집중한다.

우리에겐 잘못을 바로잡을 시간만 있다

'생태계 평형'과 같이 어려워 보이는 말에 대한 이해 여부와 관계없이 우리는 매순간 지구상의 동물들이 멸종되어가고 있는 뉴스를 접하고 있다. 육상은 물론이고, 해양 동물 또한 마찬가지다. 하도 자주 접하는 뉴스인지라 그 충격적인 뉴스에도 이젠 덤덤해질 지경이다. 빌 맥키벤이라는 전직 《뉴요커》 기자가 어느 하루 책을 쓰기 위해 24시간 동안 세계 최대의 케이블 TV 시스템에서 나오는 모든 프로그램을 시청했다. 그것은 2,400시간의 비디오테이프를 보는 행위로서 우리 시대의 스냅사진을 본 것과 마찬가지 작업이었다. 그 모든 프로그램에서 나온 말들을 압축해보니, "당신은 이

세상의 중심이며, 모든 피조물 중에서 가장 중요한 존재다"라는 것
이었다(빌 맥키벤,《자연의 종말》, 진우기 옮김, 양문, 2005년, 21쪽).

빌 맥키벤은 그 압축 결과를 접한 뒤,
우리 인간이 너무나 커져버린 것을 우려
하면서 인간을 덜 중요하게 만드는 일에
나서지 않으면 안 된다고 역설했다.

연어 또한 한때는 북태평양에 연한 모
든 강의 지류에 넘쳤다. 최고령의 한 노인
네는 "그들(연어)의 등을 밟고 강을 건널
수 있을 만큼 빽빽했"(160쪽)던 시절을 회
고한다. 산란 연어들이 지류를 가득 메운 어느 날, 강을 건너려던
말이 놀라 도망을 쳤던 적도 있었다고 한다. 30년 전(1999년 출간일로

부터 보면 40년 전)만 해도 "가을에 강어귀가
열리면 연어 무리가 폭풍우처럼 몰아치곤
했다"(160쪽)고 한다. 이 책이 출간되기도
전에 샘이의 초벌 번역물을 보고 내가 펴
냈던 산문집《달려라 냇물아》에 인용했던
감동적인 장면, 즉 하류의 토착 원주민들
이 상류의 원주민들을 위해 연어를 일부
만 잡았던, 품위 있고 풍요로웠던 계절이
바로 그때였다. 강어귀에 서 있기만 하면 마차 가득 연어를 실을
수 있었다. 그리고 "이렇듯 열정적인 식량 비축 작업에 참여할 수

없을 만큼 늙었거나 체력이 약한 이웃집을 지나치면 큰 고기 한두 마리를 그 집 현관에 던져주는 것이 관례"(160쪽)였던 것이다.

그러나 프리먼 하우스가 연어 사냥꾼이기를 중지하고 강물 속에 몸을 던지던 즈음에는 이미 대규모의 멸종이 시작되던 때였다. 캘리포니아 북부 메톨 강 연안에서 그는 20여 년 동안 연어의 회귀를 위해 동료들과 헌신한다. 그가 동료들과 만든 '매톨유역언어보호그룹(Mattole Salmon Support Group)'과 '매톨복구협의회(Mattole Restoration Council)' 등이 그런 활동을 전개하던 단체들이었다. 때로는 턱없이 부족한 돈 때문에 지역의 벼슬아치들을 찾아가 연어를 살리기 위해 왜 숲을 먼저 살려야 하는지 역설하기도 하고, 때로는 단체 운영비를 조금이라도 보태기 위해 도시에서 택시 운전기사도 한다.

그는 연어에 집중하면서 먼저 숲을 살려야 한다는 것을 깨닫게 되었고, 연어(자연)를 대하는 인간의 태도가 변해야 한다는 것을 절감했다. 연어의 행복과 인간의 행복은 공통점이 많다는 것을 그는 알아버렸다. 마냥 연어를 기다릴 수만 없다고 판단한 그는 조심스럽게 인공부화 장치를 개발해서 개체 수를 늘리는 실험에 들어가기도 한다. 그와 그의 동료들의 지난하고, 끈질긴 노력 끝에 회귀하는 연어들은 서서히 증가하기 시작했다. 그러나 그는 그런 결과에 일시적으로 만족하지 않는다. 그는 여전히 시간이 없다고 생각한다. "우리에게 천 년의 시간이 있다고 믿지 않는다. 우리에게는 선택의 여지가 없을뿐더러 다만 사태를 바로잡는 데 걸리는 시간만

이 있을 뿐이다"(89쪽)라고 말하고 있다.

언어 이야기가 곧 '4대강 이야기'다

그러나 사태를 바로잡는 일이 그리 쉬운 일일까?

그가 말한다. "잘못된 것은 너무나 거대한 규모로 치밀하게 조직되어 있기 때문에 운동가들은 인간이 쓸 수 있는 모든 에너지를 쏟아 부어 저항해야 할 것"(260쪽)이라고.

모든 에너지? 그렇다. 그래서 이 책은 그냥 남의 나라 연어 이야기가 아니다. 이제 집권 3년차를 맞이한 우리 정부는 이상하게도 '4대강 살리기'에 목을 매고 있다. 새만금 갯벌을 메우려는 세력들에 대항해 우리는 '새만금 살리기'라는 표현을 사용했었다. 4대강을 죽이려는 권력이 이제 '살리기'라는 언어를 빠르게 선점했다. 이는 실로 심각한 역전이고, 말의 치명적인 전도현상이다. 우물쭈물하는 사이에 우리는 '바른 말'을 선점당했다. 말의 바른 뜻을 서둘러 회복해야 한다. 그것이 빠르게 진행되는 이 나라 산천의 대규모 파괴 작업을 막는 첫 번째 일일지도 모른다.

이 책의 뒤표지에 사용할 추천사 부탁을 받고 나는 이렇게 썼다.

"삶의 토대인 자연과 관련된 원초적인 공동체 경험과 토템을 잃어버린 우리 시대는 더 이상 자연에 공손하지도 않고, 인간으로서 끝없이 깊어져야 하고 성장해야 하는 신성한 의무마저도 송두

리째 잃었다. 그러나 섬세하기가 연어 지느러미 같고, 고집스럽기가 연어의 회귀본능을 닮은 한 사내는 연어를 땅의 혈맥으로 느끼는 장엄한 상상력을 통해 우리가 힘써 회복해야 할 것들이 무엇인지 감동적으로 묻고 있다. 사내가 보여주는 자연에 대한 인식은 정교하면서도 깊고, 그 표현은 예민함과 진저리칠 정도의 충실로 일관해 책을 읽는 내내 우리 살갗에 연어의 지느러미가 스치는 듯한 황홀한 느낌에 사로잡히게 한다. 이 책은 연어 이야기이면서 동시에 산과 대양에 대한 이야기이고, 무엇보다도 인간이 걸어왔고, 걸어갈 마땅한 길에 대한 서사시다. 이토록 아름답고 섬세하면서 울림이 큰 매력적인 기록은 단언컨대 참으로 흔치 않다."

책이 발간된 후, 책과의 인연 때문에 너무 넘치는 글을 쓴 게 아닐까, 하는 두려운 마음으로 다시 읽어보았다. 과장한 것이 아니었다.

포르노 중독자에서
'웬델 베리'에게 이를 때까지

매니 하워드,《내 뒷마당의 제국》,
남명성 옮김, 시작,
2010년

    우리한테는 이 책의 저자가 달려든 실험을 일컫는 적절한 표현이 아직 없지만, 영어로는 '에코 어드벤처(Eco Adventure)'라고 하는 모양이다. 《뉴욕매거진》이 요리평론가 매니 하워드에게 뉴욕 브루클린 도심 한복판에서 '6개월간 농사짓고 가축을 키워 한 달간 오로지 자신이 키운 먹을거리로만 먹고살기' 실험을 제안한 것은 2007년 어느 날이었다. 표면적으로는 '로커보어(Locavore) 운동'을 알리고 평가할 목적이었다. 로커보어는 '지역'을 뜻하는 Local과 라틴어의 '먹다'라는 뜻을 가진 voer를 합쳐 만든 말로서, '자신이 사는 주변 지역에서 난 먹을거리를 섭취하고자 애쓰는 사람'이다. 그런 이들의 사회운동을 로커보리즘(Locavorism)이라 통칭하는데, 그것은 1991년 런던 시티대학의 팀 랭 교수가 창안한 먹을거리가 생산자에서 소비자에게 이르는 이동거리를 계량화한 '푸드마일' 개념에 기초하고 있다. 처음에는 찬거리 목록에 특정한 신념을 담은 소수들만의 용어였지만, 2007년에는 옥스퍼드 사전에 등재되면서 일반용어가 되었다.

    이 말의 탄생 배경에는 미국 사회에 일찍 닥친 유기농 실험의 실패가 깔려 있었다. 우리와 다소 시간차를 두고 앞서 벌어졌지만 미국 역시 90년대 초반 유기농 광풍이 몰아쳤던 것이다. 언론은 연일 식품산업의 위기를 강조했고, 마치 식량전쟁이 잠시 후에 일어날 것처럼 법석을 떨었던 것이다. 언론이 닥칠 위기를 미리 예견하는 일은 결코 잘못된 일이 아닐 것이다. 문제는 유기농 먹을거리가 마치 하늘이 주신 특별한 양식(만나)처럼 떠받들어지면서 거대 식품 기업들이 재빨리 이 용어를 흡수했다는 데 있었다. 거의 모든 먹을거리에 '유기농'이라는 딱지가 붙여져 그런 딱지가 붙여지지 않은 식품보다 비싸게 팔리기 시작했다. 그것은 미국 사회가 거의 유일한 모델인 우리 사회에 벌어진 유기농 현상과 크게 다르지 않았다. 우리 또한 오늘, 제조회사가 광고하고 있는 것처럼 고지식하게 '유기농 식품'을 그대로 믿는 사람이 어디 있겠는가. 조금만 제 정신을 가진 이라면, 농촌은 갈수록 공동화되고 있는데, 그나마 '있던 농업'마저 죽이려드는 게 유일하고도 확고한 농업정책인데, 시중에 차고 넘치는 상품으로서의 유기농 식품들이 질은 차치하고라도 그 양적인 면에서 현실적으로 가능하지 않다는 것을 알 수 있을 것이다.

고된 노동에 매혹당한 백수건달

《뉴욕매거진》이 로커보어 운동을 알리고 평가할 목적으로 '특별한 모험가'를 물색한 데에는 '필요한' 유기농 먹을거리 운동이 믿을 수 없는 거대 식품회사의 발 빠른 '말만의 선점'으로 인해 운동 자체가 붕괴된 아픔과 관련이 있었다. 그때 등장한 것이 바로 로커보어 운동이었다. 공장에서 생산한 먹을거리는 비록 유기농 식품이라 하더라도 평균 2,400킬로미터를 이동해 식탁에 오르기 때문에 결국은 소비자를 망칠 것이라는 믿음이 로커보어 정신이었다. 그러나 로커보어들에게도 치명적인 약점이 있었다. 로커보어들이 아무리 먹을거리와 관련된 확고한 개인적인 철학으로 무장한 '책임감 있는 사람'이라 할지라도, 그들은 가까운 곳에서 생산된 먹을거리를 '취하려고 애쓰는' 사람들이지, 생산하는 사람들은 아니었기 때문이다.

저자 매니 하워드는 요리평론가라곤 하지만 실은, 오랫동안 안정된 직업을 찾지 못한 백수건달이었다. 어느 날 잡지사에서 전화가 온다. 편집자는 '뉴욕에서의 6개월 농사에 1개월 자급자족 프로젝트'를 제안하면서 7개월 후에 그때 경험을 글로 써달라고 부탁한다. 매니 하워드는 지은 지 106년이나 되는 브루클린 프로스펙트 공원 뒤쪽에 살고 있었는데, 이 제안을 받기 전에는 요리잡지에 부정기적으로 기고했으며, '마구잡이에 가까울 정도'로 세계를 돌아다니며 닥치는 대로 일을 했다. 러시아에서는 곰 사냥을 하는 폭력배와 놀기도 하고, 태평양 카우아이 섬의 4성급 호텔에서 요리강좌를 취재하기도 하고, 노스다코타 주 그랜드 포크스를 덮친 대홍수를 취재하기도 한다. 기사 송고 후에는 자원봉사자로 남아 적십자를 돕기도 한다. 송로버섯을 찾기 위해 프랑스 남부 전체를 뒤진 적도 있었다. 개고기찜을 만드는 중국계 미국인의 사기행각을 폭로한 적도 있는데, 어느 날 요리 기사를 쓰는 데 싫증을 느끼곤, 아프가니스탄 전쟁을 다루는 다큐멘터리 제작에 뛰어든 적도 있다. 그렇게 보낸 세월이 10여 년, 아내 리사는 기사가 딸린 '링컨 타운카'로 맨해튼으로 출퇴근하는 고임금의 편집기획자였다. 매니 하워드가 세상일에 심드렁해진 뒤에 집에서 하는 일은 컴퓨터 앞에 앉아 습관적으로 2류 포르노를 다운받아 보면서 "그 짓이 습관일 뿐이지 결코 동물적 충동 때문이 아니다"라고 항변하는 게 전부였을 지경이었다.

요컨대 그는 몸은 건강했지만 자신이 살아오던 방식에 지칠 대로 지친 백수였다. 그런데 이 백수가 20분간의 협상 끝에 이 프로젝트에 달려들기로 결심한다. 달려든 이유는 우선 그 프로젝트를 받아들이면, "허리가 부러질 정도로 고된 노동을 해야 한다는 사실"이 매우 매력적이었기 때문이었다. 무엇보다도 고된 노동이 그의 마음에 들었다는 점이 나는 마음에 들었다. 또 하나의 이유는 지겨운 요리 기사 따위를 안 써도 되고, 설사 글을 쓴다고 해도 최소한 7개월 후의 일이라는 점이었다.

"이제 원고를 멍청할 정도로 쉽게 고치거나 할 말도 없는데 끝없이 이어지는 회의에 참석하지 않아도 되고, 무너지는 자아를 끌고 덜떨어진 저널리즘을 추구하며 어떻게든 성공하려고 애쓸 필요가 없었다."(31쪽)

세련된 뉴요커로 그려진 아내 리사는 그가 그 엉뚱한 일로 인해 '새로운 열정'을 되찾은 것 같은 모습이 보기 좋아서 반신반의하면서도 뒷마당이 농장이 되는 것을 허락한다.

그 후에 벌어진 일은 가히 전쟁이라 할 만한 좌충우돌의 연속이었다.

동물성 단백질에 병적으로 집착하는 인간

잡지사에서는 매니 하워드 같은 사람을 물색하면서 언필칭 '로커보어 운동을 알리고 평가할 목적'이라 내걸었지만, 매니를 꼬시는 과정에서 편집자가 한 말을 보면 로커보어들에 대한 비판과 은근한 경멸도 담겨 있었다. "그녀(뉴욕매거진의 편집자)는 부족할 것 없는, 자기만족에 빠져 도시 농산물 직판장을 돌아다니는 로컬보어와 맞서기를 바랐다"는 구절이 그런 대목이다. 흥미로운 것은 저자 매니 하워드가 도통 잡지사의 의도에 관심이 없었다는 점이다. 그는 로커보어들과 뜻을 같이할지, 그들을 비판하는 쪽에 설지 프로젝트가 끝난 뒤에도 확신하지 않는다. 확실한 것은 로커보어들이 아무리 신념에 찬 멋들어진 말을 하고 좋은 먹을거리를 뒤지고 다녀도 그들은 결국 소비자라는 점, 그러나 자신이 이 프로젝트에 참여하면 최소한 생산자로서의 체험을 할 수 있다는 것이었다. "로커보어들이 '불타는 사명감'에 빠져 장바구니를 들고 좋은 먹을거리를 찾아 돌아다니는 것을 어떻게 사회운동을 하는 사람이라 할 수 있겠는가, 그저 심사숙고해서 물건을 사는 사람들이 아니겠는가?", 그게 로커브리즘에 대한 저자의 평가였다. 그는 인세나 책으로 인해 얻을지도 모를 명성에도 관심이 없었다. 다만 요리평론 프리랜서였기에 막연하게나마 "우리가 먹을거리와 근본적 관계를 잃었다"는 감수성만은 지니고 있었다. 6개월간 죽어라하고 고된 노동을 통해 그가 소망한 것은 일반적인 소비자에서 벗어나 진정한 생산자 체험을 한다는 이득도 있었지만 천천히 무너진 자아의 회복이 급선무였다.

그에게 밭으로 허락된 땅은 70여 평방미터(약 21평). 20평방미터짜리 차고는 헛간으로 사용할 수 있었다. 그것이 그에게 허락된 농장 면적의 전부였다. 그는 농장을 자신의 무기이자 전장(戰場)으로 삼는다. 마침 도시 농부 프로젝트에 참여하기로 한 직후였는데, 딸아이 히스라이언의 두 번째 생일이 다가왔다. 지하에 바 카운터가 설치된 휴게실이 있었는데, 그곳에서 키울 요량으로 그는 딸애의 생일선물로 새를 열 마리나 구입한다. 그러나 열 마리의 새에 1,100달러나 들었건만, '대개 공격적이고 비현실적이기 그지없던' 성격의 저자는 경험 부족으로 새들을 모두 죽이고 만다. 새들이 서로 죽이자 겨우 살아남은 놈마저 애처롭다기보다 당황한 나머지 벽에 던져 죽이고 만다. 그것은 앞날에 전개될 그의 눈부신 살육 행진의 첫 신호였다. 아프가니스탄 전쟁터에도 달려가고, 온 세상을 미친 듯이 헤매는 정력가인데다 비록 섬세한 구석이 있긴 하지만 기본적으로 다혈질인 그는 자신을 채식주의자로 길들이면 그만인 간단한 방법도 있었건만, 기필코 '다양한 단백질'이 필요하다고 생각해 식용 물고기를 어항에 키우기 시작한다. 그러나 어항에서 키운 물고기 역시 경험 부족으로 다 죽어버렸다. 그러나 매니 하워드라는 이름의 불굴의 돈키호테는 식용 열대어 틸라피아를 키우기 위해 갖은 애를 다 썼지만 물고기 단백질 확보는 끝내 성공하지 못했다. 물론 뒷마당에 채소를 심긴 했지만, 단백질에 미친 그는 이어서 토끼를 구입한다. 그러나 토끼 역시 변변한 먹을거리가 못 되었다. 인터넷으로 구해 심은 감자는 동전만 한 감자알 열 개 정도만 선사했다. 닭장을 만들고 닭을 구해 키우지만, 멍청한 매니 하워드는 닭이 달걀을 낳는다는 생각은 미처 못했다. 그가 아무리 원예업자에게 구한 책자나 인터넷에서 구한 자료들을 참조했다 해도 그의 농사는 대충 그런 식으로 무지막지하게 진행되었다.

그는 그의 소망대로 허리가 휘어질 만큼 노동을 한다. 그 사이에 물고기도 죽이고 토끼도 죽이고, 오리도 밟아 죽이고, 온갖 좌충우돌을 다 겪는다. 겨우 1개월 자급자족의 실험이었건만 동물성 단백질에 병적으로 집착하는 그는 어쩌면 미국인의 전형으로 느껴진다. 아니다. 그는 미국인의 전형이라기보다 육식문화를 버리지 않겠다는 각오가 깊어지고 있는 이 행성에 살고 있는 모든 인간종의 전형일지도 모른다.

토끼를 잡고 흐느껴 울다

이 책에 담긴 한 사내의 '1개월 자급자족'을 위한 고군분투는 참으로 처절하고 안타깝고, 심지어 기이하기까지 하다. 우여곡절, 기상천외, 무지막지, 자승자박의 일들이 계속 터진다. 그가 도움 받아야 할 진짜 시골 사람들은 너무 멀리 떨어져 있고, 봐주기로 작정했건만 도가 지나치자 아내의 인내심은 결국 극에 달해서 남편더러 "(집에서) 나가!"라고 외마디 비명을 지르게 만든다. 육식은 키워서 손수 잡아먹어야 하는 번거로움이 있음에 반해 채식은 키워서 뜯어먹거나 캐먹으면 된다. 그럼에도 책의 반 이상은 동물성 단백질 확보를 위한 처절한 노력에 할애되고 있다. 그것은 그가 필경 의도하지 않았겠지만, 오늘 이 행성에 살고 있는 우리 모두에게 심각하지만 날카로운 모종의 질문을 하고 있는 것같이 느껴진다. 토끼를 잡고 닭을 잡는 시설을 갖추고, 모가지를 찌르고 피를 빼고, 내장을 꺼내는 장면은 저자가 문장력을 가진 사람인지라 마치 읽는 이들이 피비린내 나는 도축작업에 직접 참여하는 것 같은 착각에 빠지게 한다.

마침내 사고가 난다. 닭장을 만들기 위해 합판을 자르는데 톱날이 오른쪽 새끼손가락 두 번째 마디를 파고들었다. 경험 많은 의사가 가능한 애를 썼지만 그의 손가락은 영원히 날아가버렸다. 이후, 그는 손을 다친 사실을 소년처럼 여러 사람에게 자랑해댄다. 사람들은 빙긋이 웃으며 아무에게도 말하지 않았던 자신들의 상처에 대해 비로소 말한다. 그때서야 그는 알게 된다. 이 세상에 손을 다친 사람이 얼마나 많은지를. 그 다음부터는 다시는 손가락 상실을 훈장으로 여기지 않는다. 이 글을 쓰고 있는 필자도 시골에 처음 들어왔던 6년 전, 전기톱으로 장작을 자르다가 왼손 검지가 톱날 속으로 들어가 잘리기 직전의 상처를 입은 적이 있었다. 매이 하워드처럼 대놓고 동네방네 자랑을 해대지는 않았지만 지금도 선명한 손의 상처를 얼마간 득의(得意)의 표징으로 여겼던 것은 사실이다. 그러나 이 책의 저자처럼 그 후, 나 또한 주변에 손을 다친 이

옷들이 얼마나 많은가를 알게 되었다. 나야 얼치기 시골생활을 하고 있지만, 이웃의 상처를 알게 된 이후에야 나는 비로소 내가 선택했고, 내게 허락된 장소의 의미에 대해 새롭게 깨달을 수 있었던, 기억이 있다. 손의 상처야 보려고 들면 보이지만, 사람들 가슴속에 꼭꼭 숨겨져 있는 상처들은 기실 제각각 오죽 깊을까.

그럴 줄 알았지만, 이 책은 후반부에 이를수록 감동적이다. 그의 계약 기간 도중에 토네이도가 닥친 것이다. 1899년 이래 108년 만에 뉴욕을 강타한 거대한 토네이도였다. 74번 가에 상륙한 이후 토네이도는 62번 가, 6번 가가 만나는 주택가 전체를 휩쓸었다. 100년 된 나무를 30그루나 쓰러뜨렸고, 이스트 18번 가 주택지를 포함한 15킬로미터 반경의 자동차를 부쉈고, 지붕을 날렸다. 토네이도는 매니 하워드의 농장에서 겨우 900미터 떨어진 곳에서 소멸했지만, 그의 농장 역시 박살이 났다.

경찰이 피해 규모를 조사하기 위해 왔을 때 남편의 뒷마당 농장에 대해 시종 삐딱한 시선을 지니고 있던 아내는 남편의 농장을 보호하기 위해 안간힘을 쓴다. 뒷마당 농장을 경찰이 발견하면 대마농사를 짓는 것으로 오인할까봐 겁에 질렸기 때문이다. 간신히 경찰을 다른 피해 지역으로 따돌린 아내는 후일, 태풍으로 잃어버린 농산물과 간신히 건진 농작물을 면밀하게 살피던 남편의 처참한 모습을 바라보고 느꼈던 이야기를 한다.

"당신이 온통 망가진 뒷마당으로 걸어갔어. 엉망진창이 된 농장한가운데 멍하니 서 있다 뭐든 건지려는 듯 다시 일을 시작했지. 당신이 죽어라 열심히 가꾼 것을 뽑아내는 모습을 보면서 모든 게 당신에게 어떤 의미인지 깨달았어. 바로 그런 생각이 들지는 않았지. 한참 동안 창문 앞에 서서 내려다보며 생각했어. '빌어먹을 토네이도가 휩쓸고 지나갔어. 그런데 저 사람은 뭘 하는 거지? 다른 사람이라면 제정신인 사람이라면 포기하고 잡지사에 전화해서 모든 게 끝났다고 할 텐데. 토네이도가 농장을 끝장내버렸다면서. 하지만 아니었어. 당신은 달랐지. 당신을 이해한다는 게 아니야. 지금도 이해는 못하겠어. 하지만 그때는 이해했다고 생각했어. 처음으로 농장이 당신에게 얼마나 큰 의미인지 말이야. 그리고 당신이 무척 자랑스러워."(302쪽)

세상에 나쁜 일은 없다. 토네이도에 굴하지 않은 그가 결국 인정하는 데 인색하기 짝이 없는 연봉 높은 엘리트 아내를 감동시킨 셈이다.

토네이도가 지나간 뒤 매니 하워드가 꼼꼼하게 작성한 피해목록은 눈물겹다.

- 토마토 – 농장 전체에서 가장 비옥한 곳에 심은 작물. 4미터 가까운 나뭇가지에 짓눌려 온통 뭉개졌다.
- 가지(여러 종류) – 비참할 정도로 가냘픈 모습, 비에 절반은 쓰러졌다.

- 칼랄루(카리브 지방에서 나는 시금치) – 완전히 못 쓰게 되지는 않았다. 해가 너무 뜨거워지기 전에 막대를 꽂아 세우면 살릴 수 있을 것도 같다.
- 호박 – 물에 잠겼다.
- 허브(여러 종류) – 토마토에 가려 햇볕에 굶주렸다. 가망 없다.
- 콩(여러 종류) – 가망 없다.

하지만 필자가 매니 하워드에 대해 가장 깊은 동질감을 느낀 대목은 그가 어느 날 토끼를 잡고 난 뒤에 한 행동이었다. 3번 암컷 토끼는 무슨 이유에서였는지 주인에게 그날 아주 거칠게 굴었다. 그를 물어 그의 몸에 상처가 났다. 처음에는 금속제 쓰레받기로 토끼의 머리통을 가볍게 때렸다. 토끼는 더욱 거칠어졌다. 결국 나중에는 호되게 때렸다. 토끼는 한참 동안 꼼짝도 안 하더니 이내 긴 소리를 내며 울었다. 그는 서러운 항변과 원망이 섞인 그 기이한 토끼 울음소리를 잊지 못한다. 그런 뒤, 결국 토끼는 마비가 되어버렸다. 그는 결국 3번 암컷을 잡게 되었다. 잡고 난 뒤, 아내가 볼 수 없도록 토끼의 머리 잘린 몸통을 재활용 봉투에 담아 지하실 외딴 곳 환풍기 근처에 매달아두었다. 그런 뒤, 그는 흐느끼며 운다. 그 울음은 토끼에게 그가 할 수 있는 최선의 애도였다. 토끼는 아니지만, 나 역시 기르던 닭을 잡아보았기 때문에 그의 울음을 조금은 이해한다. 매니 하워드 농장의 짐승들에게는 이름이 없다. 그는 닭이든 오리든 토끼든, 모두 번호를 붙였다. 2번 암컷, 3번 암컷, 이런 식이다. 그래서 딸애들은 "우리 오리는 이름이 없어요"라고 말한다. 잡아먹을 것들이기 때문에 관계 맺기를 애당초 봉쇄한 수작이었다. 그가 설정한 최소무게 2.3킬로그램이 되면 그의 농장 짐승들은 세상을 떠날 각오를 해야 한다. 잘 준비된 도축시설에서 닭을 잡은 뒤, 피를 빼고, 조심스럽게 내장을 꺼내고, 털을 잘 뽑기 위해 온도가 섭씨 44도인 준비된 물에 담근다.

그런 건조하기 짝이 없는 단백질에 미친 사내가 그날은 3번 암컷 토끼를 잡은 뒤, 남몰래 흐느껴 울었던 것이다.

노동은 윤리가 아니라 필수다

7개월이 마침내 지났다. 6개월 이후 1개월간 그는 잡지사와의 계약대로 자신이 기르고 키운 것만 먹으며 보냈으므로 프로젝트는 성공한 셈이다.

6개월 동안 그의 생활은 "아침에 일어나 편한 셔츠에 작업복을 입고 하루 온종일 일한다. 부서진 것을 고치고 죽어가는 것을 살린다. 배고파하는 것들에게 먹이를 주고 목말라하는 것들에게 물을 준다"였다. 그 후 1개월은 그가 키운 무엇이든 잘 잡아서 아직도 입에 씹히는 고기 속에 남아 있는 '생명'을 느끼며 먹는 일이었다. 그가 말한다.

"하루하루 지나며 조금씩 목표에 다가갔다. 울타리 너머로 바쁘게 돌아가는 바깥세상이 보였다. 7개월 동안 내 삶은 겉모습뿐 아니라 움직이는 방식 자체도 달라졌다. 이제 꿈꾸는 모든 영역(아프가니스탄이나 모하비 사막 우크라이나까지)으로 인생을 확장하고 채우려 투쟁하는 식으로 살지 않았다. 내 삶은 농장과 감응하는 것으로 바뀌었다. 내게 농장의 가능성보다 더 중요한 것은 농장의 한계였다."(329쪽)

그래서 그의 프로젝트가 끝난 뒤, 그의 농장이었던 뒷마당의 3분의 2가 다시 잔디밭으로 덮일 때 그는 보도블록 모양의 뗏장이 그의 밭을 덮는 모습을 차마 지켜볼 수 없어 외면한다. 그가 마침내 '거기'까지 간 것이다.

《뉴욕매거진》의 의도는 결국 성공했다. 책은 출간되자 곧 잡지의 표지 기사가 되었고, 2008년에는 그가 쓴 책이 제임스 비어드 재단 상을 수상했고, 필립 세이모어 호프만이라는 제작자에 의해 그의 경험이 곧 영화로 만들어질 예정이라니 우리도 언젠가 이 사내의 이야기를 책뿐 아니라 영화로도 만나게 될 것이다.

책 전체를 관통하는, 빠뜨릴 수 없는 한 인물이 있다. 7개월 동안 그는 수많은 사람들에게 도움을 받았지만, 그의 정신을 북돋고 지배하던 사상가가 있었으니, 우리나라에서는 《녹색평론》이나 산해출판사를 통해 소개된 웬델 베리였다. 처음에 매니 하워드가 웬델 베리를 접했을 때, 그는 "이 사람은 나와는 너무나 다른 인간이구나", 하는 당혹스러운 느낌을 받는다. 그러나 그는 자신과 웬델 베리가 너무나 다른 사람이지만, 프로젝트가 끝날 때까지 웬델 베리의 목소리를 겸손한 마음으로 경청한다. 매일같이 허리가 휘어질 정도의 고된 노동을 한 뒤에 그는 어김없이 웬델 베리를 펼쳤다. 그가 펼친 책이 우리나라에도 번역된 《삶은 기적이다》(녹색평론사)이거나 《희망의 뿌리》(산해) 같은 책일 수도 있다. 그는 자신이 낮에 한 행동과 시행착오를 통해 배운 것을 웬델 베리를 통해 확인했고, 웬델 베리에게서 얻은 에너지로 다음날의 고된 노동에 몰두할 수 있었다. 급기야 웬델 베리는 그의 방(영혼) 깊숙이 들어왔고, 프로젝트가 끝날 즈음 그는 나지막한 목소리로 "웬델!", 하고 이름을 부른다.

대학보다는 시골을 더 좋아했으며, 사람이라면 모름지기 고된 노동을 하면서 사는 일이 왜 마땅하고 옳은 일인가를 말이 아니라 삶으로 보여준 사상가 웬델 베리가 말했다.

"노동은 윤리가 아니라 필수다"라고.

뒷마당에서 얻은 달걀도 놀라운 선물이었지만, 격렬한 좌충우돌 끝에 매니 하워드가 얻은 가장 큰 소득이 웬델 베리의 바로, 그 말이었다.

실천했으므로 생을 완성한, 행복한 고집쟁이

스콧 니어링, 《스콧 니어링 자서전》,
김라합 옮김, 실천문학사,
2000년

정통 마르크스주의자는 아니었지만 비할 데 없이 투철했던 사회주의자, 스콧 니어링이 왜 며칠이 멀다 하고 대문짝만한 컬러 광고로 신문에 소개되고, 무용설에도 불구하고 베스트셀러 집계를 꾸준히 내는 책방에서는《체 게바라 평전》과 함께 그의 자서전이 베스트셀러까지 오르고 있을까. 실천문학사는 각기 다른 시간대에 아메리카 대륙을 무대로 활약했던, 이 희대의 사회주의자들을 출간하기 전까지만 해도, 듣기로 살림이 매우 어려웠다는데 어찌 이런 전면광고까지 낼 여유가 생겼을까. 심지어 니어링이 이곳의 사정을 좀 안다면 혹독한 매카시 선풍 때의 기억 때문에 미간을 찌푸렸을 게 틀림없을,《조선일보》까지 그의 책 소개에 그토록 큰 지면과 성의 있는 편집을 허락한 일은 왜일까. 햇빛이 외투를 벗겼다는 상당히 오만스러운 우화가 안고 있는 교훈을 신념처럼 끝까지 밀고 나간 김대중 대통령의 방북과 이 일은 필경 관련이 있을까.

여기저기에서 스콧 니어링 이야기와 그에 대한 글들이 보인다. 필자가 서툴게 운영하고 있는 환경단체 '풀꽃세상'의 홈페이지에도 스콧 니어링과 관련된 글만 올렸다 하면, 조회 수가 눈에 띄게 부쩍부쩍 쌓였다. 자서전 출판 전부터 그랬으니, 다분히 녹색평론사의 니어링 소개와 두 권의 책을 낸 보리출판사 덕택일 것이다.

참으로 이상한 일이 아닐 수 없다. 이것도 혹시 떼현상일까. 지나갈 유행일까. 사그라지지 않은 거품이 없었잖은가. 아니라면, 한국 사회가 기실은 니어링이나 체가 생을 걸고, 인간으로서의 진정한 명예감을 잃지 않고 추구했던 인류애적 가치에 오래도록 목말라했던 증거일까. 그렇다면 이곳에 살기 때문에 소극적이든 적극적이든 참여하고 있지만, 이와 같은 사람살이에 모두들 내심 진저리를 치고 있었단 말인가. 체와 니어링 현상은 참으로 기이한 현상이 아닐 수 없다.

그렇지만 필자는 솔직히 말해 한 권의 책이 사회를 얼마나 변화시킬 수 있을지에 대해서는 적잖이 의문이다. 《닥터 노먼 베쑨》을 읽고 전쟁터로 달려가기로 작심한 의사들이 많이 생겼다는 소리는 못 들어봤기 때문이다. 《나를 운디드 니에 묻어주오》를 읽고 난 뒤, '소파(SOFA)'나 용산기지를 달리 보게 되었다는 사람은 적었기 때문이다. '신영복'이 널리 읽혔다고 해서 젊은이들의 투표율이 올라간 것 같지는 않기 때문이다. 매일같이 격동적인 사건의 연속인 우리 사회에서는 한 권의 책이 한 개인에게 끼친 영향이 잠복되어 현실적 행동으로 드러났다고 단언하기에는 시간도 걸리고, 쉽게 감지하기 힘들 만큼 사회 자체가 혼란스럽고 복잡하다 해야 옳을 것이다. 분석이야 어찌됐든, 필자는 체와 니어링과 같은 혁명가와 실천가의 삶이 널리 읽히는 세상은 그래도 희망이 있다고 말하고 싶다. 비겁과 우유부단과 안일과 욕망에 길들여져 있는 상태에서 한 발자국도 움직이지 않겠다는 결심은 요지부동이어서, 독서행위가 다만 밀실의 대리행동일 뿐이라 해도, 그렇다.

이 순정한 실천가들은 어쨌든 사람을 고문하고 있는데, 멜랑콜리하고 설익은 거짓문학들이 판을 치는 독서판에서 사람을 격렬하게 고문하는 책들이 읽힌다는 것은 의미 있는 일이기 때문이다.

스콧 니어링을 읽는 다양한 방식

니어링을 해독하는 방식도 참 다양하다는 것을 느낀다.

생태적 가치를 중히 여기는 사람들은 그를 생태주의자로 파악하고 있었다. 채식주의자는 "거 봐라, 채식을 하면 백 살까지 장수할 뿐 아니라 힘도 좋아 돌집을 수십 채 짓고도 건강하잖아. 명석한 머리로 죽을 때까지 활동할 수도 있다니까. 그러니 채식을 하자구" 하는 방식으로 읽는 것 같았다. 귀농운동 하는 이들이나 용기 있게 시골로 먼저 내려간 이들은 '대안은 스콧 니어링처럼 자립농밖에 없다'고 스스로 위안하면서 힘을 얻는 것 같았다. 아직 남북대치 중이건만 이 나라에는 평화주의자가 워낙 희귀해서 한국의 평화주의자들은 그를 어떻게 읽고 있는지 모르겠지만, 매향리 사건 이후 '무기를 보습으로 만들자'는 외침은 조용한 '니어링 현상'과 한편으로 또 잘 어울려 깊은 설득력을 얻고 있다. 지난 40년간 미국이라는 나라가 군비(軍費)에 쓴 비용이 미국의 모든 공장 설비와 민간 부문의 사회간접자본을 합친 것과 맞먹는 규모라는 사실도 니어링의 책에는 미국을 움직이는 소수의 힘과 관련해서 자세히 소개되어 있다.

그러니 이래저래 니어링을 탐독하는 현상은 우리 사회의 여러 각성적 징후들과 그 뿌리에서 깊게 관련이 있다고 볼 수밖에 없다.

《녹색평론》의 한 대담기사('아흔살의 관점', 1995년 3-4월호)로부터 비롯된, 한국 사회에서의 니어링 부부에 대한 이해는 보리출판사가 낸 두 권의 책《아름다운 삶, 사랑 그리고 마무리》(1997),《조화로운 삶》(2000)으로 이어져 마침내 이번 책,《스콧 니어링 자서전》(2000)으로 자연스레 진행되었다.

앞서 번역된 책들에서 필자는 상당한 조갈증에 시달렸다. 무엇보다 헬렌 니어링이 도무지 믿을 수 없는 여자라고 생각되었기 때문이다. 평생 지병 같은 부르주아지의 우아함을 떨치지 못한 그 여자는 자신의 특별하고도 신념에 찬 삶을 이야기하면서, 정확하게 자신의 감정과 생각이 토로되어야 할 지점에서 타인의 멋들어진 말들을 줄기차게 삽입함으로써 니어링과 함께했던 삶을 극적으로 미화하고 있었던 것이다. 허락된 몇 장의 사진만 해도 그랬다. 대지에 발을 딛고 있는 일하는 사람이라기에는 엉거주춤한, 자연스럽지 못한 자세로 스콧을 그저 거드는 사람이라는 인상이 짙었다. 그녀가 자연스러울 때는 손에 플루트 같은 악기가 들려 있는 사진이었다. 그녀의 활기는 노동할 때보다 돌집을 보러 온 관찰자들의 숲에 싸여 있던 사교의 시간이 아니었을까, 그녀의 글은 그런 의문을 불러일으켰다. 스콧 니어링처럼 자신과의 약속에 엄격했던 인물과 반세기 가까이 좋은 동반자였다는 점만으로도 주목에 값할 만한 여자였음에는 틀림없지만, 허영도 인간의 떨치기 힘든 본성일진대, 이해는 되었지만 갑갑했던 것이었다.

아니나 다를까, 스스로 곡기를 끊고 티베트 라마승처럼 자발적으로 '죽음'으로 의연하게 걸어 들어갔다는 스콧 니어링의 영웅적인 죽음은 헬렌에 의해 상당 부분 미화된 부분이 있다는 증언이

나오게 되었다. 김종철 선생님은 그들 부부와 이웃하고 있던 엘렌 라콩트의 글을 소개하는 머리글(《녹색평론》2000년 5-6월)에서, "우리는 헬렌의 입을 통해 알려졌던 것과는 조금 다른 형태로…… 스콧이 죽어간 것이 사실이라 하더라도, 여전히 그의 삶은 존경에 값할 만한 것이고, 따라서 그의 죽음의 과정도 오히려 좀 더 자연스러운 그만큼 인간적으로 더 소중한 경험이었음을 확인할 수 있을지 모른다"는 조심스럽고 사려 깊은 진술로, 진실에 대한 존중심과 함께 중요하지 않은 일로 중요한 일이 폄하되는 것을 우려했다.

남편을 영웅적으로 미화해서 그녀가 얻을 수 있는 것은 무엇이었을까. 신화에 굶주려 있는 현대인에게 남편을 신화화함으로써 세상은 물론 남편에게나 자신에게나 마지막 서비스를 베풀려고 했을까.

필경 편견이기 십상이지만, 헬렌에 대한 저항감 때문에 필자는 무엇보다도 스콧 니어링 자신의 글을 보고 싶었다. 그가 하는 말로 그의 삶을 엿보고 싶었다.

그래서 이 자서전의 출간은 다른 어떤 책보다도 반가웠던 것이다.

따라 살기에는 벅차지만
공감하고 바라보기에는 아름다운 사람

스콧 니어링의 삶은 본인에 의해서, 혹은 타자들에 의해 청빈가, 사회주의자, 평화주의자, 채식주의자, 생태주의자 등으로 요약된다. 그런 규정에 고개를 끄덕이면서도 필자가 그의 건조하기 짝이 없는, 읽는 이들에게 조금도 아부하지 않는 치열한 자서전에서 받은 인상은 '지칠 줄 모르는 모험가'였고, '근면한 실천가'였고 흐르는 물을 역류시키려는 '어깃장의 명수'였다. 그리고 그가 평생 읽고 쓰고 노동을 기피하지 않는 사회과학자였지만 그 또한 '낙관적인 몽상가'였다는 점이었다.

널리 알려져 있듯이 스콧 니어링은 '충실한 보수주의자'로 태어나서 '확고한 급진주의자'의 길을 회의하지 않고 뚜벅뚜벅 걸은 이타적인 인간이었다. 일찍이 젊은 날 스스로에게 부과한 과제, 즉 "배우고 이해하고 보고하고 해석하고, 인류의 무한한 창조적 잠재력을 충분히 이해하는 가운데 지식을 널리 전파하고, 새로운 지식과 발전된 기술을 좀 더 많은 사람들이 향유할 수 있도록 하는" 자발적 임무에 그는 평생을 바쳤다. 그리고 마치 고지식한 중학생처럼 인생이라는 "강의에서 배운 가장 중요한 내용들을 항목별로 정리한 것"이 바로 이 자서전이었다. 그는 누구도 시키지 않은 '위험천만한 자신과의 싸움'을 무쇠의 정신으로 실천했다. 실천하려고 노력했으며, 좌절을 두려워하지 않았다. 그래서 스콧 니어링 같은 이는 위대한 인물이라고 간주해버리고 곧바로 잊어버리기에는 아까운 인물이라 할 수 있다. '자신에게 지나칠 정도로 철저했던 요주의 인물'로서의 스콧 니어링은 애써 분석하고, 음미하고, 다시 재해석하면서, 나중에는 그의 성취와 그 성취가 가능했던 정치 사회적 조건, 그리고 인간적인 한계까지 헤아려보지 않으면 안 된다. 그 누구든 당대의 산물이기 때문이다.

자신의 생사여탈권을 노동시장과 자본주의의 생필품 시장에 맡기지 않고 자신의 삶의 주인으로 입지하게 만든 자립농의 실천은 나중에는 그에게 득이 되었지만 당시에는 치명적이었던 몇 가지 과오(?)로부터 비롯된다.

전쟁과 전쟁을 일으킴으로써 이익을 얻는 세력들과 방관자들을 가혹하게 비판함으로써 가르치는 일을 그토록 즐기고 좋아했던 니어링이 대학을 두 군데에서나 영구히 쫓겨난 일이 그 첫 번째 과오였고, '제국주의' 연구와 관련해 레닌보다 좀 더 범주를 넓게 잡았다는 이유로 비난받자 탈당서를 제출했건만, 모스크바가 그를 제명해버린 일은 다소 희극적이지만 그의 두 번째 과오였다. 버트런드 러셀과 함께 강연할 정도의 열정적 명강연가였지만, 끝내는 강연 초청도 끊긴 그는 생계를 잇는다는 면에서도 사면초가에 몰린다. 그가 싸움을 건 미국, 혹은 폭력의 핵이라 할 독점자본주의 세력의 힘을 그는 과소평가했던 것이다. 그가 제국주의 미국의 고삐 풀린 권력자들에 대해서는 그토록 가혹하게 말하면서도 '모스크바'에 대해서는 굉장한 인내심을 갖고 절제된 표현법을 고수하고 있지만, 바로 그 세력도 불완전하고 비이성적이긴 마찬가지였다. 그러나 그는 스탈린의 숙청과 중국의 문화혁명 등 사회주의 국가들이 드러낸, 지리하고 집요한 권력의 속성인 테러와 생명 파괴가 평화주의자인 그의 이성에 가한 심각한 회의에도 불구하고, '사회주의는 기정사실이라기보다는 미완의 사건'이라며 애착을 버리지 못한다. 사회주의는 완제품이 아니라 성장하고 발전한다고 스스로를 위무했다. 그 까닭은 "부르주아 혁명과 비교할 때 사회주의 혁명은 공업과 농업에 종사하는 대중들에게 분명하게 이익이 되었고, 이들의 지지를 끌어냈으며, 혁명의 지도자들 상당수가 사회에서 혜택받지 못하고 착취만 당하던 사람들 가운데에서 배출되었"기 때문이었다. 이런 대목에서 스콧 니어링의 혈관 속에 흐르던 톨스토이적 고뇌와 역사에 대한 믿음을 우리는 느낀다. 그러나 인류 역사상 가장 격동적이었던 한 세기를 또렷한 의식을 유지한 채 탐구적이며 실천적으로 살았다곤 하지만, 현실 사회주의 국가들이 어이없이 몰락하고 그가 염려했던 것보다 더 파괴적인 신자유주의가 세계 전역에 맹위를 떨치고 있는 '어두운 21세기'를 경험하지 않고 세상을 뜬 그는 그러나 얼마나 행복한지 모른다. 헬렌 니어링과는 달리 사랑보다는 평생 인류애에 불탔던 그가 그래도 식지 않는 '여명(사회주의)의 꿈'을 품은 채 세상을 떠날 수 있었기 때문이다. 뉴잉글랜드에서나 허락될 수 있었던 그의 자립농마저 모두의 대안은 아니라는 절망감에 빠지지 않고 20세기에 세상을 뜰 수 있었던 그의 생애는 얼마나 자족적인지 모른다.

소비와 탐욕에 지탱하며, 경쟁을 으뜸원리로 삼아 세워졌으며, 무기상과 소수 독점자본주의자들이 퍼뜨리는 생산력주의의 파시즘, 테크놀로지에 의존해 어디로 가고 있는지도 모르고 치달리고 있는 서구문명에 스콧 니어링은 일찍 작별을 고한다. 그가 생태주의자였다고 말할 수 있는 대목이 바로 이 지점이다. 만년에 그가 우주, 태양계, 우리가 뿌리를 내리고 있는 지구라는 별에 대해 깊은 사고를 하는 것은 그래서 조금도 이상하지 않다.

평생 부의 유혹에 빠지지 않으려고 노력했던 스콧 니어링, 변절한 자들 때문에 그들 몫까지 일하려고 결심했던 스콧 니어링, 따라 살기에는 벅차지만 공감하고 바라보기에는 아름다운 사람임에 틀림없다. 그러나 문제는, 더 살았더라면 꿈이 무너질 뻔했던 스콧 니어링이 아니라 이 책이 열렬하게 읽히고 있는 바로 이곳이다. 문명사에서 이미 엄청난 패착이었고, '과거'로 기술되어야 마땅할 서구문명, 그 자신도 출구를 찾지 못하고 있는 산업사회를 조금도 회의하지 않고, 회의하기는커녕 오늘도 '바로 그 방식으로 우리는 세계의 중심국가가 될 것입니다'고 허황되게 외치고, 우리 모두를 고르게 타락시킨 장본인의 기념관을 국고로 지으려고 강집하는 권력욕의 비극성을 깨닫지 못하고 있는, '오늘 여기 바로 우리'가 문제다.

궤변으로 가득 찬, 철 지난 환경책의 악취

비외른 롬보르, 《회의적 환경주의자》,
김승욱, 홍욱희 옮김, 에코리브르,
2003년

벌써 수년 전, 책이 발간되자 '정직하지 않을 뿐 아니라 정신 나간 한 통계학자의 숫자 장난일 뿐'이라고 거칠게 규정되어버린 이 한 권의 도발적 환경낙관론이 '8월 장마'에 갇혀 있는 우울한 시기에 왜 일부 언론에 의해 기다렸다는 듯이 환영을 받고 있는지 우선 불쾌감을 감추기 힘들다. '정가 5만원'이라는 거금의 책값에 1,000쪽이 넘는 분량으로 우리 앞에 갑자기 돌출한 이 장황한 어불성설은 덴마크의 통계학자 비외른 롬보르가 쓴 《회의적 환경주의자》라는 책이다. '이 세상의 실제상황을 직시하다'라는 부제는 미안하지만, '이 세상의 실제상황을 야비하게 왜곡하다'로 읽힌다.

　　'한때 좌파 그린피스였다'고 변절을 자랑하는 롬보르는 '통계 맹신론자'로서 통계학을 통해 환경론자들의 근거 없는 위기설에 맞서고 '이 세상을 더 선명하게 볼 수 있도록' 하기 위해 제자들과 함께 이 무지막지한 분량의 헛된 숫자 장난을 벌였는데, 그 골자는 '이 세상이 기본적으로 올바른 방향으로 나아가고 있으며', '우리는 실제 물려받은 세상보다 더 나은 세상을 만들었으며', 그렇기 때문에 '선진국과 개발도상국, 어디를 막론하고 지금 태어나는 아이들은 더 오래, 더 건강한 삶을 살게 될 것이며, 더 풍족한 음식과 더 좋은 교육, 더 높은 생활수준과 더 많은 여가 시간, 그리고 훨씬 더 많은 가능성을 누리게 될 것이다'라는 궤변이다. 이 궤변은 마치 갓 쿠데타를 수행해낸 군부 독재자가 자신이 탈취한 권력의 정당성을 입증하고 대중을 장밋빛 미래로 현혹하기 위해 작성한 싸구려 연설문 같은 느낌이 든다. 그런 궤변 끝에 '이 어찌 환상적인 사실이 아니겠는가', 하고 도착된 착각을 강요할 때, 이 책은 '잘못 사용된 펄프'라는 생각이 깊어진다.

특히 저자는 《지구환경보고서》를 펴내고 있는 레스터 브라운의 자료에 대해 한이 맺힌 것처럼 '조작된 통계'를 들이미는데, 그에 의하면 이 행성에서 환경운동을 하고 있는 사람들은 모두 대중 선동가와 사기꾼, 공포를 팔아 이익을 남긴 파렴치한, 반도덕주의자, 위선자들에 다름 아니다. 구체적 현실을 철저하게 외면한 장황한 통계와 쓸데없이 방대한 자료는 그가 이런 무례와 폭력을 휘두르는 약발 없는 무기로 기능하고 있다. 두말할 것 없이, 그를 환색하는 이들은 정치가 기업가들을 쫓히고라도, 환경운동을 평소 삐딱하게 보던 일부 언론들, 과학기술 신봉론자들, 핵발전소 만능론자들, '어떻게 쓰든 갯벌 메워버리는 게 발전'이라고 생각하는 '안타까운 사람들'이다.

아무 군데나 책을 펼치면, 저자의 오만방자하고 선동적인 궤변을 만날 수 있다. '농약을 먹어도 암에 1%밖에 안 걸린다, 대기오염은 날로 좋아지고 있다, 재활용 목표를 높게 잡아서는 안 된다, 쓰레기 매립할 땅은 넓고도 많다, 오염은 복지를 좀먹고 있지 않다, 브라질의 삼림 소실률은 높지 않다, 지하수는 자꾸만 충전된다, 해수면은 낮아지고 있고, 지구온난화는 이산화탄소를 심해에 묻고 하늘에 유황을 뿌리면 해결된다, 석유자원은 정신이 멍해질 정도로 충분하다, 에너지원이 고갈되려면 아직 멀었고 우라늄은 아직 1만 4,000년이나 쓸 수 있다……' 등등. '거짓말 중에 가장 고약한 거짓말'이라고 조롱받기도 하는 통계학의 과도한 오용으로 말미암아 '빨리 유명해지겠다'는 야심에 찬 이 젊은 통계학자는 환경론자들뿐 아니라 신중하게 자료를 사용하는 모든 진실한 통계학자들마저 모욕했다. 그래서 2003년 덴마크의 '과학적 부정직성 검토위원회'에서 '객관적으로 판단해서 본서는 과학적 부정직의 범주에 포함된다'라는 평결을 내림으로써 이 책의 정체를 환히 밝힌 일은 조금도 이상한 일이 아니다.

그린피스 회원이었다는 것을 환경담론의 신빙성 강화를 위한 상업적 기호로 사용한 이 방대한 책에 생명 존중, 공생의 사상은 단 한 구절도 없다. 스리마일 섬과 체르노빌 참사에 대해서는 단 한 줄밖에 할애하고 있지 않다. 그러니, 롬보르 같은 사람에게 이미 해수면 상승으로 가라앉아 '국가 폐업'을 선고한 투발루의 비극이나 뉴욕과 런던의 정전, 2003년 여름 유럽의 폭염으로 2만 명이나 죽은 사실들은 "통계적으로 아직 가라앉지 않은 국가가 더 많고, 정전사고가 안 난 나라가 더 많고, 추위로 죽을 사람이 줄어들었다"는 통계적 역전의 자료로 사용될 것이다. 통계보다 앞서 엄습해온 구체적 재앙을 적극적으로 외면한 이 교활한 통계학자의 악취가 그렇잖아도 난제 투성이의 우리 사회를 더 오염시키지 않기를 바랄 뿐이다.

현실로 닥친 재앙, 기후변화

김수종, 《0.6도》,
현암사,
2003년

이제 환경 위기는 환경 위기의 가장 큰 원인 제공자들조차 무시할 수 없는 주제가 되었다. 길 가는 보통사람들도 실천과 관계없이 '환경문제'가 보통 문제가 아니라는 데에는 쉽게 동의한다. 핵전쟁도 무섭고, 대기오염과 수질오염도 무섭고, 환경호르몬도 무섭고, 우리들 식탁의 먹을거리도 끔찍한 상태라는 것을 모두 이해하고 느끼고 있다. 그렇지만 가장 무서운 일이 이미 시작되고 있다는 데 대해서는 잘 모르고 있거나 무관심한 것도 사실이다.

가상 시나리오가 아닌 진행형의 현실

환경문제는 세계가 서로 굳건하게 연결되었다는 자각의 결핍으로 인해 발생했다. 한 마리의 나비 날갯짓이 지구 반대편의 폭풍과 무관하지 않다는 가설은 지구적 현상의 연결성을 극명하게 드러내주는 이론이다. 지구를 살아 있는 유기체로 파악한 가이아론 또한 마찬가지 통찰이다. 전 지구적 환경문제는 무엇일까. 그것은 지구온난화로 인한 기후변화다. 이보다 무섭고 끔찍한 일은 다시없을 것이다. 기후변화는 국경도, 이데올로기도, 부자 나라나 가난한 나라도 차별하지 않고 불가항력적으로 인류에게 닥칠 재앙이기 때문이다. 어디 인류뿐일까? 이 행성에 살고 있는 1,000~3,000만 종의 모든 생명체들에게 차별 없이 닥칠 재앙이기 때문이다. 학자들은 기후변화의 조짐들이 조금씩 확실하게 대두되자, 이 원인이 자연적인 일인가, 인간 활동의 소산인가 파고들었다. 그리고 가속화되는 기후변화는 지난 200년 안팎의 인간 활동의 소산이라고 정직하게 수긍하기 시작했다.

《0.6도》라는 특이한 제목이 붙여진 이 책은 가공할 만한 생존의 위협으로 부상해 있는 기후변화를 주제로 다룬 에세이집이다. 언론사 경력 30년의 지은이가 지구 환경문제에 깊은 관심을 갖게 된 것은 1992년 리우 지구정상회의 취재 경험 때문이었다고 한다.

리우 정상회의 이전에도 성장 만능주의에 대한 반성은 있었다. 60년대의 《로마보고서》나 1972년의 스톡홀름 인간환경회의 등이 그것이다. 그러나 서유럽의 산업선진국에서 먼저 느낀 지구 위기는 부국의 시각이었지 전 지구적인 시각은 아니었다. 리우 정상회의 이후 채택된 '기후변화협약'은 전 지구적인 시각을 잘 반영하고 있다. 기후변화협약은 이후 미국의 불참과 관계없이 1997년 교토의정서, 지난해의 요하네스버그 정상회의에서 중요한 자료로 제시되었다. 그것은 곧 이 행성에 생존의 터를 둔 생물종들의 존재는 매우 얇고 섬세한 기후 엔진의 평형에 가냘프게 의존하고 있다는 사실의 확인이었다. 현재, 이산화탄소의 농도는 5,000만 년 이래 가장 심각한 수치를 보이고 있으며, 이미 오존층은 파괴되어 매년 그 범위가 넓어지고 있고, 지난 100년 동안 지구 평균기온은 0.6도 상승했으며, 여전히 인류가 이 모습으로 살아간다면 향후 100년 동안 1.2~5.8도 더 상승할 것이며, 그로 인한 결과는 미증유의 재앙으로 닥칠 것이다. 이 책에 소개된 이산화탄소 농도와 지구 기온의 상관관계를 담고 있는 킬링곡선은 세상에서 만날 수 있는 가장 무서운 그래프로 육박해온다. 벌써부터 남태평양의 투발루 같은 섬나라는 '나라 폐업' 선고를 하고 스스로 환경난민을 자처해 슬그머니 뉴질랜드에 흡수되지 않았는가. 지금이라도 당장 세계가 총력을 기울여 기후변화에 대처하지 않으면, 향후 150년 이래 그린란드의 빙하가 다 녹아 바다의 수위는 3~6미터가 될 것이다. 무서운 일이 아닐 수 없다. 그런데 이것은 가상 시나리오가 아니라 천천히 가혹하게 진행되고 있는 현실인 것이다.

토목업자들과 정치가들의 한심한 발전론

이 책은 바로 누구도 피할 수 없는 끔찍한 여러 예고된 재앙의 사례들을 풍성한 과학적 자료와 함께 꼼꼼하게 제시하고 있다. 그런 의미에서 매우 침착한 어조를 유지하고 있지만, 이 책은 어떤 공포소설보다 더 무서운 책이다. 기자 특유의 냉정하고 스피드한 문체도 자칫 골치 아픈 주제로 오인될 어려운 문제에 친근하게 접근하는 데 일조하고 있다. 현대판 만리장성에 비유되는 중국 양쯔강의 산샤 댐 취재기와 아프리카의 나미브 사막 이야기 또한 기후변화라는 일관된 주제와 잘 연결되고 있다.

그럼에도 몇 가지 아쉬운 점은, 기후변화라는 공포스러운 주제를 다루면서도 지은이에게 기후변화를 일으키게 한 원인에 대한 분노와 집단적 반성을 촉구하는 대안의 제시는 미약하기 그지없다. 교토의정서를 파기한 조지 부시에 대한 비아냥은 있지만, 2003

년 초여름 한국 사회를 뜨겁게 달군 새만금 소동에 대한 성찰은 약하거나 간과하고 있다. 한국 사회에 팽배한 성장론과 소비 습관, 대규모 자연파괴가 기후변화와 무관하지 않건만, 멀쩡히 살아 있는 갯벌을 죽이려는 토목업자들과 정치가들의 한심스러운 발전론에 대한 비판은 없다. 어떤 대목에서는 지은이 스스로 경제성장 불가피론을 피력하기도 한다. 하지만 현재 상태의 에너지 낭비와 끝없는 경제성장론으로는 기후변화의 속도를 지연시킬 수 없다는 것은 자명한 일이다. '지속가능한 삶'이라는 말은 "지금 이대로 살겠다"는 의지이며, 기술 만능주의와 연결되는 허구가 아니겠는가. 아마도 지은이의 절박한 육성이 약한 까닭은 그가 환경운동가가 아니라 객관적 사실의 불편부당한 전달을 소임(?)으로 알고 있는 언론인이기 때문인지도 모르겠다.

겸손의 자연관, 해방의 자연관

다카기 진자부로,《지금 자연을 어떻게 볼 것인가》,
김원식 옮김, 녹색평론사,
2006년

자신의 시대를 '핵의 시대'로 규정한 이래, 치열하게 반핵의 삶을 살다 간 다카기 진자부로 선생은 '시민과학자'로 우리한테 먼저 알려진 이다. 시민과학자라는 말은 본래 프랭크 폰 힛펠(프린스턴 대학교수)이 자신의 책 《시민과학자》(1991년)에서 처음 쓴 말이라고 한다. 다카기 선생의 친구였던 그 또한 '시민으로서의 과학자'를 자임했던 학자인데, 다카기 선생이 병상에서 《시민과학자로 살다》(1999년, 한국어판 2000년)의 원고를 다 쓴 뒤 제목을 고민하던 즈음, "상아탑이 아니라 삶 자체를 실험실로 삼아 민중들과 같이 싸워온 '얼터너티브(대안) 과학자'로서" 자신의 후반기 삶을 돌이켜보건대 비록 남이 먼저 쓴 말이지만 그렇게 붙여도 괜찮겠다고 생각하고, 자신의 책명으로 삼으면서 우리한테 익숙해진 말이다. 그 후에 다카기 선생이 마지막으로 남긴 책은 《원자력 신화로부터의 해방》(2000년, 한국어판 2001년)이다.

　앞의 두 권의 책들처럼 이번에도 같은 출판사와 같은 번역자에 의해 2006년 초 출간된 다카기 선생의 책 《지금 자연을 어떻게 볼 것인가》는 본래 1985년에 간행된 것을 저자의 말년인 1998년에 증보신판으로 다시 펴낸 책이다.

　후기에서 다카기 선생은 "초판에서 12년의 세월이 지나는 동안에 체르노빌 사고, 냉전의 종식, 지구환경문제의 심각화와 이에 대한 관심이 고조되는 등 자연과 인간, 지구와 인간에 관해서 커다란 변화가 있었다. 이런 것은 초판에서 기본적으로 예견한 것이었지만 예견 이상으로 극적인 변화가 일어나고 있는 것도 또 사실이다"고 밝히고 있다. 1986년 4월 29일, 모내기를 하고 있다가 체르노빌 원자력발전소 사고 소식을 들은 다카기 선생은 이후 에콜로지 담론이 마치 우리 사회를 휩쓴 웰빙 소동처럼 하나의 유행으로 치닫는 모습을 보며 "어디 두고 보자"고 하던 다소 방관자적인 태도에서 다시금 핵과의 숙명적인 싸움의 전의를 불태우게 된다.

대장암이 처음 발견된 것이 1998년 7월이니까 그가 이 책의 증보판 작업을 하는 동안에도 그의 결장(結腸)에서는 조용히 암이 자라고 있었다는 것을 알 수 있다. 대장암, 간암으로 이어진 그의 암 투병은 나중에 대동맥 옆의 임파절에 다시 암이 생기면서 급박해진다. 그래서 《시민과학자로 살다》와 《원자력 신화로부터의 해방》은 흔히 '유언적 저서'라 불린다. 그렇기 때문에 그가 마지막으로 세상에 남기려는 간절한 메시지의 절박함과 그 진정성으로 인해 우리는 그 책들을 숙연하게 대하지 않을 수 없었던 기억이 있다. 하지만 몸속에 암이 자라고 있는 줄도 모른 채 1998년 증보판 작업에 혼신의 힘을 기울이던 다카기 선생을 생각하면, 한 정직한 인간이 스스로 시대가 요구하는 가장 절박한 주제를 설정하고 거기 매달리는 과정의 비장감 같은 게 엄습해오는 것도 사실이다.

인류가 채택한 두 개의 교활한 자연관

책은 '지금 왜 자연인가'라는 서장이 있지만, 크게 2부로 구성되어 있다. 제1부는 '인간은 자연을 어떻게 보아왔는가'라는 질문으로 채워져 있고, 제2부는 '지금 자연을 어떻게 볼 것인가'이다. 핵테크놀로지에 대한 저항이 삶의 주제였던 이가 왜 갑자기 자연관에 대해 공부하게 되었을까. 그것은 선생도 밝히고 있듯이, 두말할 것도 없이 '현대적 위기의 근원'이 일그러진 자연관에서 비롯되었다는 인식 때문이었다. 자연에 대한 태도에 의해 자연이 이렇듯 능욕을 당하고 있고, 그 역습에서 인류의 존폐가 가늠될 지경에 이르렀다는 인식은 바람직한 삶을 고민한 상식인이라면 반드시 맞닥뜨리게 되는 주제가 아닐 수 없다.

다카기 선생은 주로 서양의 그것이지만, 인류가 교활하게도 두 개의 자연관 사이를 줄타기해왔음을 밝혀낸다. 하나는 해명의 대상이고 분석의 대상이고 지배와 착취의 대상으로서의 자연이 그것이다. 다른 하나는 위안과 즐거움의 대상으로서의 자연이다. 즉 정복자와 과학자의 자연이 그 하나이고, 다른 하나는 시인의 자연이 그것이다. 하지만 이런 이원론은 다카기 선생의 말처럼 당혹스러운 구석이 있다. 그래서 선생은 우리가 직면한 자연과 사회의 심각한 위기를 극복하기 위해 "이원적으로 분열된 자연관을 좀 더 새로운 관점에서 통일적으로 재검토하는 근원적 작업"이 필요하다고 생각했다. 바로 이 책의 주제다.

다카기 선생은 서장에서, 핵문제를 고민한 이답게 핵테크놀로지 이야기부터 시작한다. 핵테크놀로지는 "인간이 자연으로부터 더 강력하고 더 거대한 힘을 얻어내려고 한 극한에서 태어난 기술"이라는 게 선생의 견해다. 자연에서 추출된 '제2의 자연'이 '제1의

자연'을 우리 내부에서 지배하고 억압하고 있다는 것이다. 틀림없
는 말이다. 2005년 연말 성과주의에 미친 대다수 한국인을 정신
적 공황상태에 몰아넣은 '황우석 사기극'의 핵심이라 할 수 있는
생명공학(바이오테크놀로지)도 그는 신성모독으로서의 '제2의 자연'
으로 간주하면서 이야기를 펼친다.

프로메테우스 숭배가 가져온 필연적인 재앙

그래서 제1부 '인간은 자연을 어떻게 보아왔는가'는 '자연관'이
라는 일관된 관점이 있지만 마치 '이야기 과학사'로 여겨질 만큼
다카기 선생이 정성껏 모은 귀한 자료들로 채워져 있다. 이야기가
그리스 신화 '제우스와 프로메테우스'로부터 시작되는 것은 "모든
원인에는 이유가 있다"(셰익스피어, 《실수 연발》 2막 2장)는 말처럼 근대
적 자연관의 뿌리가 바로 거기서부터 연유하기 때문이다. 문제가
'프로메테우스부터'였다고 간파한 것은 다카기 선생이 처음은 아
니지만, 원자력을 '프로메테우스의 불'이라 부르는 것을 상기할 때
참으로 의미심장하다.

프로메테우스 신화는 플라톤의 《프로타고라스》에 담겨져 있는
데, 모두가 얼추 한번쯤 듣거나 봐서 알고 있다고 생각하는 내용이
지만, 이 책이 다룬 특별한 시각 때문에 다시 정독할 만한 신화라
고 생각된다.

옛날, 신들이 처음으로 동물(죽어야 하는 종족)을 창조했을 때

티탄족의 거신(巨神) 프로메테우스와 에피메테우스에게 그 능력의 배분을 할당한다. 프로메테우스는 '먼저 생각하는 이'라는 뜻을 갖고 있고, 에피메테우스는 '나중에 생각하는 이'라는 뜻을 갖고 있다. 신화가 때로 현실보다 더 현실을 잘 반영하고 미래를 앞당겨 해석하는 능력을 내장하고 있는데, 이 경우에도 참 절묘하게 그렇다. 이름난 지자(智者)였지만 다소 게으른 프로메테우스는 임무를 아우 에피메테우스에게 미룬다. 고지식한 에피메테우스는 동물들에게 능력을 배분하면서 어떤 종족에게는 속도 대신 강한 힘을, 힘이 약한 측들에게는 속도의 능력을 주었다. 어떤 것들에게는 이빨이나 발톱처럼 무기를 주었고, 또 다른 것들에게는 무기 대신 나면서부터 신체를 보존할 다른 능력을 주었다. 작은 것들에게는 날개를 주기도 했고 어떤 것들에게는 땅속에 서식처를 주거나 큰 몸을 주었다. 모두 평등하게 살 수 있도록 능력을 배분하되 그가 배려한 것은 "어떤 종족도 멸종하여 자취를 감추는 일이 없도록 하는 것"이었다. 그뿐인가. 어떤 녀석에게는 털이나 가죽을 입혔다. 모두 제우스가 만든 사계(四季)에 잘 적응하고 살라는 배려였다. 살기 위해 동물들이 몸에 마련한 것이 바로 '자연의 본성'이었다. 서양에도 '가지 않은 길'이긴 하지만, 일찍부터 공생의 사상이라 할 만한 싹이 없었던 것은 아니었던 것이다.

그런데 문제가 생겼다. 에피메테우스가 능력 배분의 권능에 심취해 맨 나중에 줄을 선 인간에게는 아무 능력도 줄 게 없었던 게다. 결국 "인간은 벌거벗은 채 신발도 없고, 깔개도 없이, 무기도 갖지 못한 채" 남아 있게 된 것이다. 바로 그때 '인간이라는 동물'을 가엾게 여긴 프로메테우스가 헤파이토스(쇠를 다루는 신)와 아테네로부터 "기술적인 지혜를 불과 함께 훔쳐" 인간에게 준다.

다소 회색적인 인간의 내면을 잘 그려 2003년 노벨상까지 받은 남아공 출신의 소설가 J. M. 쿳시의 장편소설 중에 《철의 시대》라는 소설이 있는데, 쿳시도 쇠를 다루는 신 헤파이토스로 이어진 문명(남아공 백인들의 폭력)을 의식하고 붙인 제목이 아닌가 여겨진다.

어쨌거나 여기서부터 사단이 일어났다. 신화로 봐도 그렇고, 실제 그 후에 일어난 일을 더듬어 봐도 그렇다. 그 후의 세상은 개판보다 더 심각한 '꼴난 인간판'이 되어버린 것이다. 인간은 '자기 밖'에 있는 자연계에서 자신을 분명하게 구분하고, 자연과 대항해서 살아가게 된 것이다. 이후 프로메테우스는 플라톤에 의해서도 그렇지만, 아리스토텔레스, 갈릴레오나 뉴턴, 괴테에 이르기까지 인간의 기술적 지성을 긍정하고 자연에 대한 정복자로 인간을 긍정하는 원조로 확고하게 자리 잡는다. 인간의 문명이 불과 기술을 하늘에서 '훔친 능력'에서 비롯되었다는 것은 프로메테우스에 대해 줄기차게 바쳐진 열렬한 찬사임에도 불구하고 이후 인간이 걸어온 길의 비극성을 일찍부터 암시하고 있었다는 점에서 등골이 서늘해진다.

다카기 선생이 꼼꼼하게 짚어본 서양의 자연관은 프로메테우스 신화에서부터 한 치도 벗어나지 않고 진행된 바로 그 끔찍한 자연관이었다. 자연은 장애물이었고, 인간은 잘나도 끔찍하게 잘

난 존재인 것이다.

　원자력을 '프로메테우스의 불'이라 명명하고 있는 근대적 인간의 오만이나 근래 돌이킬 수 없는 대세로 자리 잡고 펼쳐지는 생명공학에 대한 광신이, 신화에 그려진 생명 가진 것들의 필멸(必滅)의 숙명을 부정하려는 의도와 조금도 다르지 않다는 것을 생각하면, 신화의 예지력에 경탄하기에 앞서 왠지 모골이 송연해지는 것이다. 이라크에서 예상을 넘는 희생자를 낸 미 국방성이 어느 부처보다 생명공학에 더 지대한 관심을 기울이고 있다는 것은 많은 것을 암시하고 있다. 국방성의 그 지대한 관심은 공격목표가 어느 곳이 될지 모를 '다음 침략전쟁' 때에는 복제인간을 사용하겠다는 계획 때문인데, 어쩌면 생명공학이 난치병 환자를 고치는 윤리적(?) 목적보다 인간복제술로 더 활기차게 활용되리라는 것은 불 보듯 쉽게 예측되는 일이다.

　이 책의 적잖은 분량을 차지하고 있는 제1부는 바로 프로메테우스 신화를 예찬하고 그가 훔쳐 준 능력을 유감없이 발휘해온 서양의 과학사로 채워져 있다. 때로 자연이 기계로 파악되기도 했으며, 혁명의 원리가 되기도 했으나 일관된 태도는 자연을 이용과 조작의 대상으로 보는 것이었다. 간혹 자연을 유기체로 이해했던 브루노 같은 과학사가(科學史家)가 있었지만, 코페르니쿠스를 거쳐 근대로 접어들면서 합리주의적(과학적) 자연관은 강력한 이데올로기로 자리 잡는다. 그 대목과 관련해 다카기 선생의 말을 직접 살펴본다.

"근대과학은 진리의 유일성을 주장하는 점에서, 극히 배타적인—혁명(내지는 반혁명)이 승리하는 과정들은 모름지기 반대하는 사상을 쓰러뜨리지 않고서는 배기지 못하는 것과 같이—시스템, 또는 문화적인 강제력이 강한 시스템이다. 일단 그러한 틀이 사회에 큰 힘을 차지하게 되면, '비과학'은 악으로 배제되고 자연관은 '과학'으로 평준화된다."(94쪽)

얼마 전 '황우석의 생명공학'을 의심하거나 행여 조금이라도 비판하면 《조선일보》 김대중 주필에 의해 한국에서는 확고한 악의 표지로 통용되는 '좌파'로 몰리고 말던 일을 상기하면 이 대목에 대한 이해가 아주 쉬워질 것이다.

서구적 자연관의 핵심은 인간중심주의

서구의 자연관을 프로메테우스적 자연관으로 요약할 때 빠뜨릴 수 없는 또 다른 특성은 인간중심주의다. 기계로서의 자연관이 발전하는 데 결정적인 역할을 한 것은 기독교였다. 그래서 중국의 자연관과 대비해 조셉 니담은 "기독교는 세계에서 가장 인간중심주의적인 종교이다"라고 탄식했는지 모른다. 니담은 말하기를, 중국에서는 "인간 이외의 피조물에 대해서 인간이 마음대로 할 수 있는 권한은 주어지지 않았다"(95쪽)는 예를 든다. '세계의 공장'을 자처하고 있는 오늘의 중국을 생각하면 그런 구분 자체가 의미가 없어졌지만, 최소한 동양의 자연관은 전통적으로 이원론적이지는 않았던 것이다. 이 대목에서 베이컨이 한 말을 인용해본다.

"자연의 비밀은, 사람의 손에 의해서 가혹하게 다루어져야 그 정체를 밝혀내기 쉽다." 이어서 그가 덧붙였다. "자연을 정복하려면 자연의 법칙을 알지 않으면 안 된다."(98~99쪽)

조지 부시만 악의 원천이 아닌 것이다. 교과서에 불멸의 존재로 등재된 위인들 중에도 이렇듯 방자하고 무례한 자연관을 지닌 인간들이 수두룩한 것이다. 예외적인 인물이 준 충격도 있다. 마크 트웨인이라면 좋은 작가라고 말해도 괜찮지 않겠는가. 그가 1900년대 초 필리핀 전쟁에 즈음하여 미국의 대외 팽창주의를 가혹하게 비판하던 어조와 역할은 마치 드레퓌스 사건 때의 에밀 졸라에 버금갈 만했고, 특히 지금 읽어도 눈물 나는 그의 《전쟁을 위한 기도》(돌베개, 2003년)는 오늘날 미국의 널리 알려진 대표적 반전주의자 촘스키를 떠올리게도 한다. 그럼에도 신뢰할 만한 작가이자 양심의 대명사라 말할 수 있는 마크 트웨인이 엉터리 수치를 동원해 인간의 위대성에 도취한 글을 남긴 것을 접하노라면, 프로메테우스 예찬을 기반으로 한 서구의 인간중심주의가 얼마나 구제불능의 강고한 편견인지 다시금 느낄 수 있다.

"인간은 3만 2,000년이나 존재해오고 있다. 지구가 인간을 위해

준비하는 데 대략 1억 년이 걸렸다는 사실은 인간이 그만큼 중요했음을 가리킨다. 적어도 나한테는 그렇게 보인다. 이제 에펠탑으로 지구의 나이를 재현한다고 가정한다면, 제일 꼭대기의 뾰족한 곳에 있는 색깔 층이 역사에서 인간이 차지하는 부분에 해당된다고 하겠다. 온 탑 전체가 이 얇은 층을 위해서 세워졌다는 것은 누구나 알아차릴 것이다. 적어도 내게는 그렇게 보인다."

(미다스 데커스, 《시간의 이빨》, 오윤희 외 옮김, 영림카디널, 2005년, 236쪽)

이것이 마크 트웨인이 한 말이라니. 뛰어난(?) 문학인들의 예기치 못할 무지와 폭력적 발언은 사실 어제오늘의 일은 아니다. 황우석이라는 세기적 도박사가 국민영웅으로 잠시 온 나라를 흥분시켰을 때 소설 쓰는 예술원 회원 한 분은 그의 '젓가락론'에 속아침을 튀기며 그에 대한 찬사를 늘어놓았고, 귀족풍의 시인 한 분은 화려하고 현란한 한 지면을 통해 '황우석을 예찬한다'는 제목 아래 그에 대한 부정적 견해를 가진 사람들을 경멸에 찬 차가운 어조로 매도하기까지 했다. 죽어가는 사람을 살리겠다는 데 왜 딴지를 거느냐는 게 시인의 항변이었다. 그들은 마침내 오래 끌지도 못한 '황우석의 진실'이 밝혀졌을 때 어떤 감정에 사로잡혔을까.

쇠약해지지 않으면 이해할 수 없는 생명

이 책의 제2부는 앞서 말했듯이 '지금 자연을 어떻게 볼 것인가'라는 물음으로 채워져 있다. "자연을 엄청나게 포악한 것으로 보고 이것과 싸워 종속시킴으로써 자연을 융화시키려는 유럽적 자연관"을 어떻게 극복할 것인가를 '민중의 자연', '자연과 노동'이라는 주제를 중심으로 서술하고 있다. 자연에 대한 겸손한 태도를 회복하고, 우리도 그 일부라는 자각에서 비롯된 탈근대적 자연관을 그는 '해방의 자연관'이라 부르고 있는데, 다카기 선생 못지않게 "근대를 뚫어버리는 힘을 가지고 행동"에 나선 이들은 우리 한국 사회에도 적지 않기 때문에 2부의 설득력은 공감과 새로운 확인의 기회가 된다.

"책을 쓴다는 것은 결국 선행하는 실천적인 작업의 뒤를 쫓는 것이다"라고 말하는 다카기 선생은 매우 정직한 사람이었다고 생각된다. 자연을 어떻게 바라볼 것인가, 라는 질문은 결국 우리는 어떻게 살아야 옳은 것인가, 라는 질문과 다르지 않다. 인간은 과연 '다른 길'로 접어들 수 있을까. 다카기 선생은 "그렇다"고 믿었다. 그러면서 선생이 거는 기대는 역시 풀뿌리 시민운동뿐이었다. 국가권력에 의해서 세계가 달라지리라는 기대처럼 허망한 기대는 없다는 반(反)권력의 사상은 책 곳곳에 스며 있다. 그래서 아마 번역자 김원식 선생이 토다 기요시의 말을 인용하면서 다카기 선생 또한 아나키스트라 말하고 있는지도 모른다.

그의 사상적 성향의 분류보다 중요한 일은 "우리를 둘러싼 자연 상황이 지나치게 절망적"이라 "자연은 망했다"고 생각하는 것 또한 인간중심주의적 자연관이라는 다카기 선생의 충고다. 그는 우리가 이제라도 정신을 차린다면, "미래를 확실한 것으로 되찾을 수 있다"는 말을 자주 한다. 그런 믿음은 "자연이 그렇게 간단하게 허물어지지 않는다는 것도 한편의 진실이다"(236~237쪽)는 낙관론으로 표현된다. 낙관론은 대개 그 어조와 달리 쓸쓸하기 십상인데, 다카기 선생의 낙관론에는 힘이 있다. 거기에 말과 글이 일치했던 생이 묻어 있기 때문인지도 모른다. 인용한 아오노 사토시(靑野聰)의 다음과 같은 말은 곧 다카기 선생의 생각으로도 읽힌다.

> "생명은 일개 목숨이라고는 할 수 없는 것이지요. 그것은 쇠약해지지 않으면 이해할 수 없는 겁니다. 쇠약이라는 것은 되돌아가게 해주지요."(193쪽)

이때 '생명'이라는 말을 '지구'라 바꿔 읽어도 좋고, '자연'으로 고쳐 읽어도 괜찮을 것이다. 하지만 선생의 말처럼 그것은 쇠약이라기보다 "참다 참다 폭발한 분노"로 이해하는 게 마땅하지 않을까 싶기도 하다. 지금 이 순간에도 강도 높게 일어나고 있는 크고 작은 자연의 역습들이 그렇게 느껴진다는 이야기다. 이 책의 출간으로 이제 다카기 선생이 죽음을 앞두고 3년(1998~2000년)에 걸쳐 펴낸 세 권의 '유언적 저서'가 모두 우리말로 출간된 셈이다. '밀란 쿤데라'도 아니고, '움베르토 에코'도 아니건만 같은 출판사, 같은 번역자에 의해 이렇게 한 에콜로지스트의 책이 시간을 두고 잇따라 출간된 예는 많지 않을 것이다. 많이 팔리지 않을 게 뻔할 텐데도 말이다.

다카기 선생에게는 '에콜로지즘 자연론의 시도'라는 이 책의 주제가 매우 힘겨웠을지 모르지만, 책을 읽는 우리에게는 반갑고 소중한 경험이 될 것이다.

《오래된 미래》이야기 - 김종철 선생과 김성동 선배

헬레나 노르베지-호지, 《오래된 미래》
김종철, 김태언 옮김, 녹색평론사,
1996년

대구에서 발행하는 《녹색평론》이라는 잡지가 있다. 문학평론가이며 대학에 계시는(이 글을 썼던 1996년에는 대학에 계셨다) 김종철 선생이 그 발행인이다. 그는 추기경의 환경의식에 대해서도 조용히 질문하는 분으로서, 우리 시대 생태계 위기에 대한 우려의 진정성을 감동적으로 드러내고 있는 분이기도 하다. 허다한 책들의 홍수에 또 하나의 책을 첨가시키는 일의 의미에 대한 조심스러운 질문으로 시작된 그 잡지는 우리 시대의 가장 영향력 있는 인문학적 환경 전문지로 적잖은 사람들에게 애정을 받고 있다. 그 잡지의 영향력은 발행 부수를 늘리고 세를 확장하는 행사나 그 행사의 양적 규모에 의해 지탱되고 있다기보다 사람들의 마음에 파고드는 감동과 그 감동으로 인하여 사람을 변화시키는 힘에 의해 말해질 수 있는 그런 영향력이다.

재생지 사용과 코팅을 하지 않는 작은 실천으로 일관하고 있는 그리 두껍지 않은 그 격월간지는 안타깝게도 그러나 아직 대중적인 책이 아니다. 물론 그 문제는 그 책이 견지하고 있는 태도, 즉 산업사회 출판시장에서의 유통구조에 쉽게 영합하지 못하는 태도와도 무관하지 않다. 도심의 몇 책방에 조금 있으며, 거의 전량은 정기구독에 의해 전달된다. 그러므로 광고와 과잉 출판으로 발생되는 쓰레기는 염려하지 않아도 된다. 괄목할 만한 대중성을 얻지 못한 문제는 책의 내용이나 조심스러운 유통 자세에 문제가 있다기보다 좋은 책을 적극적으로 선택하지 않는 대중들의 소극성이라는 측면으로 살펴야 할 일일지도 모른다. 우체국이나 은행에 일 년에 한 번 들르기 귀찮아 하는 소극성 말이다.

낭비도 없고, 오염도 없는 사회, 생명의 미래

나는 시방 무슨 이야기를 하려고 하는가. 할 수 있는 한 공정한 시각을 견지해야 하는 한 글쟁이로서의 기본적인 양식을 저버리고

특정 잡지 선전을 하고 있단 말인가. 단연코 아니다. 다만, 때로 우리를 부끄럽게 만들고 정말 정신 차리지 않으면 안 될 것을 안타까운 얼굴로 나지막하게 요구하는 《녹색평론》 같은 '조용하고 힘없는(?)' 잡지 하나쯤을 오래 지속시키는 것은 환경 위기의 시대를 사는 우리 시대 우리 사회의 '작은 책임'이 아닐까 싶어서일 뿐이다.

바로 그 《녹색평론》에서 《오래된 미래》라는 단행본을 발행했다. 그 책은 우리가 유일한 문명 생활로 받아들이고 있는 산업사회 속의 우리들의 삶이 얼마나 우리들 자신을 소외시키고 반생명적인 삶인가를 라다크 지방의 삶의 모습을 통해 깨우쳐주고 있었다. 한종류의 과학과 기술에 기초한 한 가지 개발 모델, 바로 서구 산업 사회가 먼저 치달려갔고, 우리가 의심 없이 맹렬하게 뒤쫓는 그 모델만이 결단코 유일한 선택이 아님을 그 책은 보여주고 있다. 그동안 문명사회가 선택한 모델은 비교해볼 '타자'가 없었던 것이다. 라

다크에서 16년이나 그들과 함께 살며 '산업 인간'의 세계관에 결정적인 문제가 있음을 깨달은 저자는 우리가 선택할 생명의 '미래'는 아직 오지 않은 시간이 아니라 이미 실천되고 있었던 라다크의 삶에서 그 모델을 엿볼 수 있다는 메시지를 전하고 있다. 그래서 책명이 바로 《오래된 미래》이다.

어떤 사회일까. 그 사회는 낭비도 없고 오염도 없는 사회다. 쓰레기는 물론 모든 생명 있는 것들의 배설물은 완전히 순환되어 새로운 생명으로 환원된다. 여름 서너 달이나 풀이 있고 나머지 기간은 영하 40도의 해발 3,000~5,000킬로미터의 가혹한 동토이지만, 그 나라를 평화와 평안함, 부드러운 만족감에 가득 찬 공동체로 만든 지혜는 어디에서 비롯되었을까. 범죄는 사실상 존재하지 않고, 공동체는 건강하고 튼튼하며, 젊은이는 유순하고 다정스럽다. 모든 이들이 생명 있는 것들을 섬긴다.

라다크에 가기 전 저자는 물론 우리들처럼 인간은 본질적으로 경쟁하고 살아남기 위해 싸우는 이기적인 존재라고 생각했다. 이러한 인간관은 산업사회의 결과라기보다는 본래 인간이 생겨먹기를 그렇게 되어 있다는 가치관에 근거하고 있었다.

아름다웠던 사회, '없던 가난'이 생기다

과연 그럴까. 우리는 진지하게 우리 자신에 대한 물음을 펼치기도 전에 그런 서구의 인간관과 세계관을 그들보다 적극적으로 받아들였다. 그리하여 국가나 사회, 기업이나 개인 할 것 없이 '경쟁력 제고, 생산성 극대화, 능률과 효율, 새로운 욕망의 창출'을 우리를 움직이게 하는 동력으로 수용했다. '진보'와 '발전'이라는 이름으로 드높여진 산업사회의 개발 슬로건들이 기실 매우 어두운 인간관에 기초하고 있다는 것은 조금만 생각하면 느낄 수 있는 아픈 발견이다.

라다크 이야기에서 가장 감동적인 이야기는 거기 혼인 풍속이 일처다부라는 점도 아니었고, 거기 승속(僧俗)이 함께 농사일을 한다는 것도 아니었고, 화폐가 불필요한 사회라는 것도 아니었다. 그곳 사람들이 화를 내지 않는다는 점이었다. 순진무구함으로서의 아이들과 지혜의 보고로서의 노인들이 당당하게 대접을 받는다는 점이었다. 아이들이 아무리 조르거나 보채더라도 끊임없이 조용한 태도로 답변을 하는 사람들, 타인에 대한 가장 심한 욕설이 '에이 저 화 잘 내는 사람'이라는 대목은 감동의 극치였다. 서두르고 "빨리 빨리"가 미덕은 아니지만 능력으로도 간주되는 우리에게 화 잘 내는 사람이 가장 경멸받는 사회가 이 세상에 있다는 것은 놀라움이 아닐 수 없다.

그러나 아름다웠던 그 사회도 지금 급속도로 망가지고 있다고 한다. 호기심 많은 산업사회의 관광객들이 그곳에 흘린 문명 때문이다. 배움의 장으로서가 아니라 호기심의 장, 사업의 장으로서의 라다크에 접근한 '산업인간'들 때문에 '없던 가난'이 생기기 시작한 것이다.

아름답지만 매우 비상업적인 그 책의 발행 방식도 이채로웠다. 우선 《녹색평론》 독자들을 통해 우편으로 주문을 받았다. 주문량이 너무 적으면 책을 내지 못한다는 의사표시였다. 필자는 그날로 책값 5,000원을 '녹색평론사'로 보냈다. 발행 결정에 한 권이라도 보태기 위해서였다. 불안한 마음으로 기다렸다. 마침내 책이 나왔다. 그러나 많이 찍었을 리가 없었다.

여러 날 뒤, 소설가 김성동 선배를 만났다.

"한 시사주간지에 책이 좋아서 그 책 서평을 썼어. 그랬더니만 갑자기 책 주문이 쇄도한 모양이야. 놀란 김종철 선생, 좋은 책 많이 읽히게 된 건 좋지만, 정말 이래도 되는 거요? 하시두만."

그것은 몇 십만 부 발행 부수 주간지의 위력을 새삼 실감하면서도, 바로 그 위력이 가능한 사회구조를 염려하던 사람들의 탄식(?)이라면 탄식이었다.

뉴욕은 라다크보다 행복하지 않았다

헬레나 노르베리-호지, 스티븐 고어릭, 존 페이지, 《라다크 소년 뉴욕에 가다》,
매튜 운터베르거 그림, 천초영 옮김, 녹색평론사,
2003년

북인도와 산악국가 네팔, 그리고 티베트 고원에 걸쳐져 있는 히말라야는 눈에 덮인 높은 산들이 수천 개 이어져 있습니다. 세계에서 가장 높은 8천 미터가 넘는 산봉우리들도 수십 개 있습니다. 그래서 사람들은 히말라야 지역을 '세계의 지붕'이라고 말합니다.

그만큼 그곳은 높은 지대라는 이야기지요. 사람이 살 수 없는 산봉우리에는 일 년 내내 아름다운 만년설이 덮여 있고, 그 아래 골짜기에는 우리와 똑같이 생긴 몽골리언들이 누천년에 걸쳐 히말라야 자연에 적응하면서 살아왔습니다.

그곳 히말라야에 왜 우리 한민족과 똑같은 사람들이 살고 있는지 아무도 그 이유를 정확하게 설명한 사람은 없습니다. 어떤 학자의 말에 의하면, 일본인보다 히말라야 사람들이 우리와 더 닮은 유전형질을 갖고 있다고 합니다. 그래서인지 우리 한국 사람들은 라다크를 비롯한 히말라야 지방에 가면, 서양인들과는 달리 마치 고향에 온 것 같은 편안한 감정을 느끼게 됩니다.

이 만화책의 주인공 리진이 살고 있는 라다크는 바로 히말라야 고원에 있는 사막지대이며, 본래는 부처님을 믿으며 자급자족하며 살고 있었으나, 현재는 인도에 속해 있는 땅입니다.

라다크에서는 화를 내는 사람이 제일 이상한 사람

이 글을 쓰고 있는 저는 1997년에 라다크에 가본 적이 있습니다. 그곳에 가자면 백두산이나 한라산보다 두서너 배 높은 길을 타고 넘어야 합니다. 높이는 백두산보다 높은 해발 3,000미터 내지 5,000미터 가량 되는 높은 지대이지요.

히말라야에는 사막도 있고, 밀림도 있고, 초원도 있고, 빙하지역도 있는데, 라다크는 사막지역입니다. 그래서 라다크에 있는 나무나 풀 한 포기조차 모두 스스로 자라난 것이 아니라 사람이 일일이 심어서 가꾼 것입니다. 30도가 넘는 여름은 서너 달가량 되고, 겨울은 네 달가량 되는데 얼마나 추운지 영하 40도를 기록하기도 합니다. 물론 물자도 아주 귀합니다. 그래서 사람이 살기 아주 힘든 곳이라고 할 수도 있습니다. 그렇지만, 이곳 라다크 사람들은 가혹한 자연조건 속에서도 농사를 짓거나 양떼를 키우며 행복한 얼굴로 살고 있습니다. 그들은 아주 순하고 부드러운 미소를 띠며 찾아오는 손님들을 반기곤 합니다. 이곳 라다크에서는 어떤 물건도 낭비되는 물건은 없습니다. 물자가 귀하기에 라다크 사람들은 모든 물건을 아껴 쓰고, 그렇기 때문에 오염이 될 수 없습니다. 사람들은 많이 웃고, 자주 축제를 벌이며, 서로 다정하게 대합니다. 라다크에서는 화를 내는 사람이 제일 이상한 사람이기도 합니다. 그래서 라다크에는 불과 몇 십 년 전만 해도 돈이 없어도 잘살 수 있었습니다. 같이 일하고, 땅에서 난 소출을 똑같이 나누었기 때문에 군이 돈을 만들 필요가 없었던 것입니다. 그러니, 뉴욕이나 한국의 우리들처럼 쫓기며 살 필요도 없었고, 열심히 돈을 모으거나 부동산이나 주식에 투자하거나, 명문 대학교에 가기 위해 엄청난 사교육비를 써야 할 이유는 더욱 없는 곳입니다. 라다크 사회는 특히 노인들을 매우 존경하고, 어린이들을 귀하게 여기며 살아왔습니다.

그러나 평화롭고 고요한 라다크는 인도 땅이 된 이후, 외부 세계에 활짝 열리면서 외국의 관광객들이 많이 찾아오게 되었습니다. 관광객들은 라다크를 오염시키기도 했고, 한편으로는 라다크 사람들의 삶에 깊이 감동해서 이 세상에 아주 특별한 별천지도 있다는 것을 알게 되었습니다. 관광객 한 사람이 쓰는 돈은 라다크 한 마을이 한 철을 날 수 있는 규모와 비슷했습니다. 그러자 라다크 사회는 관광객이 속해 있는 사회를 부러워하기 시작했습니다. 특히 젊은이들이 그랬습니다. 갑자기 젊은이들은 자신들이 살아오던 방식을 의심하기 시작했습니다. 그리고 자신의 조상들이 살아오던 방식을 문득 초라하게 생각하기 시작했습니다. 라다크 여기저기에 길이 닦이고, 건물이 들어서고, 상점들이 많이 생기면서 갑자기 가난한 사람들이 생기기 시작했습니다. 부자도 없고, 가난한 사람도 없던 라다크에 일어난 이 빠른 변화는 아주 크고 심각한 것이었습니다. 자동차가 매연을 뿜으며 거리를 달리기 시작했고, 미국의 폭력영화와 오락문화가 들어오기 시작했으며, 관광객들이 남긴 썩지도 않고 태워도 곤란한 쓰레기도 많이 생겨, 아름답던 라다크의 자연이 급격히 오염되기 시작했습니다. 그렇지만 라다크의 젊은이들은 미국문화를 동경하고, 그들이 물질을 펑펑 써대는 것을 곧 잘사는 일이라고 생각했습니다. 이 만화의 주인공 리진과 리진의 친구들이 미국에 가게 된 것을 매우 기뻐하고 부러워한 것도 바로 이런 흐름 때문이었습니다.

부러운 미국, 그러나 라다크로 다시 돌아오다

리진은 한 미국 관광객의 안내 짐꾼으로 여행을 같이한 후에 리진의 성실성과 정직성으로 인해 미국에 초대를 받습니다. 리진의 친구들은 미국에 가게 된 리진을 매우 부러워합니다. 미국에는 초콜릿과 햄버거, 코카콜라를 마음껏 먹을 수 있고, 청바지도 입을 수 있고, 나이키 신발도 신을 수 있고, 오토바이나 자동차, 지하철을 탈 수도 있기 때문이었습니다. 라다크에는 없고 미국에 있는 것을 소년들은 모두 좋은 것이라고 생각했던 것입니다.

그렇지만 이 세상에서 가장 번화한 도시인 뉴욕에 간 리진은 처음에는 그 엄청난 도시의 규모와 수많은 번쩍이는 차량과 잘 차려입은 사람들을 부러워하며 경탄했습니다. 하지만 시간이 지나면서 그곳 사람들이 매우 바쁘게 허둥지둥 쫓기면서 살고 있는 것을 알게 되었고, 사람이 할 일을 기계가 대신하고 그렇기 때문에 자신이 쓸모없는 존재가 된 것을 느끼게 되었고, 폭발적인 교통 혼잡으로 인해 일을 마치고 집으로 돌아가는 지하철에서 잘못 내리기도 합니다. 공기와 마시는 물도 안 좋고, 매일 바쁘게 살기 때문에 쉽게 피로해지면서 우울해졌습니다. 그뿐 아니라 거리에서 총을 든 강도가 다른 사람들의 물건을 뺏는 것도 보게 되었습니다. 그리고 부자는 지나치게 부유하고, 가난한 사람들은 매우 비참하게 살고 있다는 것도 알게 되었습니다. 리진의 얼굴에 늘 피어 있던 웃음과 밝은 표정이 사라지고 그 대신 우울한 표정이 자리 잡게 되었습니다. 뉴욕에서 늘 일어나는 이 모든 일이 라다크에서는 없던 일이었습니다. 라다크에서는 바쁘지도 않았고, 무슨 일을 하든 자신이 손수 했기 때문에 그 결과가 기분이 좋았고, 공기 좋은 곳에서 많이 자고 많이 웃었기 때문에 늘 건강하고 행복했습니다. 사람들은 서로 따뜻하게 대했고, 자연에서 배울 것도 참 많았습니다. 그렇지만 뉴욕은 그렇지 못했던 것입니다.

마침내 리진은 뉴욕이 라다크보다 더 행복한 곳이 아니라는 것을 깨닫게 됩니다. 뉴욕에서도 제일 진지한 사람들은 행복하게 살 수는 없을까, 하고 연구하고 있었습니다. 그 사람들이 바라는 삶은 바로 리진이 라다크에서 살던 그런 삶이었습니다. 뉴욕의 삶을 고쳐야겠다고 생각하는 미국 사람들이 바라는 삶이 이미 라다크에서 살던 그 모습이라는 것을 알게 된 리진은 자신의 고향 히말라야에 대해 다시 생각하게 되었습니다. 그런 고민 끝에 리진은 다시 라다크로 돌아가겠다고 결심하게 됩니다.

우리가 열심히 공부하고 일하는 이유는?

이 만화책은 젊은 날 여행자로서 라다크에 갔다가 라다크 사람들이 사는 모습에 깊이 감동한 헬레나 노르베리-호지 선생님이 라다크의 삶을 소중하게 여기는 여러 사람들과 함께 작업한 특이한 만화책입니다. 헬레나 선생님은 라다크의 삶이 얼마나 감동적이었던지 자신이 공부하고 있던 영국에 돌아가지 않고 자그마치 16년이나 라다크에서 살았습니다. 그리고 라다크가 더 이상 오염되고 망가지지 않도록 여러 가지 방법으로 애를 쓰기 시작했습니다. 헬레나 선생님은 그런 노력을 하면서, 나중에 《오래된 미래》라는 책을 써서 라다크의 삶과 서구 산업사회의 삶을 비교해서 어느 곳의 삶이 더 행복한 삶인가를 많은 사람들이 생각하도록 했습니다. 《오래된 미래》는 우리가 정말 바라는 좋은 세상은 무한정 자원을 파괴하고, 모두들 부자가 되기 위해 찡그린 얼굴로 서로 아등바등 경쟁하면서 살고 있는 뉴욕이나 한국의 서울이나 일본의 동경 같은 곳의 삶이 아니라는 것을 강조했습니다. 그래서 우리가 바라는 미래는 아직 오지 않은 앞날에 있는 게 아니라, 일찍부터 그렇게 살던 라다크 사회 같은 곳에서 찾을 수 있다고 생각했습니다.

이 만화책은 바로 어린이와 청소년들을 위한 《오래된 미래》라고 할 수 있습니다.

이 만화책은 뉴욕이나 한국의 서울 같은 곳에서 살고 있는 전 세계 어린이들 청소년들에게 널리 읽혔고, 만화책을 읽은 뒤에는 어린이 청소년 여러분을 깊은 생각에 빠지게 했습니다. 우리도 뉴욕처럼 살고 있기 때문에 이 만화책은 바로 우리들을 위해 그려졌다고 할 수 있습니다. 라다크에는 이 만화책을 연극으로 만들어 라다크 어린이 청소년들뿐 아니라 어른들도 관람하면서, 자신이 살고 있는 사회에 대해 깊이 생각하게 하고 있습니다.

저는 이 만화책을 1997년, 이 만화책을 만드신 헬레나 선생님한테 얻었습니다. 저는 "라다크의 리진이 살고 있는 곳과 우리가 살고 있는 곳을 생각하게 하는 이 귀중한 만화책을 한국의 어린이 청소년 여러분에게 소개하고 싶다"고 헬레나 선생님에게 말했습니다. 그러자 헬레나 선생님은 "아주 좋은 생각이다"라며, "한국의 어린이 청소년 여러분도 이 만화책을 통해 라다크 문화와 자신이 살고 있는 세상에 대해 더 많은 것을 알게 되기를 바란다"고 말했습니다.

어린이 청소년 여러분, 이 만화책을 통해 정말 우리가 열심히 공부하고 일해서, 살고 싶은 세상은 어떤 세상인가에 대해 생각해 보게 되기를 바랍니다. 우리 모두 라다크에 가서 살 필요는 없겠지만, 우리가 살고 있는 이 사회가 라다크가 갖고 있는 좋은 점들을 되찾아 라다크 사람들처럼 서로 위하면서 기쁨 속에서 살 수 있는 세상을 만들어야 하겠습니다.

이 글은 1997년 필자가 북인도 라다크를 여행 중, 헬레나 노르베리-호지를 만나 얻어온 만화책을 한국어로 번역해 출판하면서 붙인 일종의 해설문이다. 이 책을 번역했던 젊은이 천초영은 이 책의 출간을 보지 못하고 세상을 떠났다. 그의 어머니 정상명 선생은 1999년 따님의 이름을 딴 환경단체 '풀꽃세상을 위한 모임'을 창설해 사람이 아닌 자연에 '풀꽃상'을 드리기 시작했다.

'미움의 신화' 고발하는 야생늑대 생태보고서

2003 시사저널이 뽑은 올해의 책 - 생태/환경부문

팔리 모왓,《울지 않는 늑대》,
돌베개,
2003년

'인간'이라는 종의 근거 없는 증오에 의해 거의 절멸이 완수(?)되어가는 늑대를 생각하면, 돌연 같은 땅에서 비슷한 운명을 겪은 북미 원주민이 생각난다. 아름답고 기품 있었던 북미 원주민이 백인들의 야만적인 정복욕에 의해 이 별에서 사라진 것이 인류의 손실이듯이 품위 있었던 야생동물 늑대의 절멸 또한 다양한 생명에 너지로 차고 넘쳐야 할 우리 행성의 크나큰 손실이 아닐 수 없다.

이 책은 정교하게 다듬어진 미움의 신화에 의지해 잔혹하게 펼쳐진 늑대 사냥으로 인해 제대로 항의 한번 못하고 절멸해가는 야생 늑대를 오랜 시간 '늑대의 눈'으로 관찰한 캐나다의 자연주의 작가 팔리 모왓의 감동적인 늑대 생태보고서다. 언제부터 늑대는 그토록 잔인하고 교활하고 사람에게 위험한 동물로 간주되었으며, 그 누명이 화인처럼 고착되었을까? 늑대는 사람에게 왜 그토록 미움을 받게 되었을까? 늑대에 대한 격렬한 미움이나 죽여 없애버려야 할 혐오는 과연 근거가 있을까? 혹시 늑대에 대한 야수적 이미지는 극히 제한된 정보에 바탕해 공포를 역전시키기 위한 흑색선전의 결과는 아니었을까? 혹은 이유 없이 동물 살해를 하면서 느끼게 되는 쾌감과 가책을 정당화하기 위해 죽임을 당하는 대상에 대해 가장 악독하다는 평판을 조작함으로써 위안을 얻으려는 술책은 아니었을까? 명분이 약할수록 늑대에 대한 미움은 더욱 깊어진 것이 아닐까?

팔리 모왓의 통렬한 질문은 늑대를 매개로 삼고 있지만 정작 인간성에 대한 질문으로 전개된다. 팔리 모왓은 사냥이 스포츠 같은 일상생활이 되어버린 캐나다인의 내면 깊숙이 감춰져 있는 공격성과 이기심, 인간중심주의를 가차 없이 드러내면서 늑대의 도덕성은 인간의 그것을 뛰어넘는다는 것을 증언한다. 가정생활, 성 문제, 공동체적 유대, 식습관 등 늑대의 생활상을 목격하면서 지은이는 도리어 '인간이라는 짐승'의 부끄러움에 몸 둘 바를 몰라 쩔쩔맨다.

그렇지만, 늑대를 만날 수도 공존할 수도 없는 메마른 삶을 살고 있으며, 그 미움이 체계화되지 않은 문명권에 속해 있으면서도 우리 사회에서 이 책이 생명 파괴와 학살에 대한 반성과 깊은 공감 속에서 조용히 읽히고 있다는 사실은 매우 반가운 일이다. 박진감 있는 문체로 거침없이 기술된, 작지만 놀라운 책은 늑대와 인간의 관계에 대한 새로운 발견을 통해, 늑대뿐 아니라 생각 없이 받아들인 모든 근거 없는 미움의 신화에서 우리가 왜 신속하게 벗어나지 않으면 안 되는지 촉구하고 있다.

물과 흙속에 사람이 있다

이도원, 《흐르는 강물 따라》, 《흙에서 흙으로》,
사이언스북스,
2004년

북미 원주민들은 도서관이나 실험실이 없이도 '만물은 서로 굳건하게 연결되어 있고, 사람은 자연의 아주 작은 일부일 뿐'이라는 것을 느끼고 알았다. 어디 그들뿐이랴, 산업사회로 진입하기 전에는 우리 조상들도 '물과 흙이 흐르는 이치'를 절로 체득했고, 자연의 순환에 순행했다. 자연이 학교였고, 삶이 곧 생태적 실천의 기회였기 때문이었다.

　　생태학자 이도원 교수가 최근 펴낸《흐르는 강물 따라》와《흙에서 흙으로》도 비록 '과학적 합리성'의 개념으로 '어렵게' 말하고 있지만 끝내 세상에 드러내려는 메시지는 북미 원주민의 그것과 다르지 않다. 분권되었지만, 이 노작(勞作)은 본래 이어진 한 편의 글이다.

　　저자는 자연과학자답게 환경문제를 공간 또는 토지 이용과 밀접한 관계가 있다고 설정한다. 생태계는 이때 '에너지와 물질, 그리고 생물과 정보'가 생성되고 소비되는 평형에 대한 소망 속에서 파악된다. 바로 저자가 기대고 있는 경관생태학의 개념이 그것이다. 이때 강가의 숲띠나 논의 '덤붕'과 같은 식생완충대는 매우 중요하게 다뤄진다. 그런데 평형은 깨지고 완충대는 파괴된 것이다. 서둘러 경제성장을 일구겠다는 군사문화는 '강과 흙과 그 사이의 숲'에서 주고받으며 공생하고 있던 생명의 흐름을 단절시켰던 것이다. 무지가 바로 무기였던 것이다. 저자는 무지와 조급성이 저지른 파괴를 드러내기 위해 강의 본류보다는 강터의 숲띠나 시궁창, 점봉산 눈 밑의 꽃을 찾는다. 자연을 과학적으로 접근할 때 '가장자리는 받개(receiver)라기보다는 주개(donor)'라는 성찰 때문이다. 그리고 빗물을 받아쓰던 조상들의 지혜와 외국의 여러 노력들을 소개하고 있다.

그래서 책의 전체를 관류하고 있는 '강물과 흙'에 대한 치밀한 관찰과 분석을 끝까지 따라가기만 한다면, 누구든지 흐르는 강물과 딛고 있는 흙에 대해 전과는 다른 시선을 가지게 될 것이다. 그 새로운 발견을 바로 저자가 소망하지 않았을까 싶다.

자주 시를 인용하는 저자는 '더 큰 인문학'에 대한 소망을 피력한다. 그것은 아마도 '인간은 지구라는 이 서식지를 다른 생물종에게 물려줄 준비를 하고 있는지도 모른다'는 비관론에 바탕하고 있을 것이다. 오만한 인간중심주의보다 지금 필요한 것은 겸허한 인문적 비관론일지도 모른다. 저자가 '자기만의 이익을 추구하는 개체들이 자연세계에서 장기적으로 선택받지는 못할 것'이라고 토로할 때, 독자는 저자의 도덕성과 체온을 느끼게 된다.

그렇지만, 환경운동 하는 글쟁이로서 이 책에 대한 아쉬움도 분명 있다. 점봉산 고사목에 붙어사는 벌레와 마을숲의 소실에 대해서는 가슴앓이를 하면서도, 일테면 새만금 간척사업이라는 미증유의 대규모 생명파괴에 대해서 이 방대한 책은 단 한마디 언급도 없다. 자신의 주제가 아니어서일까? 그 비슷한 지적에 대해 저자는 "아직 학문적으로 단단하지 못해서"라고 고백한다. 고백의 용기는 감동적이지만, 공부란 대체 무엇인가? 이 책이 던지는 또 하나의 해묵은 화두라 할 만하다.

평범한 엄마들의 힘에 거는 기대

다음을 지키는 사람들, 《차라리 아이를 굶겨라 1, 2》,
시공사,
2000년, 2004년

세상에 이런 모질고 독한 책 제목이 어디 있을까. 그것도 아이를 키우는 '엄마'들이 쓴 책 제목이 이렇듯 비정하고 단호하다. 2000년 겨울 먹을거리의 폐해를 담은 첫 책을 내놓았을 때의 충격도 컸는데, 같은 제목으로 또 책을 묶었다. 저자는 환경정의 '다음을 지키는 엄마모임'의 주부들이다. '이것은 먹고, 저것은 먹지 말자'가 아니라 아예 아이를 굶기겠다는 것이다. 첫 책을 펴낸 지 4년쯤 시간이 흘렀으면 '이젠 굶기지 않겠다'라는 제목의 책이 나와야 옳지 않겠는가. 그렇지만, 세상은 이 평범한 엄마들에게 다른 제목의 책을 허락하지 않은 모양이다.

오죽하면 아이를 굶기라고 할까

하지만 고쳐 생각하면, 오죽하면 전사(戰士)도 아닌 평범한 엄마들이 이렇듯 살벌한 제목을 채택했을까, 곧 이해된다. 세상이 조금도 변하지 않았기 때문이다. 체념이라기에는 분노가 너무 깊고, 그나마 '먹을 만한 먹을거리'를 찾기 위한 엄마들의 노력과 안간힘은 애틋하다 못해 바라보기 처연할 지경이다. 있다면, 거룩한 분노가 이런 것일까.

고춧가루에 물감을 들이고, 납이 든 꽃게나 조기 뱃속에 주사기로 물을 넣고, 밀가루에 바케츠로 방부제를 퍼붓고, 유효 기간 라벨까지 조작해 팔아먹더니만, 마침내 무슨 예고된 수순을 밟듯 최근 '쓰레기 만두' 소동이 터지고야 말았다. 만두소동이란, 버려야 마땅할 단무지 자투리를 식용으로 부적합한 폐우물물로 탈염한 뒤, 만두소의 원료로 가공해 수년간 엄청난 양을 시중에 내다판 사건이다. '못된 먹을거리'를 대량생산하고 유통시키는 자들에 대해 세상이 그토록 둔감하더니만, 이번 쓰레기 만두에 대한 사회적 분노는 왠지 범상치 않다. 사건이 알려진 날, 조용히 화장실에 가서 토하는 사람도 나는 보았다. 화장실에서 돌아온 그는 입가를 훔치며 곧바로 이민을 이야기했다. 만두가 사랑받는 음식임에는 틀림없지만 그렇다고 주식도 아니건만 이번 쓰레기 만두에 대한 예사롭지 않은 사회적 분노는 왜일까. 연속되는 먹을거리 범죄로 인한 짜증과 불쾌가 마침내 폭발의 임계점에 달해서일까. 대통령마저 이번 만두소동에 전에 없이 흥분하고, 기업들은 손 빠르게 수거하고, 언론은 스스로 '엠바고 시비'에 빠졌다. 그뿐인가. 평소 먹을거리 문제는 작은 담론이라 간주해서인지 무신경하기만 하던 네티즌들도 이번에는 무섭게 발끈하고 있다. 진짜 중요한 담론은 먹을거리 범죄와 같은 일상적인 내용이라는 자각에서일까, 반가운 일이 아닐 수 없다.

하지만 이 문제는 만두 이야기도 단무지 자투리 이야기도 아니다. '입으로 들어가는 것보다 입에서 나오는 소리'를 더 염려했던 예수나 공자는 행복한 시절의 성현들이었다. 지금은 입으로 들어가는 것들을 스스로 경작해 먹거나 먹고 남는 게 있을 때 내다 파는 농부들에 의존하는 신뢰의 시대가 아니기 때문이다. 그래서 만두소동은 돈이 된다면 무슨 짓이든 허용되는 자본주의 체제 내 우리네 삶의 유약성의 이야기다. 기업에 어떻게 양심을 호소할 수 있을까. 양심이 만두속처럼 헤치면 보이는 물건이면 오죽 좋을까. 기업의 한결같은 양심은 이윤 창출일 뿐이다. 이른바, 시장경제의 본질이 그런 것이다. 설사 강화된 법률이 추상같이 작동된다고 해도, 사회구조와 문화 흐름의 혁명적인 변화가 수반되지 않는 한 다른 이름의 '쓰레기 만두' 소동은 계속 이어질 것이다.

먹을거리의 폐해와 대안을 모색하는 엄마들

어이할 것인가. 최소한 먹을거리 문제만은 지금과 달라져야 하지 않을까. 어린 새처럼 주는 것만 먹을 수밖에 없는 아이들에게만은 그 입 속에 '넣어줘도 괜찮은 것들'을 넣어줘야 하지 않겠는가. 먹을거리 폐해와 그 대안을 모색하는 엄마들의 이와 같은 작업이 무엇보다 소중한 까닭이 여기 있다. 화려한 거짓 광고를 동원해 발각되지만 않는다면 무엇이든 내다 팔 채비가 되어 있는 상인과 그 상품의 무해성과 기업의 윤리성을 관리 감독할 능력이 결여되어 있는 정부만 쳐다보고 있는 동안에도 아이들은 자라야 하기 때문이다.

나쁜 먹을거리와 일단은 결별하자는 미시적 대안에 치중한 첫 책과 달리 이번 책은 조목조목 믿을 수 있는 먹을거리 문제가 곧 사회 시스템 전반에 걸쳐 있다는 거시적인 시각까지 아우르고 있다. 유기농마저 이제 수입될 지경에 이른 현실을 개탄하면서 한 엄마가 말한다. "농업이 무너지는 것은 그것을 용납하는 국민 정서가 있기 때문이다"라고. 얼마나 적확한 일침인가. 평범한 엄마들이 사랑하는 내 아이들에게 '뭘 멕일 것인가' 고민하고 실천하다가 결국 깊어진 것이다. 다음 세대가 무엇을 먹고 자랐는가는 단순한 개인적 인성의 문제가 아니라 한 사회 전체의 건강을 담보한다.

나무를 껴안고 "벨 테면 나와 같이 베라"고 한 칩코운동의 주역도 여성이었다. 캐나다 동부의 작은 섬 클라요쿠오트 삼림을 지키기 위해 체포당하기를 주저하지 않은 주역들도 여성이었다. 대한민국의 엄마들만 들고 일어나면 어쩌면 먹을거리에 관한 한, 상인들을 정신 차리게 할 수 있을지도 모른다. 《차라리 아이를 굶겨라》 시리즈는 그래서 비탄과 절규가 아니라 구체적인 실천과 희망의 외침이다. "정확하게 알면 그만큼 힘도 생긴다", 엄마들이 이 책에서 자주 하는 말이다.

일찍 떠난 한 생태학자가 남긴 책

문순홍, 《생태학의 담론: 담론의 생태학》, 《생태학의 담론》,
솔, 아르케,
1999년, 2006년

"문순홍은 이 땅에서 '생태학'이라는 말을 사회과학과 접합시킨 최초의 인물이다."

이 책의 저자 문순홍(1957~2005)에 대해 젊은 학자들이 압축적으로 내리고 있는 평가다. 2005년, 젊은 나이에 갑작스러운 병마로 우리 곁을 먼저 떠나버린, 평생 공부밖에 몰랐던 이 아까운 학자에게 후학들이 다시 덧붙인다.

"그는 한국의 정치생태학의 기초를 닦았고 생태여성론의 틀을 세웠다"고.

이 책은 1999년 말 문순홍이 엮어 출간한《생태학의 담론: 담론의 생태학》(솔)의 후속작업이다. 1999년《생태학의 담론》에서는 주요 생태사상가들의 핵심적인 주장을 번역해 소개했다면, 2006년도 아르케 판《생태학의 담론》에서는 이 부분을 문순홍의 시각으로 재해석하고 한국 사회에 주는 함의를 찾는 시도로 재구성하였다. 여기에 문순홍이 생전에 만나 탐색했던 머레이 북친과 울리히 벡의 사상을 소개한 두 편의 글을 다듬어 추가했다. 하지만, 저자는 이 책을 손으로 만질 수 없었다. 이 작업이 정규호, 오수길 교수 등 동료와 후학들이 순정한 마음으로 묶어낸 유고선집이기 때문이다.

이 책에서 문순홍은 근본생태론, 사회생태론, 생태마르크스주의, 생태발전론, 생태지역론, 생태여성론, 김지하의 생명론, 지속가능발전론 등 1970년대 이후 사회과학을 재정향화하려는 시도로서의 새로운 생태 패러다임을 생태 담론 차원의 논의로 풀어내고 있다. '관리주의' 담론 정도의 차원에서 쉽게 벗어나지 못하고 있는 한국 현실에서 이 책은 생태사상의 역사와 의의를 다시금 고찰시킨 의미가 깊다. 문순홍은 단지 대안적 생명정치의 이론만 파고든 책상물림은 아니었다. '생명의 감수성을 갖게 되면 인간과 사회의 자기이해는 달라질 수 있다'는 믿음으로 그는 이 세상이 좀 더 아름다운 곳으로 이행하기 위해 정직한 자세로 노력했던 사회운동가이기도 했다. 그가 공부하고, 마음 고생했던 시간은 비록 짧고 가팔랐지만, 그의 주저인 이 책의 울림과 파장은 그가 머물렀던 '지상의 시간'보다 오래, 널리 확산되기를 바란다.

불우했던 한 가난한 학자가 남긴 기억

아무리 책 이야기를 하는 마당이지만, 솔직하게 말하면 나는 그의 책보다 '문순홍'이라는 사람이 내게 남긴 기억들이 더 소중하다. 그는 생전에 나를 '오라버니'라 불렀다. 나보다 두 살 아래였기 때문에 농처럼 그렇게 불렀지만, 나로선 졸지에 착하고 영특한 여동생이 생겨 기뻤다. 그는 대학에 자리를 잡으려고 안간힘을 쓰는 것 같았다. 오라버니 자격으로 내가 말했다. "이 세상에는 얼마나 길이 많은가. 대학에 안 가고도 공부한 것을 펼치고 제멋대로 한세상 잘살 수 있는데, 아우님은 왜 군이 대학에 목을 매시는가?"라고. 그럴 때 그는 조금 쓸쓸한 얼굴로 웃었다. 내가 그의 욕망과 욕망보다 클지도 모를 상처를 어떻게 알랴. 그의 집에도 가본 적이 있지만, 그는 가난했다. 만석꾼의 아들로 태어난 그의 부친이 젊은 날 좋은 재산을 다 날렸기 때문이었다. 그가 제일 잘하는 것이 공부였다. 그는 고정월급을 받고, 작은 연구실에서 죽도록 공부하고 싶어 했다. 그런데, 그보다 공부를 덜 좋아하던 친구나 후배들은 덜컥덜컥 모두 대학에 자리를 잡았지만, 그에게는 기회가 오지 않았다. 기회가 왔다고 해도 대학이 취직을 조건으로 요구하는 것들을 그는 언제나 단호하게 사절했다. 주변에 사람은 많았지만, 그는 비사교적이었다.

그는 단지 정직했을 뿐이었다. 길에서 걸인을 만나면 그는 대개 지니고 있던 돈을 털어주곤 했다. 버스 삯까지 털어준 날은 뚜벅뚜벅 걸어서 집으로 돌아가곤 했다. 늘 그럴 수야 없었겠지만, 그의 대모(代母)를 통해 그 말을 들을 때 나는 그 말이 과장된 말이 아니라는 것을 마음속으로 수긍했다. 내가 그를 알고 보낸 10여 년 동안 느낀 그의 심성 때문이었다. 어느 날, 그가 입은 티셔츠가 너무 낡았다고 느낀 그의 대모가 "애야, 티셔츠 좀 바꿔 입어라. 넌 벌써 몇 년째 그 옷만 계속 입니?"라고 말했다. "대모님, 세상에 가난한 사람이 너무 많아요. 제 옷이 어때서요?"라고.

시몬느 베이유도 아닌 사람이 그런 일화를 세상에 남기다니.

나는 그가 환경운동판이나 이쪽 전공의 학계에서 '생태학자'라 불리는 것을 알고 있었지만, 그의 글을 제대로 끝까지 읽은 게 없다. 왜냐하면 그의 글은 머리가 지끈지끈 아프기 때문이다. 그는 이른바, 학문적인 글쓰기를 했다. 그래서 내가 말했다. "아우님, 전공이 생태학이라면, 남의 나라 학자들의 골 아픈 학설만 소개할 것이 아니라 우리 자연이나 여기서 벌어지는 새만금 소동이나 아우님 개인의 이야기 같은 것도 좀 쉽게 쉽게 풀어내고 그러세요"라고. 내 말에 그는 수심이 가득 찬 얼굴로, "오라버님, 그게 참 너무나 어려워요. 저도 제가 쓰는 학문적인 글쓰기가 너무나 지겨워요. 저도 제 체험이나 제 생각을 표현하는 그런 글을 쓰고 싶은데 너무나 힘들어요. 그런 글이."

나는 그 말이 그의 진심이었다고 생각한다.

세상을 떠나기 두 달여쯤 전에 그를 만났을 때, 그가 말했다. "다시 태어나면 학문 같은 것, 안 할래요"라고.

그즈음, "오라버니 병이 들고 나니까 이제야 민들레도 보이고 나리꽃도 보이네요"라는 말도 했다.

그가 세상을 떠난 이듬해, 나는 환경책큰잔치 행사에서 마련한 '2006 한우물상'을 통해 동료들과 같이 그를 기렸다. 한우물상 상패에 담은 아래 글은 환경책잔치 실행위원들을 대신해 내가 썼다. 나는 이 글을 쓰면서 불우했던 한 가난한 학자가 남긴 기억들 때문에 슬펐다.

2006 한우물상
고 문순홍 선생님께

우리 모두 생명의 감수성을 갖게 된다면

'인간의 자기이해'는 달라진다고 믿었던 사람.

'인간의 자기이해'가 달라진다면 인간은 자연 앞에서

좀 더 겸손해지리라 믿었던 사람.

공부를 통해 공부가 사랑에 이를 수 있다는 것을

보여주려고 애썼던 사람.

말할 수 없이 자신에게 엄격했지만,

타인에게는 언제나 밝게 웃고 친절했던 사람.

읽기 힘든 글을 썼지만 동료와 후학들에게는

줄을 긋고 읽을 책을 남긴 사람.

길에서 만난 어려운 이에게 지닌 돈을 다 털어준 뒤,

집에까지 뚜벅뚜벅 걸어갔던 사람.

대학이 '대학 강사'라는 이름으로 젊은이들을 착취할 때

일찍부터 분노를 표했던 사람.

대학이라는 밥벌이의 장을 원했으나

거기 스며들기 위한 불의와는 타협하지 않았던 사람.

시몬느 베이유처럼 먹는 것 입는 것에는 무관심했던 사람.

바람과물연구소 소파에서 공부하며 새우잠을 자다

새벽녘 후배에게 발견되었던 사람.

더 나은 세상을 위해 고민했던 사람들을

바다 넘어서라도 찾아가 만났던 사람.

평생 돈을 벌어보지 못했던 사람,

가난했지만 꽃처럼 웃었던 사람.

일찍 찾아온 병마와의 싸움 속에서도
손에서 책을 놓지 않았던 사람.
사람이 아니라 학문과 연애하다가
끝내는 학문보다 중요한 것을 발견했던 사람.
그것이 결국은 '사랑'이었다고 미소 지으며 말했던 사람.

그 사람을 환경판과 공부판에서는
"문순홍은 이 땅에서 생태학이라는 말을
사회과학과 접합시킨 최초의 인물이다"라는 말로 요약했습니다.
그보다 우리는 그가 혼이 맑고 겸손했던 사람으로 기억합니다.
우리는 그가 일찍 떠난 것을
우리 여성 운동판의 손실이라고 생각합니다.
그와 다시 웃고 이야기 나눌 수 없게 된 것을
우리는 우리 삶의 손실이라고 생각합니다.
2006년 우리는 애초부터 감사와 겸손한 마음으로
드리기로 작정했던 한우물상을 통해 그를 기억하고자 합니다.
그것은 그가 남긴 몇 권의 책과 함께
그의 맑고 깨끗했고 정직했던 삶이 우리에게 준 귀한 선물을
다시 생각해보기 위해서이기도 합니다.

2006년 11월 17일
환경책큰잔치 실행위원회

자꾸만 뚜벅뚜벅 걷는 '詩人'

이문재,《이문재산문집》,
호미,
2006년

시인 이문재가 첫 산문집을 펴냈다. 시인은 시와 산문과의 관계를 혈연관계라고 보았다. 저자와 책의 내용이 곧 책의 제목이다. 사실 그도 제목 때문에 고심했다고 밝히고 있다. 그가 붙이려 했던 제목은 '바쁜 것이 게으른 것이다'였다. 하지만 선문답처럼 들릴까 염려가 되었는지 그는 그냥 《이문재산문집》이라 책제목을 붙여버렸다.

어떤 내용이 담겨 있을까? 주로 '느림'에 관한 내용들이다. 느림이란 무엇일까? 느림이란 '바빠서 내가 어디에 있는지, 내가 어디에서 와서 어디로 가고 있는지 살펴볼 겨를이 없는 삶'을 반성하고, 거기에 어깃장을 놓으려는 삶의 태도이다. 그러니 자연히 단순함을 예찬할 수밖에 없다. 경쟁적인 소비문화를 비판적으로 볼 수밖에 없다. 황금만능주의를 회의할 수밖에 없다. '끝없는 경제성장이 가능하다'는 세상의 철석같은 믿음을 불안하게 여길 수밖에 없다. 어떻게 유일하게 허락된 단 하나뿐인 이 지구라는 행성의 한정적인 자원 속에서 잠시 머물다 사라질 운명인 인간종이 이토록 오만할 수 있단 말인가, 하고 질문하지 않을 수 없다. 한 사람의 시인이기 전에 제대로 정신이 박힌 사람이라면 그런 질문과 맞닥뜨리지 않을 수 없다.

그래서 시인은 자주 걷는다. 차의 편리보다 차의 해악을 더 골똘히 생각하지 않을 수 없다. 그뿐인가. 시인은 자주 휴대폰 전원을 꺼버린다. 휴대전화를 켜놓고 사는 이상 진정한 자아와 만날 길이 없기 때문이다. 이른바 언플러그드 실천이다. '지금 여기를 길게 넓게 하는 방법'으로 그가 택한 방식이다. '지금 여기를 길게 넓게 하고 싶다'는 것은 무슨 뜻일까? 내 인생의 주인이 바로 나라는 것을 매순간 확인하고 싶다는 이야기에 다름 아니다.

글감들은 우리 보통사람들의 일상에서 얻어온 것들이다. 부채나 에어컨, 골목길, 음식, 휴대전화, 디지털 카메라, 백화점 등등 주변에서 늘 마주치는 소재들이 그것이다. 그런 사물들을 시인은 '생태적 시각'으로 바라본다. 생태적 시각이란 뭘까? 우리 삶의 바탕에 대한 깊은 생각이고 염려이고, 사랑이다. 혹은 우리가 사랑하는 이들이 앞으로도 이 지상에서 오래 오래 건강하게 살아가기 위해 노력해야 할 일을 찾는 자세라 할 수 있다.

글쟁이들은 넘칠 만큼 많고, 책들은 매일같이 쏟아져 나오지만, 생태적 시각을 지닌 시인들은 많지 않다. 그래서 시인이 말한다. "문학의 근황이 생태학적 상상력을 따라가지 못하고 있다"고. 지구가 더워지고 있고, 그로 인한 기상이변과 자연재해는 '지금 바로' 우리 삶을 바꾸지 않는 한 해가 갈수록 더해갈 것이다.

'시인'은 그런 안타까운 일을 다른 이들보다 더 빨리 느끼고 우려하고 대비하고 반성하고 실천해야 할 책무를 지녔다. 이문재 시인은 바로 그 책무를 다하려고 노력하고 있다. 그 노력이 바로 쉽게 읽히지만, 깊은 생각들이 담긴 《이문재산문집》이다.

채식은 과연 만병통치에
'아름다운 미래의 열쇠'인가

하워드 F. 리먼,《성난 카우보이》,
김이숙 옮김, 문예출판사,
2001년

존 로빈스,《육식, 건강을 망치고 세상을 망친다》,
손혜숙 옮김, 아름드리,
2000년

'건강한 잡식'이 자연에 더 어울리는 일

네팔 여성 찬드라 구룽에게 '풀꽃세상'에서 벌인 참회모금 1차 분을 전달하기 위해 필자는 2000년 4월 네팔에 갔었다. 찬드라 구룽은 1992년 한국에 일하러 왔다가 단지 행색이 초라하고 말이 안 통한다는 이유로 경찰에 의해 '1급 행려병자'로 분류되어 6년 4개월여 정신병원에 강제 입원당했던 비운의 네팔 여성이다. 히말라야 간드룽 산언덕에 있는 찬드라네 집에는 닭들이 꼬꼬거렸고, 검은 개도 여러 마리 마당을 어슬렁거렸다. 하늘의 독수리들은 기회만 있으면 찬드라네 집의 병아리들을 채가려고 자주 마당에 내리꽂혔다간 허탕치곤 했다. 독수리가 마당에 내리꽂힐 때마다 온 마을 사람들이 두 팔을 벌리고 소리를 꽥, 질러 쫓는 것으로 보아 독수리들이 더러 병아리 사냥에 성공하기도 하는 모양이었다. 가해국의 일원인 필자에게 찬드라네 가족은 그래도 '귀한 손님'이라고 그들의 중요한 재산인 닭을 잡아주었다. 그 닭은 야생닭에 가까워서 오랜 시간 고았지만 여간 질기지 않았다. 닭고기를 혼자 먹기 미안해 필자는 마을 사람들에게 같이 먹자고 권했다. 그때 특히 인상적인 일은 찬드라 구룽의 아버지 람 프라사드 구룽의 답변이었다.

"난 요새 감기에 걸려서 고기 안 먹어!"

올해 73세인 찬드라 아버지의 아무렇지도 않게 내뱉은 한마디 말은 적어도 필자에게는 조용한 충격이었다. 아니 깨달음이었다. 히말라야 촌부의 그토록 간단한 한마디 말에 '사람과 동물의 건강한 관계'에 대한 모든 것이 함축되어 있었다. 잡식하면서 자연에 순응하고 살았던 찬드라 아버지. 다만 요즘 감기에 걸려 고기를 사양할 뿐이라는 말 속에는 '건강한 잡식인간'의 오래된 지혜가 배어 있었다.

필자는 그동안 수많은 채식주의자들과 채식예찬론자들을 만났다. 그들은 어떤 때 '편협한 신자들' 같았다. 스스로 '채식전도사'를 자임하곤 했고, 채식만이 살 길이라고 자주 역설했다. 건강과 장수를 역설하는 그들의 주장은 '예수 천국 불신 지옥'을 외치는 목소리와 상당히 흡사하게 전달되어왔다. 적어도 내게는 그렇게 느껴졌다. 그들의 주장이 아니더라도 피상적으로나마 알게 된 육식의 문제점 때문에 명색이 환경운동 판에서 일하고 있는데, 잡식하는 필자에게 갈등과 주저와 괴로움이 없을 수는 없었다. 하지만 필자가 보기에 카르마론(論)까지 동원하면서 동물을 먹는 일을 기피하는 그들이 식물을 먹는 일에 대한 당연한 감사는 상당히 결여된 듯했다. 카르마론이란 특정 종교에 의해 특히 강조되는 '육식을 하면 죽임을 당하는 동물의 화까지 먹어 몸에 독이 쌓인다'는 설이다. 우리나라 스님들도 간혹 말하지만, 통일베트남의 편을 들지 않았던 틱낫한 같은 이는 그런 종류의 책도 펴냈던 것 같다.

필자가 알기로는 식물도 자기조직 과정에서 전략을 세우며 브람스나 모차르트에 반응할 줄 아는 의식적 존재이다. 생존 조건이 열악한 환경에서는 상황이 급변해 병자초종 같은 식물은 파리나 모기 같은 동물을 유인해 먹기도 하는 것으로 알고 있다. 식물도 파장이 있고 동물에 못지않은 의식적인 생명체임에 반해, 채식주의자들은 동물을 먹는 일의 잔혹성만 지나치게 강조하는 것 같았다. '동물의 살'을 먹는 일이 독을 축적시킨다면, '식물의 몸'을 먹는 일 또한 마찬가지이기 때문이다. 더욱이 그들이 자주 몰현실적인 초보 단계의 '명상' 이야기를 할 때에는 더욱 거부감이 일었던 것도 사실이다.

필자는 육식의 여러 문제점에도 불구하고, 북미 원주민들이나 우리 조상들이 그러했듯이 충분히 감사하는 마음으로 취할 동물을 '재빨리' 잡아서 그 생명체의 명예를 손상시키지 않도록 정성껏 잘 요리해 이웃들과 '맛있게 먹는 일', 그것보다 자연스러운 일이 어디 있을까, 그런 야성의 상태를 열망하는 잡식주의자였다. 하지만 그런 꿈같은 현실이 더 이상 '고기공장 시대'에 가능하지 않다는 현실인식에 시달려 와서였을까. 네팔 산중에서 읽은 아래 두 권의 책은 필자를 몹시 흔들어댔다.

몰락한 카우보이의 솔직한 반성문

《성난 카우보이》를 쓴 하워드 F. 리먼은 4대째 미국 몬태나에서 낙농업에 종사하며 가축 사육장을 경영하던 사람이었다. 젊은 날, 할아버지가 동부에 연줄이 닿아서 하버드에 넣어줄 수도 있다는 데에도 리먼은 부츠 한 켤레와 바지 한 벌, 셔츠 두 장만 들고 몬태나 주립 농과대학에 진학한다. 손에 흙 한 톨 안 묻혀본 교수들의 화학농법을 지나칠 정도로 충실히 전수한 리먼은 ROTC 장교를 거친 뒤 농장에 돌아와 아버지대(代)의 유기농법을 철저히 경멸하고 화학농법으로 농장을 키운다. 아들에게 농장을 물려주면서 늙은 아버지가 쓸쓸하게 말한다. "리먼, 네가 틀렸어"라고.

아버지의 말이 옳았다는 것을 깨닫기까지 리먼은 오랜 시간 혹독한 대가를 치른다.

화학농법에 의한 '녹색혁명'에 도취된 리먼은 토질검사를 하고 화학비료를 맹신한다. 잡초문제는 제초제 2-4 D(고엽제)로 간단히 해결한다. 일시적으로 늘어난 곡물 생산량을 처리하기 위해 그는 더 많은 소들을 사들인다. 곧바로 예방주사를 놓고, 사육 방식도 방목에서 축사에 가두는 것으로 바꾼다. 지붕도 없는 비좁은 축사에 200마리씩 가둔다. 리먼은 소가 풀을 뜯어먹을 권리를 빼앗고 섬유질 사료와 곡물, 농축 단백질만 먹인다. 소화력이 부족한 소가 탈장이나 탈항을 하면 수의사를 부를 비용을 줄이기 위해 강제로 삐져나온 창자를 안으로 쑤셔넣고 상처를 꿰매버렸다. 5%만 죽어도 손해다. 사료에 항생제를 넣는다. 멀쩡한 소도 병들어 손해 날까봐 모든 소에게 항생물질을 먹인다. '축산업자는 자연보다 한 수 낮아서' 항생제를 쓰면 쓸수록 더 쓰게 된다. 정부에서 쓰지 말라는 약품도 다른 축산업자들이 묵살했듯이 리먼도 그랬다. 아침마다 온 축사에 구름처럼 수십 톤의 살충제를 뿌려댔다. 살충제는 농장의 나무와 풀 곡물은 말할 것도 없고 사료와 소가 마실 물에도 스며든다. 소의 등에도 살충제를 뿌려댔다. 그뿐인가. 빨리 자라게 하기 위해 성장호르몬을 사용했다. 임신한 암소를 유산시키기 위해서도 합성여성 호르몬제 DES를 사용했다. 역시 정부에서 형식적으로 금했지만, 값싸기 때문에 창고에 가득 사놓고 썼다. 손이 고운 교수들이 가르친 대로 리먼은 화학약품이라면 무조건 좋은 것인 줄 알았다. 모든 축산업자들의 꿈 — 빠른 시간 안에 크고 살찌게 만들어 돈을 많이 버는 일 — 이 곧 리먼의 꿈이었다. 동물은 생명체가 아니라 그저 상품일 따름이었다. 가히 '미친 카우보이'(화학농법 광신자)들이었다. 하루 18시간 일하며, 어린 암소를 살 찌우는 속도는 단축되었고 땅은 40배로 늘렸지만, 이상하게도 점점 빚에 쪼달렸다. 농장의 나무들이 죽어갔다. 제초제가 몸에 밴 리먼이 가만히 서 있기만 해도 화초가 죽었다. 벌레도 빛깔도 잃은 흙은 석면처럼 힘없이 부스러졌다. 그즈음 리먼은 20년 동안 등에 통증을 느껴오던 터라 수술을 하게 된다. 수술 후 몸이 회복되는 동안, 1만에이커의 땅과 7,000두의 소와 30대의 트럭과 20대의 트렉터와 7대의 콤바인과 연간 500만 달러의 소득이 자신이 망가뜨린 '땅'보다 중요하지 않다는 것을 깨닫는다. 그리고 수술 결과를 초조하게 기다리며 결심한다. "이 땅을 내가 태어났던 당시의 상태로 되살려놓는 데 남은 평생을 바치겠다"고. 아버지(방식)가 옳았던 것이다.

그 후 리먼은 유기농 농부로 변신하고자 애쓴다. 땅을 회복시키는 축산 방식을 적용하기 위해 융자를 받기 위해 어느 날 은행간부를 만난다.

"지금도 아주 잘 돌아가는 체제가 있는데, 당신은 그걸 엉망으로 만들고 싶은 모양이군요."

그때 리먼은 은행업과 대규모의 공장식 농장경영과 거대 화학약품 회사와 제약 회사들이 서로 맞물려 있다는 것을 알아챈다. 그는 커다란 협동단체에서 홀로 제명당한 듯한 고립감을 느낀다. 그의 눈에 초점이 잡혔다. 그때 만난 책이 레이첼 카슨의 《침묵의 봄》이었다. 그는 갱신되면서 농부가 아니라 투사가 되지 않을 수 없었다. 축산을 그만두기로 결심한 후에야 그 고전을 만난 것을 그는 후회한다.

레이첼 카슨이 봄이 와도 꽃이 피지 않고 새가 울지 않는 세상을 경고할 때 미국에서는 연간 6억 3,766만 6,000파운드의 합성유독물질이 생산되고 있었다. 오늘날 미국의 유해물질 생산량은 당시의 네 배로 늘었다. 이후 리먼의 삶은 워싱턴에서 정치가들에게 '소규모 가족형 축산업'을 통해 땅을 회복하려는 압력을 넣는 일에 바쳐진다. 땅에 대한 예의, 이런 소박하면서 숭고한 감정에 대해서도 리먼은 이해하게 된다. 소가 뜯어먹을 풀밭을 만들기 위해 땅을 개간하면 사자가 뛰어다닐 숲은 그만큼 줄어든다는 관계의 법칙도 이해하게 되고, 이 지구상에 살고 있는 가축이 사람보다 다섯 배나 많다는 사실도 알게 된다. 미국이 앞장서고 있는 공장식 축산업으로 인해 지구의 삼림과 물과 표토가 줄어들고, 1파운드의 쇠고기를 만들어내기 위해 16파운드의 곡물이 소용되는 과정에서 강이 오염되고 바다가 오염되는 어리석음과 모순도 직시하게 되었다. 당연히 채식주의자가 되었고, 채식주의자가 되면서 건강도 되찾는다.

그러면서 채식과 사내다움이 일치한다는 것이 쑥스럽기만 했던 리먼은 "개인의 건강을 위한 최상의 선택은 우리가 살고 있는 세상에도 최선의 선택이다"라는 것을 받아들이게 된다. '미친 소 같은 미국'에 대한 이해도 깊어진 것은 물론이다.

이 책은 그래서 처절하게 몰락한 한 축산업자가 정직하게 자신의 전반부의 실패한 인생과 후반부의 실천적 노력을 기술한 간증서로 읽힌다. 아주 솔직하고 남성적이다. 고등학생의 반성문처럼도 읽힌다. 학자들의 책에서 보이는 현학성이나 불필요한 인용도 극도로 억제되어 있다. 그렇기에 솔직한 책에서만 받을 수 있는 감동이 있다.

얼굴에 기름이 번지르르 흐르는 교수나 의사선생 같은 전문가가 텔레비전 쇼에 나와서 익살스러운 얼굴로 "쇠고기요? 우리나라 사람, 아직 더 먹어야 됩니다. 우리가 쇠고기 먹은 지 뭐 얼마 되나요!"라고 말하는 것이 허용되고, 그 말이 설득력마저 얻고 있는 한국은 어떠한가. 리먼과 같이 "돈에 환장했던 내가 잘못했다"고 고백하는 축산업자를 우리는 알고 있는가. 우리 사회 또한 미국보다 더한 '미친 사회'라는 자각에 이르고 있을까? 아직 덜 미쳐서일까? 미국보다 더하면 더할 우리나라는 아직 동물을 상품으로만 취급하는 축산업자의 내부고발을 들어본 적이 없다. 그래서 한때 '성난 카우보이'였건만 땅에 대한 존경심을 회복한 리먼의 질문이 부끄럽기조차 하다.

극단적 채식론보다는 '좋은 고기'를 먹을 수 있는 사회를

존 로빈스의 《육식, 건강을 망치고 세상을 망친다》는 리먼처럼 체험에서 나온 책이라기보다는 여러 자료들, 특히 영양학과 관련된 통계수치를 푸짐하게 담은 건강이론서, 혹은 극단적인 채식예찬론으로 읽힌다. 그의 책을 덮고 나면, '채식은 만명통치약이다'라는 메시지가 먼저 떠오른다. 철저한 채식지침서라는 느낌이 그것이다.

모두 3부로 구성된 이 책은 단백질 이야기가 너무 상세해서 사실 건너뛰고 읽어도 무방할 정도로, 좋게 말해서 지나치게 꼼꼼하고 편안하게 말해서 장황하다. 1부는 '신의 창조물은 모두가 성좌에 나름의 자리가 있다'라는 명제 아래에서 '멋진 닭' '원기왕성하고 유쾌하고 위생적인 성격의 돼지' '신성한 소'를 다루고 있다. 물론 대형 고기공장의 조립라인에서 생산(?)되는 우리들 육식생활의 주 제품인 닭이나 돼지 소 외에도 돌고래나 칠면조 등의 동물들이 지니고 있는 영성과 동물들이 '우리가 가진 것과 꼭 같은 삶의 의지를 부여받았다는 것'을 강조하고 있다. '그들도 우리와 같은 뿌리에서 나왔으며, 그들 안에 신성한 불꽃의 도움으로 자신들의 자질을 표현하기 위해 신의 무릎에서 태어났다'는 것, 그리고 그들도 '우리처럼 삶을 갈망하며, 존재 자체로서 인정받고 그들이 될 수 있는 모든 것이 되기를 바라며 태어났다'는 것을 1부에서 집중적으로 다루고 있다. 그런 생각은 '사용가치가 아니라 자연의 존재가치 옹호'를 기치로 삼는 풀꽃세상의 생각과 다르지 않았다.

1부는 수많은 자료와 함께 공들여 기술된 감동적인 동물예찬론이며 책의 3부를 이루고 있는 '모든 것이 연결되어 있다'는 결론은 백인들에게 땅을 모조리 빼앗기면서도 '인간과 다른 동물과의 마땅한 관계'에 대해서 강조하던 시애틀 추장의 말에 도움을 받고 있다. 그리고 우리나라에는 두 권으로 발간된 전체의 4분의 3 분량은 채식이 갖가지 심장질환과 심장발작, 고혈압이나 당뇨병, 골다공증, 특정 유형의 암을 미연에 방지할 수 있다는 실증적 자료들로 채워져 있다. 그뿐 아니라 축산업자와 유제품회사들이 집요하게 유포시킨 동물성단백질 신화(미신)의 허구성을 과학적으로 밝히는 일에 성실하게 바쳐지고 있다.

'건강한 잡식론자'인 필자에게는 책을 읽는 내내 채식으로 인해 모든 열거할 수 있는 끔찍한 질병으로부터 해방되는 일보다는 '만병통치약을 믿지 말라'는 속담이 더 날카롭게 고개를 쳐들었다. 지구 생태계를 회복 불능의 지경으로 망치면서까지 극도로 오염되고 상업화된 공장고기를 인류가 먹기 시작한 지 얼마 되었을까? 존 로빈스가 말하듯이 서양의 경우, 그것은 2차 대전 이후부터였다. 그렇다면 50여 년 이전에는 어떻게 살았을까? 지극히 자연스럽게 야생의 법칙에 따라 자연의 질서 속에서 채식과 육식을 함께하지 않았던가. 이른바 사랑으로 가축을 키우고, 감사하는 마음으로 동물의 고기를 취하고, 필요한 만큼만 사냥을 하던 시절, 그 시절이 인류사 전체를 볼 때 비교할 나위 없이 길었고, 또한 자연스러웠던 것이다. 세상을 육식문화로 오늘날처럼 망친 것은 백인들, 특히 미국의 식문화였던 것이다. 몇 백만 년에 걸쳐 형성된 오갈랄라 대수층의 물을 고갈시킨 것도 백인이었고, 아마존의 열대우림을 파괴하고 지구의 사막화를 부채질하고 대규모 해양오염을 초래한 육식문화의 장본인도 바로 미국의 식문화였던 것이다. 오로지 채식으로 육식문화의 부산물인 질병으로부터 해방되어 '살기 좋고 지속가능하며 아름다운 미래를 여는 열쇠'로 삼자는 존 로빈스의 말은 사실 설득력이 떨어지는 말일 수도 있다.

존 로빈스는 인류가 아니라 미국인들이 여전히 경제적 번영을 유지하는 전제에서 말하고 있었다. 그것은 베트남에 뿌려진 고엽제 이야기를 하면서도 베트남 땅과 고엽제로 아직 앓고 있는 수많은 베트남 사람들과 거기 용병으로 참여했다가 고엽제 피해로 생을 망친 다른 나라 사람들에 대한 사과와 배려는 전혀 담겨 있지 않은 것으로도 느낄 수 있다. 그에게 중요한 것은 미국에 뿌려진 제초제였을 뿐이었다. 방부제와 농약 범벅으로 외국에 수출하는 미국농산물과 병든 고기를 갈아 넣는 것을 사양하지 않는 맥도널드 같은 다국적기업에 대한 비판이 이 책에 언급되지 않거나 분노에까지 이르지 못한 것 또한 그 예라 할 수 있다. 그래서인지 그가 말하는 '인류의 장래'는 사뭇 공허하게 들린다. 필자가 이 책이 아무리 풍성한 철학적 인용과 영양학적 통계로 가득 차 있더라도 '미국인의 건강을 위한 채식책'으로 읽는 까닭이 거기 있다. 세상을 망친 주범으로서의 미국인, 그 일원으로서의 참회가 동물의 고등감정 예찬만큼도 없기 때문이다.

'나쁜 고기'가 무감각하게 허용되는 식문화

존 로빈스야 장황한 책 한 권으로 유명인사가 되고 풀리처상을 타거나 말거나, 심각한 문제는 '미국식 육식문화를 좀 더 따라야 한다'고 생각하는 주책없고 반성 없는 우리네 육식문화이고 우리네 살림살이다. 보통의 잡식성 대중들에게 채식 예찬이 지하철의 난폭한 전도사처럼 느껴지는 것과 왠지 배부른 소리로 들리는 것도 분명 동물성 단백질 미신만큼이나 아직 채워지지 못한 허기와 관련이 있을 것이다. 그 허기는 '나쁜 육식'으로 인한 여러 질병으로부터 우리 사회도 자유롭지 못하다는 점에서 육신의 허기라기보다는 정신적 허기임에 틀림없다. 채식이 하지만, 현 단계의 확실한 대안이라는 데에는 필자도 동의한다. 하지만 문제는 육식이 아니라 범죄적인 '나쁜 고기'의 대량생산과 대량소비, 그리고 '나쁜 고기'가 무감각하게 허용되는 식문화가 아닐까 싶다.

독수리가 마당의 병아리를 채가는 것을 전 가족이 외침으로써 막으며, 그렇게 평화롭게 다른 생명체들과 공존하며 살고 있는 찬드라 구룽의 아버지 람 프라사드 구룽은 평소에 고기를 먹다가도 감기에 걸렸을 때는 잠시 고기를 자제하는 지혜를 보여주고 있었다. 그 대수롭지 않은 지혜가 경탄스러웠고, 공장고기로부터 벗어나 있는 그네들 삶의 자연스러움이 부러웠다. 그런 지혜가 분명 우리에게도 있었을 것이다.

위의 두 권의 책을 읽으면서 '나도 모르게' — 동물애나 환경에 대한 우려보다는 서글픈 일이지만 다분히 개인적 공포 때문이었을 것이다 — 쇠고기 돼지고기 닭고기 등의 주류 공장고기를 덜 먹기 시작했지만, 여전히 필자는 자연에 반하는 채식만이 유일한 비상구인양 극도로 채식이 예찬되는 일보다는 히말라야 구룽족의 자연스러운 잡식문화가 부럽다. 그런 건강한 잡식의 본능이 실현되도록 '좋은 고기' 생산을 위해 우리가 할 일은 어떤 것이 있을까? 두 말할 것 없이, 그것은 자급자족형 가족농과 거기 수반된 소규모 축산이며, 끝모를 경제적 번영의 유지가 아니라 용기 있는 '자발적 가난'이 고무되는 겸손한 사회의 건설이라 할 것이다. 하지만 지금보다 경제적으로 더 잘살아야 한다는 강박 속에 빠져 있는 우리 사회에서 이 일의 실현은 실로 얼마나 힘든 일일까. 일단은 한 사람 한 사람의 선택밖에 길이 없다.

백목련이 피면 나도 피고,
백목련이 지면 나도 진다

야마오 산세이, 《여기에 사는 즐거움》,
이반 옮김, 도솔,
2002년

일본인 야마오 산세이(山尾三省)가 한 월간지에 2년여(1996~1998)에 걸쳐 기고한 21편의 글을 묶은 이 책은 무엇보다도 바로 '지금 여기에 살고 있다는 일'에 대한 감사와 경탄, 기쁨의 책이다. 그래서 책 제목도 《여기에 사는 즐거움》이다. 야마오 산세이의 부인이 남편을 먼저 저 세상(오리온좌)으로 보낸 뒤 한 말대로 그것은 '여기에 사는 슬픔'과 '여기에 사는 괴로움'도 포함된 '여기에 사는 기쁨'이자 그것들 모두를 넘어서는 '여기에 사는 즐거움'이다.

'지금 여기'를 강조하는 영역은 도처에 있다. 경영학에서도 처세론에서도 이 말은 자주 강조된다. "지금 여기에서 돈을 벌어야 한다", "지금 여기에서 도전해야 한다", "지금 여기에서 끝장을 내야 한다" 등의 살벌하고 전투적인 말을 누구나 어렵잖게 한두 번쯤은 들어보았을 것이다. 하지만 야마오 산세이의 '지금 여기' 사상은 좀 다르다. 그의 '지금 여기' 사상은 부드럽고 온화하다. 어려운 말을 도통 쓰지 않으면서도 깊다.

그는 사는 것도 여행, 글을 쓰는 것도 여행, 밭에 나가서 토란을 돌보는 것도 여행, 바다에 나가 조개를 따는 것도 여행이라고 보았다. 지구 위의 어느 장소이든, 사람이 한 장소를 자신의 터전으로 생각하고, 거기서 나서 죽을 각오를 하면 그 장소에서 끝없는 여행이 시작된다고 보았다. 그러면서 자신이 7,200년 수령의 조몬 삼나무에도 속해 있고, 삼나무 아래에서 그 삼나무를 보러 온 사람들에게 짓밟히면서도 더할 나위 없이 아름다운 꽃을 말없이 피우고 있는 2, 3센티미터 크기의 제비꽃에도 속해 있다고 생각한다.

그 은밀한 연대감의 기쁨을 그는 그만의 표현으로 '가미'라고 이름 짓는다.

하지만 숲이나 강, 풀, 벌레, 꽃, 도시 그리고 인간은 지금 존망이 의심스러울 정도의 위기에 처해 있다는 안타까움도 당연히 이 책은 담고 있다. 그런 점에서 이 책은 위기에 대한 부드러운 저항의 책이라고 할 수도 있다. 그러나 저항의 몸짓에서만 머물고 있지는 않다. 그는 소망한다. "인간이 만물의 영장이라는 어리석은 생각을 버리고, 삼라만상의 일원으로 여기 살 수 있으면 작은 혹성이지만 전쟁이 일어나지 않는 한 앞으로 천년이나 2천년의 문명을 이 지구는 우리에게 허락"해줄 것이라고. 그런 의미에서 이 책은 희망의 책이라고 할 수도 있다.

이 책은 그런 의미에서 야마오 산세이라는 한 괴팍한, 그렇지만 조금도 이상할 것이 없는 이웃 아저씨 같은 '인물'에 대한 여행 안내서이기도 하다.

야마오 산세이는 어떤 사람인가

야마오 산세이는 1938년 도쿄에서 태어났으며 60년대 후반부터 '부족'이라는 이름으로 대안문화공동체를 시작하였다. 이때 게리 스나이더를 만나기도 한다. 이후 1973년 가족과 함께 1년간 네팔 인도의 성지를 순례하였고, 1975년에 도쿄에 호빅토 마을에서 '모든 사람들이 꿈꾸는 살기 좋은 마을' 만들기에 참여한다. 아마도 그 실험이 실패했는지 그는 1977년 온 가족과 함께 일본 남쪽 가고시마 아래의 작은 섬인 야쿠 섬의 한 마을로 이사한다. 그때 그의 나이 서른아홉, 2001년 8월, 말기 암으로 예순셋의 나이로 세상을 떠날 때까지 야쿠 섬에서 사슴과 원숭이한테 시달리면서 밭농사 짓고 바다에 나가 조개도 따고 집도 손수 짓고, 시도 가끔 쓰면서 살았던 이다.

남규슈의 가고시마라면 필자도 수년 전 우연한 기회에 총포 수입 500년 어쩌구하며 요란을 떨던 축제에 가고시마 현의 초청으로 다녀온 적이 있는 곳이라 야마오 산세이가 시낭송을 하기 위해 혹은 게리 스나이더를 만나기 위해 집을 나서 가고시마를 경유하는 장면이 나올 때 약간의 감회가 있었다. 야쿠 섬은 가고시마 아래의 작은 섬, 제주도의 5분의 1 크기인데 아마미 제도, 오키나와 제도로 이어진다.

그의 평범하고 간단한 이력에서 볼 수 있듯이 그의 삶은 제비꽃 같을지언정 수령 7,200년의 조몬 삼나무 같은 거창한 삶은 아니었다. 그렇지만 일본에서는 야마오 산세이를 '현대의 미야자와 켄지 (1896~1933)'라고 부르기도 한단다. 미야자와 켄지는 우리나라에도 소개된《은하철도의 밤》을 쓴 동화작가였고, '켄지 대안학교'를 남긴 농업 지도자였고 사상가인 동시에 구도자였는데, 오늘날까지 많은 일본인들이 그를 존경한다고 한다. 야마오 산세이의 삶을 일본인이 미야자와 켄지라는 위인에 비유하는 것을 보면, 야마오 산세이의 조용하지만 실천적인 '흙의 삶'에 적잖은 이들이 감동과 동감을 하고 있는 것이 틀림없다.

　야쿠 섬에서의 삶이 바로 야마오 산세이를 오늘날에도 존경에 값할 만한 삶이었다고 기억하게 만들었지만, 그가 20대 때 열성적으로 참여했던 '부족'이라는 대안공동체 시절, 그가 작성한 〈부족의 노래〉라는 제명의 선언서를 보면 격렬하기 이를 데 없다. 이 세계에 설치되어 있는 여러 형태의 피라미드, 그 가운데 중앙집권적인 정치 피라미드를 그는 단호히 거부한다. 전후였고, 그의 나이 20대였기에 당연한 일이지만 그는 전쟁을 혐오한다. 국가에 대해서도 그 존재가치를 의심한다. 다분히 무정부주의적이다. 그가 격앙된 얼굴로 묻는다.

　"왜 사람과 사람은 서로 죽이며 싸우고 있는가?" "문명은 생명을 파괴하는 방향으로 움직이고 있다는 사실을 알아둘 필요가 있다. 수도는 멸균이 되었지만 물맛을 잃었다. 형광등은 밝지만 세포를 파괴한다. 차는 빠르지만 걷기를 잊어버리게 만든다." "맨발로 흙을 밟을 때 우리의 세포는 얼마나 기뻐하는가. 누구나 다 잘 알고 있는 그 생명의 약동을 우리는 다시 이 세상에 부활하지 않으면 안 된다." "자연 속에서 우리는 우리의 손으로 집을 짓고, 우물을 파고, 논밭을 갈기 시작했다."

　그뿐 아니라 그들은 '부족'의 주거지에 '프리 박스'라는 이름의 상자를 하나 마련한다.

　"이 상자 하나로부터 세계 경제의 모든 문제가 해결된다. 모든 경제학자가 달라붙어서도 해결할 수 없었던 바로 그 문제를 우리들의 힘으로 해결할 수 있다. 요컨대 돈이 있는 사람은 이 상자 안에 넣는다. 돈이 없는 사람은 이 상자 안에서 가져간다. 아아, 어째서 이처럼 간단한 일을 우리는 이제까지 몰랐단 말인가. 자유의 상자여, 늘 채워지고 비워지기를."

수백만, 수천만 사람의 운명을 몇몇의 마음대로 쥐락펴락하는 정치 경제에 대한 '부족' 젊은이들이 표한 거부감과 이상주의의 강도와 급진적인 해결책은 지금 읽어도 뜨겁다. '영혼의 자유', '대지로 돌아가자', '자기 자신의 신성 실현'이라는 세 가지 주제로 출범한 대단히 급진적이었던 '부족'은 전국에서 많은 지지자들을 얻는다. 마침 일본 임제종에서 머리 깎고 수도생활을 하던 미국의 대표적인 시인 게리 스나이더도 '부족'을 지지하고, 그 인연으로 '부족'의 거점 중의 하나였던 가고시마 현의 한 섬에서 '부족' 패거리들의 축하를 받으며 일본 여성과 결혼한다.

이 책이 다루고 있는 야마오 산세이의 섬에서의 조용한 삶은 그러므로 그의 젊은 날의 꿈, 어쩌면 집단적으로는 좌절했을지 모르는 젊은 날의 격렬한 꿈을 개인(가족 단위)적으로는 실현시키고야 만 비장한(?) 보고서이기도 하다. 그의 표현대로 피라미드를 만들고 그 정점에 앉아서 누구든지 오르려면 오를 수 있다는 환상을 심어주고 있는 자들의 정치와 경제가 아니라 자신(가족)만의 정치와 경제를 실현했다는 면에서 이 책은 '흙에 바탕한 애잔한 섬 생활'의 차원을 넘어선다.

만물은 서로 연결되어 있다는 '가미론(論)'

야마오 산세이뿐 아니라 누구라도 그렇다. 책상머리에서의 생각보다 중요한 것은 몸을 투척해 얻어낸 삶이 아니겠는가. 자신의 나무를 가지고 별을 가지고 바위를 가진 삶이 그것이다. 그런 삶을 그는 '전인격적인 생활' 혹은 '감히 바른 생활이라고도 하고 싶다'(247쪽)고 쓰고 있다. 자연과 인간을 상호 대립하는 것으로 파악해 자연을 지배와 종속의 대상으로 타자화시킨 서구의 이원론을 명징하게 거부한 머레이 북친이나 최근에 발표된 미하엘 마이어-아비히가 《자연의 항거》 같은 책에서 말하고 있는 '사회국가'에서 '자연국가'로 가야 한다는 환경윤리학이나 생태윤리학을 야마오 산세이는 이론으로서가 아니라 삶으로서 평생에 걸쳐 보여주었던 것이다. 학자들이 책상에서 머리를 쥐어뜯으며 당위를 논증할 때 그는 섬에서 심었다 하면 먼저 실례하는 사슴과 원숭이를 쫓고, 지붕을 고치고, 해마다 찾아오는 태풍을 손님으로 적극적으로 맞이하며, 풀잎 그늘에서 경탄과 위로를 느끼며 젊은 날의 꿈을 현실화했던 것이다. 그것을 그는 엥겔스의 말을 빌려 '필연의 통찰'이라고 표현한다.

삼라만상의 생물과 무생물의 상호 연쇄 속에서 인류의 생명은 존재하고, 따라서 거기에 우리가 속해 있다는 자각은 언뜻 보기에는 우리가 이제까지 죽자사자 추구해온 자유라는 가치관과는 상반되는 것처럼 보일지 모르지만, 그것은 자유에 대한 새로운 자각이기도 한 것이다. 옛날에 프리드리히 엥겔스라는 사상가가 한 말처럼, 자유란 곧 '필연의 통찰'이기 때문이다. 우리가 자기 멋대로 하는 것을 자유라고 생각하고 있는 한 우리 사회나 우리 자신에게 자유는 영원히 오지 않는다. "자유란 이 하늘과 땅 그 자체인 생물과 무생물을 통해 드러나는 섭리를 통찰하는 데서 찾아오는 것이기 때문이다."(266쪽)

그가 필연적으로 통찰하게 된 만물과의 연대감을 그는 '가미'라 부른다. 가미란 신, 정령, 혹은 유영모 선생의 표현법으로 말하면 '얼나'로 번역될 수 있을 것이다. 불교에서 말하는 진아(眞我 : 아트만)로 번역해도 무방할 듯하다. 혹은 삼신할미라 한들 뭐가 그리 다르겠는가. 우리가 만나서 진심으로 좋았다고 생각하는 것이 있다면 그것이 풀이든, 나무이든, 바위나 돌이든, 바다이든, 사람이든, 곤충이든, 야마오 산세이는 가미라고 부른다. 야마오 산세이의 설명을 들어보자.

"가미는 지배하지 않고 강제하지 않고 조직하지 않는다는 점에서 이제까지의 신과 다르지만 소중하게 취급되고 존경을 하지 않으면 나타나지 않는다는 점에서는 이제까지의 신과 같다."

"신의 특징이 대가람에 살며 확실한 교의 체계를 가지고 있는 것이라고 한다면 가미의 특징은 특별한 거처나 교의를 가지지 않았고, 가졌다고 해도 극히 소규모로 보다 직접적이며 개인적인 존재라고 할 수 있다."

그렇게 생각하는 야마오 산세이가 '가미'를 만나는 과정은 이런 방식이다.

"그때도 장마가 지고 있었고, 나는 우산을 쓰고 쏟아지는 빗속에 오래도록 서 있었는데, 아무 생각 없이 눈을 들어보니 흰 꽃을 활짝 피우고 있는 섬배롱나무가 비를 맞고 서 있는 모습이 눈에 띄었다. 그 모습이 내게 보여준 것은, 비를 맞으며 흠뻑 젖어 있는 지금 이 순간이야말로 내가 가장 피어 있는 시기라는, 지극히 단순한 위로였다. 5분 정도 나는 깊은 위로를 받으며 그 나무에 홀려 있었다. 그 일이 있은 뒤로 그 나무는 몇 만 혹은 몇 십만 그루가 있는 알 수 없는 야쿠 섬의 수많은 나무 속에서 조몬삼나무에 이어 두 번째 내 나무가 되었고, 가미가 되었다."(190~191쪽)

"에베레스트 첫 등정에 성공했다고 하는 하늘을 찌르는 기쁨이나 한 송이의 꽃에서 기쁨을 느끼는 것이나 그 한순간 기쁘기 짝이 없다는 점에서는 다를 바가 없다"는 게 야마오 산세이 '가미론'의 골자다. 그가 만나는 가미는 '작은 것이 아름답다'는 오키나와의 속담처럼 아주 흔하고 가볍고 대단하지 않을뿐더러 가까이 있는 작은 것들이다. 때로는 곤충일 수도, 골짜기의 맑은 물일 수도 있고, 지는 노을일 수도 있고, 못생긴 자갈이나 패랭이꽃 한 송이일 수도 있다. 그것들을 가미라고 느끼면서 위로를 느끼고, 내가 지금 이곳에 살고 있다는 것이 지구의 나이와 태양계의 나이와 연결되고 속해 있다는 자각을 하게 하는 한, 이 세상의 삼라만상은 모두 가미일 수 있다. 그러한 물활론을 그는 신애니미즘이라고 정의하면서 많은 사람들이 거기에 생사를 걸 만큼 진지하게 그것을 찾는다면 희망이 있다고 말하고 있다. 그에 의하면, 20세기 문명의 가장 치명적인 결함은 인류가 억 년 단위의 시간에 속해 있고, 암석에 속해 있고, 물에 속해 있고, 공기에 속해 있다는 시야가 빠져 있다는 점이다(221쪽). 하지만 어렵게 이야기할 게 없다. 신애미니즘이 별것일까. 백목련이 피면 나도 피고, 백목련이 지면 나도 진다는 깨달음 외에.

외로운 지구문명이 나아갈 길은

자연에 적대적이며, 필사적으로 자연과 분리하려는 노력으로 점철된, 그래서 예고된 파국이 보이는 이 외로운 문명은 앞으로 반드시 지금까지와는 다른 방향으로 전개되지 않으면 안 된다는 게 야마오 산세이의 섬 생활이 우리에게 가르쳐주는 핵심이라 할 수 있다.

인간이 제멋대로 만물의 영장이라며 2000년에 걸쳐 뻐기며 파괴의 삶을 살아왔지만, 지금 와서 분명해진 것은 돌도 또한 영장류이고, 물이나 나비도, 원숭이나 사슴도 영장류라는 사실, 그러므로 전동 공구의 편리함이나 위력도 좋지만 그보다 중요한 것은 가미를 발견하고 그 속에서 깊은 위로와 연대감을 느끼는 삶을 회복해야 한다는 '야마오 산세이 인생'의 결론은 사실 낯선 이야기는 아니다. 어디로 나아갈 것인가? "그 방향은 이제까지처럼 개인과 개인이 대립하며, 문명과 자연이 상반하는 전개가 아니라 모든 사람이 밑바탕으로부터 조화를 이루고 문명과 자연이 혼연일체가 된 새로운 발전이 되어야" 하지 않겠느냐는 이야기다.

　그런데도 젊은 날 격렬한 반피라미드(반권력) 사상에 빠져 공동 체운동을 했던 경험이 있어서인지, 나이 든 야마오 산세이의 어조 는 그가 자주 만나 기쁨에 차 경탄하는 가미가 가르쳐준 대로 나 직나직하고 부드럽고 조용하다. 아무리 옳은 말이지만, 그가 강요 하는 투의 웅변으로 가미를 이야기했고, 현학적으로 자신의 사상 을 피력했다면 삶을 던졌건만 아직도 세속의 명예와 자아도취적인 관념에서 못 벗어난 철부지 인생이 주는 거부감이 일었을 것이다.

　한 조용하고 평범한 사람의 특별할 것도 없는 섬 생활을 이 책 은 다루고 있는데, 이 책의 가장 큰 미덕은 책을 덮고 난 뒤, 문득 내 주변의 영성과 얼나(가미)가 형체를 드러내게 된다는 점, 그리고 아직 미망에 사로잡혀 발견하지 못한 '우리들의 가미'를 찾게 된다 는 점이다.

부록

우 리 시 대 환 경 책 목 록

우리 시대의 환경고전 17권
다음 100년을 살리는 141권의 환경책

'새롭게 읽자, 다르게 살자', 환경책큰잔치

2002년, 환경정의와 풀꽃평화연구소는 '새롭게 읽자, 다르게 살자'라는 캐치프레이즈를 내걸고 '환경책' 읽기 운동을 펼치기 시작했다. 환경책이라 통칭할 수 있는 책들의 범주는 환경총론 일반, 환경입문 사회과학 및 인문과학, 생태계, 과학기술, 문명, 여성, 건강과 먹을거리, 공동체, 환경문학, 환경잡지 등 우리 삶의 전반에 걸친 영역으로서 넓고 깊게 잡았다. 매년 가을 교보문고 매장을 빌려 우리나라에서 출판된 환경책을 모아 '환경책큰잔치'라는 이름으로 전시하고, 그렇게 전시된 책잔치를 통해 생태계 위기에 대한 시민들의 문제의식이 고양되고, 생태계 문제를 다룬 역저들이 더 많은 이들에게 널리 읽히기를 소망했다. 그 후 잔치는 전시 장소를 옮기면서 2009년 가을까지 해를 거르지 않고 총 8회에 걸쳐 진행되었다. 필자는 행사 초기부터 5년에 걸쳐 이 잔치에 깊숙이 개입한 바 있다. 출판계에 대한 작은 제안의 하나로서 불필요한 자원 낭비임에 틀림없다고 판단되는 '띠지 없애기' 운동을 2002년부터 벌였으나, 여전히 띠지는 사라지지 않고 있는 형편이다.

초창기부터 이 운동을 같이해온 환경정의의 서왕진 처장, 인천도시생태연구소의 박병상 박사, 《환경과생명》에서 일하던 장성익 주간, 최성일 출판평론가, 장서가 예진수님과 교직에 계시는 이수종, 김정숙 선생님 등 초기 실행위원들과 나누었던 우정을 필자는 소중하게 간직하고 있다. 어려운 형편에서도 책잔치를 환경정의의 주요행사로 뿌리내리도록 애쓴 오성규 처장, 조복현 기획운영국장, 여러 간사님들, 그리고 교보문고 행사 진행자들의 노고에 대한 감사도 빠뜨릴 수 없다.

'우리 시대의 환경고전'은 다른 이들이라면 다른 책들을 고를 수 있는 일이며, '다음 100년을 살리는 141권'의 목록 또한 열심히 모으려고 애썼으나 필경 누락이 있을 것이다. 이 다소 희귀한 책잔치에 대해 기왕에 환경책을 출간한 출판사들에게는 보다 따뜻한 협조와 성원을 고대하며, 독자들에게는 이 부록이 읽고 싶은 환경책을 살피고 고를 때 조금이라도 보탬이 되기를 바란다.

오랜 시간에 걸쳐 조심스럽고 신중하게 뽑은 '우리 시대의 환경고전 17권'과 '다음 100년을 살리는 환경책 141권'의 목록을 이 책의 부록으로 첨가하도록 허락해준 환경정의와 환경책큰잔치 실행위원들에게 다시금 감사드린다.

우리 시대의 환경고전 17권을 선정하면서

환경문제는 인류가 산업사회로 돌입한 이래 자연에 대한 일상화된 난폭한 태도로 인해 초래된 전 지구적인 생명의 문제입니다. 환경문제는 결국 그 극복의 일환으로 '환경책'을 낳았습니다. 그렇지만 '우리 시대의 환경고전'을 선정하면서 우리는 일상적인 의미의 고전에 대한 개념을 환경책에도 그대로 적용할 수는 없었습니다. 환경고전은 환경문제의 대두 이후에 발행된 책일 수밖에 없기 때문입니다. 고전에 대한 일반적 개념을 환경책에 적용하는 일의 생경스러움도 있었지만, 한 권의 책으로 한 나라의 환경부서가 신설되고, 없던 정책이 수립되고, 일반 대중의 의식혁명을 야기한 일은 종전의 고전들이 발휘하지 못했던 환경고전의 역동적 힘과 절박한 시대적 요구를 느끼기에 족하다 할 것입니다.

저희가 고심해 선정한 환경고전에는 한 사회에 끼친 영향력과 대중적 설득력과 전파력, 주제의 생명력과 내용의 진정성 등을 충족시켜야 한다는 위원회 나름의 기준을 적용했습니다. 전통적인 고전과 달리 환경고전들은 더 적극적으로 현실에 개입하고, 또한 미구에 닥칠 위기에 대한 방비책을 담고 있다는 특성을 지니고 있습니다. 우리는 설사 다른 이들이 선정한다고 해도 저희가 선정한 '우리 시대의 환경고전'의 목록과 큰 차이가 나지는 않을 것이라는 신중한 태도를 잃지 않으려고 노력했습니다. 2005년에 선정한 12권에 이어 새롭게 새 책들을 덧붙였습니다. '우리 시대의 환경고전'은 환경문제가 극복되지 않는 한, 앞으로도 천천히 추가될 것입니다.

환경책큰잔치 실행위원 최성각記

*환경고전 17권의 책 소개글은 장성익 실행위원께서 정리한 글입니다.

가이아

제임스 러브록 지음,
홍욱희 옮김, 갈라파고스,
2004년 3월, 12,800원

영국의 과학자이자 저술가인 제임스 러브록이 1979년에 펴낸 명저. '지구는 살아 있는 하나의 거대한 유기체'라는 유명한 주장을 제창함으로써 지구와 생명체에 대한 혁명적인 관점의 전환을 제공했다. 책 제목인 '가이아(Gaia)'는 고대 그리스 신화에 나오는 대지의 여신이다.

지은이가 말하는 가이아란 지구와 지구에 살고 있는 생물, 대기권, 토양, 대양까지를 포함하는 하나의 범지구적 실체이다. 가이아 이론은 지구를 생물과 무생물이 상호 작용하는 생물체로 바라보면서 지구가 생물에 의해 조절되는 하나의 유기체임을 강조한다. 이 이론은 가설이긴 하지만, 지구온난화 현상 등 갈수록 심각해지는 지구 환경 위기와 관련해 각별한 주목을 받게 되었다. 과학적인 근거와 사례들이 풍부하게 담긴 이 책에 따르면, 지구 생물권은 단순히 주위 환경에 적응해서 간신히 생존을 영위하는 소극적이고 수동적인 존재가 아니라, 오히려 지구의 제반 물리적·화학적 환경을 활발하게 변화시키는 적극적이고 능동적인 존재이다.

처음 이 책이 나왔을 때 당시 과학자들은 가이아 이론을 '박테리아와 나무, 흰개미, 원숭이 등이 공모해 지구 환경 유지라는 총체적 계획을 세우는 것'으로 오해하여 "생물들은 지구 운영을 계획할 만큼 영리하지 않다"고 반박했다고 한다. 그러나 이에 대해 러브록은 '지구의 항상성을 유지시키는 지구 규모의 거대한 조절 시스템과 범지구적 협력'을 내세웠고, 지난 수십억 년 동안 지구 대기권 원소와 해양의 염분 농도 등이 거의 일정하게 유지돼왔던 점, 탄소·질소 등 지구의 주요 구성 원소들이 대륙과 해양을 오가며 순환하는 점 등을 들어 살아 있는 생명체로서의 지구를 증명했다. 특히 지은이는 가이아를 위협하는 것으로 핵폭탄·오존층 파괴·산성비 대신 열대 우림 파괴 문제를 우선으로 꼽았다. 인간에게 팔과 다리보다 허파와 심장이 중요하듯 지구의 폐인 열대 우림 보존이 최고 과제라는 것이다.

1970년대 이후 학계뿐만 아니라 사회적으로도 큰 반향을 불러일으킨 가이아 이론은 오늘날에 와서는 신과학의 고전이자 생태환경주의의 입장을 뒷받침하는 강력한 이론적 무기가 되었고, '가이아'라는 말은 이제 환경론자들이 즐겨 쓰는 상징적인 용어가 되었다. 부제 '살아 있는 생명체로서의 지구'.

간디의 물레

《녹색평론》발행인이자 편집인인 김종철 선생의 에세이 모음집. 생명과 환경 문제, 산업 사회가 파괴하는 공동체와 인간다운 삶의 문제에 대한 진지하고도 깊이 있는 사유가 담긴 이 책은 '종교적 깊이의 문명 비판'이라고 할 만큼 묵직한 울림으로 다가온다. 이 책을 보면 왜 오늘날의 산업 문화가 인간의 삶을 파괴할 수밖에 없는지, 자연과 환경을 지키는 것이 왜 인간 생존에 필연적인지를 잘 이해할 수 있고, 지금의 산업 기술 문명을 왜 '거대한 집단 자살 체제'로 불러야 하는지를 명확히 인식할 수 있다. 지은이의 기본 입장

간디의 물레
에콜로지와 문화에 관한 에세이
김종철

김종철 지음, 녹색평론사,
1999년 7월, 10,000원

능한 곳이다. 이를 위해 지은이가 강조하는
것은 자발적 가난, 지금까지와는 근본적으로
다른 것을 욕망할 줄 아는 것, 산업 문화·경
제 성장·과학기술의 발달이 가져오는 안락
함 대신 자연 법칙에 순응하는 생명 중심의
공동체를 복구하는 것이다.

"우리 시대의 근본적 비극은 모든 존재가
타자에 대하여 필수적인 존재라는 것, 상호
간의 의존과 희생 없이는 처음부터 아무것도
가능하지 않다는 것에 대한 인식이 거의 철
저히 죽어버린 문화 속에서 우리 삶이 영위
되고 있다는 사실이다." 부제 '에콜로지와 문
화에 관한 에세이'.

경제성장이 안되면
우리는 풍요롭지 못할 것인가

경제성장이 안되면
우리는 풍요롭지 못할 것인가
더글러스 러미스
김종철, 이반 옮김

녹색평론사

더글러스 러미스,
김종철, 이반 옮김,
녹색평론사, 2002년 12월,
8,000원

은 생태근본주의라 할 만하다. 곧 인간은 어
디까지나 자연의 일부이고 생물학적 존재의
하나라는 것이다. 그래서 지은이에게 생태계
위기는 경제·사회·도덕·철학 등 모든 측면
에 관련된 삶 자체의 총체적 위기다. 문제는,
그럼에도 사람들은 지금 향유하고 있는 산
업 생활 자체를 포기할 수 없노라고 주장한
다는 점이다. 지은이에 따르면, 지금의 위기
는 기술이나 자본의 힘으로 봉합할 수 있는
것이 아니라 인간의 총체적인 자기 쇄신 없이
는 해결이 안 되는 것이다. 그러므로 참다운
문명을 위해서는 산업 문화의 혜택을 자발적
으로 포기하는 기술을 터득해야 한다.

대안은 '간디의 물레'로 상징되는 자급자
족이다. 이것이야말로 지배와 착취와 억압의
구조를 타파하고 그 구조에 길들여져 온 심
리적 습관과 욕망을 뿌리로부터 변화시키는
일이며, 권력과 칼의 교의(敎義)로부터 초월
을 실현하는 일이다. 더 구체적으로는 자급
자족적인 농촌 소공동체를 기본 단위로 하
면서 마을 민주주의에 의한 자치를 실현해야
한다. 이곳은 인간을 도외시한 이윤 추구 없
이, 물건과 권력에 의한 맹목적인 탐욕 없이
비폭력과 사랑과 유대 속에서 자기완성이 가

제목 그대로 물어보자. 경제성장이 안 되면 풍
요롭지 못할 것인가? 이 책의 대답은 명쾌하
고도 단호하게 'NO!'이다. 일본에서 활동 중
인 미국인 정치학자이자 평화운동가인 지은
이는 '경제 발전'이란 과연 무엇인지를 되묻
고, 모두가 풍요로워질 것이라는 믿음은 실현

불가능하다고 단언한다. 사실, 진보와 보수를 막론하고 '경제성장'은 대다수 사람들에게 사회 발전과 진화의 자명한 전제이다. 그러나 지은이는 이러한 태도야말로 '타이타닉 현실주의'라고 말한다. 생존의 자연적 기반 자체가 사라져가고 있는 마당에, 무엇보다 생물학적 존재로서의 인간이 어떻게 이 현실을 무시하고 살아남아 잘살 수 있단 말인가.

지은이는 또한 '가난함'이나 '부유함'은 기본적으로 경제적인 개념이 아니라 정치적인 개념이라는 탁견을 제시한다. 지난 100년간 자본주의가 눈부시게 발전했지만 빈곤은 사라지지 않았으며, 오히려 절대 빈곤은 더욱 늘었다. 아니, 빈부 격차야말로 경제 발전의 원동력이었다. 지은이가 보기에, 전통적인 빈곤(자급자족 사회)과 절대 빈곤을 "착취하기 쉬운 형태로 전환시킨 것"이야말로 경제 발전의 정체다.

지은이는 선진 공업국들이 자원 소비를 90% 감소시키지 않는다면 지구 같은 행성이 다섯 개는 필요하다며 발전의 엔진을 멈출 것을 주장한다. 그리고 파국에서 벗어나려면, 파이의 크기를 늘려 빈국과 빈자들에게 돌아갈 몫도 키우자는 감언이설에 속지 말고, 진정한 풍요를 위해 경제성장을 부정하는 '대항 발전'을 추진하자고 말한다. 지은이에 따르면, 인간 사회 속에서 경제라는 요소를 줄여나가도 사람들은 최소한의 것만으로도 별 탈 없이 살 수 있다. 발전시켜야 할 것은 경제가 아니라는 것이다. 인간 사회에서 경제와 시장의 요소를 조금씩 줄여나가고 경제 이외의 것들을 발전시켜 나가자는 것이다.

이 책은 성장 이데올로기의 가면을 조금만 벗겨보면 그것이 얼마나 허구적인 논리와 자가당착, 그리고 탐욕스러운 무지와 공포에 바탕하고 있는 반생명적 이데올로기인지를 설득력 있게 보여주는 동시에, 우리가 은연중에 절망적으로 동의했던 주류 상식을 진지하고도 단순명쾌한 어조로 전복시킨다. 아울러

이 책은 많지 않은 분량임에도 민주주의, 국가와 폭력, 평화, 지속가능한 문명, 미국의 패권주의 등 다양한 주제들을 예리한 안목으로 파헤치고 있어 오늘날 세계가 처한 현실의 진상을 파악할 수 있는 소중한 시각을 제공하고 있다.

나락 한 알 속의 우주

장일순 지음,
녹색평론사,
2009년 6월(개정판),
10,000원

우리 사회 생명운동의 가장 드높은 봉우리인 무위당 장일순(1928~1994) 선생이 남긴 글과 강연·대담 등을 묶은 문집. 안타깝게도 선생은 일반 대중들에게는 그리 널리 알려진 편이 아니다. 그것은 그가 평생 자신을 내세우지 않고 한없이 낮고 겸손한 삶의 태도를 초지일관 유지한 탓이기도 하겠지만, 달리 보면 그의 신념이나 소망과는 정반대로 갈수록 무지막지한 생명 파괴로 치닫는 지금의 주류 현실과도 무관치는 않을 것이다. 장일순이 누구인가. 그는 1950년대에 원주 대성학원을 세웠고, 60년 4·19 혁명 직후에는 혁신 정당의 후보로 선거에 뛰어들기도 했으며, 이후 70년대에는 독재정권의 탄압과 감시 속

에서 당시 반독재 민주화 투쟁의 해방구였던 이른바 '원주 캠프'의 정신적 지주 역할을 했다. 그 과정에서 정의구현사제단·가톨릭농민회 등의 활동을 묵묵히 뒷바라지했고, 강원도 일대에서 신용협동조합 운동·지역사회개발 운동·유기농 운동·생협 운동 등의 새 바람을 불러일으켰다. 그리하여 원주 봉산동에 자리한 그의 집은 숱한 민주화운동가들의 피난처이자 오아시스였고, 가난한 자와 소외된 자들의 인생 상담소이자 사랑방이었다. 거기서 그는 수많은 이들에게 지혜와 용기를 일깨워주는 사상적 버팀목이자 삶의 안내자였다. 하지만 무엇보다 소중하게 기억해야 할 것은 한살림운동으로 상징되는 생명운동의 신기원을 열어젖힌 주역이 바로 장일순이라는 사실이다. 그는 '밥이 곧 하늘'이고 '모든 생명은 하나'라는 사실을 설파했다. 곧 "하늘과 땅은 나와 한 뿌리요(天地與我同根), 만물은 나와 한 몸(萬物與我一體)"이라는 것이다. 하찮아 보이는 나락 한 알 속에 위대하고도 신비로운 온 우주 생명이 담겨 있다는 것을 뜻하는 이 책의 제목이 이를 압축적으로 보여주고 있거니와, 과연 이 책에는 '모심'과 '살림'과 '섬김'으로 요약되는 선생의 생명사상의 정수가 알기 쉽게 그러면서도 풍성하게 담겨 있다. 선생의 숨겨진 진면목을 보여주는 또 다른 책으로《좁쌀 한 알》(최성현 지음, 도솔, 2004)이 나와 있지만, 선생의 삶과 사상의 전모를 좀 더 총체적이고도 깊이 있게 조명한 본격적인 평전의 출간이 기다려진다. 이것이, 풀숲의 작은 벌레조차 거룩한 스승으로 모시고, 때리는 것이 아니라 어루만지는 것이야말로 혁명의 본질이라 여기며, 나이 들어 암에 걸려서도 "자연과 지구 전체가 암을 앓는데 하나의 자연인 사람이 어찌 암에 안 걸리겠는가. 암세포도 한울님이니 잘 모시고 가야 한다"고 했던 선생에 대한 한 자락의 예의가 아닐까. 물론 원체 나서기 싫어하는 분이라 정작 선생 자신은 반대하실지도 모르지만.

나무를 심은 사람

장 지오노 지음,
김경온 옮김, 두레,
2005년 6월, 6,900원

프랑스 현대문학을 대표하는 작가로서 전쟁 반대, 무분별한 도시화 반대, 참된 삶의 행복, 자연과 조화를 이루는 기쁨 등을 줄기차게 추구했던 장 지오노의 대표작. 스스로 절대적 고독을 선택하였고 그 고독 속에서 오로지 나무 심는 행위를 통해 자연과 신과 평화를 얻은 어느 노인이 오랜 세월에 걸쳐 황무지를 울창한 숲으로 바꾸는 희망의 기적을 창조해 나가는 과정을 유려한 문체로 써내려간 문학 작품이다.

작품의 화자는 프랑스 프로방스 지방으로 뻗어 내린 알프스 산악 지대를 걸어서 여행하다가, 쇠막대를 땅에 꽂아 구멍을 낸 뒤 도토리 하나를 넣은 다음 흙을 덮는 일을 되풀이하고 있는 특이한 노인 엘제아르 부피에를 만난다. 그는 황폐한 땅에 생명을 불어넣기 위하여 몇 십 년 동안 혼자서 양을 키우고 벌을 치면서 그렇게 나무를 심어왔다. 그곳은 옛날 숲이 무성했고 숲에 의지해 많은 사람들이 모여 살던 곳이었다. 그러나 사람들은 마구잡이로 나무를 베어내 폐허의 땅으로 만들어버렸다. 결국 그들 자신도 떠나야 했다. 하지만 아내와 자식을 잃고 혼자 살다가 이 고산 지대의 폐허에 들어온 부피에는 한결같이 나무를 심으며 살아온 것이다.

그 여행 후 전쟁에 참여했다가 세월이 지난 뒤 다시 그곳을 찾은 화자는 자신과 노인의 키보다 더 크게 자란 나무들을 보게 된다. 모든 게 바뀌어 있었던 것이다. 바람마저 이전의 세차고 거친 돌풍이 아니라 부드러운 산들바람이었고, 그 바람엔 향기마저 실려 있었다. 황무지가 거대한 숲이 되고, 사람들이 돌아오고, 웃음과 노래가 부활한 것이다. 화자는 수십 년의 세월 동안 자신의 신념을 굽히지 않고 묵묵히 나무만을 심어온 '기적의 사람' 부피에게서 새로운 희망과 영감을 얻고, 이 모든 것이 아무런 기술적 도움 없이 오직 한 사람의 손과 영혼에서 나온 것임을 떠올리면서, 인간이 파괴가 아닌 다른 분야에서는 하느님만큼 유능할 수 있음을 문득 깨닫는다.

이 책은 좁은 의미의 환경책을 넘어서는 작품이다. 진실로 세상을 변화시키는 힘은 아름다운 영혼과 흔들리지 않는 신념에 있다는 것, 오직 한 가지 일에만 일생을 바치는 고결한 실천이야말로 '불모지'를 '젖과 꿀이 흐르는 가나안'으로 바꿀 수 있는 원동력이라는 것을, 이 책을 통해 감동적으로 확인할 수 있다.

녹색세계사

옛날에는 사람들이 많이 살았다지만 지금은 거대한 석상만 남아 있는 태평양 동부의 이스터 섬. 이 섬의 비밀은 무엇일까? 섬의 부족들은 경쟁적으로 제례의식에 몰두했고 그 과정에서 석상을 옮기기 위해 통나무를 마구 잘라냈다. 그 결과 산림과 토양은 황폐해졌고 급기야는 고기잡이배를 만들 통나무조차 사라졌다. 결국 부족들은 인육을 먹기에 이르렀고 문명 자체가 파괴되고 말았다.

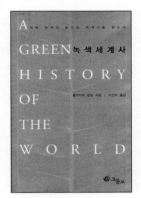

클라이브 폰팅 지음,
이진아 옮김, 그물코,
2003년 5월(절판)

이스터 섬의 멸망 과정에 대한 해부로 시작하는 이 책은 세계와 인류의 역사를 환경의 관점에서 새롭게 재해석한 책이다. 대체로 정치·경제·군사·문화예술·외교 등의 측면만을 주목해온 기존의 주류 역사서와는 달리, 이 책은 환경이 인간의 역사를 어떻게 규정해왔으며, 인간의 문명이 자연을 어떻게 이용하면서 흥망성쇠를 거듭해왔는지를 파고든다. 그래서 이 책에는 수천 년 동안 변천해온 생산양식과 생태계의 상호 관계, 인류의 자원 이용 양태와 소비 패턴의 변화에 따른 생태계의 변모, 인구 증가와 도시의 성장과 기술의 발달 등에 따른 생태계의 변화 과정 등이 잘 드러나 있다. 포괄적이고 거시적인 문명사적 성찰을 보여주면서도 알기 쉬운 사례 소개 등을 통해 일반 독자들이 부담 없이 읽을 수 있도록 평이하게 서술한 점이 특히 돋보인다.

책에 따르면, 이스터 섬뿐만 아니라 인류 최초로 찬란한 농경문화를 꽃피운 메소포타미아 문명, 한때 절정의 융성기를 구가했던 잉카와 마야 문명, 로마 제국 등도 모두 증가

하는 인구를 먹여 살리고 통치자의 권위를 과시하기 위해 무분별하게 농경지를 확장하고 땅을 지나치게 착취하는 등 인간이 자연 위에 군림한 탓에 순식간에 혹은 천천히 스러져 갔다. "땅의 운명은 땅의 자손의 운명이 될 것이다. 땅에 침을 뱉는 것은 자신에게 침을 뱉는 것이다. 지구가 인간에게 속한 것이 아니라 인간이 지구에 속한 것이다"나 "쓰레기들은 모두 지구의 어딘가로 가지 않으면 안 된다. 이 사실과, 모든 생명체에 필요한 자원이 한정되어 있다는 점을 고려한다면, 생명에 필요한 물질들은 반드시 순환되어야 한다는 것을 알 수 있다" 등과 같은 언급은 이 책이 던지는 핵심 메시지를 잘 보여준다.

《문명의 붕괴》(재레드 다이아몬드 지음, 강주헌 옮김, 김영사, 2005), 《환경은 세계사를 어떻게 바꾸었는가》(야스다 요시노리·유아사 다케오·이시 히로유키 지음, 이하준 옮김, 경당, 2003) 등을 같이 읽으면 더욱 도움이 될 것이다.

도둑맞은 미래

화학물질이 자연과 인간에게 미치는 영향을 파헤침으로써, 환경 고전으로 널리 알려진 레이첼 카슨의 《침묵의 봄》이래 가장 충격적인 '환경 신문고'라고 평가되는 책. 이 책이 주목한 것은, 1950년대 이후 급격히 늘어난 야생동물들의 생식기 결함과 행동 이상, 새끼들의 죽음과 동물 집단의 갑작스런 절멸 현상이었다. 암수의 생식기를 모두 가진 물고기, 동성연애를 하는 갈매기, 부화되지 못하고 말라버린 악어 알……. 그런데 더욱 심각한 문제는 이와 유사한 현상이 사람들에게서도 나타난다는 사실이었다. 곧, 인간 정자 수의 급격한 감소, 고환암 발생률의 급속한 증가, 비정상적인 형태의 성기나 고환을 가진 신생아 탄생에 대한 보고가 잇따라 나오면서 수많은 사람들이 깊은 충격에 빠지게 된 것이다.

데오 콜본, 다이앤 듀마노스키, 존피터슨 마이어 지음, 권복규 옮김, 사이언스북스, 1997년 3월, 10,000원

사실 20세기 초만 해도 새로운 화학물질의 개발은 진보와 축복으로 여겨졌다. 오존층 파괴의 주범인 염화불화탄소(CFC), 곧 프레온 가스의 개발자는 1941년 최고 화학상인 프리스틀리 상을 수상했고, 심지어 오늘날 전 세계 각국에서 사용이 금지된 DDT의 개발자는 1948년에 노벨상을 받기까지 했다. 그러나 그 결과는 무엇인가? 오늘날 이러한 화학물질과 화석 연료를 바탕으로 세워진 현대 문명과 산업주의 경제 체제는 생명의 정상적인 활동과 흐름을 뿌리에서부터 파괴·유린하고 있다. 이 책이 그 실체를 밝혀낸 이른바 '환경 호르몬(내분비 교란 물질)'이 그 대표적인 보기이다.

비유컨대, 인간이 선천적으로 물려받은 생체 구조와 기능을 설계하는 것이 유전자라면 호르몬은 그 유전자에 새겨진 악보를 소리로 재생하는 실질적인 연주자인 셈인데, 바로 그 호르몬이 물·공기·음식 따위를 통해 들어온 독성 화학물질에 의해 교란되는 바람에 사람을 포함한 모든 생명체들이 큰 피해를 보고 있는 것이다. 특히 DDT·PCB·다이

옥신 등과 같은 난분해성 환경 호르몬은 탯줄이나 모유를 통해 아기에게도 전달되므로 더욱 위험하다. 이런 환경 호르몬 때문에 암과 같은 질병뿐만 아니라 각종 기형아와 허약한 후손의 탄생이 잦아지면서 생명의 질이 떨어지고 있으며, 급기야는 정자 수 감소와 불임 증가 등으로 인해 인간의 멸종을 우려해야 한다는 섬뜩한 경고의 목소리마저 나오고 있는 형편이다.

건강하게 태어나 튼튼하게 자라야 할 후손(곧 인류의 미래)을 도둑맞게 된 이 가공할 사태를 어떻게 이해하고 또 이에 어떻게 대처할지를 고민하는 사람이라면 반드시 읽어보아야 할 책이다.

모래 군(郡)의 열두 달

알도 레오폴드 지음,
송명규 옮김, 따님,
2000년 4월, 12,000원

'근대 환경 윤리의 아버지'로 일컬어지는 알도 레오폴드가 미국 위스콘신 강 인근 모래땅 농가에서 10년 동안 생활하면서 땅과 자연에 대한 경험과 관찰과 사색을 기록한 책. 1949년 출간 당시에는 큰 주목을 받지 못하다가 1960년대 들어 환경문제에 대한 관심이 높아지면서 환경운동의 철학적 기반으로 자리 잡았고 '현대 환경운동의 바이블'이라고까지 평가받기도 한다. 미국의 어느 학자는 지은이에 대해 "율법은 전했지만 그 자신은 살아서 약속의 땅을 밟지 못한, 1960년대와 70년대의 새로운 자연 보존 운동의 모세"라고 추앙했다.

이 책은 "더 크고 편리한 것을 추구하는 우리 사회는 더 많은 욕조를 탐하다가 그것을 설치하는 데 필요한, 심지어 수도꼭지를 설치하는 데 필요한 안정성조차 상실해버렸다"고 진단하면서, 땅을 포함한 자연환경을 인간의 삶을 윤택하게 하는 수단으로만 보는 한 재앙은 필연적이며, 이젠 자연환경을 인간이 속한 '생명공동체'로 보는 시각의 대전환이 이뤄져야 한다고 주장한다. 나아가 인간에게만 적용됐던 윤리를 동식물은 물론 토지에까지 확대 적용할 것을 제안한다.

1편과 2편에도 자연과의 아름다운 대화, 자연의 경이로움에 대한 환희와 그것의 상실에 대한 아픔 등이 잘 나타나 있지만, 역시 이 책의 압권은 '토지윤리'를 다룬 마지막 편이다. 지은이 주장의 핵심은, 아직도 땅은 인간이 향유하는 재산에 머물러 있으나, 이젠 땅이 건강할 수도 아플 수도 있는 유기체로, 곧 도덕적 고려의 대상이 되어야 한다는 것이다. "바람직한 토지 이용을 오직 경제적 문제로만 생각하지 말라. 낱낱의 물음을 경제적으로 무엇이 유리한가 하는 관점뿐만 아니라 윤리적·심미적으로 무엇이 옳은가의 관점에서도 검토하라. 생명 공동체의 통합성과 안전성, 그리고 아름다움의 보전에 이바지한다면, 그것은 옳다. 그렇지 않다면 그르다."

이 책은 세월을 뛰어넘어, 거대한 진화의 오디세이에서 인간은 주인이 아니라 다른 생명체들의 동료 항해자일 뿐이며, 공기와 바람이 우리의 것이 아니듯이 땅 역시 우리의 것이 아닌 자연공동체의 일부라는 사실을, 생명 세계의 장엄함과 신비로운 영속성에 대한 겸허한 찬미 속에서 일깨워주고 있다.

성장을 멈춰라!

성장을
멈춰라!
Tools for Conviviality
자율적 공생을 위한 도구

이반 일리히 지음, 이한 옮김,
미토, 2004년 6월, 10,000원

어떤 기성의 학문적·사상적 틀도 단호히 거부하고 독창적인 통찰력과 혜안으로 산업 사회의 모순 구조를 파헤쳐온 이반 일리치의 정신적 토대와 기본 철학을 잘 보여주는 책. 지은이는 이 책 외에도 《학교 없는 사회》, 《병원이 병을 만든다》, 《행복은 자전거를 타고 온다》 등을 통해 학교·병원·에너지 등 이른바 '근대화'와 '성장'을 상징하는 여러 제도에 반기를 들고 근대 문명 전반에 대한 비판과 분석 작업을 한 바 있는데, 지난 2002년 사망한 지은이를 두고 《가디언》, 《르몽드》, 《뉴욕타임스》 등은 사후 특집기사를 통해 '20세기 최고 지성 중 한 명'이라는 찬사를 아끼지 않았다.

책은 묻는다. 일반적인 주류 상식대로 '성장'은 모든 가치를 뛰어넘는 선(善)인가? 이에 대해 지은이는 회복 불가능한 상태로까지 무한 성장하는 산업사회의 생산 방식을 근본적으로 반대한다. 대신 자율, 공동의 도구 사용, 자율적인 인간 행위의 상호 교환을 중심으로 하는 '공생의 사회'를 주창한다. 특히 현대사회의 전반적인 위기를 극복할 수 있는

것은 '균형'이라고 강조한다. 삶의 '균형'을 통해서만 사람·도구·집단 사이에서 올바른 관계를 형성하는 '공생적(convivial)'인 사회를 이룰 수 있다는 것이다. 여기서 '공생적' 사회란 정치적으로 상호 연결된 개인에게 현대 기술이 봉사하는 사회, 책임 있게 도구를 제한하는 사회를 뜻한다. 저자가 '성장을 멈춰라'고 하는 이유 또한 사회 구성원 모두가, 다른 사람들이 최소한도로만 통제하는 도구를 사용하여 가장 자율적인 활동을 할 수 있는 사회가 만들어질 때 비로소 공생적인 삶을 살 수 있다고 생각하기 때문이다.

일리치는 유럽 여러 곳에서 교육을 받고 가톨릭 사제가 되었던 사람이지만, 무엇보다 푸에르토리코와 멕시코 등 제3세계 민중 사회에서의 현장 체험을 바탕으로 시장경제와 산업주의라는 서구식 개발 논리가 얼마나 허구적이고 폭력적인지, 그리고 그것이 어떻게 제3세계 사회의 토착적 삶의 지혜와 민중의 생활 조건을 파괴하는지에 대해 철저하게 분석하고 증언하였다. 그에 따르면, 산업주의 체제가 배격되어야 하는 것은 그것이 궁극적으로 빈곤이나 사회적 불평등 문제를 해결해 주지 못하기 때문이 아니라, 좀 더 근본적으로 인간이 인간다운 위엄으로 삶을 영위할 수 있는 기본 조건을 갈수록 망가뜨리기 때문이다. 부제 '자율적 공생을 위한 도구'.

엔트로피

저명한 미국의 문명비평가이자 사회운동가인 제레미 리프킨의 대표작으로서, '엔트로피'라는 키워드로 인간의 역사와 현대 문명의 실체를 규명하고 에너지·자원 낭비가 초래할 인류의 파멸적 재앙을 경고한 책. 1980년대 출간 이후 뜨거운 논쟁을 불러일으켰고, 지금도 세계 각국에서 꾸준히 읽히고 있는 스테디셀러다.

엔트로피 법칙이란 열역학 제2법칙으로서, 모든 물질과 에너지는 유용한 상태에서 무용

제레미 리프킨 지음,
이창희 옮김,
세종연구원, 2000년 5월,
14,000원

한 상태로, 질서 있는 상태에서 무질서한 상
태로 변화한다는 것을 뜻한다. 엔트로피란
한마디로 '쓸 수 없게 된 에너지'를 의미하는
셈이다. 문제는 열역학 제1법칙인 에너지 보
존 법칙에 따라 지구 혹은 우주의 에너지는
일정한데, 이미 무용한 상태로 돼버린 무질
서 상태의 엔트로피는 계속 증가한다는 데
있다. 이 엔트로피의 총량은 에너지를 많이
소비할수록, 그리고 그 과정이 복잡할수록
많아진다. 결국 산업혁명 이후의 급속한 근
대화·기계화 과정에서 엄청난 양의 에너지
와 자원이 사용돼왔고 그 결과 당연히 엔트
로피의 양도 폭증해왔는데 이제 그것이 포화
상태에 이르게 됐다는 것이 이 책의 핵심 주
장이다.

그래서 책에 따르면, 인간의 역사가 진보한
다는 믿음은 엔트로피 문제를 고려하지 않
은 헛된 망상에 불과하다. 경제성장, 발전, 과
학기술의 발달 따위를 진보의 표상으로 떠받
들지만, 실제로는 그 과정에서 점점 더 많은
무질서 상태가 초래되었고, 지금과 같은 무
분별한 물질적 풍요와 탐욕의 질주가 계속된

다면 결국은 파멸로 이어질 수밖에 없다는
것이다.

그렇다면 대안은 무엇인가? 그것은 저(低)
엔트로피 사회로의 전환과 이를 위한 대중
의 의식적 각성이다. "유일한 희망은 지구
에 대한 공격 행위를 중지하고 자연의 질서
와 공존하는 길을 모색하는 것이다. (…) 가
능한 한 에너지를 적게 쓰고, 자원을 보전하
며, 자연의 리듬을 최대한 존중하는 것은 모
든 생명에 대한 무한한 사랑을 표현하는 것
이다. 우리는 이 세상의 시중꾼이다." 그리하
여 이 책이 궁극적으로 전하고자 하는 것은,
잘못된 환상을 부수고 그 자리에 새로운 진
리를 세움으로써 실현할 수 있는 희망의 메
시지이다.

제레미 리프킨은 현대사회가 당면한 문제
의 근본적이고 구조적인 원인에 대해 놀랄
만한 통찰력을 보여줬고, 특히 자본주의 체
제와 인간의 생활방식, 그리고 생명공학과 정
보화 등 현대 과학기술의 폐해를 날카롭게
비판해 왔다. 그의 또 다른 저서들인《노동의
종말》,《소유의 종말》,《육식의 종말》,《생명
권 정치학》,《바이오테크 시대》등은 그 생생
한 증좌들이다.

우리들의 하느님

《몽실언니》,《강아지똥》,《한티재 하늘》등의
동화로 잘 알려진 권정생 선생의 산문 모음
집. 황폐화 일로에 있는 이 시대의 삶의 밑바
닥에서 일어나는 변화를 지켜보면서 깊은 슬
픔과 분노와 연민의 마음으로 전하는 사람
이야기들이 빼곡히 담겨 있다. 아이들을 만
나고 아이들을 위해 글을 쓰면서 행복했다
는 선생의 세상 이야기와 이웃 이야기들이
하도 맑아서 읽는 이의 삶을 거울처럼 되비
치게 만든다.

빨갱이의 자식으로 태어나 범죄자가 되어
버린 목이, 첫날밤도 치르지 못한 채 신랑
을 저세상으로 떠나보내고 시부모를 봉양해

우리들의 하느님

권정생 산문집

권정생 지음,
녹색평론사,
2008년 5월(개정증보판),
10,000원

온 할머니가 효부상을 거부한 사연, 인공 수정을 당하는 태기네 암소의 눈에 맺힌 눈물, 양파값 폭락으로 목숨을 끊은 승현이네 아버지, 추운 겨울 냉이를 팔러 50리 길을 나서는 종익이네 할머니 등에 얽힌 이야기들은, 화려하진 않지만 진실과 감동을 한껏 담고 있어서 그 울림이 자못 크다. 성전 건축에 열을 올리고 빨간 십자가로 불야성을 이루는 한국 기독교에 대한 비판이나, 소유욕 때문에 병들어가는 자연과 경쟁으로 내몰리는 아이들 교육문제 등에 대한 날카로운 시선은 우리네 삶의 구석구석을 후려친다. 한마디로 이 책은, 인간이 문명이란 이름으로 자연과 또 다른 인간에게 행하는 폭력의 야만스러운 실상에 대한 부드러우면서도 매서운 고발이다.

"우리가 알맞게 살아갈 하루치 생활비 외에 넘치게 쓰는 것은 모두 부당한 것이다. 내 몫 이상을 쓰는 것은 벌써 남의 것을 빼앗는 행위이기 때문이다." 올림픽에서 금메달 땄다고 하느님께 감사하고, 대학 입시에 수석 합격했다고 감사하고, 복권에 당첨되었다고 감사하고, 이런 감사는 모두 이기적인 감사다. 내가 금메달을 따면 못 따는 사람이 있고, 내가 수석을 하면 꼴찌한 사람이 있고, 내가 당첨이 되면 떨어진 사람이 있고, 내가 잘되기 위해서 누군가가 못되는 것을 생각하면 어찌 기뻐할 수 있겠는가. 그런 감사를 하느님은 절대 기뻐하지도 바라지도 않으신다." "산과 바다에는 수많은 동물과 식물들이 어우러져 살고 있다. 그저 그날 살아갈 만큼 먹으면 되고 조그만 둥지만 있으면 편히 잠을 잔다. 부처님께 찾아가 빌지 않아도, 예배당에 가서 헌금을 바치고 설교를 듣지 않아도 절대 죄짓지 않고 풍요롭게 산다." 하나같이 정신을 번쩍 들게 하는 말들이다. 선생은 최근에도 이라크 파병과 관련해 한마디 하셨다. "승용차를 버려야 파병도 안 할 수 있다"고.

원은 닫혀야 한다

B. 카머너 지음,
송상용 옮김, 전파과학사,
1980년 1월(절판)

생태계는 생물과 연관된 유기물의 다양성이

순환되는 닫힌계다. 38억년 동안 상호작용하는 생물종과 개체들은 생태계 일원이 되어 순환에 기여한다. 서로 먹고 먹히는 경우는 물론이고, 호흡의 부산물과 배설물도 생태계 순환의 중요한 요소로 작용한다. 한데 생태계에 늦게 동참한 사람이 경작을 시작한 이래 둔해지던 생태계의 순환이 산업사회 등장 이후 급격하게 저하되더니 지금은 심각한 장애가 발생하고 있다.

1917년 태어난 생태학자 배리 커머너는 1971년 《The Closing Circle》을 펴냈고, 2003년 대학에서 은퇴한 과학사학자 송상용 선생이 1980년 번역해 전파과학사에서 출간한 《원은 닫혀야 한다》는 절판돼 시중 서점에서 구할 수 없다. "원은 닫혀야 한다!"는 배리 커머너의 언설은 생태계 순환은 원활해야 한다는 의미다. 원의 뚫린 곳으로 생물체로 돌아가야 할 물질이 계속 빠져나가면 생태계는 다양성을 잃고 황폐해질 것이므로, 생태계의 순환을 저해하는 행위를 서슴지 않는 사람에게 배리 커머너는 36년 전에 생태계 순환의 가치를 역설한 것이다.

생명체에게 환경이란 곧 생태계다. 생명체인 사람은 생태계의 순환을 자신을 위해 원래의 모습처럼 원활하게 이끌도록 경각심을 가져야 할 필요가 있다. 배리 커머너는 독자에서 환경과 생존권이 무엇인지 먼저 알려준 다음, 순환되어야 할 생물체를 편향적으로 독점해 자연에 없는 물질로 변형시킨 다음, 분별없이 자연에 없는 물질을 생태계에 내놓는 사람에게 아프게 지적한다. 사람 때문에 악화된 사례, 다시 말해, 핵무기와 핵산업의 문제, 자동차로 인한 대기오염, 화학비료와 농약으로 인한 대지의 오염, 공장 폐수가 일으킨 육지 호수의 오염, 그렇게 오염된 생태계에서 인구를 늘이는 사람의 문제를 근본 시각에서 거론한다. 생태계의 순환을 저해하며 얻는 풍요는 빈곤의 기반이라고 알려준다.

환경문제를 기술로 해결할 수 있을까. 배리 커머너는 일찍이 고개를 흔들었다. 오히려 문제를 더욱 심화시킨다는 것이다. 어디 그뿐인가. 사회에 혼란을 초래해 사람의 생존에까지 문제를 일으킨다는 구체적인 사례를 제시하며 명백히 한다. 생태계의 순환을 저해하면 경제적 손실도 피할 수 없다는 설득을 펴면서 배리 커머너는 세속의 사람들에게 원을 닫아야 삶도 행복도 보장할 수 있다는 통찰력을 심어주려 애를 쓴다.

지금의 생태계의 사정은 어떤가. 배리 커머너는 걱정한 한 세대 전보다 훨씬 악화되고 있다. 순환되어야 할 생태계를 위해 우리는 《원은 닫혀야 한다》를 다시 읽고 깊게 반성해야 한다. 내일을 위해.

월든

헨리 데이비드 소로우 지음,
강승영 옮김, 이레,
2006년 5월(개정판),
9,800원

1852년 출간 당시에는 별 주목을 끌지 못했지만 오늘날 수십 개의 언어로 번역되어 '19세기에 씌어진 가장 중요한 경전'으로까지 일컬어지는 생태·환경 분야의 고전. 문학적 향취와 철학적 사색이 맞춤하게 녹아 있는 이 책은, 미국의 사상가이자 문필가인 지은이가

2년 동안 홀로 '월든'이라는 호숫가에 들어가 지낸 숲 생활의 고백록이다. 하지만 이 책은 단순한 자연 예찬을 넘어, 문명사회에 대한 통렬한 비판이자 그 어떤 것에도 구속받지 않으려는 한 자주적 인간의 독립선언문이자 정신적 황무지를 살아가는 현대인들의 영혼 지침서로도 명성이 높다.

자연과 조화를 이루는 삶, 소박하고 단순한 삶만이 인간에게 진정한 행복을 가져다 줄 것이라는 소로우의 사상이 아름다운 문장에 오롯이 담겨 있는 이 책은 자연과 더불어 항상 깨어 있기, 절대적인 자유의 추구, 책상머리 교육이 아니라 실천을 통한 교육 등을 강조함으로써 오늘날에도 끊임없는 시사점을 던져주며, 마하트마 간디로부터 '가장 감명 깊게 읽은 책'이라는 찬사를 듣기도 했다. 산업화가 본격화하기 이전인 19세기에 이미 문명사회의 한계를 예견하여 서양 환경운동의 씨앗을 뿌렸다고 평가되는 지은이 소로우는 사후에 윌리엄 예이츠, 마르셀 프루스트 등 세계적인 문호들에게 각광을 받았고, 부도덕한 멕시코 전쟁과 노예 제도 반대의 뜻으로 인두세 납부를 거부하여 감옥에 갇히기도 하는 등 자유와 평화에 대한 비타협적 열망과 국가 권력에 대한 시민 불복종 권리를 행동으로 실천했다(소로우의 또 다른 책 《시민의 불복종》도 세상을 바꾼 책으로 손꼽힌다).

본문의 몇 대목만 소개해도 이 책의 진면목과 메시지를 전하는 데 부족함이 없을 듯싶다. "사치품과 생활 편의품들은 대부분 필수불가결한 것이 아니다. 오히려 인류의 향상을 적극적으로 방해하는 장애물이다. 가장 현명한 사람들은 사치품과 편의품에 관한 한 늘 결핍된 인생을 살아왔다." "내가 숲속으로 들어간 것은 내 인생을 오로지 내 뜻대로 살아보기 위해서였다. 나는 인생의 본질적인 것들만 만나고 싶었다. 내가 진정 아끼는 만병통치약은 순수한 숲속의 아침공기를 들이마시는 것이다." "나는 외로움을 느낀 적

이 한 번도 없었으며 고독감 때문에 조금이라도 위축된 적이 없었다. 가장 감미롭고 다정한 교제, 가장 순수하고 힘을 북돋워주는 교제는 자연 가운데서 찾을 수 있었다."

작은 것이 아름답다

E. F. 슈마허 지음,
이상호 옮김,
문예출판사, 2002년 3월,
12,000원

독일 태생의 영국 경제학자이자 환경운동가로 유명한 슈마허가 1973년에 펴낸 경제비평서. 경제성장지상주의에 대한 성찰과 반성의 근거를 제공하고, 나아가 혁명적인 사고로 '작은 것'의 가치와 인간을 중심으로 하는 새로운 경제 대안을 제시하고 있다. 1776년 애덤 스미스의 《국부론》이 출간된 이래 200년 동안이나 대형화와 '규모의 경제'를 지향해온 주류 경제학 담론에 대한 전복적 도전으로 평가된다.

지은이는, 경제 규모는 인간이 자신의 행복을 위해 스스로 조절하고 통제할 수 있을 정도여야 하며, 이럴 때 비로소 쾌적한 자연환경과 인간의 행복이 공존할 수 있다고 주장한다. 더 작은 소유, 더 작은 노동 단위

에 기초를 둔 '중간 기술' 구조만이 세계 경제의 진정한 발전을 가져올 수 있으며, 이것이 바로 인간을 위해 존재하는 '인간의 얼굴을 한 기술'이라는 것이다. 여기서 '중간 기술(intermediate technology)'이란, 근대 기술이 많은 에너지를 소비하는 데 비하여 자원 재생과 지역 에너지 활용을 도모하는 동시에 지역의 고용 관계까지 배려하는 기술이자, 정교한 손과 창조적인 두뇌를 가진 인간을 생산 과정에 복귀시켜 대량 생산 대신 '대중 생산'을 하는 기술을 의미한다.

이 책은 "경제성장이 물질적인 풍요를 약속한다고 해도 환경 파괴와 인간성 파괴라는 극복하기 힘든 부산물을 낳는다면 미래는 결코 우리를 행복으로 인도하지 못할 것"이라고 갈파하면서, "인간 중심의 경제가 절실히 요구된다. 인간은 우주의 한 작은 기능으로서, 작은 것은 아름다운 것이며 거대함만을 추구하는 것은 자기 파괴로 치닫는 행위다. 따라서 경제학의 당면 과제는 성장이 아니라 인간성의 회복이다"라고 주장한다. 그리고 그 방안으로 지역 노동과 지역의 자원을 이용한 소규모 작업장의 형성, 공공 소유와 작은 노동 단위에 기초한 경제 구조 등을 제시하면서, "작은 것은 자유롭고 창조적이며 효율적일 뿐만 아니라 편하고 즐겁고 지속적"이라고 강조한다.

더 빠른 성장과 더 커다란 경제에 대한 믿음이 종교적 확신에 이른 듯한 오늘날, 이 책은 경제와 행복에 대한 획일화된 주류 가치관을 숭배하는 대다수 현대인의 뒤통수를 내려치는 죽비소리로 다가온다. 부제 '인간 중심의 경제를 위하여'.

조화로운 삶

많은 사람들이 소비와 소유, 효율과 경쟁을 우상 숭배하는 파괴적인 자본주의 물질문명에서 벗어나 자연의 품속에서 진정으로 평화롭고 자유로운 삶을 영위하고 싶어 한다.

헬렌 니어링 지음,
류시화 옮김, 보리,
2000년 4월, 7,500원

하지만 이게 어디 말처럼 쉬운 일인가. 그런데 여기, 미국에서 대공황이 최악으로 치닫던 1932년에 '불황과 파시즘의 먹이가 돼버린 사회'의 상징인 대도시 뉴욕을 떠나 버몬트의 작은 시골로 들어가 이런 삶을 올곧게 실천한 사람들이 있다. 스코트 니어링·헬렌 니어링 부부. 이들은 숲속 시골로 들어가면서 독립된 경제를 꾸릴 것, 건강할 것, 사회를 생각하며 바르게 살 것이라는 세 가지 목표를 세웠고, 이를 주저 없이 행동으로 옮겼다. 이 책은 이들 부부가 버몬트의 숲속에서 이렇게 보낸 20년 세월에 대한 생생하고도 꼼꼼한 기록이다.

이들은 직접 땅을 일구고, 돌집을 짓고, 아무에게도 빚지지 않는 자급자족의 삶을 누렸다. 1년 중 여섯 달은 먹고살기 위해 일했으며, 나머지 여섯 달은 연구·글쓰기·대화·가르치기·이웃과의 친교 등으로 보냈다. 유기농법으로 갖가지 먹을거리를 풍성하게 가꾸었고, 순전히 채식으로 한 끼에 적은 종류의 음식을 조금씩만 먹었다. 쓰고 남는 게 있으면 이웃과 친구들에게 나누어주었다.

이들은 둘 다 부유한 집안에서 태어난 지

식인들로서 말하자면 부르주아 출신이라고 할 수 있지만, 이들이 진실로 원했던 것은 부나 권력이나 명성이 아니라 진실하고도 주체적인 삶 자체였다. 그래서 그들은 생산하지 않는 사람들이 이익과 불로소득을 축적하는 데 반대했고, 스스로 땀 흘려 일해서 먹고 살고자 했다. 삶이 틀에 갇히고 강제되는 대신 삶이 존중되는 모습을 추구하고자 했다. 잉여가 생겨 착취하는 일이 없도록 필요한 만큼만 이루어지는 경제를 원했다. 미친 듯이 질주하는 속도의 굴레에서 벗어나, 물음을 던진 후 곰곰이 생각하면서 자신과 사물을 깊이 들여다볼 시간을 확보하고자 했다. 걱정과 두려움, 증오가 차지했던 자리에 평정과 뚜렷한 목표, 화해를 심고자 했다. 그리하여 결국 그들이 얻은 것은 '조화로운 삶'이었다. 사람과 자연, 이론과 실천, 생각과 행동이 조화를 이루는 삶, 곧 자유와 해방과 평화를 스스로 창조하는 삶 말이다.

참된 삶의 위엄을 일구어가는 고투가 인상적으로 그려진 이 책은, 사람과 자연과 생명의 가치라고는 안중에도 두지 않는 이 어리석은 시대에 자본주의 물질문명의 노예가 아니라 진정한 '생의 직립과 부활'을 꿈꾸는 모든 현대인들의 필독서라 하기에 손색이 없다.

침묵의 봄

환경·생태학 분야에서 첫 손가락에 뽑히는 대표적인 고전이자 20세기 인류에게 가장 큰 영향력을 끼친 책 중의 하나. 미국의 해양생물학자이자 작가이자 선구적인 환경운동가인 지은이는 또한《타임》지가 선정한 20세기의 가장 중요한 인물 100인 중 한 사람이다. 1962년에 출간된 이 책은 아무도 환경문제에 관심을 기울이지 않던 40여 년 전에 이미 생태계 파괴와 환경 재앙으로 인해 봄이 왔는데도 꽃이 피지 않고 새가 울지 않는 미래가 올 수 있음을 선구적으로 경고했다.

이 책은 살충제 등 유해 화학 물질과 농약

레이첼 카슨 지음,
김은령 옮김, 에코리브르,
2002년 4월, 15,000원

등이 환경 속에 어떻게 확산되는지, 잔류 농약이 어떻게 동물 조직에 축적되고 먹이사슬의 연쇄 작용으로 그 피해가 확대되는지, 이 과정에서 인간이 어떻게 건강이 파괴되고 죽음에 이르게 되는지, 체내에 축적된 유해 물질이 다음 세대에 어떤 피해를 주는지 등을 구체적인 사례를 통해 낱낱이 고발한다. 그리고 이러한 현실의 배후에 생태적 연관 관계에 대해 무지하고 탐욕에 눈이 먼 전문가·정책 당국자·기업의 이해관계가 도사리고 있음을 증언한다.

출간 당시 언론과 화학업계에서는 지은이를 비과학적 주술사로 몰아붙였고, 책에 대해서도 "감정과 비과학적 우화에 의존하는 히스테리컬한 여성이 쓴 이 책은 그녀가 저주하는 살충제보다 더 독하다"고 독설을 퍼부었다고 한다. 그러나 과학적이면서도 세련된 문학적 필치가 돋보이는 이 책은 발간 후 16개월 동안 100만 부가 팔려나갈 정도로 엄청난 반향을 불러일으켰다. 안타깝게도 지은이는 책이 나온 지 2년이 채 지나지 않아 암으로 사망했지만, 이 연약한 여성의 힘은 실로 위대했다. 이 책은 미국의 환경 정책을 바꾸었고, '지구의 날'을 제정케 했으며, 주민 환경운동을 촉발시켰고, 미국 각 주에서 DDT 사용 금지를 시작하게 했으며, 화학회사들의 입지를 옮기게 만들었다.

세계를 대표하는 100인의 석학들이 선정한 '20세기를 움직인 10권의 책' 중 4위에 오르기도 한 이 '환경 교과서'는 단순히 농약이나 화학 물질의 오·남용만을 문제 삼은 것이 아니라 세상을 변화시키는 획기적인 끌차 역할을 했다는 점에서 오늘도 생생한 '시대정신'으로 빛나고 있다.

한살림 선언문

장일순·박재일·최혜성·
김지하 지음, 최혜성 대표 집필,
한살림, 1989년

우리 현대사에서 최초로, 바깥으로부터 수입·이식된 서구식 발전 모델과 근대적 세계관에 근본적인 의문을 제기하고 산업문명의 총체적 전환과 새로운 생명 가치에 기초한 문명의 개벽을 선언한 기념비적인 문헌. 이 선언문이 발표된 1989년은 안으로는 87년의 6월 항쟁을 기폭제로 한 도도한 민주화의 물줄기가 뜨겁게 분출하고 있었고, 밖으로는 소련과 동유럽 등 옛 사회주의권의 붕괴와

냉전 체제 해체가 본격적으로 시작되던 시점이었다. 그 소용돌이치는 역사의 격류 속에서 발표된 이 선언문은 '광야에서 들려오는 감동적인 예언자의 외침'이라 할 만하다.

선언문에 따르면, 인류가 자유·평등·진보의 깃발 아래 이룩해온 오늘날의 산업문명은 세계를 황폐화시키고 모든 생명을 죽음의 위기로 몰아넣고 있다. 산업문명은 생명을 소외시키는 체제이며 본질적으로 반인간적이고 반생태적이어서, 이로 인해 우리는 여러 가지 위기에 직면하고 있다. 핵 위협과 공포, 자연환경의 파괴, 자원 고갈과 인구 폭발, 경제의 구조적 모순과 악순환, 중앙집권화된 거대 기술 관료 체제에 의한 통제와 지배, 낡은 기계론적 세계관의 위기 등 다양한 모습으로 나타나는 이 위기는 물질적·제도적인 위기일 뿐만 아니라 지적·윤리적·정신적 위기이며, 인류 역사상 유례없는 규모와 긴박성을 지닌 위기, 곧 전 인류와 지구상 전 생명의 파멸로 귀결될 수도 있는 위기이다.

그럼, 어떻게 할 것인가. 선언문은 생명에 대한 새로운 각성만이 역사를 새로운 지평으로 인도할 것이라고 밝힌다. 생명이란 무엇인가. 생명은 '자라는 것'이고, 부분의 유기적 '전체'이고, '유연한' 질서이고, '자율적'으로 진화하는 것이고, '개방된' 체계이고, 순환적인 '되먹임고리'에 따라 활동하는 것이다. 곧 생명은 우주적인 관계의 그물 속에서 상호작용을 하면서 연결되어 있으며, 환경과 조화를 이루면서 우주의 궁극적 생명과 합일되어 나아가는 것이다. 선언문은 이 거룩한 생명을 '한울'이라 규정하면서 새로운 희망의 대안으로 우리의 전통 사상인 '동학'을 제시한다. 생태 사상에 있어서도 서양의 '수입품'과 '복제품'이 판치는 우리 현실에서, 이 선언문은 우리의 독자적인 정신과 지적 고투가 도달한 생명 사상의 빛나는 성취이자 생명운동의 드높은 봉우리라 할 만하다.

다음 100년을 살리는 141권의 환경책

생명과 평화를 이야기하는 141개의 목소리,
그 목소리를 듣는 우리가 '다음 100년'을 살릴 수 있도록.

2009년 '다음 100년을 살릴 141권의 환경책'은 추천위원의 추천과 실행위원들의 밤샘토의를 거쳐 선정되었습니다. 다양한 영역, 다양한 주제에서 환경과 생명, 평화의 시선으로 세상을 보려는 책들을 모아 여러분들 앞에 내놓습니다. 141개의 목소리들은 현실 문제를 극복하기 위한 지난한 노력과 우리의 미래를 지키기 위한 통찰력 있는 글 속에서 다음세대가 살아가 희망을 찾고자 합니다. 한 권, 한 권, 목소리들이 더 많은 사람에게 울려 퍼져 다음 100년을 살아갈 힘이 될 수 있길 바랍니다.

환경책 큰잔치 실행위원회

9월이여, 오라

001

아룬다티 로이 지음,
박혜영 옮김,
녹색평론사,
2004년 6월,
7,000원

풀뿌리 민중과 그들의 삶터를 지키는 반세계화 운동의 기수 '아룬다티 로이'의 정치평론집. 격렬하고 재치가 번뜩이는 목소리로, 역사상 유례가 없는 야만적인 약탈의 과정인 '전쟁과 세계화 경제'를 고발하고 있다. 저자는 '정의를 위한 전쟁'이라는 것을 근본적으로 부정하는 것과 동시에, '자유무역'이라는 명분을 내걸고 있는 '세계화'를 원천적으로 거부한다. 약자들에게로 뚜렷하게 향해 있는 그녀의 시선은 또한 개발과 발전의 이름으로 무수한 생명들이 짓밟히고, 상처를 입고, 죽어가는 현실을 적나라하게 보여주고 있다.

가비오따쓰

002

앨런 와이즈먼 지음,
황대권 옮김,
랜덤하우스코리아,
2008년 10월,
15,000원

가비오따스는 오늘날 제3세계의 현실에서 생태주의에 입각한 공동체의 건설이 어떻게 가능한지를 서사적으로 보여주고 있다. '가비오따쓰'는 서구식 근대화에 회의를 느낀 한 무리의 이상주의자들이 콜롬비아에서도 가장 척박하고 황량한 초원지대에 건설한 계획공동체이다. 미국의 진보적 저널리스트인

저자는 가비오따쓰 공동체의 한 사람 한 사람을 주인공 삼아 마치 소설처럼 생생하게 이들의 삶을 그려내고 있다.

강이 나무가, 꽃이 돼 보라

003

데이비드 스즈키,
오이와 게이보 지음,
이한중 옮김,
나무와숲,
2004년 11월,
12,000원

세계적인 환경운동가이자 생물학자인 데이비드 스즈키와 뛰어난 인류학자 오이와 게이보가 전하는 우리가 몰랐던 또 다른 일본 이야기다. 두 사람이 2년여에 걸쳐 일본 열도를 찾아다니며 만난 사람들의 삶 자체는 일본의 또 다른 얼굴인 셈이다. 일본이라는 프리즘을 통해 현재 인류가 안고 있는 문제들과 가능성을 함께 엿보고 있다는 점에서 단순히 일본만의 이야기로 그치지 않는다. 지구촌 곳곳에서 벌어지는 크고 작은 분쟁과 환경오염과 파괴는 위의 문제들이 어느 한 나라, 한 민족의 문제가 아님을 알게 해준다.

거대한 전환

004

칼 폴라니 지음,
홍기빈 옮김, 길,
2009년 6월,
38,000원

21세기 신자유주의 경제의 위기에 직면하여 새롭게 조명받고 있는 칼 폴라니. 그는 시장경제란 '전혀 도달할 수 없는 적나라한 유토

피아'라고 주장한다. 인간·자연·화폐를 상품
으로 보고 '시장'에 맡겨둔다면, 결국 인간의
자유와 이상을 근본적으로 파괴하는 비극만
낳고 모두 실패할 수밖에 없다는 것이다. 그
가 말하는 '낡은 것이 된 시장적 사고방식'에
서 해방되고, 미래의 여러 가능성 중 하나의
모델이라고 보았던 루스벨트의 뉴딜에 대해
자세히 알아본다.

고릴라 이스마엘

다니엘 퀸 지음,
배미자 옮김, 평사리,
2004년 10월,
13,000원

'나'는 '세상을 구하려는 열망'을 지닌 제자
를 찾는다는 광고를 보고, 도심에 있는 사무
실을 찾아간다. 그런데 그곳에는 올리브 잎
을 뜯고 있는 거대한 몸집의 로랜드 고릴라
이스마엘이 앉아 있다. 이스마엘은 사람과 대
화하는 법을 알고 있을 뿐 아니라, 문명으로
부터 소외된 '마이너리티 생명체'들의 입장
을 대변하는 세계관을 지닌 고릴라였다. 인
간문명이 초래한 전 지구적 위험에 대해 경
고하고 다른 모든 생명체들과 함께 평화롭게
공존하는 방법을 탐구하는 소설과 논픽션들
을 써온 다니엘 퀸의 대표작으로 1991년 터
너 미래문학상 수상작.

과자, 내 아이를 해치는
달콤한 유혹

정제당과 나쁜 지방, 식품첨가물이 첨가되어
생활 습관병을 부르는 가공식품에 대해 파헤
치고 있는 책. 영양가는 없으면서 적은 양으
로도 공복감이 해소되는 식품인 정크 푸드

안병수 지음,
국일미디어,
2005년 5월,
11,000원

가 하나같이 당 지수가 높으면서 각종 첨가
물이 무차별 사용된 식품이라는 점을 비롯
해, 설탕을 마약으로 치부하는 충격적인 내
용들이 고스란히 담겨 있다. 특히, '제1장-위
대한 파괴자들'에서는 우리가 흔히 먹는 초
코파이를 비롯하여, 아이스크림, 각종 햄과
소시지, 껌, 청량음료 등에 대한 해부와 함께,
'아메리칸 사료'라고 표현한 패스트푸드의 위
험성을 방대한 자료와 연구 결과를 바탕으로
논리적으로 설명해준다.

굶주리는 세계

프란씨스 라페 외 지음,
허남혁 옮김, 창비,
2003년 10월,
12,000원

세계의 굶주림과 식량문제를 본격적으로 파
헤친 책. 우리가 굶주림과 식량에 대해 잘못
알고 있는 '신화'를 설명하고 반박한다. 굶주
림을 생존과 직결된 인권문제로 인식하면서,
식량을 둘러싼 국제적 현실을 치밀하게 분석
하고 그 정치적, 경제적 맥락을 명쾌하게 해
설하며 나아가 구체적인 대안까지 제시하고
있다.

굿뉴스

008

데이비드 스즈키 외
지음, 조응주 옮김,
샨티, 2006년 6월,
25,000원

지구 환경을 살리는 내용을 담은 《나쁜 뉴스에 절망한 사람들을 위한 굿뉴스》는 지구의 자연 환경과 조화를 이루는 일에 투자해서 갑절의 보상을 받는 사람들, 경제 발전과 환경 보호 중 양자택일할 수밖에 없다는 논리를 거부하고 대안을 찾은 사람들의 사례를 생생하게 보여줌으로써 물질적인 세계를 지속가능한 방식으로 관리해도 인류가 먹고 살 수 있는지에 대한 의문에 답을 제시하고 있다.

그라민은행 이야기

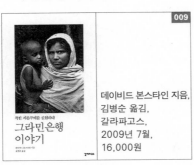

009

데이비드 본스타인 지음,
김병순 옮김,
갈라파고스,
2009년 7월,
16,000원

그라민은행은 1976년 고리대금업자의 횡포 때문에 빚의 악순환에서 벗어나지 못하는 마을 여성 수피야 카툰의 사정을 알게 된 유누스가, 비슷한 처지에 놓인 마을 사람들 42명에게 사재로 27달러를 빌려준 것이 시발점이 되었다. 유누스는 빌린 돈은 제 날짜에 꼭 갚게 하고, 땅이 없는 사람들에게만 돈을 빌려주며, 될 수 있으면 여성들과 함께 일한다

는 3가지 원칙 아래 그라민은행을 발전시켜 나갔다. 이 책은 꼼꼼한 사전 조사와 생동감 넘치는 현지 취재를 바탕으로 그라민은행이 걸어온 궤적을 한눈에 들여다볼 수 있게 해 준다.

기적의 사과

010

이시카와 다쿠지 지음,
이영미 옮김, 김영사,
2009년 7월,
11,000원

무농약 사과 재배를 향한 꿈의 도전기. 농약을 안 쓰고 사과 농사를 성공한 기적과 같은 일을 이뤄낸 한 농부가 있다. 2006년 12월 7일 NHK에서 다큐프로그램으로 반영되면서 일본에서 선풍적인 바람을 일으킨 사과 농가 기무라 아키노리 씨의 방송에서 못 다한 이야기가 펼쳐진다. 인간의 나약함을 이겨낸 한 남자와 그를 믿고 지켜봐준 가족들의 이야기는 뭐든 쉽게 포기하는 요즘 사람들에게 진정한 가치와 삶에 대해 생각하는 시간을 전한다.

기후의 역습

011

모집 라티프 지음,
이혜경 옮김, 현암사,
2005년 4월,
8,500원

환경학자, 기상학자인 저자가 이야기하는 기상 이상에 대한 설명서. 전체적으로 지구온

난화라는 직면한 문제 중 가장 심각하고 위협적인 내용을 중심축으로 하여 인류의 기상 미래를 이야기하고 있다. 교토의정서 발효 이후 일반인들에게도 심각하게 제기되고 있는 지구 온난화와 기상 대이변이 어떻게 일어나는지, 그 극복 방안은 무엇인지를 누구나 알기 쉽게 풀어 쓴 작품.

꿀벌 없는 세상 결실 없는 가을

로완 제이콥슨 지음,
노태복 옮김,
에코리브르,
2009년 3월,
16,000원

이 책은 플로리다에서 벌을 기르는 데이브 하켄버그라는 양봉가가 어느 날 갑자기 꿀벌들이 실종된 사실을 알아차린 2006년 11월의 사건으로 시작한다. 일상에서 본질적인 존재인 벌이 사라짐으로 생기는 파급효과를 생태학적으로 접근하여 풀어내면서, 세계 환경단체 어스워치(Earth watch)에서 선정한 지구상에서 가장 대체 불가능한 생물 5종(벌, 플랑크톤, 박쥐, 균, 영장류) 중 1위인 '벌'이 사라지면 인류도 존재할 수 없다고 이야기한다.

꿈꾸는 지렁이들

이 책은 단순히 에코페미니즘의 이론과 개념을 소개한 책이 결코 아니다. 이 책은 생태여성주의, 생명여성주의 등으로 번역되는 에코페미니즘의 시각으로 세상과 삶을 바라보면서 우리의 구체적인 현실을 진단, 분석하는 동시에 새롭게 재현해내고 있다. 그래서 이 책에는 젊은 에코페미니스트 자신들만의 독특하고도 참신한 문제의식과 감각으로 구체

꿈지모(꿈꾸는 지렁이들의 모임) 지음, 환경과생명, 2003년 5월, 11,000원

적인 현실에 낱낱이 개입하면서 치열한 현실 참여와 소통, 그리고 자기 적용을 위해 고민하고 노력하는 모습이 잘 드러나 있다.

꿈의 도시 꾸리찌바

박용남 지음,
녹색평론사,
2009년 4월,
18,000원

꿈의 도시, 희망의 도시, 존경의 수도. 대부분의 도시가 재정 부족 및 행정적 애로 사항을 들면서 시민을 위해 여러 정책을 포기할 때, 꾸리찌바는 시장 및 관리들의 창조적이고 헌신적인 노력과 주민들의 참여로 그러한 문제들을 지혜롭고도 훌륭하게 해결해내는 것을 보여주었다. 지하철이 없으면서도 교통난이 없는 도시, 각종 폐기물을 생필품과 돈으로 교환하는 도시, 곳곳의 도서관과 시민학교에서 교육의 꿈이 자라는 도시, 과거의 문화유산과 현재의 생활 공간이 분리되지 않은 도시, 시장과 시민이 서로를 존경하는 도시. 유토피아처럼 완벽한 도시는 아니지만 꾸리찌바는 우리를 꿈꾸게 하기에 충분하다.

015

실천적 행위를 촉구한다. 땅과 자연에서 배운 것을 바탕으로 우리 시대의 문제를 근본주의적 관점에서 풀어가는 웬델 베리의 이야기는 이 시대 문명의 이기를 대표하는 컴퓨터로부터 시작해 자연과 인간의 본성을 파괴하는 산업사회의 부작용을 고발한다.

이곳은 본래 '차윤정 박사'의《나무의 죽음》이 편집되어 있는 곳이었으나, 그가 자신이 쓴 책의 내용을 외면하고 권력이 자행하는 대규모 자연파괴의 나팔수 노릇을 하고 있는 데 대한 비판을 드러내기 위해 2쇄부터는 빼버렸습니다.-최성각

낙원을 팝니다

017

칼 N. 맥대니얼,
존 M. 고디 지음,
이섬민 옮김, 여름언덕,
2006년 9월,
9,800원

환경 파괴와 경제적 붕괴에 관한 이야기를 담은 이 책은 오스트레일리아와 하와이 사이에 있는 작은 섬 나우루에서 있었던 지구의 축소판으로서의 실험을 그렸다. 이 책에서는 2천 년 이상 사회·생태적으로 안정을 유지하며 살던 나우루에서 농업에 필수적인 인광석이 발견되면서부터 변화하게 되는 섬의 환경과 시장경제에 관해 이야기 한다. 이를 통해 환경과 맞서면서 번영하는 자유시장경제의 무서운 결과를 보여주며 생물학적 다양성이나 환경 보존은 현재의 경제 원칙과 공존할 수 없다고 경고하고 있다.

나에게 컴퓨터는 필요없다

016

웬델 베리 지음,
정승진 옮김, 양문,
2002년 10월,
8,000원

현대 사회의 문제는 이미 많은 학자나 전문가들에 의해 지적된 바 있다. 그러나 머릿속에서만 이뤄지는 비판과 현실적이지 못한 대안은 공허한 메아리일 수밖에 없다. 이 글은 자연과 인간 공동체의 건강에 가치를 두지 않는 진보는 불합리한 것이라고 보고 철저한

날아라 새들아

018

최성각 지음,
산책자, 2009년 6월,
12,000원

거침없는 육성이 살아 꿈틀거리는 책. 경제성장 지상주의에 대한 매서운 비판, 생태위기 시대의 상처에 대한 깊은 성찰, 갖가지 위선과 허위의식에 대한 준열한 질타, 동시에 자연과 시골의 이웃과 더불어 살아가는 일상이 아기자기한 문체에 오롯이 담겼다. 세상의 고통과 모순의 맞서면서도 인간에 대한 믿음을 포기하지 않는 이 책은 작가의 치열한 문학적 고투의 산물이기도 하다.

녹색 희망

알랭 리피에츠 지음,
박지현, 허남혁 옮김,
이후, 2002년 10월,
12,000원

프랑스를 비롯한 유럽의 경험을 중심으로 정치적 생태주의(1970년대 이래로 독일과 프랑스에서 환경 생태문제를 의식의 정치화에 관한 이론화 및 실천양식)가 어떠한 원칙과 형태로 발전해야 하는가에 대하여 편안히 설명하고 있다. 이 책이 지은이가 몸담고 있는 프랑스 녹색당을 중심으로 서술되고 있다는 점에서, 혹 이 책이 한국에서의 녹색장의 성장과 발전이라는 함의를 갖는 것으로 생각할 수도 있을 것 같다. 하지만 프랑스와 한국의 정치적 발전 상황이 너무도 다르다는 점에서, 그보다는 오히려 한국의 진보적 생태주의 내지는 좌파적 생태주의의 발전에 대해 여러 의미를 던져주고 있다.

녹색사회의 탐색

인간중심의 원리를 버리고 자연의 원리인 생명, 공생, 공존, 평등, 순환의 요소를 인간계 내에 복원해 인간의 삶이 자연과 조화롭게

조명래 지음, 한울,
2001년 8월,
20,000원

어울리는 녹색사회를 위해 저자가 고민하고 실천하면서 썼던 글을 모아 엮었다. 도시환경의 실체와 도시의 발전 양식이 초래하는 사회, 생태학적 삶의 해체와 위기를 분석했고 환경정책의 허와 실, 경제학자들이 제시하는 그린벨트 해제론, 및 녹색사회를 위한 담론과 실천 조건, 녹색사회를 위한 대안운동 등에 대해 자세하게 서술했다.

녹색성장의 유혹

스탠 콕스 지음,
추선영 옮김, 난장이,
2009년 1월,
13,000원

미국의 식물유전학 박사이자 이미 20년 이상 인도와 미국을 오가며 생태문제를 연구해왔던 저자 스탠 콕스는 무한 성장을 지향하는 자본주의 시장이 어떻게 녹색이란 단어를 악용하고 있는지를 생생하게 보여준다. 저자는 앞으로는 친환경, 생태 등의 기치를 내걸고 뒤로는 지구와 인간을 파멸의 길로 몰아넣고 있는 다국적 기업들의 행태를 적나라하게 고발하면서, 지구와 인간이 살아남기 위해서는 지금 당장 선택을 해야 한다고 조언한다.

녹색 시민 구보씨의 하루

존 라이언 외 지음,
고문영 옮김, 그물코,
2002년 3월,
8,000원

서울 중산층에 속한 평범한 시민에게 하루 동안 일어나는 일을 통해 우리가 아무 생각 없이 소비하는 생활용품들의 이면에 감추어진 생태학적 문제들을 추적해 보여준다. 미국의 보통 시민들을 위해 쓰여진 이 책을 옮기면서 구보 씨의 이름을 빌린 것은 그 이름이 한국 사회의 일상 생활을 체험해 보고함으로써 독자들에게 일상의 삶 속에 감추어진 문명과 사회의 문제들을 환기시키는 문제적 인물의 상징이기 때문이다. 이 책을 통해 구보 씨는 이제 가장 중요한 환경적 도전으로 떠오른 소비 문제를 생각하도록 하는 녹색시민으로 다시 태어나게 되었다. 그와 함께 하루를 보내면서 독자들은 자신의 일상적인 소비 생활 이면에 있는 여러 가지 생태학적 문제들을 성찰하게 될 것이다.

녹색의 상상력

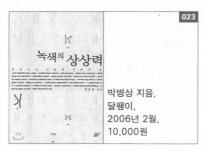

박병상 지음,
달팽이,
2006년 2월,
10,000원

환경운동가이며 생명공학의 위험성과 비윤리성에 끊임없이 문제제기를 해온 박병상 박사의 과학기술 사회와 생태적 삶에 관한 글을 모은 것으로 과학기술 사회에서 우리가 어떻게 하면 생태적인 삶을 살 수 있을지 그 대안을 모색하고 있다. 생명공학기술이 만들어낸 유전자 조작 식품과 동물들에 의한 생태계 교란은 예측할 수 없는 재앙을 가져올 수도 있다. 생명공학의 토대가 되는 생명윤리를 경시하는 일부 연구자들과 이들을 지원하는 정부 관료들에 의해 그 위험성은 더없이 우리들의 미래를 불안하게 한다. 그러나 저자는 희망을 놓지 않고 황폐화된 환경 속에서 진정한 인간의 존엄성이 무엇인지 근본주의적인 입장에서 탐색한다.

농부와 산과의사

미셸 오당 지음,
김태언 옮김,
녹색평론사,
2005년 1월,
7,000원

20년 넘게 프랑스 국영병원의 산부인과 의사로 일하며 자연분만의 중요성을 알려온 미셸 오당의 책. 산업영농과 산업적 출산의 문제점을 비판하며, 현대 사회문제를 해결하기 위해서는 건강한 다음 세대를 길러내는 데 핵심이 되는 농업과 출산에서부터 해결책을 찾아야 한다고 말한다. 책은 기술적, 산업적 출산이 낳는 문제점을 지적하며 생태적으로 건강한 문명의 회복을 위해서는 기술적 개입이 최소화되는 자연스러운 출산문화의 회복이 중요하다고 말한다.

농부철학자 피에르 라비

유럽과 아프리카를 대표하는 21세기 환경운동가이자 농부 철학자, 아프리카계 프랑스인 피에르 라비의 삶과 사상을 소개하는 책.

025

장 피에르 카르티에,
라셀 카르티에 지음,
길잡이 녹대 옮김,
조화로운 삶,
2007년 1월,
9,800원

땅을 존중하는 농사방법을 실천하는 농부에
서, 아프리카 사막을 생명의 땅으로 바꾼 용
기 있는 실천가로 활동하는 농부 철학자 피
에르 라비가 들려주는 자연과 인간이라는
아름다운 관계의 이야기를 담았다. 두 저자
가 피에르 라비와 일주일간 나눈 대화를 담
은 이 책은 열정적이고 실천적인 삶을 살아
왔다는 것이 믿기지 않을 만큼 소박하게 살
아가는 피에르 라비의 모습을 설명해주는 것
은 물론, 자연과 인간, 그리고 생명에 대한 물
음에 답하는 그의 말이 마치 땅의 노래처럼
아름답고 웅장함을 가르쳐준다.

달려라 냇물아

026

달려라 냇물아

최성각 지음,
녹색평론사,
2007년 8월,
11,000원

소설가 최성각의 산문집. 저자가 2003년 '풀
꽃평화연구소'를 개설하여 서울과 시골을 왕
복하면서 저술한 산문을 담았다. 약하다는
이유 하나만으로 버려진 새끼 돼지가 환경운
동가로서의 계기를 만들어준 이야기부터 환
경운동을 하면서 만난 세계인의 이야기까지
맛깔스럽게 들려주고 있다. '환경'과 '생명'과
'미래'를 위해 고민하는 지식인으로서의 마

음가짐이 고스란히 묻어난다.

당신의 차와 이혼하라

027

케이티 앨버드
지음, 박웅희 옮김,
돌베개, 2004년 4월,
13,000원

우리 사회를 지배하고 있는 자동차 중독 문
화에 대한 근본적인 분석과 본격적인 비판,
그리고 구체적 대안을 제시한 첫 단행본이
다. 이 책은 자발적인 단순 생활, 인간의 건강
과 공동체의 회복, 지구 공용권의 보호를 위
한 가장 분명한 첫걸음인 '실천'의 중요성을
역설한다. 또한 자동차 문명의 폐해를 먼저
직면하고, 문제 해결을 위한 집단적·개인적
노력을 기울여온 서구의 경험과 새로운 대안
이 고스란히 담겨 있다. 자동차와의 이혼이
어떤 형태로 이루어지든, 가장 중요한 것은
우리의 생각과 태도의 변화일 것이다. 자동
차와 이혼하면 인생을 더 많이 즐길 수 있게
될 것이다.

대한민국을 멈춰라

028

장성익 지음,
환경과생명,
2006년 4월,
11,000원

자연과 생명과 인간성을 근원적으로 파괴하
고 해체하는 생태적·인간적·사회적 위기의
실체를 직시하면서 새로운 대안적 미래를 모
색한, '녹색의 이름'으로 '녹색의 세상'을 꿈

꾸는 '생태환경비평 모음집'. 우리 사회가 처한 현주소와 자화상인 청계천 복원과 새만금 사태, 반핵 항쟁 현장 등 취재르포를 통한 욕망과 상처, 희망과 해법에 대한 글들과 세계적 차원에서 벌어지고 있는 생명과 평화파괴 문제, 참된 행복을 위한 삶과 가치관의 전환 문제, 오늘의 환경운동에 대한 비판과 반성문 등에 관한 내용을 담고 있다.

더 먹고 싶을 때 그만 두거라

029

김성훈 지음,
한국농어민신문,
2009년 2월,
15,000원

행동하는 실학자 김성훈 칼럼집. 저자는 농업이야말로 온 국민의 사랑과 관심을 받는 '국민농업'으로 재탄생해야 한다고 주장한다. 안전한 먹을거리, 깨끗한 환경, 부강한 대한민국의 꿈을 이룰 길이 모두 농업에 있다는 것이다. 특히 미래의 주인공인 젊은이들이 농업의 숨은 가치를 발견하고, 농업에서 새로운 희망을 찾아나가길 바라고 있다.

도시에서 생태적으로 사는 법

030

박경화 지음,
명진출판,
2004년 5월,
9,500원

"이제 더 이상 도시를 떠나지 않아도 된다. 생태적 도시인이 되면 정신없는 도시 생활도

충분히 즐겁다." 환경 생태 운동가로 활동해 온 저자가 체득한 현장 경험을 토대로 만든 책. 도시에서 건강하고 싱그럽게 사는 지혜와 실천법을 모아 만들었으며, 도시 탈출을 소망하지만 실제로는 그럴 수 없는 현대인들에게 생태적 도시인으로 거듭나는 방법을 안내한다. 새집 증후군과 공해, 쓰레기, 유해물질 등 환경의 역습에 시들어가는 도시민들이 자연을 실천하는 기회를 제공하는 행복 지침서가 될 것이다.

독소

031

윌리엄 레이몽 지음,
이희정 옮김,
랜덤하우스코리아,
2008년 5월,
15,000원

현대인의 식생활에 감춰진 독소가 미국이라는 나라를 통해 어떻게 문제가 되고 있는가를 풀어낸 책. 2001년 미국인 사망원인 1위인 비만문제를 통해 미국인을 비롯한 전 세계 사람들이 점점 뚱뚱해지는 이유를 찾아내면서 사람들이 섭취해야 하는 음식들이 어떤 경로로 만들어지고 유통되는가를 프랑스인 특유의 철학적 화법을 통해 풀어낸다.

돌아갈 때가 되면 돌아가는 것이 '진보'다

산업사회의 거대한 물결에 맞서 농촌문화와 공동체를 지키고 복원하기 위한 꿈을 가지고 '극단적 원칙주의자로 살아온 농부 천규석의 생활철학이 담긴 산문집. "현대라는 파괴적인 물량진보의 종착역에 의문을 던지는 사람들이라면, 상대적으로 가난했던 농업사회의 정체성 가운데 오히려 지니고 가꿀 만

천규석 지음,
실천문학사,
1999년 3월,
8,000원

한 영원한 가치, 예컨대 정신적, 공동체적 가치가 있었다는 점을 유의해볼 때다. 이제 맹목적 진보 대신 우리 삶의 근원을 되돌아보고 그 본질을 물어볼 때가 되지 않았는가?" 천규석은 어리석은 근대의 '진보' 행렬로부터 과감히 돌아서는 '퇴보'를 선택하라고 말한다.

동물원의 탄생

니겔 로스펠스 지음,
이한중 옮김, 지호,
2003년 8월,
15,000원

독일 하겐베크 동물원의 역사를 통해 과학, 오락, 교육과 '노아의 방주' 역할을 수행하고 있는 현대 동물원의 기원과 동물원이 우리에게 무엇인지 이야기한다. 귀족들의 부와 명성을 알리기 위해 만들어졌던 미네저리에서 이국적인 동물들과 사람들의 새로움을 만나는 동물공원으로, 천적이라는 말이 무색하게 만드는 서커스에서 종의 보존을 위해 노력하는 현대 동물원까지의 역사를 통해 '동물들'과 자신과 다르게 생긴 '사람들'을 본다는 것이 어떤 의미가 있는지를 고찰한다.

동물의 역습

마크 롤랜즈 지음,
윤영삼 옮김, 달팽이,
2004년 5월,
15,000원

인간이 동물을 대하는 방식에 관한 책이다. 저자는 동물의 권리문제와 밀접하게 연관돼 있는 도덕철학을 전반적으로 고찰하여 명쾌한 결론을 이끌어낸다. 그런 다음 이 결론에 비춰 공장식 축산업의 문제와 동물실험의 잘못된 인식을 깬다. 뿐만 아니라, 사람들의 여가생활을 위해 동물을 이용하는 동물원, 사냥, 애완동물사육 등이 도덕적으로 옳은지 하나하나 따져본다. 그리고 실제 동물권리운동을 위해 우리가 어떤 방법까지 허용할 수 있는가 하는 문제에 대해 알아본다.

땅의 옹호

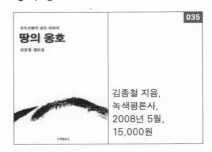

김종철 지음,
녹색평론사,
2008년 5월,
15,000원

사회비평집. 이 책은 《간디의 물레》 이후 《녹색평론》 김종철 발행인이 그동안 《녹색평론》을 통해 발표한 글을 묶은 것이다. 《땅의 옹호》는 지은이의 생각의 변화와 시대 흐름과 땅을 기반으로 해온 사람들의 공동체적 삶을 무너뜨리고 땅의 생명력을 훼손한 안타까움과 좋은 삶이란 무엇인가에 관하여 근원적으로 사색할 수 있도록 정리했다.

똥 살리기 땅 살리기

036

조셉 젠킨스 지음,
이재성 옮김,
녹색평론사,
2004년 2월,
8,000원

이 책은 우리 동양의 생태적 뒷간을 응용한 느낌이 드는, 서양 사람에 의해 쓰인 분뇨퇴비화에 관한 책이다. 단순히 톱밥변기를 만드는 방법과 분뇨를 퇴비화하는 기술을 소개한 실용서가 아니라 우리 현 문명의 낭비적이고 소모적인 삶의 방식을 뒤돌아볼 수 있게 만드는 철학서이다. 이 책에서 실증적으로 보여주듯이 톱밥변기가 우리의 실생활에 들어와서 사용된다면 우리가 살고 있는 이 지구상에, 저자의 말처럼 지구의 파멸을 갈망하는 병원균으로서의 인간의 역할을 줄일 수 있을 것이고, 우리의 인분이 비옥한 토양을 위한 거름으로 쓰여짐으로써 유기적 순환의 세계에 깊숙이 발을 들여놓는 체험을 할 수 있을 것이다.

래디컬 에콜로지

037

캐롤린 머천드 지음,
허남혁 옮김, 이후,
2007년 6월,
17,000원

미국의 진보적 에코페미니스트 캐롤린 머천트의 눈으로 급진 생태론을 사상과 실천에 따라 알기 쉽도록 나누어 설명하고 있다. 머천트는 급진 생태론의 문제의식에 입각하여 근본 생태론, 영성 생태론, 사회 생태론이 각각 무엇인지 소개, 분석, 비판한다. 나아가 각각의 생태론에 따라 전 세계의 환경운동 단체들이 어떻게 전개되고, 어떤 딜레마를 가지고 있으며 바람직한 활동을 위해 필요한 대안이 무엇인지 살펴본다. 또한 각 장마다 주제와 연결된 읽을거리를 소개하여 관심을 유도하고 국내의 환경 문헌, 환경운동 단체, 주요 인명들에 대한 정보 제공한다. 환경문제의 근본적인 해법들을 정리하는 명쾌한 입문서로서 여러 생태론의 사상과 운동을 종합적으로 소개하는 생태론 입문서라 할 수 있다.

레이첼 카슨 평전

038

린다 리어 지음,
김홍옥 옮김, 산티,
2004년 11월,
28,000원

《침묵의 봄》으로 자연의 위대함과 인간의 무지를 역설했던 레이첼 카슨의 전기. 책은 카슨의 외로운 투쟁과 더불어 그녀의 성장과정과 위대한 우정을 덧붙여 좀 더 인간적이고 흥미로운 카슨을 재구성한다. 인간의 성찰과 노력이 세상을 어떻게 바꿔 나갈 수 있는가 보여주는 책. 평생을 걸쳐 자연의 경이와 그 안에 놓인 인간의 역할에 대해 시인의 마음으로, 과학자의 정확한 시선으로 글을 쓰면서 환경운동을 펼쳐온 카슨의 생을 미국 워싱턴 대 환경 역사학 연구 교수인 린다 리어가 10년간의 꼼꼼한 연구 조사를 거쳐 세상에 내놓았다.

레츠

지역통화 또는 지역화폐 운동은 사실 새로운

039
조너선 크롤 지음,
박용남 옮김, 이후,
2003년 12월,
13,000원

사회운동도 아니고, 서양에서 들어온 낯선 운동도 아니다. 두레, 품앗이와 같은 상부상조의 전통과 공동체에 대한 사람들의 향수를 현대에 맞게 바꾼 것이라고 할 수 있다. 지역통화운동은 기존의 화폐경제 체제가 경제를 조직화하는 유일한 방식이 아닐 수도 있다는 의문에서 출발했다. '살아가는 데 돈이 꼭 필요할까'라는 질문을 던지며 중앙집권화된 통화제도에서 독립한 지역화폐를 만들어낸 것이다. 지역통화의 가치는 국가에서 발행하는 화폐와 달리 회원들 사이 거래가 이뤄지는 순간마다 만들어진다.

마을이 세계를 구한다

040
마하트마 간디 지음,
김태언 옮김,
녹색평론사,
2006년 11월,
9,000원

1962년에 인도의 나바지반 출판사에 의해 간행된 'Village Swaraj'라는 제목의 책을 우리말로 옮겼다. 간디의 방대한 저작물 중 여러 다양한 출처에서 발췌된 글들이 '마을 자치'라는 큰 주제 밑에서 다양한 항목별로 재배치되어 있다. 간디가 왜 그토록 풀뿌리 민중의 삶에 되풀이하여 자상한 관심을 기울였는지 보여준다. 그 안에는 농촌생활의 여러 분야, 즉 농업, 마을산업, 가축 돌보기,

운송, 기초교육, 건강, 위생 등에 대한 간디의 견해가 담겨 있다. 간디는 미래세계의 희망이 아무런 강제와 무력이 없고 모든 활동이 자발적인 협력으로 이루어지는 작고 평화롭고 협력적인 마을에 있다고 보았다. 마을 스와라지는 이러한 간디의 평생에 걸친 탐색의 결과이다.

먹을거리 위기와 로컬푸드

041
김종덕 지음, 이후,
2009년 5월,
17,000원

식량 자급률이 저하되는 가운데 정체불명의 먹을거리가 우리의 밥상을 차지하고 있다. 저자는 세계 식량 체계 구조와 문제점을 살펴보고 그 대안으로 등장한 지역 식량 체계의 실제를 면밀하게 알아본다. 또 다른 나라들에서 펼치고 있는 지역 식량 체계의 아이디어를 우리나라 농업과 먹을거리를 정상화시키는 데 응용하여 해결책을 제시한다.

무탄트 메시지

042
말로 모건 지음,
류시화 옮김,
정신세계사,
2003년 8월,
9,500원

호주 원주민들을 돕고 있던 모건은 참사람 부족의 제의를 받고 그들의 부락으로 여행한다. 3달 동안 그녀는 벌레와 뱀을 먹고 사막의 땅에 누워 자며 맨발로 길을 걸어 그들

의 세계로 들어간다. 그리고 다시 나올 때, 그녀는 많은 지혜를 가지고 나왔으며 이 책을 썼다. 그녀가 대신 적어놓은 참사람 부족의 메시지는 '진정한 삶'에 관한 것이다. 그들은 인간과 식물과 동물과 자연이 평화로이 공존하는 삶을 보여준다. 각자의 영혼과 재능을 찬양하고, 말이 아니라 침묵으로 대화하고, 물건이 아니라 마음으로 행복해지는 것이 5만 년을 이어온 그들의 삶이다.

문명에 반대한다

043

존 저잔 지음,
정승현 옮김, 와이즈북,
2009년 5월,
25,000원

문명에 대한 뼈아픈 성찰이자 인류 미래에 대한 경고의 메시지를 담은 것으로, 인간 문명의 병폐를 신랄하게 논의한 문명비판서이다. 사상가, 철학자, 생태학자, 환경운동가, 페미니스트, 무정부주의자, 인류학자, 사회비평가 등 55명의 지성인들이 냉철한 지성으로 인간이 초래한 문명의 위기를 날카롭게 지적하고 있다.

문명의 붕괴

044

재레드 다이아몬드
지음, 강주헌 옮김,
김영사, 2005년 11월,
28,900원

"우리 세계는 자멸의 길을 어떻게 해야 피할

수 있을까?"라는 화급한 질문을 던지면서 방대한 지역을 열정적으로 명쾌하게 풀어쓴 책. 사람들은 왜 재앙적 결정을 내리는가? 왜 한 사회는 성공하지 못하고 몰락하고 마는 것일까? 그 구성원들의 선택이 어떠했기에 그런 결과가 초래되었을까? 저자는 이런 의문에 대해 다음 여섯 가지 이유를 제시하며 한 사회가 붕괴하는 까닭을 분석한다. 첫 번째는 예측의 실패. 두 번째는 문제 인식의 실패이다. 세 번째는 합리적이지만 잘못된 나쁜 행위이다. 네 번째는 비합리적인 행위, 즉 재앙적 가치관이다. 또 비합리적인 의사 결정들이 비극을 초래하고, 마지막으로 성공적이지 못한 해결책들 때문에 한 사회나 문명이 몰락하게 된다고 분석하고 있다.

문명의 엔드게임 1, 2

045

데릭 젠슨 지음,
황건 옮김, 당대,
2008년 3월,
20,000원, 19,000원

지구상의 지배 문화와 산업문명에 관한 비판을 담은 책. 이 책은 반체제적 급진 환경가이자 작가인 저자가 주식회사 미국과 대기업의 횡포, 인디언 학살과 이라크 기형아들의 참상, 암살지침 폭로와 운동권과 대중들의 위선에 관하여 날카로운 눈을 통해 파헤친다. 문명이 세계를 죽이는 이유를 23가지 에피소드에 담아, 삶의 근거인 개인과 공동체 그리고 토지(비인간)를 파괴하는 문명에 왜 또 어떻게 저항할 것인가를 밝힌다.

물전쟁

인도에서 저명한 물리학자로 일하다가 환경

046

반다나 시바 지음,
이상훈 옮김,
생각의나무,
2003년 1월,
12,000원

문제에 눈을 떠 환경학자로 변신한 반다나 시바는 이 책에서 과학과 사회에 대한 해박한 지식을 바탕으로 지역사회의 수리권(水利權)이 역사적으로 어떻게 침해되어왔는지를 분석했다. 거대기업이 국제적으로 댐 건설, 광산 개발 그리고 양식 사업에 개입하는 과정을 밝힘으로써 지구의 자원이 어떻게 고갈되어가고 있으며, 제3세계의 가난한 사람들이 어떻게 핍박받고 있는지를 보여준다. 저자는 세계 여러 지역에서 벌어지고 있는 갈등과 분쟁이 인종전쟁과 종교전쟁으로 위장되지만 실제로는 수자원 같은 자연자원을 둘러싼 충돌임을 잘 보여준다.

反자본주의

047

사이먼 토미 지음,
정해영 옮김,
2007년 4월,
15,000원

오늘날 자본주의에 반대하는 움직임 내지 운동들이 등장한 맥락을 자본주의 사회체제의 기본원리와 역사적 발전 궤적 속에서 다루며, 이 운동들의 유형과 전체적 구도를 소개한다. 웜블즈에서 사파티스타, NGO에서 녹색주의, 1968년 파리에서 1999년 시애틀, 그리고 국내의 사회구성체 논쟁에서 각종 대

안사회 운동의 부상에 이르기까지 반자본주의 운동의 여러 갈래를 총망라하며, 반자본주의 운동의 본질을 짚어본다. 이를 통해 '자본주의와 어떻게 씨름할 것인가'라는 물음에 대한 답을 제시해주고 있다.

발바닥 내 발바닥

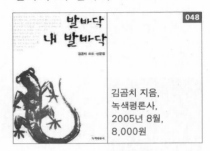

048

김곰치 지음,
녹색평론사,
2005년 8월,
8,000원

강원도 폐광촌, 북한산국립공원 관통도로 공사현장, 새만금 공사현장 등을 직접 취재해 《녹색평론》에 기고한 르포들과 다른 계간지에 발표한 단편소설 및 콩트 등을 한 데 엮었다. 이 책은 소설로 등단한 저자가 머리나 손이 아닌 발바닥으로, 그리하여 온몸으로 쓰는 글쓰기를 체득한 결과물이다.

부동산 계급사회

049

손낙구 지음,
후마니타스,
2008년 8월,
15,000원

노동운동가인 저자는 한국의 부동산 문제가 단순히 주거 문제에 그치지 않는다고 얘기한다. 부동산 문제가 수치로 나타난 가격의 문제가 아니라, 공동체가 어떻게 위협받는가의 문제이자 그 속에서 서민의 삶이 어떻게 이중 삼중으로 나빠질 수 있는가의 문제라는

것이다. 부동산을 빼고는 그 어떤 것도 설명하기 어려운 우리 사회의 현실을, 저자는 '부동산 계급사회'라는 개념을 불러들여 구석구석 낱낱이 파헤친다.

블루 골드

모드 발로,
토니 클라크 지음,
이창신 옮김, 개마고원,
2002년 8월,
18,000원

천박한 자본주의적 발상으로 가득한 세계화라는 구호 속에서 물마저 하나의 상품으로 취급되고 있다. 세계은행은 저개발국가에 차관을 제공하면서 물을 민영화하라는 조건을 달고, 정부는 물 관리를 민영화하면서 시민들이 좀 더 싼값에 물을 공급받게 될 거라고 선전한다. 그러나 민영화는 급격한 수도요금 인상을 불러왔고, 가난한 사람들은 깨끗한 물을 얻지 못해 콜레라와 설사에 시달리고 있다. 물은 기본적인 인권이다. 또한 물은 '그들'의 것이 아니며 '우리'의 것이다. 더 나아가 물은 모든 생물에게 주어진 기본권이다.

사라져 가는 목소리들

다니엘 네틀,
수잔 로메인 지음,
김정화 옮김,
이제이북스,
2003년 11월,
18,000원

《사라져 가는 목소리들》은 전지구적 생물다양성이라는 보다 넓은 맥락 안에 언어다양성의 문제를 위치시킨다. 위험에 빠진 언어들을 사용하는 사람들의 문화와 환경을 어떻게 보존할 수 있는지에 관한 혁명적인 아이디어를 제안한다. 뿐만 아니라 언어가 우리의 삶 속에서 어떻게 작동하는지, 어떻게 태어나는지, 어떻게 죽는지, 그리고 우리가 어떻게 그것의 죽음을 막을 수 있는지를 매혹적으로 제시하고 있다.

사라진 내일

헤더 로저스 지음,
이수영 옮김, 삼인,
2009년 7월,
14,000원

미국의 생활쓰레기를 통해 환경의 중요성과 쓰레기 문제의 심각성을 이야기하고 있는 책. 쓰레기 문제는 비단 미국의 문제가 아니라 전지구적인 문제다. 매일매일 쏟아지는 엄청난 양의 쓰레기는 어떻게 생겨났으며, 과연 어디로 가는 것일까? 이 책은 철저한 분리수거를 통해 대부분 재활용 될 것이라고 믿고 있던 쓰레기들이 결국 그대로 버려지고 있다는 사실을 폭로하며, 쓰레기 문제의 근본적인 해결책을 제시하고 있다.

사람에게 가는 길

농촌공동체운동가인 저자가 세계에서 가장 아름다운 공동체 마을을 찾아 떠난 여행기. 인간의 꿈과 희망으로 세워져 통합과 공존을 지향하는 공동체 마을을 찾아가 그곳의 사람들과 함께 살면서 몸으로 쓴 에세이다. 3년간 21개 나라의 공동체 마을 38곳을 탐방한 저자가 자신에게 특별한 의미를 선사한 12개 나라의 공동체 마을 19곳을 선정하여 '계

053

김병수 지음,
마음의숲,
2007년 5월,
12,000원

획', '교육', '농촌', '명상', '평화'라는 주제에
맞춰 소개하고 있다. 사람과 자연, 그리고 세
계와의 공존을 꾀하고자 하는 사람들이 모
여 인간의 몸과 마음을 치료하는 것은 물론,
자연을 보살피며 세계의 평화를 위해 노력하
는 모습을 보여준다.

사막에 심은 풀빛희망

054

다카미 구니오 지음,
유영초 옮김, 책씨,
2007년 6월,
13,500원

중국 내륙 다퉁 지역 '황토 고원'에서 10여
년 동안 녹화 사업을 펼치면서 겪은 경험과
노하우를 전하는 환경 활동 지침서로 저자
와 일본 환경단체가 중국 녹화 협력 사업에
서 겪었던 비전문성과 국제연대에 대한 실패
에서부터 그 실패를 극복해 나가는 과정을
담아냈다. 또한 중국에서 겪은 빈곤의 악순
환과 환경 파괴를 통해 숲이 단순한 환경 공
학적 의미가 아니라 생명과 생명을 이어주는
매개로서의 커다란 의미를 차지하고 있음을
말한다.

산에서 살다

온몸과 영혼의 무게로 자연농법의 시행착오

055

최성현 지음,
조화로운삶,
2006년 8월,
9,800원

를 겪으며 자급자족의 성공적인 경제를 이루
며 살아온 스무 해의 기록을 담았다. 저자는
일생을 걸고 일관되게 바라왔던 세계를, 그
리고 자신이 중요하게 여기는 모든 목숨 가
진 것의 바탕인 공기와 물과 땅과 숲을 지키
기 위한 자신의 고민과 실천, 거기서 얻는 보
람과 기쁨에 대해 이야기하고 있다. 한 포기
풀을 존경하고, 벌레 한 마리에게서 배우는
삶을 통해 그는 삼라만상이 모두 신성한 존
재이며 그러한 신성함에 대한 감각을 회복하
지 않는 한 우리의 미래는 없다는 일관된 메
시지를 전하고 있다.

살림의 경제학

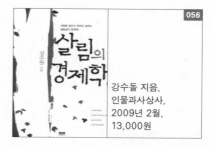

056

강수돌 지음,
인물과사상사,
2009년 2월,
13,000원

대학교수이자 조치원 신안1리 마을 이장인
저자는 사람과 사람, 사람과 자연의 관계와
더불어 사람의 내면과 정신까지 살리는 '살
림의 경제'에 관해 이야기한다. 저자의 표현
을 빌리면 '살림의 경제는 예(禮)가 바른 경
제'이다. 사람이 티끌보다 겸손해질 때에만
가능하다. 스스로 겸손해져야 다른 존재를
존중하고 그들을 살리는 일을 할 수 있다. 삶
의 모든 문제가 돈으로만 귀결되는 현대 자

본주의, 강한 자만이 살아남는다고 외치는 잘못된 신자유주의를 진지하게 성찰하고 대안을 제시한다.

살인단백질 이야기

대니얼 T. 맥스 지음,
강병철 옮김, 김영사,
2008년 6월,
16,500원

새로운 질병에 대한 탐구와 살인단백질의 역사를 풀어낸 책. 이탈리아에 살고 있는 불면증 유전을 갖고 있는 가족의 이야기와 1980년대 광우병이 발발했던 영국 이야기, 많은 양고기를 생산하기 위한 동종교배가 갖고 온 양들의 치명적인 죽음 등과 관련이 있는 프리온 단백질에 대한 연구를 담았다.

삶과 온생명

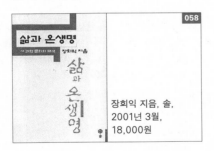

장회익 지음, 솔,
2001년 3월,
18,000원

'온생명'이란 신개념으로 활발한 논의를 불러일으키며 그동안 전문적이고 제한됐던 고민들을 좀 더 대중화하는 데 기여해온 서울대 장회익 교수의 참다운 과학문화에 대한 진지한 탐색. 가치 중립을 지향하는 서구 과학과 이와는 대조적으로 원천적으로 '삶'을 지향하는 동양 과학의 뿌리 깊은 전통을 지혜로이 지향하는 길은 과연 가능한가? 현대 과학 기술 문명이 커다란 위기에 봉착하게 된 지금의 이 급박한 시대적, 범인류적 과제를 실천적으로 해결하고자 하는 과학적 혜안과 소명 의식으로 이루어낸, 생명과 인간, 그리고 현대 과학을 새롭게 바라보는 신사상!

삶은 기적이다

웬델 베리 지음,
박경미 옮김,
녹색평론사,
2006년 2월,
7,000원

긴 서평 형식을 띤 현대 과학문명 전반에 대한 비판적 성찰이다. 에드워드 윌슨의 《통섭》을 세밀하게 분석, 비판하고 있는 이 책은 작게 보면 자연과학과 인문학의 통합이라는 윌슨의 야심찬 프로젝트에 대한 심도 있는 비판서지만, 크게 보면 현대과학의 방법론적 전제로서 물질주의와 환원주의, 기계론적 사고, 그리고 현대과학의 외적 맥락이자 동시에 현대과학이 내면화하고 있는 산업주의와 제국주의 이데올로기에 대한 급진적이고도 근원적인 성찰과 비판을 담고 있다. 과학비평을 매개로 현대문명 전반의 야만성과 착취적인 성격을 뿌리까지 파헤친다는 점에서, 그리고 문화의 전달자로서 대학의 학술 시스템이 가지는 폐쇄적 전문가주의를 비판하고 구체적인 삶에서 체화되는 예술과 종교의 가능성을 찾는다는 점에서 포괄적인 문명비판서의 성격을 지닌다.

새만금 네가 아프니 나도 아프다

이 책은 새만금 문제에 대해 누구보다도 치열하게 고민하고 활동해왔던 풀꽃평화연구소 사람들과 각계의 전문가·환경운동가·작

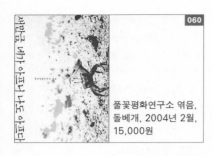

060

풀꽃평화연구소 엮음,
돌베개, 2004년 2월,
15,000원

가·지역 주민 등이 모여, '새만금은 우리 시대에 어떤 의미를 지니고 있는지', '새만금 문제로 인해 우리가 잃어버린 것과 얻은 것은 무엇인지'에 대한 문제 의식을 심도 깊게 풀어가고 있다. 새만금 사업의 정치적 배경과 문제, 갯벌을 중심으로 유지되어왔던 공동체 문화의 변화와 쇠락의 과정을 되돌아보고, 갯벌의 생태·경제·사회문화적 가치를 분석하였으며, 역사문화적 관점으로 볼 때 새만금이 안고 있는 문제가 무엇인지, 그 새로운 전망과 대안이 무엇인지 등에 대해 다양한 측면에서 분석적으로 접근하고 있다.

새벽의 건설자들

061

코린 맥러플린, 고든
데이비드슨 지음,
황대권 외 옮김,
한겨레신문사,
2005년 1월,
22,000원

누구나 한번쯤 꿈꾸어본 적이 있을 생태공동체는 현실에서는 실현이 불가능한, 그야말로 유토피아에 불과한 것일까? 이 책은 이러한 질문에 단연코 그렇지 않다고 대답한다. 미국의 시리우스 공동체 창설자이자 저자인 고든 데이비슨과 코린 맥러플린은 그러한 공동체가 현실에서 건설 가능하고 이러한 생태공동체는 새로운 형태의 인간관계나 조직관리, 경제 운영을 실험하면서 창조적으로 새로운 삶을 구상할 수 있는 자유를 준다고 말하고 있다.

생명과 환경의 수수께끼

062

조흥섭 지음, 고즈윈,
2005년 8월,
10,000원

자연과 더불어 살아가기 위해 우리가 꼭 알아야 할 지식을 담은 책. 우리는 자연에 대해 잘 모를뿐더러 종종 잘못된 인식을 가지고 있다. "자연은 조화롭다"거나 "자연이 가장 잘 안다(그러니까 사람은 손을 대지 말라!)"는 등이 그런 예이다. 하지만 현실은 그리 단순하지 않다. 이 책에서는 대기근에 아프리카코끼리를 집단 도살하는 것이 왜 자연에 맡겨 죽도록 하는 것보다 나은지, 또 외래종인 황소개구리가 왜 우리나라 자연에 꼭 필요한 존재가 됐는지를 소개한다. 이런 역설은 산속에 들어선 다랑논과 사람의 손길이 왜 자연을 더 풍요롭게 하는지, 사라지는 마을 숲이 왜 산에 있는 숲 못지않게 중요한지를 설명한 글에서도 찾을 수 있을 것이다.

생명에 대한 예의

계간지 《환경과생명》에 실린 산문 성격의 글들을 모았다. 시인, 소설가 등 문인, 녹색운동가, 학자, 평범한 농부와 주부 등 각계각층의 사람들이 필자로 참여하였다. 이 책은 삭막한 세상을 살아가는 현대인들에게 이 아수라장 같은 시류에 떠밀려 살지 말고, 이제는 '다른 꿈'을 꾸며 '다른 길'을 걸어가자는 메시지를 전한다. 자연과 조화하

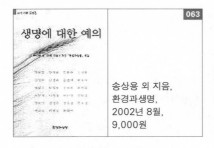

063

송상용 외 지음,
환경과생명,
2002년 8월,
9,000원

기를 포기한 현대 문명을 비판적으로 성찰하는 이 책은, 삶의 성숙과 전환을 도모하는 이들에게 뜻 깊은 정신의 양식을 줄 수 있을 것이다.

생태논의의 최전선

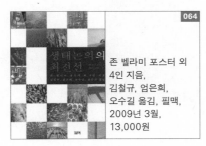

064

존 벨라미 포스터 외 4인 지음,
김철규, 엄은희, 오수길 옮김, 필맥,
2009년 3월,
13,000원

생태사회주의를 기본적인 관점으로 해서 환경문제 또는 생태문제에 내포된 정치경제적 맥락과 그 의미를 짚어본 책. 세계의 3대 진보저널로 꼽히는《먼슬리 리뷰》의 환경문제 특집호에 실린 글들을 번역해 엮은 것으로, 이 책에 실린 글들의 기본적인 관점은 생태사회주의라고 할 수 있다. 총11장으로 구성된 이 글들은 환경문제를 유발하는 근원은 '끊임없는 경제성장 추구'에 있으므로 이것에 변화를 일으키지 않는 한 환경문제의 해결은 어렵다고 단언한다.

생태도시 아바나의 탄생

체 게바라와 카스트로, 살사와 '부에나비스타 소셜 클럽'의 나라. 미국의 앞마당에서 수

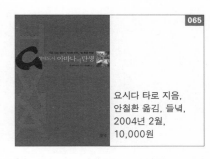

065

요시다 타로 지음,
안철환 옮김, 들녘,
2004년 2월,
10,000원

십 년 동안 봉쇄와 협박 속에서 생존해온 쿠바. 하지만 인구 220만 명의 수도 아바나는 최악의 식량 위기를 딛고 미래 생태도시의 새 모델로 떠올랐다. 아사 직전의 빈곤에서 10년 만에 가장 성공적인 자급자족 환경도시를 일궈낸 쿠바인들. 작은 섬나라 쿠바에서는 대체 무슨 일이 일어났던 것일까? 아바나 시민들의 녹색 도전은 우리에게 매우 뜻 깊은 메시지를 던져주고 있다.

생태발자국

066

마티스 웨커네이걸, 윌리엄 리스 지음,
이유진, 류상윤 옮김, 이매진,
2006년 10월,
11,000원

'생태발자국'은 음식, 옷, 에너지 등의 생산 및 쓰레기 처리 등 현재의 물질적 삶을 유지하는 데 들어가는 토지면적을 나타내는 수치이다. 현대적 삶이 자연, 사회, 개인에 가하는 위험의 정도를 '생태발자국'이라는 분석수단을 통해 보여줌으로써, 각 개인과 사회가 안고 있는 생태적·사회적 빚의 크기를 가늠할 수 있도록 해준다. 그리고 생태발자국을 줄이는 52가지 방법을 제시하여 변화된 삶을 향한 행동을 촉구한다. 지구 환경의 위기를 경고하고, 생태적으로 지속가능한 내일

을 열어갈 수 있는 방향을 제시한다.

생태주의자 예수

067

프란츠 알트 지음,
손성현 옮김,
나무심는사람,
2003년 4월,
9,800

"석유를 위한 전쟁이냐,
태양에너지를 통한 평화냐?"

이 책에서 프란츠 알트가 논하는 예수는 신학의 '관심거리'로서의 예수가 아니다. 2,000년 전 나사렛에 실재했던 한 젊은이, 시냇물 · 들판 · 태양 · 바람과 사랑에 빠지고, 동물 · 식물과 사랑에 빠지고, 남자와 여자와 아이들 등 모든 사람들과 사랑에 빠져 온 세상과 하나된 삶을 살았던, 농사꾼 냄새 물씬 풍기는 생태적 예수의 말씀과 행동과 사상에 대한 책이다. 이 책은 지금도 유효한 나사렛 예수의 가르침을 통해 환경 파괴와 거듭된 전쟁으로 인해 망가질 대로 망가진 우리의 현실을 되돌아보는 사회학 · 정치학 · 환경생태학 · 철학이며, 잃어버린 성배, 잊었던 생태주의 '성서'다. 이 책을 통해 우리는 성서가 놀랍고도 유용한 생태적 이미지로 가득 차 있다는 점을 발견하게 된다.

생태학 개념어 사전

068

어니스트 칼렌바크 지음, 노태복 옮김,
에코리브르,
2009년 7월,
11,000원

생태학의 근본이 되는 개념들을 간추려 소개

한 사전. 이 책은 생물종과 환경의 상호작용을 이루는 생태학과 관련한 65가지의 표제어를 사전의 형식을 빌려 설명한다. 생명의 근간을 이루는 미세한 현미경 차원부터 지구 전체의 순환에 이르기까지 생태와 관련된 모든 범위를 다루고 있다. 또한 도시생태학이라는 개념을 통하여 사람들이 밀집하여 사는 것이 더욱 생태적이라는 색다른 의견을 내놓기도 한다. 따라서 단순히 개념과 지식을 전달하는 사전이 아닌 다분히 주관적인 가치사전이라 할 수 있다.

생태학의 담론

069

문순홍 엮음, 아르케,
2006년 2월,
25,000원

1999년 말 출간된 《생태학의 담론: 담론의 생태학》의 후속 작업이다. 주요 생태사상가들의 핵심적인 주장을 엮은이의 시각으로 재해석하고 한국 사회에 주는 함의를 찾는 시도로 재구성했다. 이 책에서 엮은이는 근본생태론, 사회 생태론, 생태 마르크스주의, 생태 발전론, 생태 지역론, 생태 여성론, 김지하의 생명론, 지속가능 발전론 등 1970년대 이후 사회과학을 재정향화하려는 시도로서의 새로운 생태 패러다임을 생태 담론 차원의 논의로 풀어내고 있다. 여전히 '관리주의' 담론 정도의 차원에서 쉽게 벗어나지 못하고 있는 한국의 현실에서 생태사상의 역사와 의의를 다시 한 번 되새겨줄 책이다.

선이골 외딴집 일곱 식구 이야기

강원도 화천군 선이골 외딴 집 한 채. 전깃불

070

선이골 외딴집
일곱 식구 이야기

김용희 지음,
임종진 사진, 샨티,
2004년 8월,
11,000원

도 우체부도 들어오지 않는 그곳에서 농사 짓고, 나물 캐고, 책 읽고, 동식물과 어우러져 살아온 7년. 전기 대신 촛불을, 전화 대신 편지를, 학교 대신 자연을 택하면서 더 행복해진 한 가족의 이야기이다. 이들 가족이 자발적 가난을 택해 서울을 떠난 것은 1998년. 대학 강사였던 남편 김명식 씨와 약사였던 부인 김용희 씨는 직업을 버리고 선이골로 들어와 한 번도 지어본 적 없는 농사를 지으며 살고 있다. 3년여의 시간 동안 느릿느릿하게 만들어진 소박하고 아름다운 책.

세계는 상품이 아니다

071

조제 보베 · 프랑수아 뒤푸르
세계는 Le monde n'est pas
상품이 아니다 une marchandise
세계화와 나쁜 먹거리에 맞선 농부들

조제 보베 외 지음,
홍세화 옮김, 울력,
2002년 12월,
13,000원

이 책의 두 주인공, 조제 보베와 프랑수아 뒤프르는 실천하는 양심적 농부들이다. 그들이 속한 단체는 유전자 변형 농산물 파괴 활동을 주도하였고, 또 광우병을 은폐하려는 정부 기관의 의도를 파헤치기 위해 프랑스의 중앙 관세청을 침입해 광우병 문제의 비밀을 풀 수 있는 관건이 되었던 문건을 훔쳐 나오기도 했다. 이 책은 세계화를 상징하는 맥도

날드 해체 행위로부터 시애틀의 저항 운동까지, 그 중심에 있었던 두 농부를 통해 나쁜 먹거리를 만들어내게 하는 경제적 메커니즘과 또 이런 것을 전세계적으로 강요하는 미국과 WTO 체제에 대해 말하고 있다.

소농 누가 지구를 지켜왔는가

072

누가 지구를 지켜왔는가
小農

쓰노 유킨도 지음,
성삼경 옮김,
녹색평론사,
2003년 10월,
7,000원

그 자신 농사꾼이기도 한 일본의 저명한 농학자 쓰노 유킨도의 저서 가운데 하나인 이 책은 농사일이야말로 예전이나 지금이나 이 지구상에서 가장 존중받아 마땅한 일이라고 할 때, 그 농사일의 주체가 되는 사람으로서 소농의 존재가 가진 의의를 다각도로 설명해 주면서, 지구의 미래가 어떻게 소농의 부활에 달려 있는가를 명확하게 밝혀주고 있다.

소리 잃은 강

073

소리잃은 강

패트릭 맥컬리 지음,
강호정 외 옮김,
지식공작소,
2001년 6월,
18,000원

세계 대부분의 강은 모두 댐으로 막혀, 이제 강은 늘어선 저수지의 연장일 뿐이다. 댐은 강을 따라 발달한 세계의 문화유산을 삼

컸고, 세계 담수어종의 1/5을 멸종시켰으며, 가장 비옥한 0.3%의 토지를 없애버렸다. 홍수와 가뭄을 다스리고 에너지를 얻기 위한 방법이 과연 댐밖에 없을까? 댐의 경제성과 파급효과에 대해 제대로 된 연구조차 없는 지금, 이 책은 인간이 절대로 해서는 안 되는 일이 무엇인지를 깨닫게 해주는 소중한 자료를 담고 있다. 댐의 정치경제학적 분석부터 생태학, 동물, 식물, 습지의 생태와 환경에 관한 모든 방대한 연구자료가 이 책 한 권에 담겨 있다.

수상한 과학

074

전방욱 지음, 풀빛,
2004년 1월,
12,000원

생명공학의 이익을 구체적으로 증명한 논문은 거의 없으며, 위험성에 관한 충분한 연구도 이뤄지지 않았다. 이러한 상황에서 대다수의 생명과학자들은 생명공학 반대자들이 윤리적인 문제만을 내세우며 비합리적으로 자신들을 비난한다고 주장하고, 대중들은 과학자들이 무조건적인 발전 논리만을 추구한다고 생각한다. 어느 쪽의 손을 들어줘야 할지 명확하게 판단할 수 없는, 생명과학은 그야말로 '수상한' 상황에 놓여 있는 것이다. 이 책은 과학자들이 어떤 관점을 가져야 하며 어떻게 행동해야 하는지에 중점을 두고 '수상한 과학'을 전개하고자 한다.

숲에서 길을 묻다

자연의 언어에 귀가 어두운 현대인에게 숲해

075

유영초 지음,
한얼미디어,
2005년 8월,
12,000원

설가 유영초가 전해주는 숲과 문명의 조화로운 공존을 위한 메시지. 저자가 오랜 시간 숲과 나눈 교감 및 도시문명 속에서 잊혀져가는 인간성에 대한 단상을 모았다. '제1부 숲으로 가는 길'에서는 우리나라의 숲의 사계 및 숲 문화의 모범 사례인 외국 숲(일본과 코스타리카)의 이야기를 담았다. 저자는 식물학의 대상으로서의 숲이 아닌, 인문적 시선으로 숲의 내면을 읽어가며 사람들과 공존했던 숲의 세계를 소개한다. '제2부 문명, 풀빛 조율에 대하여'에서는 도시문명 속에서 사라지고 있는 유기체적 삶과 인간관계를 지적하며 문명과 자연의 공존 가능성을 탐색한다.

076

이곳은 본래 '차윤정 박사'의 《숲의 생활사》가 편집되어 있는 곳이었으나, 그가 자신이 쓴 책의 내용을 외면하고 권력이 자행하는 대규모 자연파괴의 나팔수 노릇을 하고 있는 데 대한 비판을 드러내기 위해 2쇄부터는 빼버렸습니다.-최성각

스콧 니어링 평전

존 샬트마쉬 지음,
김종락 옮김, 보리,
2004년 11월,
18,000원

땅에 뿌리박은 삶', '조화로운 삶'이라는 말
로 우리에게 뚜렷이 새겨진 스코트 니어링.
이 책은 그가 땅으로 돌아가기 전에는 어떻
게 살았으며, 왜 땅으로 갈 수밖에 없었는가
를 잘 보여주는 책이다. 사회주의에서 공산
주의 운동가로, 여기서 다시 귀농으로 이어
진 스코트 니어링의 삶을, 꼼꼼하게 추적해
재구성했으며, '조화로운 삶' 이전에 혁명가
로 살아온 길을 자세히 서술하고 있다. 이를
위해 글쓴이는 스코트의 삶뿐만 아니라 현
대 문명의 줄기를 이룬 20세기 초중반 미국
사회의 변화상도 비판적으로 살핀다.

슬럼, 지구를 뒤덮다

078

마이크 데이비스 지음,
김정아 옮김, 돌베개,
2007년 7월,
15,000원

《슬럼, 지구를 뒤덮다》는 '세계 도시의 슬럼
화'라 부를 수 있는 이 전 지구적 현상의 구

체적인 풍경을 하나하나 조명하고, 왜 이런
일이 벌어졌고 얼마나 큰 영향을 미치는지를
추적한다. 저자는 현대 정치철학의 핵심을
찌르는 탁월한 통찰력, 방대하고 정밀한 데
이터, 세계 현실에 대한 섬세한 이해를 바탕
으로 전 세계 다양한 슬럼들을 분석한다.

슬픈 미나마타

079

이시무레 미치코 지음,
김경인 옮김, 달팽이,
2007년 6월,
12,000원

1953년 일본 구마모토 현 미나마타 시에서
처음 발생한 '미나마타병'에 대해, 평범한 주
부가 환자들과 그들 가족을 만나며 취재한
자료를 바탕으로 완성한 기록 소설이다. 환
자들과 이루어낸 영혼의 교감을 예술적 감
수성으로 녹여내 '미나마타병'에 대해 파헤
치고 있다. 가족과 친구를 '미나마타병'으로
잃고 뒤틀린 몸과 보이지 않는 눈으로 혼자
야구 연습을 하는 소년, 후처로 들어와 알뜰
살뜰 살아가다가 '미나마타병'에 걸린 후 버
림받은 여자, 그리고 '태아성 미나마타병'을
앓고 있는 아기 등 '미타마타병'으로 인해 자
신이 가진 모든 것을 잃은 사람들의 이야기
를 통해 인간과 자연의 관계 회복을 꾀한다.

시골똥 서울똥

순환을 위한 결정체, 똥에 대한 예찬론. 이
책은 동양 농부들의 순환농사법 중 하나인
똥의 중요성에 대하여 이야기하고 있다. 똥뿐
만 아니라 음식찌꺼기, 농사를 지을 때 생기
는 부산물들, 그리고 땅에서 끊임없이 올라
오는 잡초들까지 땅은 영원히 순환된다고 설

080

안철환 지음,
들녘,
2009년 7월,
9,000원

명한다. 저자는 이것이 바로 건강한 퇴비화 과정이며, 먹은 만큼 땅으로 돌려보내는 순환의 핵심이라고 말한다.

시민과학자로 살다

081

다카기 진자부로오 지음,
김원식 옮김,
녹색평론사,
2000년 6월,
7,000원

일본의 세계적인 반핵 시민운동가 다카기 진자부로오의 자서전적 기록. 체제 내의 자리를 박차고 나와 '체제 밖의 과학' 즉 '시민 과학'을 개척해온 저자의 생애와 사상을 읽을 수 있다. 그는 현대 과학은 '미래에 대한 희망에 바탕을 둬야 한다. 지구의 미래가 보이지 않게 된 현실에 맞서 미래로 통하는 길을 제시함으로써 사람들에게 희망을 줘야 한다'고 정리한다. 이런 사회적 책무를 강조하는 과학의 길을 저자는 '시민의 과학'이라 부른다.

신개발주의를 멈춰라

신자유주의 이념이 보편적으로 확산되고 본격적인 시장 지배 현상이 두드러지는 가운데, 이전보다 더욱 유기적이고 전면적으로 환

082

조명래 외 지음,
환경과생명,
2005년 4월,
11,000원

경을 파괴하고 있는 신개발주의에 대한 종합적인 연구 보고서이다. 책은 신개발주의가 이전의 개발주의보다 한층 더 교활하고 악랄하게 윤색, 포장된 것으로, 환경을 그 자체의 내재적 가치보다는 경제적 가치나 개발 이익을 창출하는 대상으로 간주하여 더욱 깊숙이 시장과 자본의 메커니즘으로 포섭함으로써 치명적인 자연 파괴와 환경오염을 초래하고 있다고 말한다.

아름다운 생명의 그물

083

이본 배스킨 지음,
이한음 옮김, 돌베개,
2003년 9월,
13,000원

이 책은 식물, 동물, 미생물, 균류 등의 생물체들이 생태계라는 거대한 생명의 그물 속에서 어떤 식으로 존재하며 활동하는지를 최초로 명확히 밝혀냄으로써 생물 다양성의 진정한 의미와 가치를 재정의한 생태계 보고서다. 인류에게 미지의 영역으로 남아 있던 세계의 주요 생태계를 확대경을 들여다보듯 생생하게 보여주고 있는 이 책은 자연의 생명 매커니즘과 종의 신비를 한꺼풀 벗겨내고 숫자놀이에 머물러 있던 생물 다양성을 인류의 생존을 지탱해주는 핵심 열쇠로 파악한다.

아이들은 왜
자연에서 자라야 하는가

게리 폴 나브한,
스티븐 트림블 지음,
김선영 옮김, 그물코,
2003년 3월,
9,500원

미국의 생태운동가이자 하이킹 동료이기도 한 아버지 두 사람이 자연에 대한 순수한 사랑과 경험들을 아이들과 함께 나누기 위해서 노력하는 모습을 담고 있다. 그를 통해 이 책은 이 삭막한 후기 산업사회에서 아이들이 자연과 함께 자라는 것이 어떤 의미를 갖는지를 진지하게 설명한다. 마음을 아련한 추억으로 물들이는 이 매혹적인 글을 따라가다 보면 독자들은 왜 아이들이 콘크리트 빌딩 사이가 아니라 광활한 자연 속에서 온갖 살아 있는 것들을 접하면서 자라야 하는지를 알게 될 것이다. 자연은 아이들이 모든 살아 있는 것들과 좋은 관계를 맺을 수 있는 유일한 원천이자 우리가 살아가면서 가장 많이 잃어버리고 있는 것이니까 말이다.

알래스카의 늙은 곰이
내게 인생을 가르쳐주었다

리처드 프뢰네케,
샘 키스 지음,
이한중 옮김, 비채,
2006년 3월,
11,900원

책에는 프뢰네케가 알래스카에 발을 내딛게 된 때부터 오두막을 완성하기까지의 16개월

동안의 삶이 일기 형식으로 담겨 있다. 특히 오두막을 짓는 과정과 알래스카의 자연 생태가 세세하게 묘사되어 있다. 그는 광적이고 복잡한 우리의 일상에서 야생지의 고독한 삶으로 탈출한 사람이다. 그런 꿈을 실현할 수 있는 사람이 과연 얼마나 될까. 이 책의 곳곳에서 우리는 그런 꿈을 이룬 한 사람의 행복한 삶을 엿볼 수 있다. 그리고 그의 삶을 엿보는 우리 또한 분명 큰 행복감을 느낄 것이다. 이 책에는 온갖 생명의 소리, 영혼을 울리는 자연의 소리가 한 인간의 소박한 삶에 아로새겨져 있기 때문이다.

야생속으로

마크&델리아 오웬스
지음, 이경아 옮김,
최재천 감수, 상상의숲,
2008년 10월,
20,000원

결혼한 지 1년밖에 안 된 대학원생 신혼부부가 침낭 두 개, 작은 텐트 하나, 간소한 취사도구, 카메라 한 대, 그리고 달랑 6천 달러를 손에 쥐고 아프리카 오지 속으로 무작정 떠난 무모함을 어떻게 이해해야 할까? 이 책은 생태학자 마크와 델리아 부부가 7년 동안 야생동물과 자연을 공유하며 생활한 휴먼 드라마이자, 야생동물의 행동과 생태를 놀랍도록 생생하게 들려주는 다큐멘터리다. 출간과 동시에 세계적 베스트셀러가 되었고, 오늘날까지 자연다큐멘터리의 고전으로 널리 읽히며, 야생동물 보전 활동에 기폭제가 되었다.

야생에 살다

'야생자연'이 남아 있는 곳을 찾아 전 세계를 돌아다니며 원주민과 동물을 연구해온

087

야생에 살다

데이비드 쾀멘 지음,
이충호 옮김, 푸른숲,
2006년 8월,
14,000원

저자가 다양한 잡지에 기고한 글 중 흥미롭고 매력적이며, 오래도록 기억할 만한 23편을 모은 것으로, 야성적인 본성을 보존하고 살아가는 동물들, 야성의 마음을 지닌 채 자연에 도전하는 사람들의 모습을 마치 사진을 찍듯이 상세하게 묘사해내고 있다. 또한 풍부한 과학 지식을 곁들여서 쉽게 이해할 수 있도록 도와준다. 저자는 사라져가고 길들여져가는 '야생자연'에 대한 안타까운 마음을 토로하면서, 우리가 '야생자연'에 대해 생각해보고, 신축적이고 포괄적인 '야생자연'이라는 정의에 친근해졌으면 한다는 바람을 드러낸다.

어제를 향해 걷다

088

야마오 산세이 지음,
최성현 옮김,
조화로운삶,
2006년 11월,
9,800원

시인이자 농부였으며, 철학자이기도 한 야마오 산세이의 25년간의 섬 생활 일기로, 현재 문명사회 전체의 존망을 고민하고 있다. 그 일상의 기록에는 말년의 저자가 지닌 사람, 자연, 우주에 대한 투명한 통찰도 들어 있다. 특히 이 책에서 저자는 '인간 본래의 고향'에 대해서 말한다. 저자에게 인간 본래의 고향이란 태어난 곳을 의미하는 것이 아니라, 인간이 태어나고 돌아갈 곳을 의미하고 있다. 그곳은 바로, 자연이다. 그리고 자연에는 우리의 삶으로는 도저히 경험할 수 없는 풍요가 숨겨져 있음을 알려준다. 영적 진리를 추구하면서 살다간 저자의 구도자적 모습, 그리고 그가 그곳에서 얻어낸 깨달음도 오롯이 담았다.

어플루엔자

089

존 더 그라프 외 지음,
박웅희 옮김,
한숲출판사,
2004년 8월,
14,000원

저자들은 고독감, 늘어나는 파산, 점점 더 높아지는 노동강도, 가족의 위기, 고삐 풀린 상업주의, 환경 오염 같은 증상도 사실은 '어플루엔자'에서 비롯된 것임을 보여준다. 그리고 소비지상주의 사회의 강박적 물질욕이 우리의 삶, 건강, 가족, 공동체, 환경에 입히는 피해라는 주제를 심도 있게 파헤치고 있다. 이 책은 쇼핑중독, 과중한 스트레스, 가족의 동요, 사회적 상처, 자원 고갈 등 병의 제증상의 진단과 함께 그 증상들의 역사적, 문화적 기원을 제시한다. 그리고 어플루엔자의 원인을 진단하는 데 그치지 않고 '새로운 검약생활', '자발적 단순성 운동' 등의 치료법과 함께 가족과 공동체를 재건하고 지구를 되살리고 존중할 전략들을 제시하고 있다.

얼굴 없는 공포 광우병, 그리고 숨겨진 치매

새롭게 밝혀지는 광우병의 무서운 진실, 음

090

얼굴 없는 공포
광우병
그리고 숨겨진 치매

한국은 광우병 안전지대?

콤 켈러허 지음,
김상윤, 안성수 옮김,
김현원 감수,
고려원북스,
2007년 2월,
17,000원

모, 의혹을 담은 이 책은 과학자인 저자가 최
근 8년간 광우병에 대해 추적한 결과를 담아
엮은 것으로, 2003년 미국에서 처음 광우병
걸린 소가 발견된 내용부터 시작해 파푸아
뉴기니의 식인 풍습을 거쳐 현재에 이르기까
지 광우병의 역사와 수많은 사실들을 의학적
이면서도 과학적인 검증을 바탕으로 설명한
다. 또한 살코기도 결코 안전하지 않으며, 치
매 환자의 5~13%는 인간광우병 환자일 수
있다는 등의 충격적인 정보를 담고 있다.

에너지 주권

091

배짱만 세이의 21세기 에너지 신전략
에너지 주권

ENERGIEAUTONOMIE

헤르만 셰어 지음,
배진아 옮김, 고즈윈,
2006년 2월,
13,800원

21세기, 에너지 주권을 확립하지 못하면 독
립은 없다! 포스트 석유 시대, 유일한 생존
대안은? 대리전으로 치닫고 있는 세계 에너
지 전쟁 속에서 어떻게 살아남을 것인가? 저
자는 교토의정서는 현실적인 대안이 될 수
없다며 에너지 체제 전환의 필요성을 의식하
고 재생가능에너지에 대한 인식 개선과 발전
을 장려하기 위해, 전통적 에너지 체제 중심
에서 비롯된 고정관념에서 벗어나라고 말한

다. 이와 관련하여 셰어는 '에너지 소비', '에
너지 시장', '환경 부담금' 같은 표현을 지적
한다. 일례로 '에너지 소비'라는 말은 에너지
가 '모두 소모된다'는 의미를 함축하고 있으
므로 재생가능에너지의 장점을 배제한 표현
이라고 주장하며, '에너지 사용'이라는 표현
을 그 대체어로 제시한다.

에코머니

092

에코
머니

카토 토시하루 지음,
윤전우, 제진숙 옮김,
이매진, 2006년 9월,
15,000원

일본을 중심으로 지역통화(에코머니)의 역사
와 현황, 그리고 미래에 대해 살펴본 종합 보
고서, 에코머니 개론서이다. 21세기 화폐 패
러다임의 전환과 에코머니의 등장과 의의, 정
보사회와 에코머니의 전망 등의 내용으로 구
성되었다. 신용통화와 달리 에코머니의 목적
은 다양하고 정형화하기 어려운 가치를 매개
함으로써 사람들이 다양한 교류 활동을 하
고 자연, 경제, 커뮤니티가 일체화된 환경 속
에서 문화를 창조하는 새로운 커뮤니티인
'에코뮤니티'를 만들어 사람들의 생활 방식
을 친환경적인 '에코라이프'(정보와 서비스
는 풍요롭게, 물질과 에너지는 절제하면서!로
표현되는 생활 방식)로 전환하는 것이다. 이
런 에코머니를 순환하게 만드는 핵심은 커뮤
니티 구성원 간에 형성된 '신뢰'다.

093

이곳은 본래 '차윤정 박사'의 《우리 숲 산책》이 편집되어 있는 곳이었으나, 그가 자신이 쓴 책의 내용을 외면하고 권력이 자행하는 대규모 자연파괴의 나팔수 노릇을 하고 있는 데 대한 비판을 드러내기 위해 2쇄부터는 빼버렸습니다. - 최성각

우리 아이들에게 어떤 세상을 물려줄 것인가

데이비드 스즈키 지음,
이한중 옮김,
나무와숲,
2007년 2월,
16,000원

데이비드 스즈키는 심오한 질문들을 잇따라 던진다. 만물이 서로 연결되어 있음을 일깨우는 것은 물론, 학계의 매춘 행위를 비판하고, 자신을 사람들에게 알린 미디어-텔레비전-를 문제 삼으며, 경제성장 일변도의 글로벌 경제 시스템의 한계와 약점을 파고든다. 그는 끝없는 성장이란 불가능하다면서 정말 중요한 것은 가치를 매길 수 없다고 말한다. 결국 그는 환경 문제에서 특히 어린 세대의 역할을 강조하는데, 그들이야말로 정부나 기업의 결정에 따라 가장 크게 위협을 받는 사람들이기 때문이다. 우리 아이들에게 어떤 세상을 물려줄 것인가.

우리는 행복한가

이정전 지음,
한길사, 2008년 1월,
13,000원

《우리는 행복한가》는 행복을 과학적으로 연구한 책이다. 경제학자 이정전이 행복에 관한 논의를 본격적으로 펼치고 있다. 먼저 과학적이고 통계적인 자료들을 소개하면서 행복에 대한 이야기를 살펴보고, 통계 사실에 대한 과학적 해설과 함께 행복과 불행의 원인에 대한 자연과학자들과 사회과학자들의 각종 이론을 정리하였다. 또한 행복을 연구하는 학자들이 제시하는 행복의 길을 자세히 다루고 있다.

울지 않는 늑대

팔리 모왓 지음,
이한중 옮김, 돌베개,
2003년 7월,
9,000원

캐나다 유명 작가이자 자연학자이자 탐험가인 팔리 모왓이 북극 늑대와 1년여를 함께 지낸 생활을 바탕으로 쓴 이 책은, 전 세계적으로 멸종 위기에 처한 야생 늑대의 삶에 대한 흥미로운 보고서이자, 자연과 인간의 교감이 독특하고 유머러스하게 펼쳐지는 문명 비판

서이다. 인간 문명의 탐욕에 희생된 야생 늑대의 숨겨진 진실, 문명 맹신자이자 자연 파괴자인 인간 자신에 대한 풍자, 자연의 진실 앞에서 깨닫는 서늘한 각성이 소설처럼 흥미진진하게 전개된다.

원자력은 아니다

097

헬렌 칼디코트 지음,
이영수 옮김, 양문,
2007년 7월,
12,000원

세계적인 반핵 운동가인 헬렌 칼디코트는 원자력이 경제적이고 친환경적인 에너지라는 것은 사실이 아니며 오히려 인류를 위협하는 잠재적인 재앙이라고 말하며 원자력 산업과 관련한 국가들의 이해 관계와 정치인들의 탐욕까지 신랄하게 비판한다.
또한 지구 온난화의 대안으로 태양에너지와 풍력, 열병합발전, 바이오 매스와 같은 재생에너지를 제시하며 인류의 미래를 위해 올바른 선택이 어떤 것인지 생각해보는 계기가 필요하다고 말한다.

월드 체인징

098

알렉스 스테픈 지음,
김명남 옮김,
바다출판사,
2009년 1월,
33,000원

'월드체인징'은 지속가능성과 사회적 혁신을 연구하는 온라인 두뇌집단이고, 이 책은 '이

전에는 경시되었거나 주변에 있던 가치들이 점점 중시에 놓이게 되는' 변화의 내용과 단계들에 대한 설명서이자 안내서이다. 지금 당장 할 수 있는 간단한 일을 제시하기보다는 자신의 삶에 대해 다시 생각해볼 수 있는 아이디어와 그 삶을 변화시킬 수 있는 방법을 소개한다. 결국 이들은 우리의 앞날이 우리 손으로 해결할 수 있는 희망의 세계라는 사실을 보여준다.

유전자조작 밥상을 치워라

099

김은진 지음,
도솔, 2009년 2월,
13,000원

우리 실생활에 깊숙히 들어왔지만 누구도 제대로 알지 못하는 유전자조작(GMO)식품에 관한 총체적 보고를 담은『유전자 조작 밥상을 치워라』. 저자는 GMO 식품이 단순 유전자 변형이 아닌 조작이라고 말하고 유전자 조작이 얼마나 위험한 일인가 알려준다. 또한 왜 유전자 조작을 하는 것인지 거대 초국적기업과 정부의 결탁을 밝혀내고, 토종 종자를 지켜야하는 근본적인 이유도 소개한다.

육식 건강을 망치고
세상을 망친다 1,2

이 책에는 우리가 즐겨하는 육식에 대한 그릇된 영양학적 상식과 현대인의 과다한 육식을 가능하게 하는 기계식 축산-낙농산업의 끔찍한 현실, 그리고 여기서 파생되는 환경문제들이 담겨 있다. 세계 최대의 아이스크림 회사 배스킨라빈스의 상속자였음에도 이를 버리고 환경운동가가 된 저자는 풍부한 근거

100

존 로빈스 지음,
이무열 옮김,
아름드리미디어,
2000년 7월,
8,800원

자료를 토대로 유제품을 포함한 각종 식품의 잘못된 영양 정보와 전 세계를 세뇌시킬 정도로 막강한 힘을 가진 그레이트 아메리칸 식품업계의 비리를 고발한다. 또한 마구잡이로 훼손되고 있는 삼림과 수자원 고갈 문제, 과도한 유독성 화학약품의 사용으로 파괴되고 있는 생태계 균형 문제들이 모두 육류생산을 위한 목축과 축산물 가공으로 인한 것임을 설명한다.

이 곳만은 지키자 그후 12년

101

김경애 지음,
현진오 감수,
수류산방중심,
2007년 12월,
19,800원

수십 명의 환경 전문가와 함께 떠나는 한반도 생태 르포! 교양 환경 이야기를 담은 이 이 책은, 1991년 한겨레 창간 기념으로 나온 《이 곳만은 지키자》의 후속편으로 2003년 5월부터 12월까지 한겨레에 연재했던 기획 기사와 2004년 5월부터 8월까지 《허스토리》에 연재했던 내용 및 두 번 답사 경험을 통한 필자의 단상을 담아 엮었다. 사계절로 나눠 33곳의 생태를 답사하고 그곳의 환경에 관하여 풍부한 사진을 곁들여 소개한다.

이문재 산문집

102

이문재 지음, 호미,
2006년 11월,
10,000원

일중독자에서 산책자로 망명을 선택한 시인 이문재의 삶과 생각을 통해 21세기 도시에서 찾아낸 생태적인 삶을 보여준다. 아울러 생태적인 삶의 중심인 느림을 일상에서 평화롭게 지속하도록 이끌고 있다. 또한 실천 가능한 느림의 전략으로 걷기를 추천하고, 자연이 깃든 순박한 음식인 슬로푸드를 먹을 것을 권하면서, 걷기나 슬로푸드 등에는 '나'에게로 돌아가는 복원의 길이 있다고 말한다. 이처럼 이 책은 생태적인 삶에 대한 권유를 담고 있다.

인간 없는 세상

103

앨런 와이즈먼 지음,
이한중 옮김,
랜덤하우스,
2007년 10월,
23,000원

인간이 없는 세상이 어떻게 변화하는 지 보여주는 책. 이 책은 어느 날 갑자기 인류가 사라지면 어떤 일이 생기는지에 대한 질문과 그에 대한 답을 찾아가는 여행을 담은 것으로 인류가 지구상에 남겨야 할 유산에 대한 고찰과 인류가 사라진 후의 세상을 생생하게 그려낸다. 《인간 없는 세상》에서는 인류가 누리는 현재의 일상 뒤에 숨겨진 인간의 오만함과 진실, 위태롭게 지탱되고 있는 세상에 관하여 역사와 다양한 분야의 전문가들과의 만남을 통해 여과 없이 보여준다.

일본, 허울뿐인 풍요

일본, 허울뿐인 풍요
가본 맥코맥 지음/장인기 외편 저장호 옮김 옮김

104

개번 매코맥 지음,
한경구 외 옮김,
1998년 10월,
9,800원

2차 대전 이후 일본이 이룩한 경제기적은 특기할 만한 것이지만, 고도성장의 사회적 기반이 취약해 그 구성원들은 외형상의 풍요 속에서도 불안과 공허감에 시달리고 있음을 심층적으로 분석하고 있다. 경제성장의 지상 목표를 위해 사람은 물론 그 일상생활과 자연환경, 아시아 주변 지역까지 모조리 동원하고 착취하는 '비정상적인' 체제로 그려진 일본 사회의 부정적 모습에서 오늘날 한국의 또 다른 얼굴을, 나아가 산업문명 전반에 대한 반성을 마주할 수 있다.

자연 그대로 먹어라

자연 그대로
먹어라
장영란 글 | 장병관 그림

105

장영란 지음,
조화로운삶,
2008년 5월,
12,000원

제철 먹을거리와 함께하는 건강 이야기. 이 책은 전망 좋은 산기슭에 손수 마련한 흙집에서 농사를 지으며 살고 있는 저자가 제철에 나는 식재료를 가지고 건강한 밥상을 만드는 방법을 자신의 이야기와 함께 담아 정리했다. 각 계절에 맞는 채소와 그것들을 이용한 57가지 자연요리 레시피를 수록했으며 각 장마다 찍은 자연 풍경 사진과 요리 사진을 곁들여 보여주고 현대사회에서 건강한 먹을거리란 과연 무엇인가에 관하여 생각해보는 계기를 마련한다.

자연에서 멀어진 아이들

자연에서
멀어진
아이들

106

리처드 루브 지음,
김주희 옮김,
즐거운상상,
2007년 4월,
13,000원

자연환경과 아이들의 관계에 대한 연구를 통해 아이들이 자연과 멀어지면서 생기게 되는 사회 심리적인 현상을 담아 정리하고 있다. 자연결핍장애에서부터 자연이 필요한 이유, 자연을 다시 찾는 방법 등을 소개한다. 지금 이 순간에도 아이들과 자연의 관계는 붕괴되고 있다. 아이들과 자연의 끊어진 관계를 되돌리고 자연결핍 상태를 줄이는 것이 어른들이 할 일이다. 자연의 아름다움을 살리기 위해, 또는 정의를 구현하기 위해서가 아니라 아이와 우리의 정신과 신체, 영적인 건강을 위해서라도 그렇다. 자연과 멀어졌던 한 시대가 가고 새로운 시대, 즉 '자연과 더불어 사는 더 나은 삶'에 대해 이야기할 때라고 말한다.

자연의 역습, 환경전염병

인간이 자연 환경에 일으킨 변화가 어떻게 새로운 질병을 불러들이고 악화했는지 설명한 책. 여섯 가지 신종 전염병을 예로 들어 새

107

마크 제롬 월터스 지음,
이한음 옮김, 책세상,
2008년 7월,
13,000원

로운 전염병과 환경 변화, 생태계 파괴의 관계를 정리했다. 수의학자이자 언론학 교수인 마크 제롬 월터스는 수십 년 동안 인류가 전염병의 네 번째 시기에 들어서고 있다고 정리하며 에코데믹이라는 새로운 개념을 제안한다. 이를 통해 인간이 새로운 질병의 출현과 확산을 부른 주범이라는 사실을 알려준다.

자원전쟁

108

에리히 폴라트,
알렉산더 융 지음,
김태희 옮김,
영림카디널,
2008년 1월,
15,000원

《자원전쟁》은 새로운 냉전 시대의 쟁점들에 대한 최신 동향과 전망을 담은 책이다. 독일의 시사지 《슈피겔》의 기자들이 새로운 냉전의 연료인 석유와 가스를 둘러싼 투쟁과 강대국들의 대치상태, 지구적인 에너지 위기에 대한 공포, 원유생산국들의 자의식 고조, 공급 부족에 따른 위험성 등을 살펴본다. 또한 천연자원에 대한 수요가 높아지는 최근에 시작된, 자원의 생산과 소비 구조의 변화를 보여주고 있다.

잔치가 끝나면 무엇을 먹고 살까

《잔치가 끝나면 무엇을 먹고 살까》는 '절약'

109

박승옥 지음,
녹색평론사,
2007년 10월,
12,000원

이 아닌 '대량생산'과 '대량소비'만을 미덕으로 삼아온 자본주의 한국 사회를 비판하며 더 나은 미래를 위해 '한국 사회의 생태적 전환'이라는 과제를 제시한다. 또한 노동운동, 농민운동, 통일운동 등 사회운동 전반에 걸쳐 기본적인 시각에서의 문제점을 짚어본 다음, 어떻게 시각을 전환하여야 할지를 구체적으로 설명한다. 저자는 자립경제와 햇빛농업, 에너지전환, 유기농과 직거래 등 잔치를 계속 이어갈 수 있는 대안을 소개하며 지속불가능한 사회에서 지속가능한 사회로의 전환을 꿈꾼다.

잡식동물의 딜레마

110

마이클 폴란 지음,
조윤정 옮김, 다른세상,
2008년 1월,
25,000원

오늘날 식품산업의 구조와 식문화 전반의 음식사슬을 추적하면서, 음식을 통해 이루어지는 세계와 우리의 교류가 산업화된 시스템 속에서 불투명해지고 불분명해졌음을 보여준다. 저자는 인간이 일련의 식문화를 형성하여 잡식동물의 딜레마를 극복해왔지만, 식품산업과 정치논리, 무분별한 낭설에 힘을 잃은 오늘날의 식문화로 인해 다시금 잡식동물의 딜레마에 빠지게 되었다고 주장한다. 무엇을 먹을지에 대한 선택이 우리의 삶과 세계의 미래에 직접적인 영향을 미칠 수 있다는 전제 아래, 이 책은 우리가 먹는 음식에 좀 더 주의를 기울이고, 그것에 대해 진지하게 고민할 것을 제안한다.

정의의 길로 비틀거리며 가다

리 호이나키 지음,
김종철 옮김,
녹색평론사,
2008년 4월,
13,000원

미국의 한 지식인이 궁극적으로 뿌리를 내리기 위해서, 근대세계의 어둠을 뚫고 걸어간 오디세우스적 여행의 궤적을 보여주는 책이다. 저자의 여행은 세계 각지에 걸쳐 이루어졌지만, 그는 단지 스쳐 지나가는 관광객이 아니라 이 지상에서 진정으로 '좋은 삶'을 실행할 수 있는 가능성의 근거를 찾아 끊임없이 '비틀거리며' 걸어가는 순례자로 남고자 했다. 저자는 서양의 정신적 전통, 특히 아리스토텔레스 이후 아퀴나스를 거쳐 전승되어 온 서양의 오래된 윤리적·종교적 전통으로 되돌아가 자신의 삶을 하나의 목적을 가진 이야기로 파악하기 위해 끊임없이 자문하고 성찰한다.

좁쌀 한 알

한국 생명운동의 대부 '무위당 장일순 선생'의 서거 10주기 기념 일화/서화집. 장일순이라는 이름으로 동시대를 살다간 한 인간의 이야기를 통해 '사람'이 어떻게 살아야 하는가에 대한 가슴 뛰는 대답을 제공하는 책이

최성현 지음, 도솔,
2004년 5월,
9,800원

다. '원주에 살다간 예수'라 불릴 정도로 파격적이었던 이웃 사랑, 해탈한 인간의 한국적이며 현대적 삶의 모습을 드러내는 숱한 일화들과, 수많은 작품을 남긴 재야 서화가로서의 면모를 보여주는 주요 글씨, 그림이 수록되어 있다.

주홍 마코앵무새의 마지막 비상

브루스 바콧 지음,
이진 옮김, 살림,
2009년 6월,
15,000원

제3세계 국가들이 처한 절박한 경제 상황, 환경단체와 개발사업 간의 대립과 긴장을 한 편의 법정영화처럼 극적으로 전개해 나가는 이 책은 세계화의 어두운 단면을 잘 보여주고 있다. 놀랍고 야심찬 이 작품을 통해 저자는 세상에서 가장 아름다운 새를 지키기 위해 자신의 모든 것을 걸고 싸우는 한 여인의 투지를 소설 속 이야기처럼 흥미롭게 보여준다.

죽을 먹어도

대형매장에서는 이 책을 찾을 수 없다. 아예 판매처를 헌책방 몇 군데에 한정했고, 찾아

114

권정생,
아리랑나라,
2005년 1월

볼 사람만 찾아 손 씻고 맑은 마음으로 읽으라는 의도로 읽힌다. 별 생각 없이 몰고 있는 내 자동차 한 대가 왜 이라크 전쟁과 무관하지 않은지, 하늘을 나는 새가 왜 부러운지, 환경문제도 누구 탓하기 전에 왜 각자에게 책임이 있는지 나직나직, 때로는 준열하게 아주 쉬운 우리말로, 부탁하듯, 호소하듯이 말씀하신 것을 묶은 책이 이 책이다.

죽음의 밥상

115

피터 싱어,
짐 메이슨 지음,
함규진 옮김, 산책자,
2008년 4월,
15,000원

죽음의 밥상은 대량 사육되는 가축의 현실과 시스템, 대형마트의 장난과 거짓, 공정무역 상표가 붙은 제품의 이면과 윤리적 소비와 지속가능성의 사회적 책임, 영양학적 윤리적 문제와 식습관 태도에 관한 긍정적인 측면과 비판적인 측면 모두를 논한다. 고기를 먹는 소, 학대받는 돼지, 잔인하게 살육되는 닭. 이 세상을 파괴하는 음식을 먹고 있을지도 모를 사람들을 위한 이 책은 실천윤리학의 대표적인 학자인 피터 싱어와 농부이자 변호사인 짐 메이슨이 함께 현대 식생활에 대한 무서운 현실을 파헤쳤다.

죽음의 향연

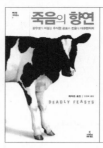

116

리처드 로즈 지음,
안정희 옮김,
사이언스북스,
2006년 10월,
16,000원

지구상 어느 곳, 어느 종이 광우병의 공포에서 자유로울 수 있을까. 광우병을 비롯하여 광우병의 원인 물질이라고 알려진 프리온 단백질과 인간 광우병으로 불리는 변형 크로이츠펠트야코프 병 등 광우병에 관한 진실과 논쟁을 살펴보고 있다. 저자는 광우병 및 광우병과 유사한 증상을 가진 병들을 연구한 세계 각지의 과학자와 의사들을 찾아 인터뷰를 한 내용과 학술 논문 및 신문 기사까지 꼼꼼히 살펴 이런 병들이 언제부터 시작됐는지 등을 풀어낸다. 또한 발병의 원인과 감염경로를 여러 관점으로 관찰하여 자연에 대한 인간의 간섭에 대한 경고를 담았고, 한국의 사례와 한국에서도 광우병은 안심할 수 없음을 경고한다.

즐거운 불편

117

후쿠오카 켄세이 지음,
김경인 옮김, 달팽이,
2004년 4월,
12,000원

소비문명으로 우리가 잃어버린 것은 무엇인가. 이 책은 무한 경쟁 속에서 우리에게 진정 소중한 것이 무엇인지 깨닫고 어떻게 하면 좀 더 자유롭게 살아갈 수 있는 사회를 만들 수 있을까 생각하고 실천할 수 있는 계기가 되었으면 하는 바람으로 씌어졌다. 한 신문사 기자가 자발적으로 실천한 불편함이 즐거움으로 다가오는 과정과 소비가 곧 행복의 척도가 아님을 사회 각 분야 인사들과의 대담을 통해서 재미있고 설득력 있게 보여준다.

지구를 살리는 7가지 불가사의한 물건들

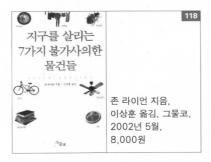

존 라이언 지음,
이상훈 옮김, 그물코,
2002년 5월,
8,000원

일상 속에서 쓸 수 있는 재료를 간결하고 효과적으로, 가끔씩 유머와 섞어 소개한 책으로 일반인들에게는 새로울 것 없는 7가지 물건들이 어떻게 우리가 살고 있는 이 세상을 전과는 비교할 수 없을 만큼 더 나은 곳으로 만드는지 보여준다. 여기에 나오는 7가지 불가사의는 그 효과는 매우 작아 보이지만 지구인 모두가 실천할 때에는 '티끌 모아 태산'이라는 속담처럼 엄청난 변화를 일으킬 수 있을 것이다.

지구의 미래로 떠난 여행

투발루에서 알래스카까지 지구온난화의 최전선을 추적하고 그 실체를 낱낱이 기록한 책. 기후변화의 여파가 가장 직접적으로 드러난 현장을 찾아 우리가 말로만 듣던 지구온난화의 생생한 실체를 보여주면서 대재앙의 미래를 경고한다. 추상적인 과학적 지식으로

마크 라이너스 지음,
이한중 옮김, 돌베개,
2006년 8월,
13,000원

만 지구온난화의 문제를 받아들이는 것이 아니라 구체적인 고통과 슬픔으로 인식할 수 있어야 하고, 나아가 그것을 정치적인 실천의 문제로 인식해야 함을 보여주는 책이다.

지구화 되돌아보기와 넘어서기

조명래 지음,
환경과생명,
2009년 2월,
16,000원

지금 온 세상을 초토화시키고 있는 경제 위기는 신자유주의 지구화의 파열이다. 금융자본 주도의 시장 만능주의 시스템 속에서 누적돼온 모순과 폐해가 위기라는 형태로 폭발한 것이다. 이 위기는 한국에서 신자유주의적 토건주의의 창궐과 맞물려 공간환경의 위기, 생명적 삶의 해체로 전이되고 있으며, 이를 넘어설 대안은 '초록의 생태 가치'에서 찾을 수밖에 없다. 이 책은 우리 시대의 화두인 '지구화'와 '생태주의'에 대한 깊은 성찰의 기록이다.

직접행동

정상적인 절차에 의한 민주주의, 즉 대의민주주의를 통해 완벽한 민주주의를 이룩할 수 있을까? 각 개인의 소득과 능력, 권력 차이가

에이프릴 카터 지음,
조효제 옮김, 교양인,
2007년 8월,
29,000원

점점 벌어져가는 신자유주의 사회에서 대의
민주주의만으로는 민주주의의 이상을 완벽
히 구현할 수 없다. 저자인 에이프릴 카터는
민주주의를 민주화하려면 반드시 필요한 것
이 '직접행동 민주주의'라고 말한다. 이 책은
신자유주의 지구화 시대에 '위기에 처한 민
주주의의 후퇴를 막을 최후의 대안'으로 '직
접행동 민주주의'를 제시한다.

진보와 야만

클라이브 폰팅 지음,
김현구 옮김, 돌베개,
2007년 3월,
30,000원

《녹색세계사》로 잘 알려진 저자 클라이브 폰
팅은 기존의 역사 서술에 널리 확산된 유럽
중심적 관점을 피하고, 중심부와 반(半)주변
부, 주변부 간의 지배-종속 관계를 염두에
둔 '세계체제론'에서 기본 용어와 분석틀을
빌려왔다. '진보와 야만 사이의 투쟁'이라는
주제를 중심에 놓고, 각각의 장은 연대순을
따르지 않고 환경, 지구화, 탈식민지, 독재, 억
압 등의 제목을 달아 역사적 추세를 바라보
며 일목요연하게 정리한다. 이렇게 정리된 역
사는 우리가 세세한 사실관계에 얽매여 명확
히 보지 못했던 추세를 보여주기도 하고, 혼

히 오해되던 통념들을 뒤집는 기쁨을 주기도
한다.

차라리 아이를 굶겨라 1, 2

다음을지키는사람들
지음, 시공사,
2004년 4월,
9,500원

유해 먹거리로부터 아이를 지키기 위한 엄마
들의 전쟁, 그 소중한 체험을 담은 생생한 현
장 기록! 《차라리 아이를 굶겨라 2》에서는 1
권에서 제시하지 못했던 대안을 중점적으로
다루었다. 아이에게 좋은 음식을 먹이고 싶
은 평범한 엄마들이 일상생활 속에서 찾아
낸 현실적인 대안은 모두 21명의 다지사 회
원들이 직접 실천해보고 평가해본 방법들로,
누구나 쉽게 따라할 수 있는 방법이다. 아이
의 건강을 염려하는 순수한 엄마들의 마음
과 이웃집 아주머니가 들려주는 듯 친근함
이 느껴지는 이 책은 엄마들에게 '이렇게 하
라'고 가르치는 교재가 아니라, 함께 나아가
자고 내미는 손이라 할 수 있다.

참여로 여는 생태공동체

박병상 지음,
아르케, 2003년 2월,
12,000원

내린천댐 건설, 동아매립지 개발, 경인운하
건설, 굴업도 핵폐기장 문제 등 환경문제가

있는 곳이라면 어디든지 현장으로 뛰어들고 환경 관련 이슈가 터져 나올 때마다 생태주의적 관점에서 근본주의적 시각의 글을 발표하며 문제의 핵심을 세상에 소개해온 저자의 에세이집. '죽임'이 아니라 '살림'의 문화를 그리고 후손의 건강을 염두에 둔 생태공동체를 바라는 저자는 무거운 주제를 이야기하지만 글은 쉽고 재밌다.

초록의 공명

지율 지음, 삼인,
2005년 11월,
12,000원

2004년 3월 이후부터 천성산 홈페이지 게시판에 틈틈이 올린 글과 지율 스님이 손수 찍은 사진들로 이루어진 책. 천성산을 지키기 위해 1백일 단식을 한 지율 스님이 단식 이후에도 쉽사리 가시지 않는 자신을 둘러싼 세상의 오해와 억측을 풀기 위해 펴냈다. 일기 형식을 취하고 있는 이 책의 대부분의 글은 누군가를 향한 편지글로 이루어져 있다. 약속을 저버린 고위 간부들과 도반 스님들과 그를 후원하는 도롱뇽 친구들에게, '안티 지율'을 표방하는 네티즌과 대화를 시도한다. 간결하면서도 시적 영감으로 가득 찬 지율의 글을 만날 수 있다.

총, 균, 쇠

인종주의적 설명 방식을 뒤집는, 문명 발전에 관한 새로운 보고서. 왜 어떤 민족들은 다른 민족들의 정복과 지배의 대상으로 전락하고 말았는가. 왜 원주민들은 유라시아인들에 의해 도태되고 말았는가. 왜 각 대륙들마

재레드 다이아몬드 지음,
김진준 옮김, 문학사상,
2005년 12월,
22,000원

다 문명의 발달 속도에 차이가 생겨났는가. "인간 사회의 다양한 문명은 어디서 비롯되는가?"라는 의문을 명쾌하게 분석한 명저! 진화생물학자인 재레드 다이아몬드는 1998년 퓰리처상을 수상한 이 역저에서 광범위하게 나타난 역사의 경향을 실제로 만들어낸 환경적 요소들을 밝힘으로써, 인종주의적 이론의 허구를 벗겨낸다. 그는 뉴기니 원주민과 아메리카 원주민에서부터 현대 유럽인과 일본인에 이르기까지 세계 각지의 인간 생활에 관한 이야기를 흥미진진하게 이끌어나간다.

침묵과 열광

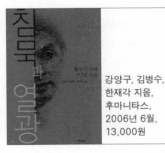

강양구, 김병수,
한재각 지음,
후마니타스,
2006년 6월,
13,000원

필자들이 공동으로 혹은 각자의 활동 공간에서 지난 7년 동안 '황우석 사태'를 추적, 정리, 비판해온 결과를 정리한 책. 검찰 수사 발표 이후 '황우석 사태'는 일단락된 듯하다. 그러나 필자들은 이 책을 통해 사태가 해소된 것이 아니라고 말한다. 여전히 문제는 풀리지 않았다고 말한다. 왜 그런가. 필자들은 사태를 '비리', '부정 행위' 등의 문제로 축소시키는 데 반대하고 있기 때문이다. 그것은

문제를 잘못 이해하고 또 잘못 다루는 방법이라는 것이다.

반면, 사태의 핵심이 황우석 개인을 넘어선 모종의 공모체, 즉 '과학기술동맹'에 있음을 강조하려 한다. 이는 사태 전반을 바라보고 해석하는 필자들의 고유한 분석틀이자, 필자들이 힘주어 설명하려는 이 사태의 핵심이기도 하다. 때문에 필자들은 '황우석 사태'는 다시 제기돼야 한다고 말하며, '과학기술동맹'에 포함된 여러 관련자들의 책임을 따져 묻는 일이 필요하다고 주장한다.

캐시 호숫가 숲속의 생활

존 J. 롤렌즈 지음 ,
홍한별 옮김,
갈라파고스,
2006년 9월,
12,000원

한 세기 전, 일 때문에 찾은 캐나다의 미개척지에서 어릴 적 꿈속에서 본 호수를 만난 저자는 그곳을 떠나지 않기로 결심한다. 그곳에는 오두막을 지을 목재, 먹고 살 식량 등과 함께 삶에서 가장 중요한 평화와 만족이 있었다. 그래서 저자는 그곳에 '캐시(Cache)'라는 이름을 선사했다. 저자는 누구에게나 캐시 호수가 존재한다고 말하면서, 이웃 호수에 사는 크리 인디언 티비시 추장과 이 책에 230여 점의 그림을 그린 헨리 B. 케인과 함께 우리를 북쪽 숲에서 보낸 1월부터 12월까지, 한 해 동안의 삶으로 초대한다.

탐욕과 오만의 동물실험

의학 발전과 질병치료를 위한 동물실험의 역사를 낱낱이 파헤치고, 동물실험으로 파생된 의학 발달의 모순과 부작용을 역사적 진

레이 그릭 외 지음,
김익현 옮김,
다른세상,
2005년 8월,
15,000원

실 위에서 냉정하게 평가하고 설명한 책. 저자인 그릭 부부는 단순한 동정심에 호소하면서 동물권리를 옹호하는 실천운동가들의 주장이나 논리에 근거를 둔 도덕철학자들의 논증이 아닌, 동물실험이 과학적인 연구 방법에 대한 심각한 배반행위라는 관점을 사실적이고도 과학적으로 논증하고 있다. 이 책은 우리 자신의 생명과 가족의 생명에 관련된 수많은 의약품, 질병에 관한 이야기를 다루고 있다. 동물실험의 무익함과 기만을 알려주는 생생한 자료와 정보로 가득하다.

태양도시

정혜진 지음,
그물코, 2007년 10월,
12,000원

지방 도시의 에너지 전환 문제에 대해 고찰한 환경 서적. 이 책의 저자는 국제에너지기구의 '솔라시티' 프로젝트를 취재하면서 도시의 에너지 전환 노력에 관심을 갖게 되었다. 독일 프라이부르크, 스웨덴 에테보리, 덴마크 칼룬보르, 스페인 바로셀로나, 일본 기타큐슈, 미국 새크라멘토 등 세계 각지의 태양도시와 전략과 그 효과를 분석하여 수록하였다. 그리고 마지막 장에서는 한국 대도

시의 에너지 및 환경 현실에 대해 비판하고 국내에서 벌어지고 있는 에너지 전환 노력들의 구체적인 사례를 과정별로 담아냈다.

파우스트의 선택

박병상 지음,
녹색평론사,
2004년 8월,
8,000원

지금 인류사회는 전면적인 사회적 해체, 생태적 붕괴라는 전대미문의 위기에 봉착해 있다. 이러한 위기상황에서 우리는 대부분 실제 내용도 모르면서 첨단 과학기술이 이러한 위기를 해결해줄 구세주가 되리라는 막연한 환상을 품고 있다. 그러나 이러한 과학기술이 구세주이기는커녕 실은 인간존재와 그 세계를 근원적으로 파괴하는 '악마의 기술'로 드러난다면 어떻게 될 것인가? 생명공학의 위험과 비윤리성의 문제에 관한 이 글은, 급속도로 '발전'하고 있는 생명조작 기술에 관해 근본적인 각도에서 깊이 있게 묻고 있다.

평등해야 건강하다

리처드 윌킨슨 지음,
김홍수영 옮김,
후마니타스,
2008년 3월,
17,000원

《평등해야 건강하다》는 건강에 대한 사회학적 해석과 불평등의 미시적, 거시적 효과에 주목해, 사회적 환경이 나빠지면서 개인의 건강도 나빠지는 복잡한 관계를 규명한다. 불평등한 사회일수록 사망률이 높고 범죄율이 높아지며, 소수자에 대한 불평등과 공격적인 남성문화가 발달하고 있음을 보여주고 공동체적 사회주의 관점을 통해 이상적인 사회 모델을 제시한다.

학교를 잃은 사회 사회를 잊은 교육

데이비드 W. 오어 지음,
이한음 옮김,
현실문화,
2009년 6월,
14,000원

이 책에 실린 글들은 1990~93년에 각기 다른 목적으로 서로 다른 독자를 염두에 두고 쓴 것이다. 환경위기가 생태적 패턴, 인과체계, 인간 행위의 장기적 영향을 생각하는 능력이 없는 데서 빚어진다는 믿음하에 모은 것이다. 이제 탐욕을 버리고 사랑으로 살아도 행복하게 살 수 있는 그런 시스템을 새로 만들어야 한다. 그것이 우리의 희망이다. 이러한 희망의 교육, 삶의 교육을 공부하고 싶은 분들에게 이 책은 큰 도움이 될 것이다.

핸드메이드 라이프

윌리엄 코퍼스웨이트 글, 피터 포브스 사진, 이한중 옮김, 돌베개, 2004년 10월, 15,000원

탐욕스럽고 저급화되어가는 물질문명과 전쟁에 반대, 미국 메인 주의 숲 속에서 40여 년간 자급자족하는 생활방식으로 살아온 지

은이가 자신의 생활방식과 철학을 소개한다. 자기 손으로 무언가를 더 많이 만들어갈수록 자기 삶의 진정한 주인이 될 수 있다는 것이 지은이의 주장이다. 사계절을 버틸 수 있는 집을 손수 지어 생활하며 '자기 손으로 만든' 땀과 애정이 깃든 물건을 쓰는 모습을 통해 대량생산과 대량소비를 미덕으로 삼는 경제 논리를 거부하는 생활방식을 제시한다.

환경사상키워드

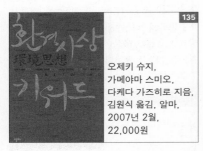

오제키 슈지,
가메야마 스미오,
다케다 가즈히로 지음,
김원식 옮김, 알마,
2007년 2월,
22,000원

환경사상과 환경문제에 관련된 키워드를 살펴볼 수 있다. 일본 환경생태 연구와 실천 활동을 대표하는 전문 연구자 34인이 환경사상과 환경문제의 기본 용어, 핵심 개념, 중요 인물 그리고 그 발생과 발전의 역사를 153항목의 올림말에 담아냈다. 생태환경의 키워드를 하나하나 확인하면서 환경사상의 전체상과 흐름을 개관할 수 있다. 큰 항목에는 환경사상에서 그 위상과 의의가 도드라지는 52항목을, 작은 항목에는 다양한 개념과 범주와 인물을 다룬 101항목을 담았다.

환경정의를 위하여

이 책은 현대사회에서 환경문제의 발생, 영향, 대책에는 불평등구조가 개입되어 있다고 보고, 환경문제와 불평등문제의 동시 해결, 즉 환경정의를 모색하고 있다. 환경문제에서 불평등문제를 발생시키고 존속시키는 사회 내부의 구조를 엘리트주의라고 규정하며, 세계적 규모에서 참여민주주의를 확장함으로

토다 키요시 지음,
김원식 옮김, 창비,
1996년 3월,
10,000원

써 엘리트주의를 극복하고 지속가능한 사회를 이룰 수 있다고 주장한다.

환경학과 평화학

토다 키요시 지음,
김원식 옮김,
녹색평론사,
2003년 9월,
10,000원

이 책은 21세기 인류에게 극히 중요한 실천적 학문이다. 전쟁의 근절과 더불어, 기아와 빈곤 등 사회적, 환경적 불공정을 해소하지 않고서 '평화'는 실현되지 않는다. 전쟁이 반복되는 21세기 벽두에, '직접적 폭력'과 '구조적 폭력'의 밀접한 연관을 분석하면서 '지속가능하고 공정한 사회', '적극적 평화'를 이루기 위한 길을 모색한다.

희망을 여행하라

이 책은 흥미진진한 여행의 역사와 대안적 여행의 역사, 여행에서 돌아온 이들이 만들어가는 새로운 삶의 이야기까지 담아내고 있다. 또 희망의 지도를 만드는 첫 번째 공정 여행 세계일주 프로젝트를 소개하고, 세계의 대안 여행 운동가들의 특별 인터뷰를 담았다. 단순히 휴식과 오락을 즐기는 여행을 넘어서 세

138

희망을 여행하라

임영신, 이혜영 지음,
소나무,
2009년 6월,
16,000원

상을 배우고, 봉사를 실천하는 새로운 정보를 찾는 여행자를 위한 가이드가 펼쳐진다.

희망의 경계

139

프란시스 무어 라페,
안나 라페 지음,
신경아 옮김, 시울,
2005년 3월,
17,000원

《굶주리는 세계》의 지은이 프란시스 무어 라페가 그녀의 딸 안나와 함께 아홉 나라 오 대륙에 걸쳐 떠난 여행의 기록을 한 권의 책에 담았다. 그녀는 여행을 통해서 여전히 우리 사회가 끊임없이 식탁 위에 고기를 올려놓으려 자원을 낭비하는 바람에 풍요로운 세계의 한복판에서 빈곤과 굶주림이 사라지지 않고 있음을 확인한다. 그리고 여행을 통해서 함께 힘을 합쳐 이러한 위태로운 시스템을 바꾸려 노력하고 삶의 질을 높여 희망의 경계를 확장한 사람들을 만나게 된다.

희망의 이유

침팬지과 더불어 아프리카에서 생활하며 수많은 연구업적을 남겼던 동물학자이자 인류학자 제인 구달의 자전적 에세이. '생명체'에 각별한 애정을 느꼈던 어린 시절, 시와 자연

140

제인 구달 지음,
박순영 옮김, 궁리,
2003년 11월,
9,000원

과 교감하며 지적 호기심을 키웠던 사춘기, 아프리카로 건너가 저명한 고고학자 루이스 리키를 만난 일, 하루 종일 침팬지를 관찰하며 보낸 날들, 이 책은 자연과 생명에 대한 열정과 사랑으로 일생을 살았던 저자의 아름다운 삶에 관한 회고이자, 인간의 본성과 지구 생명체의 미래에 대해 희망의 메시지다.

CO_2와의 위험한 동거

141

조지 몬비오 지음,
정주연 옮김,
홍익출판사,
2008년 9월,
13,500원

캐나다의 세계적인 환경운동가인 조지 몬비오는 이처럼 기후변화의 심각성을 깨닫지 못하는 사람들에게 그 위험을 알리고, 온실가스를 현 수준에서 90퍼센트 감축하지 않으면 급격한 지구온난화를 막을 가능성이 없다고 말한다. 나아가 2030년까지도 대기 중 이산화탄소 농도가 지금처럼 높게 유지된다면 주요 생태계가 여지없이 붕괴되기 시작할 거라고 경고한다. 우리는 이미 이산화탄소와의 위험한 동거 상황에 처해 있는 것이다. 저자는 어느 한 분야가 아니라 서로 맞물려 저탄소를 지향해야만 녹색 지구를 만들 수 있음을 강조한다.